L'HÔTEL DE VERRE

Du même auteur
chez le même éditeur

Dernière nuit à Montréal
On ne joue pas avec la mort
Les variations Sebastian
Station Eleven

EMILY ST. JOHN MANDEL

L'HÔTEL DE VERRE

Traduit de l'anglais (Canada)
par Gérard de Chergé

Collection fondée par François Guérif

RIVAGES/NOIR

Retrouvez l'ensemble des parutions
des Éditions Payot & Rivages sur

payot-rivages.fr

Collection dirigée par Jeanne Guyon et Valentin Baillehache

Ouvrage publié sous la direction de François Guérif

Titre original : *The Glass Hotel*

Pour Cassia et Kevin

PREMIÈRE PARTIE

I

VINCENT DANS L'OCÉAN

Décembre 2018

1

Commençons par la fin : je dégringole du pont du navire dans les ténèbres tempétueuses, le souffle coupé par l'effroi de la chute, ma caméra s'envolant sous la pluie…

2

Envolez-moi. Des mots griffonnés sur une vitre quand j'avais treize ans. Je me suis reculée, laissant tomber le marqueur, et je me rappelle encore l'exubérance de cet instant, cette sensation dans ma poitrine, semblable à un reflet de lumière sur du verre brisé…

3

Suis-je remontée à la surface ? Le froid est paralysant, il n'y a rien d'autre que le froid…

4

Souvenir étrange : à l'âge de treize ans, sur le rivage de Caiette, je tiens entre mes mains ma caméra vidéo toute neuve, contact frais et encore peu familier. Je filme les vagues par séquences de cinq minutes et, tout en filmant, j'entends ma propre voix murmurer : « Je veux rentrer chez moi, je veux rentrer chez moi »… mais où est-ce, chez moi, sinon ici ?

5

Où suis-je ? Ni dans l'océan ni en dehors, je ne sens plus le froid, plus rien, j'ai conscience d'une frontière mais j'ignore de quel côté je me trouve, et je peux apparemment circuler d'un souvenir à l'autre comme si je passais d'une pièce à la suivante…

6

« Bienvenue à bord », m'a dit le troisième lieutenant la première fois que j'ai embarqué sur le *Neptune Cumberland*. Quand je l'ai regardé, quelque chose m'a frappée et j'ai pensé : *Toi…*

7

Je n'ai plus le temps…

8

Je veux voir mon frère. Je l'entends qui me parle, et mes souvenirs de lui sont perturbants. Je me concentre très fort et, subitement, je me retrouve dans une rue étroite, dans le noir, sous la pluie, dans une ville étrangère. Un homme est affalé dans une embrasure de porte, sur le trottoir d'en face, et bien que je n'aie pas revu mon frère depuis dix ans, je sais que c'est lui. Paul lève la tête et j'ai le temps de remarquer sa mine affreuse, son aspect décharné, il me voit mais à cet instant la ruelle s'évanouit…

II

I ALWAYS COME TO YOU

1994 et 1999

1

À la fin de l'année 1999, Paul étudiait la finance à l'université de Toronto, ce qui aurait dû lui procurer un sentiment de triomphe sauf que tout allait de travers. Plus jeune, il avait prévu de se spécialiser dans la composition musicale, mais il avait vendu son clavier lors d'une mauvaise passe, deux ans auparavant, et sa mère répugnait à envisager l'idée d'un diplôme sans débouchés, ce qu'il ne pouvait guère lui reprocher après plusieurs cures de désintoxication coûteuses. Il s'était donc inscrit à un cours de finance, estimant que cela représentait une voie riche en opportunités et remarquablement adulte – *Regardez-moi, je m'initie aux marchés et aux mouvements de capitaux !* –, le seul défaut de ce plan magistral étant qu'il trouvait le sujet mortellement ennuyeux. Le siècle touchait à sa fin et Paul avait quelques griefs.

Il avait nourri l'espoir, à tout le moins, de parvenir à s'intégrer dans un cadre social décent ; mais le problème, quand on se retire du monde, c'est que le monde continue de tourner sans vous, et entre le temps passé à consommer toutes sortes de substances, le temps passé à occuper de fastidieux jobs de vendeur en essayant de ne pas penser à la drogue, et le temps passé dans des hôpitaux et des centres de désintoxication, Paul avait vingt-trois ans et en paraissait davantage. Durant les premières semaines d'école il se rendit à des soirées, mais il n'avait jamais été doué pour engager la conversation avec des inconnus et tous les autres étudiants lui semblaient terriblement jeunes. Ayant obtenu de piètres résultats aux partiels, dès la fin octobre il passait tout son temps soit à la bibliothèque – à lire, à s'efforcer de s'intéresser à la finance, à tenter de renverser la vapeur –, soit dans sa chambre, tandis que le froid s'emparait de la ville. Il occupait une chambre individuelle, car sa mère et lui étaient tombés d'accord – chose rarissime – sur le fait que ce serait désastreux pour lui s'il se retrouvait avec un colocataire accro aux opioïdes, de sorte que Paul était presque toujours seul. La chambre était si exiguë qu'il souffrait de claustrophobie s'il n'était pas assis juste devant la fenêtre. Ses relations avec les autres étaient peu fréquentes et superficielles. Un menaçant nuage d'examens planait sur l'horizon proche, mais étudier était sans espoir. Il avait beau tenter de se concentrer sur la théorie des probabilités et les martingales en temps discret, ses pensées dérivaient sans cesse vers une composition pour piano qu'il ne terminerait jamais, un ouvrage en *do* majeur tout simple à l'exception de petites envolées d'accords mineurs déstabilisants.

Début décembre, il sortit de la bibliothèque en même temps que Tim, qui avait deux cours en commun avec lui et préférait lui aussi le dernier rang de l'amphi.

« Tu fais quelque chose ce soir ? » demanda Tim. C'était la première fois depuis un moment que quelqu'un adressait la parole à Paul.

« J'espérais plus ou moins trouver un concert *live* quelque part. » Cette idée ne l'avait pas effleuré avant de l'exprimer, mais ça paraissait une bonne option pour la soirée. Tim se dérida un peu. Leur unique conversation précédente avait porté sur la musique.

« J'avais envie d'écouter ce groupe qui s'appelle Baltica, dit Tim, mais il faut que je révise pour les exams. Tu en as entendu parler ?

– Des exams ? Ouais, je suis sur le point de me ramasser en beauté.

– Non. De Baltica. » Tim battait des paupières, l'air décontenancé.

Paul avait déjà remarqué que son camarade ne semblait pas comprendre l'humour. Autant parler avec un anthropologue venu d'une autre planète. Cela aurait dû créer une sorte d'ouverture pour une amitié, pensait-il, mais il ne voyait pas comment débuterait cette conversation – *Je ne peux pas m'empêcher d'observer que tu es aussi paumé que moi, pourrait-on échanger nos impressions ?* – et, de toute façon, Tim s'éloignait déjà dans le crépuscule automnal. Paul prit plusieurs hebdos alternatifs dans les distributeurs de journaux, près de la cafétéria, et regagna sa chambre, où il mit la Cinquième de Beethoven en guise de compagnie avant de parcourir les programmes jusqu'à ce qu'il trouve Baltica, qui donnait un concert tardif dans une boîte dont il n'avait jamais entendu parler, à l'angle de Queen et de Spadina. À quand remontait la dernière fois où il avait écouté de la musique *live* ? Paul se hérissa les cheveux, puis les aplatit, puis les hérissa de nouveau, essaya successivement trois chemises ; enfin, exaspéré par son indécision, il quitta la chambre avant d'avoir pu encore changer d'avis. La température chutait, mais l'air froid avait quelque chose de clarifiant et l'exercice physique était une recommandation thérapeutique qu'il avait négligée, aussi décida-t-il de marcher.

La boîte de nuit se trouvait en sous-sol, sous une boutique de vêtements gothiques, au pied d'un escalier raide. Voyant cela, Paul traîna quelques minutes sur le trottoir, craignant qu'il ne s'agisse d'une boîte gothique – tout le monde se moquerait de son jean et de son polo –, mais le videur fit à peine attention à lui et la foule n'était qu'à cinquante pour cent composée de vampires. Baltica était un trio : un type à la basse, un autre devant un assortiment d'énigmatiques appareils électroniques reliés à son clavier, et une fille avec un violon électrique. Leur prestation sur scène ressemblait moins à de la musique qu'à une sorte de radio mal réglée, tout en bizarres rafales de parasites et en notes décousues, le genre d'ambiance électronique désordonnée que Paul, fanatique de Beethoven depuis toujours, ne pigeait absolument pas, mais la fille était belle alors ça lui était égal : à défaut de prendre plaisir à la musique, il pouvait au moins prendre plaisir à la regarder, elle. La fille se pencha vers le micro et chanta *« I always come to you »*, sauf qu'il y avait de l'écho – le type au clavier avait appuyé à fond sur une pédale –, de sorte que ça donnait :

I always come to you, come to you, come to you

et c'était franchement discordant, la voix accompagnée des notes du clavier et des salves de parasites, mais la fille leva alors son violon et celui-ci se révéla l'élément manquant. Lorsqu'elle fit glisser son archet, la note forma comme un pont entre les îlots d'interférences et Paul entendit la manière harmonieuse dont l'ensemble se combinait : le violon, les parasites et la guitare basse sous-jacente. Ce fut brièvement enthousiasmant, puis la fille abaissa son violon et la musique se désintégra en ses composants disparates, et Paul se demanda une fois de plus comment on pouvait écouter pareille cacophonie.

Plus tard, alors que le trio buvait au bar, Paul attendit pour s'incruster que la violoniste ne soit plus occupée à bavarder.

« Excusez-moi, salut, je voulais juste vous dire que j'adore votre musique.

– Merci. » La violoniste sourit, mais avec la circonspection des filles extrêmement belles qui savent ce qui va suivre.

« C'était vraiment fantastique, dit Paul au bassiste afin de tromper les attentes de la fille et de la désorienter.

– Merci, mec. » Le bassiste eut un sourire béat donnant à penser qu'il était probablement défoncé.

« Au fait, je m'appelle Paul.

– Theo, se présenta le bassiste. Eux, c'est Charlie et Annika. »

Charlie, le claviériste, hocha la tête et leva sa bière, tandis qu'Annika observait Paul par-dessus le bord de son verre.

« Je peux vous poser une question bizarre, les gars ? » Paul avait tellement envie de revoir Annika. « Je suis nouveau en ville, comme qui dirait, et je ne trouve pas d'endroit où aller danser.

– Tu descends Richmond Street et tu tournes à gauche, dit Charlie.

– Non, enfin, j'ai fait quelques boîtes par là-bas, mais c'est difficile d'en trouver une où la musique n'est pas trop moche, alors je me demandais si vous pourriez me recommander… ?

– Ah. Ouais. » Theo vida le fond de sa chope. « Ouais, essaie le System Sound.

– Mais c'est infernal le week-end, dit Charlie.

– Ouais, mec, n'y va pas le week-end. Le mardi soir, c'est tout bon.

– Le mardi soir, c'est le mieux, approuva Charlie. D'où tu viens ?

– Du fin fond de la banlieue, répondit Paul. Donc, le mardi soir au System Sound, OK, merci, j'irai faire un tour. » À Annika, il dit : « Peut-être que je t'y croiserai », puis se détourna rapidement pour ne pas voir sa totale indifférence, qui lui fit l'effet d'un vent froid dans le dos jusqu'à ce qu'il atteigne la porte.

*

Le mardi après les examens – trois C, un C–, probation académique –, Paul se rendit au System Soundbar où il dansa en solitaire. La musique ne lui plaisait pas vraiment, elle avait un côté sautillant qui le rendait nerveux, mais c'était agréable d'avoir du monde autour de soi. Les cadences étaient compliquées et il ne savait pas trop comment danser dessus, alors il se contentait de bouger d'avant en arrière, une bière à la main, en essayant de ne penser à rien. C'était bien le but des boîtes de nuit, non ? D'annihiler ses pensées avec de l'alcool et de la musique ? Il avait espéré rencontrer Annika, mais il ne repéra dans la foule aucun des membres de Baltica. Il continua de les chercher et ils continuèrent à ne pas être là, si bien qu'il finit par acheter un petit paquet de comprimés bleu vif à une fille aux cheveux roses, parce que l'ecstasy n'était pas de l'héroïne, ça ne comptait pas. Seulement il y avait un problème avec les comprimés, ou alors un problème avec Paul ; il en coupa un en deux avec les dents et l'avala, juste la moitié, puis, comme ça ne lui faisait aucun effet, il avala l'autre moitié avec une gorgée de bière, et alors la salle se mit à tanguer, il commença à transpirer, son cœur sauta un battement et, pendant une seconde, il crut qu'il allait mourir. La fille aux cheveux roses avait disparu. Paul s'assit sur un banc adossé au mur.

« Hé, mec, ça va ? Ça va ? » Un homme était accroupi devant lui. Un certain laps de temps s'était écoulé. La foule était partie. On avait allumé les lumières et la clarté était affreuse, elle transformait le System en une salle miteuse avec des petites flaques de liquides non identifiables qui luisaient sur la piste de danse. Un type plus âgé, aux yeux morts et aux multiples piercings, se baladait avec un sac-poubelle, ramassant verres et bouteilles. Après la force de la musique, le silence était un rugissement, un vide. L'homme accroupi devant Paul portait la tenue réglementaire de tout gérant de boîte de nuit : jean / T-shirt Radiohead / blazer.

« Ouais, ça va, dit Paul. Je m'excuse, je crois que j'ai trop bu.

– Je ne sais pas à quoi tu carbures, mec, mais ça ne te réussit pas. On ferme, déguerpis. »

Paul se leva et sortit, instable sur ses jambes. Arrivé sur le trottoir, il se rappela qu'il avait laissé sa parka au vestiaire, mais on avait déjà verrouillé la porte derrière lui. Il se sentait empoisonné. Cinq taxis vides passèrent dans la rue avant que le sixième s'arrête enfin pour le prendre. Le chauffeur, un antialcoolique prosélyte, sermonna Paul sur les méfaits de l'alcool durant tout le trajet jusqu'au campus. Paul, qui avait désespérément envie de retrouver son lit, serra les poings sans rien dire et lorsque le taxi se rangea contre le trottoir, il régla sa course – pas de pourboire – et dit au chauffeur d'arrêter de lui faire la morale, putain, et de retourner se faire foutre en Inde.

« Mais bon, je tiens à préciser que je ne suis plus cette personne-là, déclara Paul vingt ans plus tard au psychologue d'un centre de désintoxication de l'Utah. J'essaie simplement d'être honnête sur celui que j'étais à l'époque. »

« Je viens du Bangladesh, crétin de raciste ! » répliqua le chauffeur en démarrant.

Et Paul resta sur le trottoir, où il s'agenouilla avec précaution pour vomir. Ensuite, il regagna en titubant la résidence universitaire, s'émerveillant de l'ampleur du désastre. Contre toute attente, il avait péniblement réussi à intégrer une excellente université, et voilà que dès le mois de décembre de sa première année, c'était terminé. Il échouait déjà, après même pas un semestre. « Vous devez vous blinder contre la déception », lui avait recommandé naguère un thérapeute, mais il n'arrivait pas à se blinder contre quoi que ce soit, son problème avait toujours été là.

Deux semaines en avance rapide : le non-événement des vacances d'hiver – le psychologue de sa mère avait conseillé à cette dernière de mettre de la distance avec son fils, de prendre du temps pour elle, de donner à Paul une chance de devenir adulte, etc., aussi était-elle partie fêter Noël chez sa sœur à Winnipeg, sans inviter Paul à l'accompagner. Il passa donc le jour de Noël seul dans sa chambre et appela son père pour une conversation embarrassée durant laquelle il mentit sur tout, comme au bon vieux temps – et ainsi de suite jusqu'au 28 décembre, le nadir de cette semaine creuse entre Noël et le Nouvel An, où il se mit sur son trente et un et retourna au System Soundbar, un autre mardi soir, les cheveux lissés en arrière, vêtu d'une chemise à col boutonné qu'il avait achetée spécialement pour l'occasion. Il portait le même jean que lors de sa précédente visite et se rappela seulement en arrivant que le petit paquet de comprimés bleus était toujours dans sa poche.

Il entra dans la discothèque et le trio Baltica était là : Annika, Charlie et Theo, accoudés ensemble au bar. Sans doute venaient-ils de boucler un concert dans le coin. C'était quasiment un signe. Annika avait-elle encore embelli depuis la dernière fois ? Très possible. La vie universitaire de Paul était presque terminée, mais quand il regarda la chanteuse, il vit une nouvelle version de la réalité, un autre genre de vie qu'il pourrait mener. Il avait l'impression, objectivement parlant, de ne pas être mal de sa personne. Il avait un certain talent pour la musique. Et peut-être que son passé le rendait intéressant. Il existait une version du monde dans laquelle il sortait avec Annika et réussissait dans bien des domaines, même s'il n'était pas taillé pour les études. Il pourrait redevenir vendeur, en prenant cette fois son travail plus au sérieux, et gagner correctement sa vie.

« Écoutez, dit-il au psychologue de l'Utah, deux décennies plus tard, vous pensez bien que j'ai eu le temps de réfléchir à tout ça, et évidemment je m'aperçois que ce raisonnement était insensé et égocentrique, mais elle était tellement belle, et je me disais : *Cette fille est mon billet pour m'en sortir,* c'est-à-dire mon billet pour ne plus avoir l'impression d'être un raté… »

C'est maintenant ou jamais, songea Paul. Et, dans un élan de courage, il s'approcha du bar.

« Hé, dit Theo. Toi. Tu es le gars de l'autre soir.

– J'ai suivi votre conseil ! dit Paul.

– Quel conseil ? demanda Charlie.

– System Soundbar le mardi.

– Ah ! oui, dit Charlie, ouais, bien sûr.

– Sympa de te voir, mec », dit Theo.

Paul ressentit une bouffée de chaleur. Il sourit au trio, en se focalisant plus particulièrement sur Annika.

« Salut », dit-elle, non sans amabilité mais toujours avec cette irritante méfiance, comme si elle s'attendait à ce que tous ceux qui la regardent l'invitent à sortir, ce qui était exactement l'intention de Paul.

Charlie parlait à Theo, qui se pencha pour entendre ce qu'il disait. (Bref portrait de Charlie Wu : petit gabarit, lunettes et coupe de cheveux classique, adaptée au bureau, vêtu d'une chemise blanche à col boutonné et d'un jean, appuyé au bar les mains dans les poches, un reflet dans ses lunettes empêchant Paul de voir ses yeux.)

« Écoute, dit Paul à Annika, qui tourna les yeux vers lui. Je sais que tu ne me connais pas, mais je te trouve vraiment belle et je me demandais si tu accepterais que je t'invite à dîner un soir.

– Non, merci. »

Theo n'écoutait plus Charlie et observait maintenant Paul avec attention, comme s'il craignait de devoir intervenir, et Paul comprit que, avant son intrusion, le trio passait une très bonne soirée. Le problème, c'était Paul. Charlie nettoyait ses lunettes, l'esprit ailleurs, et hochait la tête au rythme de la musique tout en essuyant ses verres.

Paul se força à sourire et haussa les épaules. « OK, pas de problème, sans rancune, je me suis dit que ça ne coûtait rien de demander.

– Ça ne coûte rien de demander, confirma Annika.

– L'ecstasy, ça vous branche, les gars ? » s'enquit-il.

« … Je ne sais pas, déclara-t-il au psychologue vingt ans plus tard, pour être franc je ne sais pas à quoi je pensais, je me souviens que mon esprit était un blanc terrifiant, je ne savais pas ce que j'allais dire avant de l'avoir dit… »

Comme les trois autres l'observaient, à présent, Paul reprit : « Ce n'est pas vraiment mon truc, en fait. Aucun jugement de ma part, hein, c'est juste que ça ne m'a jamais tenté, mais ma sœur m'a donné ces comprimés. » Il montra brièvement le petit paquet au creux de sa paume. « Je ne tiens pas à les vendre, ce n'est pas mon truc non plus, mais je trouve que ce serait comme qui dirait du gâchis de les jeter dans la cuvette des W-C, alors voilà. »

Annika sourit. « Je crois en avoir pris la semaine dernière, dit-elle. Exactement la même couleur. »

« Vous comprenez pourquoi je n'avais encore jamais raconté cette histoire, dit Paul au psychologue, vingt ans après la soirée au System Soundbar. Mais je ne savais pas que ces comprimés étaient nocifs. Je pensais juste que j'avais fait une réaction allergique, voyez, comme si mon organisme était peut-être déglingué par l'arrêt des opioïdes ou je ne sais quoi, pas comme si toute personne prenant ces comprimés risquait d'être automatiquement malade, et encore moins… »

« Bref, si vous les voulez, ils sont à vous », dit-il à ce groupe qui, comme tous les autres groupes qu'il avait rencontrés dans sa vie, allait le rejeter, mais Annika sourit et lui prit le paquet. « À un de ces jours », ajouta-t-il en s'adressant aux trois mais surtout à elle, parce que parfois *non merci* peut signifier *pas pour l'instant mais peut-être plus tard,* quoique les comprimés, les comprimés, les comprimés…

« Merci », dit-elle.

« Eh bien, précisément à cause de sa réaction, raconta Paul au psychologue. Je vois bien la façon dont vous me regardez, mais je croyais vraiment qu'elle avait essayé ces mêmes comprimés la semaine précédente, comme elle le disait, et d'après son sourire, j'ai pensé qu'elle avait fait un bon trip, que ces pilules lui avaient véritablement plu et que par conséquent, ce qui m'était arrivé quand j'en avais pris était bel et bien une réaction allergique, sans plus, et non un problème qui serait nécessairement… écoutez, je sais que je me répète, mais j'ai besoin de vous faire comprendre que je ne pouvais absolument pas prévoir, enfin, je me rends compte que c'est difficile à croire, mais je n'avais franchement aucune idée… »

Après le départ de Paul, Annika prit un comprimé et donna les deux autres à Charlie, dont le cœur cessa de battre une demi-heure plus tard sur la piste de danse.

2

Avec le recul, il est facile de balayer d'un revers de main l'hystérie causée par le bug de l'an 2000 – qui s'en souvient seulement ? –, et pourtant la menace d'un effondrement parut bien réelle à l'époque. Selon les experts, le 1er janvier 2000 à minuit pile, les centrales nucléaires risquaient de tomber en panne tandis que des ordinateurs déréglés enverraient des myriades de missiles par-dessus les océans, le réseau électrique expirerait, les avions dégringoleraient du ciel. Mais pour Paul, le monde s'était déjà effondré ; c'est pourquoi, trois jours après la mort de Charlie Wu, il était dans le hall des arrivées de l'aéroport de Vancouver, près d'un téléphone public, essayant de joindre sa demi-sœur Vincent. Il avait eu assez d'argent pour fuir Toronto, mais il ne lui en restait pas suffisamment pour faire quoi que ce soit d'autre. Son plan consistait donc à s'en remettre à la miséricorde de sa tante Shauna, qui, dans ses brumeux souvenirs d'enfance, possédait une gigantesque maison avec de multiples chambres d'amis. En fait, il n'avait pas revu Vincent depuis cinq ans, alors qu'elle avait treize ans et lui dix-huit et que la mère de Vincent venait de mourir, et il n'avait pas revu Shauna depuis qu'il avait, quoi, onze ans ? Il repensait à tout cela pendant que le téléphone sonnait interminablement chez sa tante. Un couple passa près de lui, arborant des T-shirts ornés du slogan

ÉCLATEZ-VOUS COMME SI C'ÉTAIT 1999, et il se souvint seulement à ce moment-là qu'on était bel et bien la veille du Nouvel An. Les dernières soixante-douze heures avaient eu un caractère hallucinatoire. Il n'avait pas beaucoup dormi. Apparemment, sa tante n'avait pas de répondeur. Il y avait un annuaire sur la tablette, sous le téléphone, dans lequel il trouva le numéro du cabinet d'avocats où elle travaillait.

« Paul, dit-elle lorsqu'il eut franchi le barrage de la secrétaire. Quelle délicieuse surprise. » Son ton était à la fois gentil et circonspect. Qu'avait-elle entendu dire sur lui ? Il supposa que son cas avait dû nourrir les conversations au fil des années. *Paul ? Oh, il est encore en cure de désintoxication. Oui, pour la sixième fois.*

« Je suis désolé de te déranger à ton bureau. » Paul sentit un picotement derrière ses yeux. Il était extrêmement, infiniment désolé – pour tout. (Essaie de ne pas penser à Charlie Wu sur la civière au System Soundbar, un bras inerte pendant vers le sol.)

« Oh, ce n'est rien. Tu appelles juste pour dire bonjour, ou bien… ?

– J'ai essayé de joindre Vincent chez toi, dit Paul, et comme elle n'a pas répondu, je me demandais si elle avait sa ligne personnelle ou… ?

– Elle a déménagé il y a un an. »

La voix de sa tante, d'une neutralité étudiée, indiquait que la séparation ne s'était pas faite à l'amiable.

« Un an ? Quand elle avait seize ans ?

– Dix-sept, rectifia sa tante, comme si ça faisait toute la différence. Elle s'est installée avec une amie de Caiette, une fille qui venait d'arriver en ville. C'était plus près de son travail.

– Tu as son numéro ? »

Elle l'avait. « Si tu la vois, dis-lui bien des choses de ma part.

– Tu n'es pas restée en contact avec elle ?

– Nous nous sommes quittées en mauvais termes, j'en ai peur.

– Je croyais qu'elle était censée être sous ta responsabilité. Tu n'es pas sa tutrice légale ?

– Paul, elle n'a plus treize ans. Elle n'aimait pas vivre chez moi, elle n'aimait pas aller au lycée, et si tu avais passé plus de temps avec elle, tu saurais qu'essayer d'amener Vincent à faire quelque chose qui lui déplaît revient à discuter avec un mur de briques. Si tu veux bien m'excuser, je dois filer à une réunion. Prends soin de toi. »

Paul resta un moment à écouter la tonalité, les doigts crispés sur la carte d'embarquement au dos de laquelle il avait griffonné le numéro de Vincent. Il avait entretenu le fantasme d'être englouti dans une chambre d'amis disponible, mais le sol se dérobait rapidement sous ses pieds. Ses écouteurs pendaient à son cou, il les rajusta sur ses oreilles, les mains un peu tremblantes ; il appuya sur la touche *Play* de son Discman et se laissa apaiser par les *Concertos brandebourgeois*. Il écoutait du Bach uniquement quand il avait désespérément besoin d'ordre. *Voici la musique qui me conduira à Vincent,* se dit-il, et il se mit en quête d'un bus pour se rendre en ville. Dans quel genre d'appartement habitait-elle, et avec qui ? La seule amie de Vincent dont il avait gardé le souvenir était Melissa, et il s'en souvenait uniquement parce qu'elle était là quand Vincent avait écrit le graffiti qui lui avait valu un renvoi temporaire de l'école.

*

Envolez-moi. Des mots griffonnés à l'acide sur l'une des fenêtres nord de l'école, le marqueur indélébile tremblant un peu dans la main gantée de Vincent. Elle avait alors treize ans et ça se passait à Port Hardy, en Colombie-Britannique, une ville située à l'extrême nord de l'île de Vancouver. Paul avait débouché à l'angle du bâtiment trop tard pour arrêter Vincent, mais à temps pour la voir faire, et maintenant ils observaient en silence tous les trois – Vincent, Paul, Melissa – les fines traînées d'acide qui dégoulinaient de plusieurs lettres sur la vitre. À travers le graffiti, la salle de classe non éclairée était une masse d'ombres, avec des rangées de chaises et de pupitres inoccupés. Vincent avait enfilé un gant d'homme en cuir qu'elle avait trouvé on ne sait où. Elle le retira et le laissa choir dans l'herbe d'hiver piétinée, où il s'affala comme un rat crevé, tandis que Paul restait planté là, inutile, bouche bée. Melissa gloussait nerveusement.

« Qu'est-ce que tu fabriques, au juste ? demanda Paul d'un ton qui se voulait sévère mais qui, à ses propres oreilles, sonna hésitant et haut perché.

– C'est une phrase que j'aime bien », répondit Vincent.

Elle fixait la fenêtre d'une façon qui mettait Paul mal à l'aise. De l'autre côté de l'école, le chauffeur de bus klaxonna.

« On en parlera dans le bus », dit Paul, même s'ils savaient tous les deux qu'ils n'en parleraient pas du tout, pour la bonne raison qu'il n'était pas une figure d'autorité particulièrement convaincante.

Elle ne bougea pas.

« Je dois y aller, dit Melissa.

– Vincent, dit Paul, si nous ratons ce bus, nous devrons rentrer à pied à Grace Harbour et payer un bateau-taxi.

– Peu importe », dit Vincent, mais elle suivit son frère jusqu'au car scolaire qui attendait.

Assise à l'avant, près du chauffeur, Melissa prenait ostensiblement de l'avance sur ses devoirs, mais elle leva furtivement les yeux à leur passage. Ils firent en silence le trajet jusqu'à Grace Harbour, où le bateau postal attendait de les conduire à Caiette. Le bateau contourna à vive allure la péninsule et Paul regarda l'énorme chantier de construction du nouvel hôtel, et les nuages, et l'occiput de Melissa, et les arbres qui bordaient le rivage – tout pour éviter de regarder la baie. Il ne voulait pas penser à ce qu'il y avait dans les profondeurs de l'eau. Quand il jeta un coup d'œil à Vincent, il constata avec soulagement qu'elle ne regardait pas la baie, elle non plus. Elle contemplait le ciel qui s'assombrissait. À l'autre bout de la péninsule se trouvait Caiette, cet endroit en comparaison duquel Port Hardy prenait des allures de métropole : vingt et une maisons plantées entre l'eau et la forêt, l'infrastructure locale se composant en tout et pour tout d'une route avec deux culs-de-sac, d'une petite église des années 1850, d'un minuscule bureau de poste, d'une école primaire à classe unique qui était fermée – il n'y avait plus assez d'enfants, depuis le milieu des années 1980, pour la garder ouverte – et d'un unique embarcadère. Lorsque le bateau eut accosté, ils remontèrent à pied la côte menant à la maison et trouvèrent Papa et Grand-mère attablés à la cuisine. En temps normal, Grand-mère vivait à Victoria et Paul, à Toronto, mais la période n'était pas normale. La mère de Vincent avait disparu deux semaines plus tôt. On avait retrouvé son canoë, vide, dérivant au fil de l'eau.

« Les parents de Melissa ont appelé l'école, dit Papa. Et l'école m'a appelé. »

Vincent – reconnaissons-lui ce courage – ne tiqua pas. Elle s'assit, croisa les bras et attendit, tandis que Paul s'appuyait gauchement contre la cuisinière et les observait. Devait-il s'asseoir à table lui aussi ? En sa qualité de frère aîné responsable, etc. ? Comme toujours, il ignorait ce qu'il était censé faire. Rien qu'à voir la façon dont Papa et Grand-mère fixaient Vincent, Paul entendait tout ce qu'ils se retenaient de mentionner : ses cheveux récemment teints en bleu, ses notes qui dégringolaient, son rimmel noir, son deuil vertigineux.

« Pourquoi as-tu écrit ça sur la fenêtre ? demanda Papa.

– Je ne sais pas, répondit-elle d'un ton posé.

– C'était une idée de Melissa ?

– Non.

– À quoi as-tu pensé ?

– Je ne sais pas à quoi j'ai pensé. Ces mots me plaisaient, c'est tout. » Le vent changea de direction et la pluie martela la fenêtre de la cuisine. « Je regrette, reprit-elle. C'était idiot, je sais. »

Papa annonça à Vincent qu'elle était renvoyée pour toute la semaine suivante ; la suspension aurait dû être beaucoup plus longue, mais l'école tenait compte des circonstances. Elle accepta la sentence sans commentaire, puis se leva et monta dans sa chambre. Silencieux, Paul, Papa et Grand-mère écoutèrent ses pas gravir l'escalier et la porte se fermer doucement derrière elle, après quoi Paul rejoignit les deux autres à la table – la table des adultes, ne put-il s'empêcher de penser – et personne ne souligna l'évidence, à savoir que Paul était officiellement revenu de Toronto pour veiller sur Vincent, ce qui, dans l'idéal, supposait vraisemblablement de ne pas la laisser écrire des graffitis indélébiles sur les fenêtres de l'école. Mais avait-il jamais été en position de veiller sur quelqu'un ? Pourquoi s'était-il imaginé qu'il pourrait se rendre utile ? Personne n'aborda ce sujet-là non plus. Ils restèrent simplement assis sans parler, à écouter la pluie goutter dans un seau que Papa avait placé dans un coin de la pièce – Vincent étant présente par le biais d'une bouche d'aération, au plafond, dont Papa et Grand-mère ne semblaient pas réaliser qu'elle donnait dans sa chambre.

« Bon, finit par dire Paul, pressé de changer d'air, je devrais peut-être m'attaquer à mes devoirs.

– Comment ça se passe ? s'enquit Grand-mère.

– À l'école ? Bien. Ça va bien. »

Ils pensaient que Paul avait fait un noble sacrifice en laissant tous ses amis à Toronto pour venir terminer le lycée ici afin *d'être là pour ta sœur* ; s'ils avaient été plus attentifs ou s'ils avaient encore adressé la parole à sa mère, ils auraient su que, de toute façon, son ancienne école refusait de le reprendre, et aussi que sa mère l'avait flanqué à la porte. Mais une personne ne peut-elle être qu'admirable *ou* épouvantable, l'un ou l'autre ? Faut-il que la vie soit tellement binaire ? Deux choses peuvent être vraies en même temps, se dit-il. Ce n'est pas parce que tu t'es servi de la mort présumée de ta belle-mère pour prendre un nouveau départ que tu n'accomplis pas *aussi* une bonne action, qui consiste à être là pour ta sœur. Grand-mère le regardait d'un œil insistant – se pouvait-il qu'elle ait parlé à sa mère ? – mais Papa se mettait en condition pour prendre la parole, processus graduel qui l'amenait à se trémousser sur sa chaise, à se racler la gorge, à lever sa tasse de thé à mi-chemin de sa bouche avant de la reposer, si bien que Paul et Grand-mère interrompirent leur concours de regards et attendirent qu'il parle. Le chagrin lui avait conféré une certaine gravité.

« Je dois bientôt reprendre le travail, dit-il. Je ne peux pas l'emmener avec moi au camp.

– Que proposes-tu ? demanda Grand-mère.

– Je pense l'envoyer vivre chez Shauna.

– Tu ne t'es jamais entendu avec ta sœur. Toi et elle, je le jure, vous avez commencé à vous disputer quand tu avais deux ans et elle, quelques mois.

– Elle me rend dingue par moments, mais elle a bon cœur.

– Elle travaille cent heures par semaine, dit Grand-mère. Ne vaudrait-il pas mieux pour Vincent que tu trouves un emploi dans le coin ?

– Il n'y a pas d'emplois dans le coin. Aucun qui me permettrait de vivre, en tout cas.

– Et le nouvel hôtel ?

– Le chantier va durer encore au moins un an et je ne connais rien à la construction. Mais écoute, ce n'est pas seulement… » Il s'interrompit, fixant le fond de sa tasse. « Toute considération financière mise à part, je ne suis pas sûr que ce soit une bonne chose pour Vincent d'habiter ici. Chaque fois qu'elle regarde la baie… »

Il ne termina pas sa phrase. Et Paul considéra que c'était un bon point pour lui qu'il pense d'abord à sa sœur, en entendant cette remarque, que sa première pensée ne soit pas pour cette satanée crique hantée qu'il s'efforçait de ne pas regarder par la fenêtre de la cuisine, mais pour la fille qui écoutait à l'étage, l'oreille collée au conduit d'aération.

« Je monte voir comment elle va », dit-il.

Ils le regardèrent d'une façon qui lui plut – *Regarde comme Paul a mûri !* – et il se détesta de le remarquer. En haut de l'escalier, le courage faillit lui manquer, mais il se décida à frapper doucement à la porte de la chambre de Vincent. N'obtenant pas de réponse, il entra directement. Il n'était pas venu dans cette pièce depuis longtemps et fut saisi par son aspect miteux, embarrassé d'y prêter attention et embarrassé pour Vincent, mais s'en rendait-elle seulement compte ? Pas sûr. Son lit était plus vieux qu'elle et la peinture du chevet s'écaillait ; le tiroir supérieur de sa commode s'ouvrait en tirant sur une ficelle ; les rideaux étaient des draps reconvertis. Si ça se trouvait, rien de tout cela ne la gênait. Elle était assise en tailleur près du conduit d'aération, comme prévu.

« C'est OK si je te tiens compagnie ? » demanda-t-il.

Elle acquiesça d'un signe de tête. Ça pourrait marcher, se dit Paul. Je pourrais être un frère pour elle, plus que je ne l'ai été.

« Tu ne devrais pas être en première, dit-elle. J'ai fait le calcul. »

Seigneur. Il ressentit malgré lui un pincement de douleur, parce que sa demi-sœur de treize ans avait remarqué ce que son propre père n'avait apparemment pas relevé.

« Je redouble.

– Tu as raté ta première ?

– Non, j'ai été absent la plus grande partie de l'année dernière. J'ai passé quelque temps dans un centre de désintoxication.

– Pourquoi ?

– J'avais un problème de drogue. » Il se félicita de se montrer honnête sur le sujet.

« Tu as un problème de drogue parce que tes parents ont divorcé ? » demanda-t-elle d'un ton exprimant une sincère curiosité. Il éprouva à ce moment-là le désir désespéré de la fuir, alors il se leva et épousseta son jean. Le plancher était poussiéreux.

« Je n'ai pas de problème de drogue, j'en *avais* un. C'est derrière moi, maintenant.

– Pourtant, dit-elle, tu fumes des joints dans ta chambre.

– La marijuana n'a jamais été un souci. Ce n'est pas de l'héroïne. C'est totalement différent.

– *L'héroïne ?* » Elle ouvrit de grands yeux.

« Bon, j'ai beaucoup de travail. »

Je ne déteste pas Vincent, se dit-il, *Vincent n'a jamais été le problème, je n'ai jamais détesté Vincent, j'ai seulement détesté* l'idée *de Vincent*. Une espèce de mantra qu'il lui était nécessaire de se répéter à intervalles réguliers, parce que, à une époque où Paul était très jeune et où ses parents étaient encore mariés, Papa était tombé amoureux de la jeune poétesse hippie, plus loin sur la route, qui s'était rapidement retrouvée enceinte de Vincent, à la suite de quoi, en l'espace d'un mois, Paul et sa mère avaient quitté Caiette « pour fuir ce sordide feuilleton sentimental », selon l'expression de sa génitrice, et Paul, pendant le reste de son enfance dans la banlieue de Toronto, avait passé tous les étés et un Noël sur deux en Colombie-Britannique, une enfance consistant à survoler en avion, seul, des prairies et des montagnes, avec autour du cou un écriteau MINEUR NON ACCOMPAGNÉ, tandis que

Vincent, elle, vivait à longueur d'année avec ses deux parents, jusqu'à il y a deux semaines.

Il la laissa dans sa chambre pour regagner celle où il avait dormi autrefois – mais il ne s'y sentait plus chez lui, car la pièce avait été transformée en réserve durant son absence – et ses mains tremblaient, il était assailli par la tristesse, il roula un joint et le fuma prudemment par la fenêtre ouverte, mais le vent s'obstinait à ramener la fumée dans la pièce, et finalement on frappa à la porte. Lorsque Paul alla ouvrir, Papa se tenait sur le seuil, son visage exprimant une déception insupportable, et dès la fin de la semaine Paul était de retour à Toronto.

*

La fois suivante où il vit Vincent, ce fut le dernier jour de 1999, quand, à l'aéroport, il prit un bus à destination du centre-ville, écoutant les *Concertos brandebourgeois* sur son Discman, et trouva le domicile de Vincent dans le quartier le plus glauque qu'il ait jamais vu, un immeuble délabré en face d'un petit parc où les drogués titubaient comme des figurants dans un film de zombies. Pendant qu'il attendait que Vincent lui ouvre, il essaya de ne pas les regarder, de ne pas penser à l'option globalement préférable d'être sous héroïne – pas la sordide affaire consistant à vouloir s'en procurer toujours davantage, jusqu'à se rendre malade, mais la chose en soi, cet état dans lequel tout allait parfaitement bien dans le monde.

Melissa ouvrit la porte. « Oh, dit-elle, salut ! Tu n'as pas du tout changé. Entre. »

C'était rassurant, d'une certaine manière. Il se sentait marqué, comme si les détails de la mort de Charlie Wu étaient tatoués sur sa peau. Melissa, elle, avait quelque peu changé. À l'évidence, elle s'était profondément immergée dans la culture rave. Elle portait un pantalon bleu en fausse fourrure et un sweat-shirt arc-en-ciel, et ses cheveux teints en rose vif étaient coiffés en queue-de-cheval, du genre de celle qu'arborait Vincent à l'âge de cinq ou six ans. Melissa descendit une volée de marches et le fit entrer dans l'un des pires appartements où il ait jamais mis les pieds, un sous-sol à moitié terminé avec des taches d'humidité sur les murs en parpaings. Vincent préparait du café dans une minuscule kitchenette.

« Salut, dit-elle, c'est chouette de te voir.

– Toi aussi. »

La dernière fois qu'il avait vu Vincent, elle avait les cheveux bleus et gribouillait des graffitis sur les fenêtres, mais elle semblait avoir pris ses distances avec cette période de sa vie. Elle n'avait pas l'air non plus d'une raveuse, ou alors, si c'était le cas, elle réservait les costumes pour les raves. Elle portait un jean et un chandail gris, ses longs cheveux bruns répandus sur ses épaules. Melissa parlait un peu trop vite, mais n'avait-elle pas toujours été ainsi ? Il gardait d'elle le souvenir d'une gamine nerveuse. Il observa attentivement Vincent, à l'affût de signes alarmants, mais elle donnait l'impression d'une jeune femme réservée, responsable, qui s'était conduite prudemment en évitant les mines terrestres. Comment avait-elle fait pour être comme ça, et Paul comme *ça* ? Cette question présentait tous les attributs du genre de raisonnement circulaire qu'il était censé éviter – pourquoi es-tu *toi* ? – mais il était incapable d'interrompre la spirale. *Tu n'as jamais détesté Vincent, garde bien ça à l'esprit. Ce n'est pas sa faute si elle n'a pas les mêmes problèmes que toi.* Ils s'assirent dans un salon aux moutons de poussière gros comme des souris, Paul et Vincent sur un canapé vieux de trente ans et Melissa sur une chaise de jardin en plastique sale, et ils essayèrent de trouver quelque chose à se dire, mais la conversation n'arrêtait pas de caler, si bien qu'ils se contentèrent de boire leur café instantané sans que leurs regards se croisent vraiment.

« Tu as faim ? demanda Vincent. On est un peu à court de provisions, mais je peux te faire un toast ou un sandwich au thon si tu veux.

– Nan, ça va. Merci.

– Tant mieux, soupira Melissa. Il reste encore quatre jours avant la paie et on doit régler le loyer demain, donc c'est littéralement du pain ou du thon en boîte.

– Si tu as tellement besoin de provisions, pioche dans l'argent de ta bière, dit Vincent.

– Je vais faire comme si je n'avais pas entendu.

– La prochaine paie, il faudra que je pense à acheter des ampoules électriques, dit Vincent. J'oublie toujours, quand j'ai de l'argent. »

Le salon était éclairé par trois lampadaires dépareillés dont l'un, dans le coin du fond, clignotait. Vincent se leva, l'éteignit et revint vers le divan. La pièce était maintenant à moitié dans l'obscurité, des ombres se massaient à la périphérie.

« Tante Shauna te dit bonjour, déclara Paul au bout d'un moment.

– C'est une femme bien, dit Vincent, répondant à une question qu'il n'avait pas posée, mais sans doute pas équipée pour recueillir une ado de treize ans traumatisée.

– À l'entendre, tu avais laissé tomber l'école.

– Ouais, le lycée était barbant.

– C'est pour ça que tu es partie ?

– Principalement. On peut avoir d'excellentes notes sans être pour autant suffisamment motivée pour se traîner à l'école le matin. »

Il ne trouva rien à répondre. Comme toujours, il ne savait pas trop en quoi consistait son rôle. Était-il censé lui conseiller de reprendre l'école ? Il n'était pas en position de dicter sa conduite à qui que ce soit. L'enterrement de Charlie Wu avait lieu aujourd'hui. Charlie Wu n'était en aucun cas tapi dans le coin le plus sombre du salon, ce n'était donc pas la peine de regarder dans cette direction.

« Et toi, tu es à l'école ? demanda-t-il à Melissa.

– J'entre à UBC[1] à l'automne.

– Bravo. C'est une bonne fac. »

Melissa leva sa tasse de café. « Buvons à toute une vie de prêt étudiant à rembourser !

– À ta santé. » Il leva sa tasse en évitant de croiser le regard de Melissa. Lui, c'était sa mère qui lui avait payé ses frais de scolarité.

« Il faut qu'on aille danser ce soir, finit par dire Melissa. J'ai deux discothèques en vue.

– Je connais des gens qui sont terrés dans des cabanes, loin de tout, avec des provisions pour le cas où la civilisation s'effondrerait, dit Vincent.

– C'est quand même se donner beaucoup de mal, commenta Paul.

– Ça ne t'arrive jamais d'espérer en secret que la civilisation s'effondre, dit Melissa, juste histoire qu'il arrive quelque chose ? »

Plus tard ce soir-là, ils montèrent dans la voiture cabossée de Melissa et se rendirent dans un club. Vincent n'avait pas l'âge légal, mais le portier choisit de ne rien remarquer car, quand on est une belle fille de dix-huit ans, toutes les portes vous sont ouvertes, du moins fut-ce l'impression de Paul en la voyant entrer nonchalamment devant lui. Le portier scruta de très près la carte d'identité de Paul et lui jeta un regard inquisiteur, ce qui donna envie à Paul de lui lancer une remarque acerbe, mais il se retint. Le nouveau siècle représentait une opportunité nouvelle, se dit-il. Si jamais ils survivaient au bug de l'an 2000, si la fin du monde n'arrivait pas,

1. Université de la Colombie-Britannique, sise à Vancouver. (*Toutes les notes sont du traducteur.*)

il deviendrait un homme meilleur. Et si jamais ils survivaient au bug de l'an 2000, il espérait bien ne plus jamais entendre cette expression *bug de l'an 2000.* Au vestiaire, il s'aperçut que Vincent portait un haut scintillant qui était seulement à moitié une chemise, comme si le devant était normal mais qu'il manquait le dos : juste deux fins cordons noués sous ses omoplates nues, ce qui faisait paraître son dos horriblement vulnérable.

« J'ai besoin d'un verre », déclara Melissa.

Paul l'accompagna au bar, où ils commandèrent de la bière plutôt que de l'alcool fort, surveillant leur consommation – en adultes responsables –, et quand il se tourna vers la piste de danse, Vincent dansait déjà en solo, les yeux clos, ou peut-être qu'elle fixait le plancher, seule au sens le plus fondamental : *perdue dans son petit monde* était la formule qu'utilisait sa mère, dans le souvenir de Paul, chaque fois que quelqu'un essayait d'attirer l'attention de Vincent pendant qu'elle lisait un livre ou regardait dans le vide, inaccessible.

« Elle est vraiment à côté de ses pompes, dit Melissa, obligée de crier parce que la musique, quoique moins bruyante au bar, l'était encore trop pour bavarder.

– Elle l'a toujours été, répondit Paul sur le même ton.

– Remarque, ce qui est arrivé à sa mère, ça démolirait n'importe qui, cria Melissa, ayant peut-être mal compris. C'était tellement tragique, cette… »

Paul n'entendit pas le dernier mot, mais il n'en avait pas besoin. Ils restèrent silencieux à contempler Vincent et aussi la Tragédie de Vincent, qui était une entité séparée. Pourtant, il ne voyait pas Vincent comme une figure tragique, il la voyait comme une personne plus ou moins maîtresse de sa vie, une personne équilibrée qui travaillait à plein temps à l'hôtel Vancouver où elle débarrassait les tables – et, à ce titre, il se sentait passablement mal à l'aise en sa présence.

Après deux bières, il la rejoignit sur la piste de danse et elle lui sourit. *J'essaie,* voulut-il lui dire, *je fais vraiment des efforts, tout est parti en vrille mais le nouveau siècle va être différent.* Il n'ingéra rien d'autre que de la bière et dansa frénétiquement pendant un certain temps sous l'influence de rien – de *presque* rien, les bières ne comptent pas – jusqu'au moment où, levant les yeux, il vit Charlie Wu dans la foule et la soirée sauta un battement. Paul se figea. Naturellement ce n'était pas Charlie, juste un garçon lambda qui lui ressemblait un peu, un garçon qui avait une coupe de cheveux similaire et des lunettes qui reflétaient les lumières, mais la vision était si épouvantable qu'il ne put rester là une seconde de plus, même pas le temps de dire à Vincent et à Melissa qu'il partait. Il sortit dans la rue en trébuchant et c'est là qu'elles le trouvèrent une demi-heure plus tard, frissonnant sous un réverbère. Rien, leur dit-il, simplement il n'aimait pas trop la musique et avait subitement éprouvé le besoin de prendre l'air – parfois, la foule le rendait claustrophobe – et en plus il mourait de faim. Vingt minutes plus tard, ils examinaient des menus dans un *diner* où tous les autres clients étaient ivres, et les lumières étaient si vives que Paul parvint à se convaincre qu'il n'avait pas réellement vu un fantôme. Tous les gens se ressemblent sous un éclairage stroboscopique. Il y a des sosies partout.

« Dis, pourquoi es-tu venu passer le Nouvel An ici ? » demanda Melissa. Il s'était montré un peu vague sur la durée de son séjour. « Les boîtes de nuit ne sont pas mieux à Toronto ?

– En fait, répondit Paul, je m'installe ici. »

Vincent leva les yeux de son menu. « Pourquoi ? s'enquit-elle.

– J'ai vraiment besoin de changer de décor.

– Tu as des ennuis ? interrogea Melissa.

– Ouais, peut-être un peu.

– Eh bien vas-y, raconte-nous.

– Il y avait de la mauvaise ecstasy qui circulait. Et au vu des apparences, on risquait de m'en tenir pour responsable. »

« Ma foi, parce que je n'avais aucune raison de ne pas être honnête, comme qui dirait, expliqua-t-il en 2019 au psychologue de l'Utah. Évidemment, je ne leur en ai pas dit davantage, mais je savais déjà que je ne serais pas inquiété. J'étais en probation académique, ça n'avait donc rien de bizarre que j'aie abandonné l'université. Paul est sans doute l'un des prénoms les plus répandus au monde, et les musiciens de Baltica me connaissaient uniquement sous ce nom-là… »

« Oh là là, dit Melissa, c'est terrible », et il pensa : *Tu n'imagines pas à quel point.* Il ne put s'empêcher de noter le manque d'intérêt apparent de Vincent. Elle s'était replongée dans le menu sans faire de commentaire. Et là, aucune des hypothèses n'était réjouissante : soit elle se fichait complètement de Paul, soit elle n'était pas étonnée qu'il se soit mis dans le pétrin, soit elle avait elle-même une certaine habitude des ennuis. *Je ne déteste pas Vincent,* se dit-il intérieurement, *je déteste seulement l'incroyable chance qu'elle a eue d'être Vincent au lieu d'être moi, je déteste qu'elle puisse laisser tomber le lycée et s'installer dans un quartier épouvantable et réussir malgré tout, miraculeusement, à rester parfaitement équilibrée, comme si les lois de la gravité et de la malchance ne s'appliquaient pas à elle.* Lorsqu'ils eurent terminé leurs burgers, Melissa jeta un coup d'œil sur sa montre à affichage numérique, un gros objet en plastique qui semblait plutôt destiné à un enfant.

« Vingt-trois heures quatorze, annonça-t-elle. Il nous reste quarante-quatre minutes à tuer avant la fin du monde.

– Quarante-six, rectifia Paul.

– Je ne crois pas que la fin du monde soit pour cette nuit, dit Vincent.

– Ce serait excitant si ça arrivait, dit Melissa. Toutes les lumières qui s'éteignent, *pouf…* » Elle écarta les doigts à la manière d'un magicien jetant un sort.

« Beurk, fit Vincent. Une ville sans lumières ? Non, merci.

– Ce serait genre flippant, dit Paul.

– Mec, *toi* tu es genre flippant », dit Melissa.

Il lui balança une frite, après quoi on les flanqua tous les trois dehors. Ils restèrent quelques minutes sur le trottoir, frissonnants et déshydratés, à débattre de leur étape suivante, et puis Melissa se souvint d'une autre boîte où elle pensait que Vincent ne serait probablement pas refoulée, une autre boîte dans un autre sous-sol, pas très loin d'ici. Ils se mirent donc en route, se perdirent deux fois et finirent par se retrouver devant une porte non marquée à travers laquelle la basse pulsait faiblement d'en bas. On était encore en 1999. Ils descendirent un autre escalier plongeant dans une autre nuit permanente et, quand la porte s'ouvrit, Paul entendit les paroles

I always come to you, come to you, come to you…

… et pendant une seconde, il ne put respirer. La chanson avait été remixée en dance music, la voix d'Annika insérée sur un rythme de house, mais il reconnut aussitôt la chanson, il l'aurait reconnue n'importe où.

« Ça va ? cria Melissa à son oreille.

– Au poil ! cria-t-il en retour. Je vais très bien ! »

Ils abandonnèrent leurs parkas et se fondirent sur la piste de danse, où une autre chanson succédait à Baltica, une chanson sur la couleur bleue qui passait dans toutes les discothèques en 1999, année dont il ne restait plus que quelques minutes. *Dernière chanson du vingtième siècle*, songea Paul. Il essayait de danser mais quelque chose le gênait, une impression de mouvement à la périphérie de sa vision, la sensation d'être observé. Il regarda frénétiquement autour de lui mais ne vit qu'un océan de visages anonymes dont aucun ne l'épiait.

« Tu es sûr que ça va ? » hurla Melissa.

Les lumières stroboscopiques se mirent à clignoter et, l'espace d'un éclair, Charlie Wu fut au milieu de la foule, les mains dans les poches, à observer Paul. Puis il disparut.

« Très bien ! cria Paul. Parfaitement bien ! »

Parce que c'était la seule option, aller bien malgré l'effroyable certitude que Charlie Wu, d'une manière ou d'une autre, était ici. Paul ferma les yeux un instant puis se força à continuer de danser, ou à faire désespérément semblant. Les lumières ne s'éteignirent pas lorsque 1999 se mua en 2000 et les heures s'écoulèrent jusqu'au lever du soleil, quand ils émergèrent dans la rue glacée, dans le nouveau siècle, et s'entassèrent, froids de sueur, dans le tas de ferraille de Melissa, Paul sur le siège du passager et Vincent pelotonnée à l'arrière comme un chat.

« On a échappé à la fin du monde », dit-elle, mais quand il regarda par-dessus son épaule, elle dormait et il se demanda s'il n'avait pas eu des voix. Melissa, les yeux rougis, conduisait trop vite, parlant de son nouveau job de vendeuse à la boutique de vêtements Le Château tandis que Paul écoutait d'une oreille distraite. Et soudain, quelque part sur le trajet de retour à l'appartement, il fut saisi d'un espoir étrange, insensé. C'était un nouveau siècle. S'il parvenait à survivre au fantôme de Charlie Wu, il pourrait survivre à n'importe quoi. Il avait plu au cours de la nuit et les trottoirs luisaient, les flaques d'eau reflétant les premières lueurs du jour.

« Non, dit Paul au psychologue, c'était seulement la première fois que je le voyais. »

III

L'HÔTEL

Printemps 2005

1

Et si vous avaliez du verre brisé ? Une phrase griffonnée au marqueur à acide sur la baie vitrée de l'hôtel Caiette, côté est, avec des traînées de blanc dégoulinant de plusieurs lettres.

« Qui a bien pu écrire une chose pareille ? » Le seul client à avoir vu cette déprédation, un cadre supérieur insomniaque qui travaillait dans le transport maritime et était arrivé la veille, trônait dans l'un des fauteuils en cuir, buvant un whisky que le manager de nuit lui avait apporté. Il était un peu plus de deux heures du matin.

« Pas un adulte, vraisemblablement. » Le manager de nuit s'appelait Walter et c'était le premier graffiti qu'il voyait en trois années d'exercice. Le message avait été écrit du côté extérieur de la vitre. Walter avait scotché des feuilles de papier par-dessus et s'affairait maintenant à déplacer un philodendron en pot pour camoufler le papier, avec le concours de Larry, le portier de nuit. La barmaid de service, Vincent, essuyait des verres à vin tout en observant la scène de derrière le bar, à l'extrémité du hall. Walter avait songé à la solliciter pour l'aider à bouger la plante, parce qu'il avait besoin d'un coup de main et que l'agent d'entretien prenait sa pause-dîner, mais elle ne lui donnait pas l'impression d'être particulièrement robuste.

« C'est perturbant, non ? dit le client.

– Je suis d'accord avec vous. Mais selon moi, répondit Walter avec plus de confiance qu'il n'en éprouvait, cela ne peut être que l'œuvre d'un adolescent trompant son ennui. »

En vérité, il était profondément ébranlé et cherchait refuge dans l'efficacité. Il recula d'un pas pour considérer le philodendron. Les feuilles cachaient presque le papier scotché, mais pas complètement. Il lança un coup d'œil à Larry, qui haussa les épaules comme pour dire « C'est le mieux qu'on puisse faire » avant de sortir avec un sac-poubelle et un gros rouleau de papier adhésif pour recouvrir l'inscription de l'autre côté.

« C'est la teneur du message, reprit le client. Inquiétant, non ?

– Je suis navré que vous ayez été là pour le voir, monsieur Prevant.

– Personne ne devrait voir ça. » Un frisson de désarroi dans la voix de Leon Prevant, qu'il camoufla en avalant une rapide gorgée de whisky. De l'autre côté de la baie vitrée, Larry avait soigneusement plié en deux le sac-poubelle et le fixait sur le graffiti.

« Entièrement d'accord avec vous. » Walter consulta sa montre. Trois heures du matin, encore trois heures de service. Larry avait repris son poste près de la porte. Vincent continuait d'essuyer des verres. Il alla lui parler et vit, en s'approchant, qu'elle avait les larmes aux yeux.

« Ça va ? demanda-t-il d'une voix douce.

– C'est abominable, dit-elle sans lever la tête. Je n'imagine pas le genre de personne capable d'écrire une chose pareille.

– Je sais. Pour ma part, je m'en tiens à l'hypothèse de l'adolescent désœuvré.

– Vous y croyez vraiment ?

– Je peux m'en convaincre », dit-il.

Walter alla voir si M. Prevant avait besoin de quelque chose – ce n'était pas le cas –, puis il reprit son inspection de la baie vitrée. Un seul autre client était attendu cette nuit-là, un VIP dont le vol avait été retardé. Walter s'attarda quelques minutes près de la baie, contemplant le reflet du hall en surimpression sur la vitre obscure, avant de regagner son bureau pour rédiger un rapport sur l'incident.

2

« L'hôtel se trouve au milieu de nulle part, lui avait expliqué le directeur général lors de leur première rencontre à Toronto, trois ans plus tôt, mais c'est précisément ce qui en fait l'intérêt. »

Cette entrevue avait lieu au bord du lac, dans un café bel et bien construit sur la jetée, à proximité des bateaux qui se balançaient. Raphael, le directeur général, vivait sur le domaine de l'hôtel Caiette, ainsi que presque tous ceux qui y travaillaient, mais il était venu à Toronto afin d'assister à une conférence sur l'hôtellerie et sur le débauchage du personnel des hôtels concurrents. Le Caiette avait ouvert ses portes au milieu des années 1990 mais avait été récemment rénové dans ce que Raphael appelait le Grand Style de la Côte Ouest, lequel semblait se caractériser par des poutres apparentes en cèdre et d'immenses baies vitrées. Walter examinait les photos de la campagne publicitaire que Raphael avait disposées sur la table. L'hôtel était un palais de cèdre et de verre au crépuscule, les lumières se reflétant dans l'eau, les ombres de la forêt cernant le bâtiment.

« Ce que vous avez dit tout à l'heure… comme quoi l'hôtel est inaccessible en voiture ? » Walter avait le sentiment d'avoir mal compris quelque chose dans la présentation initiale.

« C'est à prendre au sens littéral. On y accède par bateau. Il n'y a pas de routes. Connaissez-vous un peu la géographie de la région ?

– Un peu », mentit Walter.

Il n'était jamais allé si loin à l'ouest. Son impression de la Colombie-Britannique s'apparentait à une série de cartes postales : baleines bondissant hors de l'eau bleue, rivages verdoyants, bateaux.

« Tenez, dit Raphael en brassant des papiers. Regardez cette carte. » La propriété était représentée par une étoile blanche dans une sorte de baie, à l'extrémité nord de l'île de Vancouver. L'échancrure partageait presque l'île en deux. « C'est la nature sauvage, là-bas, reprit Raphael, mais laissez-moi vous confier un secret sur la nature sauvage.

– Je vous en prie.

– Très peu de gens, parmi ceux qui y viennent, ont vraiment le désir d'en faire l'expérience. Pratiquement personne. » Raphael s'adossa à sa chaise, un petit sourire aux lèvres, espérant sans doute que Walter lui demande ce qu'il entendait par là, mais Walter attendit la suite. « Du moins, pas les gens qui séjournent dans des cinq-étoiles. Nos clients, à Caiette, ont envie de voir la nature sauvage, mais ils ne veulent pas être *dedans*. Ils veulent juste la *regarder*, idéalement par la fenêtre d'un hôtel de luxe. Ils veulent être à proximité de la nature sauvage. La particularité de ce lieu… » Il toucha l'étoile blanche de l'index, et Walter admira sa manucure – « … c'est un luxe extraordinaire dans un cadre inattendu. Franchement, il y a une part de surréalisme là-dedans. Une expérience cinq-étoiles dans un endroit où votre portable n'a pas de réseau.

– Comment acheminez-vous les clients et les provisions ? »

Walter avait du mal à saisir l'attrait du lieu. C'était indéniablement beau mais géographiquement peu pratique, et il n'était pas sûr qu'un cadre supérieur lambda aurait envie de prendre ses vacances dans une zone sans réseau.

« Par bateau à moteur. C'est à quinze minutes de la petite ville de Grace Harbour.

– Je vois. Et à part la beauté naturelle incontestable, dit Walter, essayant une approche différente, diriez-vous qu'il y a un élément déterminant qui distingue cet hôtel des autres établissements de même standing ?

– J'espérais cette question. La réponse est oui. Là-bas, on a le sentiment d'être hors du temps et de l'espace.

– Hors du… ?

– Façon de parler, mais ce n'est pas loin de la réalité. » Raphael adorait Caiette, cela se voyait. « La vérité, c'est qu'une certaine catégorie de la population est prête à payer très cher pour échapper temporairement au monde moderne. »

Plus tard, alors que Walter rentrait chez lui dans la soirée automnale, l'idée de s'échapper temporairement du monde ne le lâcha pas. À l'époque, il louait un studio exigu dans une rue qui semblait n'appartenir à aucun quartier déterminé. C'était l'appartement le plus déprimant qu'il ait jamais vu, et – pour des raisons qu'il refusait de formuler – il l'avait choisi précisément pour cette raison. Dans une autre partie de la ville, la danseuse de ballet avec qui Walter était encore fiancé deux mois auparavant se mettait en ménage avec un avocat.

Ce soir-là, Walter s'arrêta en chemin à son épicerie habituelle, et la perspective de s'y arrêter de nouveau le lendemain, et encore le surlendemain, et encore le jour d'après, lentes déambulations dans l'allée des surgelés après ses heures de service à l'hôtel où il travaillait depuis dix ans, plus vieux d'un jour à chaque fois, tandis que la ville se resserrait autour de lui… franchement, c'était insupportable. Il déposa dans son panier un paquet de maïs surgelé. Et si c'était la dernière fois, là, dans ce magasin particulier, qu'il accomplissait ce geste? Une pensée bien séduisante.

Il avait vécu douze ans avec la danseuse de ballet et n'avait pas vu venir la rupture. Ses amis l'avaient persuadé de ne pas prendre d'initiative précipitée. Mais ce qu'il voulait, à l'époque, c'était disparaître ; aussi, le temps d'arriver à la caisse, il s'aperçut que sa décision était prise. Il accepta le poste ; des dispositions furent adoptées ; le jour fixé, un mois plus tard, il s'envola pour Vancouver et emprunta une correspondance pour Nanaimo à bord d'un avion à hélices de vingt-quatre places qui atteignit à peine les nuages avant d'amorcer la descente ; il passa la nuit à l'hôtel et se mit en route le lendemain pour l'hôtel Caiette. Il aurait pu gagner beaucoup de temps en atterrissant dans l'un des tout petits aéroports situés plus au nord, mais il désirait découvrir un peu l'île de Vancouver.

C'était une froide journée de novembre avec des nuages bas. Il roula vers le nord au volant d'une voiture de location grise, traversant une série de localités grises d'où on voyait par intermittence la mer grise sur sa droite, un paysage d'arbres sombres et de McDonald's et de supermarchés sous un ciel plombé. Il arriva enfin à Port Hardy, sous la pluie, et se perdit dans les rues mornes avant de trouver un endroit où rendre la voiture. Il appela l'unique service de taxis de la ville et attendit une demi-heure, le temps qu'arrive un vieil homme dans un break cabossé qui empestait la cigarette.

« Vous allez à l'hôtel ? s'enquit le chauffeur lorsque Walter le pria de le conduire à Grace Harbour.

– En effet. »

Walter s'aperçut qu'il n'avait pas particulièrement envie de faire la conversation après toutes ces heures de voyage en solitaire. Ils roulèrent en silence à travers la forêt jusqu'à ce qu'ils atteignent le « village » baptisé Grace Harbour : quelques maisons disséminées le long de la route et de la côte, des bateaux de pêche dans le port, un bazar près des docks, une aire de stationnement où étaient garées quelques vieilles voitures. Il vit une femme à travers la vitrine du bazar, mais personne d'autre aux environs.

Walter avait reçu la consigne d'appeler l'hôtel pour qu'on lui envoie un bateau. Son portable n'avait pas de réseau, comme annoncé, mais il trouva une cabine téléphonique près de la jetée. L'hôtel promit de lui envoyer quelqu'un dans la demi-heure. Walter raccrocha et sortit dans l'air frisquet. Le soir tombait et le monde prenait un aspect monochrome, l'eau pâle et vitreuse sous le ciel qui s'assombrissait, les ombres envahissant la forêt. Il marcha jusqu'à l'extrémité de la jetée, savourant le silence. Cet endroit était tout le contraire de Toronto, et n'était-ce pas ce qu'il avait voulu ? Le contraire de sa vie d'avant ? Quelque part en ville, à l'est, la danseuse de ballet et l'avocat dînaient au restaurant ou marchaient dans les rues en se tenant par la main, ou étaient au lit. *N'y pense pas. N'y pense pas.* Walter attendit, l'oreille aux aguets, mais on percevait seulement le léger clapotis de l'eau contre la jetée et le cri occasionnel d'une mouette, jusqu'au moment où il entendit au loin la vibration d'un moteur hors-bord. Quelques minutes plus tard il vit le bateau, simple tache blanche entre les rives couvertes de forêt sombre, un jouet qui grossit peu à peu avant de se ranger le long de la jetée, le moteur faisant un raffut obscène dans le calme environnant, les remous éclaboussant les pilotis. La femme perchée à la proue devait avoir dans les vingt-cinq ans et portait un uniforme impeccable, d'inspiration vaguement nautique.

« Vous devez être Walter. » D'un mouvement fluide, elle débarqua et amarra le bateau. « Je suis Melissa, de l'hôtel. Je peux prendre vos bagages ?

– Merci. »

Elle avait quelque chose de saisissant, comme une apparition. Il était presque heureux, songea-t-il tandis que le horsbord s'éloignait de la jetée. Un vent froid lui soufflait au visage, et il savait que la traversée ne durait pas plus d'un quart d'heure, mais il eut le sentiment absurde de s'embarquer dans une grande aventure. Ils avançaient à vive allure dans la nuit tombante. Il aurait voulu demander à Melissa comment était l'hôtel, depuis combien de temps elle y travaillait, mais le bruit du moteur interdisait toute conversation. Quand il jeta un coup d'œil par-dessus son épaule, le sillage formait une piste argentée s'étirant jusqu'aux lumières éparses de Grace Harbour.

Melissa contourna la péninsule et l'hôtel apparut devant eux, improbable palais illuminé se détachant sur la toile de fond de la forêt ténébreuse. Walter comprit alors ce que Raphael avait voulu dire en parlant d'une touche de surréalisme : le bâtiment aurait été beau n'importe où, mais situé ici, il était incongru, et cette incongruité participait de l'enchantement. Le hall, tout en piliers de cèdre et sol d'ardoise, était exposé à la manière d'un aquarium derrière une paroi vitrée. Une double rangée de lumières éclairait le chemin menant à l'embarcadère, où un portier – Larry – les accueillit avec un chariot. Walter lui serra la main et suivit ses bagages jusqu'à la grande entrée de l'hôtel, puis au bureau d'accueil, où Raphael attendait avec un sourire de réceptionniste. Après les présentations, le dîner et les papiers à remplir, Walter se retrouva dans une suite au dernier étage du pavillon réservé au personnel, dont les fenêtres et la terrasse donnaient sur les arbres. Il ferma les rideaux, occultant la nuit, et repensa à la formule de Raphael comme quoi l'hôtel existait hors du temps et de l'espace. Il y a un tel bonheur dans une fuite réussie.

Dès la fin de sa première année à Caiette, Walter s'aperçut qu'il était plus heureux qu'il ne l'avait jamais été, où que ce fût. Mais durant les heures qui suivirent l'incident du graffiti, la végétation extérieure lui parut plus inquiétante qu'à l'accoutumée, les ombres plus denses et lourdes de menace. Qui était sorti de la forêt pour taguer ainsi la baie vitrée ? *Le message a été écrit à l'envers sur la vitre,* nota Walter dans son rapport, *ce qui suggère qu'il était destiné à être lu du hall.*

*

« J'apprécie la clarté de votre compte rendu », dit Raphael à Walter lorsque celui-ci vint dans son bureau le lendemain après-midi. Raphael avait vécu vingt ans au Canada anglais mais gardait un fort accent de la ville de Québec. « Certains de vos collègues, quand je leur demande un rapport, me rendent de la bouillie pour les chats, truffée de fautes de frappe et de spéculations rocambolesques.

– Je vous remercie. » Walter attachait plus d'importance à cet emploi qu'il n'en avait jamais attaché à quoi que ce soit d'autre, aussi était-il toujours immensément soulagé lorsque Raphael louait ses mérites. « Ce graffiti est troublant, n'est-ce pas ?

– C'est mon avis. Quasiment une menace.

– Les caméras de surveillance montrent-elles quelque chose ?

– Rien de bien utile. Je peux vous faire voir l'enregistrement si vous voulez. »

Raphael fit pivoter l'écran vers Walter et mit en route une bande vidéo noir et blanc. Des images de la terrasse la nuit, baignant dans la luminescence lugubre de la caméra en mode vision nocturne : une silhouette vêtue d'un pantalon foncé et d'un sweat à capuche trop grand émerge des ombres, à la lisière de la terrasse. L'homme garde la tête baissée – ou est-ce une femme ? Impossible à déterminer – et tient un objet dans sa main gantée : le marqueur à acide qui défigure la vitre. Le fantôme grimpe gracieusement sur un banc et griffonne le message avant de se fondre à nouveau dans l'obscurité, sans relever la tête. Toute la scène se déroule en moins de dix secondes.

« On dirait qu'il s'est entraîné, observa Walter.

– Comment ça ?

– Il écrit à toute vitesse. Et à l'envers. Lui ou elle, je ne sais pas. »

Raphael acquiesça. « Avez-vous autre chose à me signaler concernant la nuit dernière, qui ne figurerait pas dans votre rapport ?

– Que voulez-vous dire ?

– Un incident inhabituel dans le hall. Des détails étranges. Quelque chose que vous n'avez peut-être pas jugé utile de mentionner. »

Walter hésita.

« Dites-moi, l'encouragea Raphael.

– Eh bien, je n'aime pas moucharder mes collègues, mais le comportement de l'agent d'entretien m'a paru bizarre. »

L'agent d'entretien, Paul, était le frère de Vincent – non, son demi-frère, avait précisé Vincent, mais Walter ignorait quel parent ils avaient en commun – et il travaillait à l'hôtel depuis trois mois. Il avait vécu cinq ou six ans à Vancouver mais avait grandi à Toronto, ce qui aurait dû créer un lien entre lui et Walter ; ça n'avait pas été le cas, en partie parce que lui et Paul venaient de deux Toronto différents. Ils avaient essayé de comparer leurs restaurants et night-clubs préférés, mais Walter n'avait jamais entendu parler du System Soundbar, tandis que Paul ne connaissait pas Chez Zelda. Le Toronto de Paul était plus jeune, plus anarchique, un Toronto qui dansait au rythme d'une musique que Walter n'aimait ni ne comprenait, un Toronto qui affichait des manières excentriques et consommait des drogues dont Walter ignorait jusqu'à l'existence. (« Bon, mais vous savez pourquoi les raveurs portent des tétines autour du cou, avait dit Paul. Ce n'est pas une question de mauvais goût, c'est parce que le K vous fait grincer des dents », et Walter avait acquiescé d'un air entendu sans avoir la moindre idée de ce qu'était le « K ».) Paul ne souriait jamais. Il faisait son travail correctement mais avait une façon de se perdre dans des rêveries pendant qu'il nettoyait le hall, la nuit, de regarder dans le vide pendant qu'il passait la serpillière ou briquait les tables. On devait parfois l'appeler deux ou trois fois avant qu'il réagisse, mais si on usait d'un ton plus sec lors du deuxième ou troisième appel, il arborait alors une expression blessée, pleine de reproche. Walter trouvait sa présence irritante et passablement déprimante.

La nuit du graffiti, Paul revint de sa pause-dîner à trois heures et demie du matin. Il entra par la porte latérale et Walter, levant la tête, vit le regard du jeune homme se tourner aussitôt vers le philodendron curieusement placé, puis vers Leon Prevant, le cadre de la compagnie maritime, qui en était alors à son deuxième whisky et lisait un exemplaire du *Vancouver Sun* de l'avant-veille.

« Un problème avec la baie vitrée ? s'enquit Paul en passant devant la réception, d'un ton que Walter jugea faussement dégagé.

– J'en ai peur. Un graffiti extrêmement déplaisant. »

Paul écarquilla les yeux. « M. Alkaitis l'a vu ?

– Qui ?

– Vous savez bien. » Paul indiqua de la tête Leon Prevant.

« Ce n'est pas Alkaitis. » Walter observait Paul avec attention. Il avait le visage empourpré et semblait encore plus malheureux qu'à l'ordinaire.

« Je croyais que c'était lui.

– L'avion d'Alkaitis a été retardé. Vous n'avez vu personne rôder à l'extérieur, par hasard ?

– Rôder ?

– Rien vu de louche ? Ça s’est passé il y a moins d’une heure.

– Ah ! Non. » Paul ne le regardait plus – encore une manie agaçante ; pourquoi détournait-il systématiquement les yeux quand Walter lui parlait ? – mais il observait Leon, qui observait la baie vitrée. « Je vais voir si Vincent a besoin qu’on change les fûts. »

*

« Qu’y avait-il là d’inhabituel ? interrogea Raphael.

– S’enquérir ainsi des clients… Et puis comment savait-il qui devait arriver cette nuit-là ?

– Ce n’est pas gravissime de la part d’un agent d’entretien de consulter la liste des clients, de se familiariser avec le terrain. Je joue l’avocat du diable, là.

– Bon, c’est vrai, je vous l’accorde, dit Walter. N’empêche, le fait qu’il ait regardé directement la baie vitrée en franchissant la porte, directement la plante en pot… Le philodendron n’était quand même pas si voyant.

– Il n’est visiblement pas à sa place, de mon point de vue.

– Est-ce pour autant la première chose que vous regardez ? Surtout la nuit ? Vous entrez dans le hall par la porte latérale, vous regardez au-delà de la double rangée de colonnes, au-delà des fauteuils et des tables basses, au milieu de la baie vitrée…

– Il fait le ménage dans le hall, dit Raphael. Il doit savoir mieux que personne où sont disposées les plantes en pot.

– Soyons clair, je ne l’accuse de rien. C’est juste un détail que j’ai remarqué.

– Je comprends. Je lui parlerai. Autre chose ?

– Rien. Le reste de mon service a été parfaitement normal. »

Le reste du service :

À quatre heures du matin, Leon Prevant commençait à bâiller. Paul était quelque part à l'arrière de la maison, à lessiver les sols dans les couloirs du personnel. Walter avait achevé son rapport et effectué toutes les vérifications d'usage. Il contemplait le hall, en s'efforçant de ne pas trop penser au graffiti. (Que peut signifier *Et si vous avaliez du verre brisé ?* à part *J'espère vous voir mort* ?) Larry se tenait près de la porte, les yeux à moitié ouverts. Walter fut tenté d'aller bavarder avec lui, mais il savait que Larry passait les heures creuses à méditer et que, s'il avait les yeux mi-clos, cela voulait dire qu'il comptait ses respirations. Walter envisagea d'aller parler avec Vincent, mais cela ferait mauvais effet que le manager de nuit traînasse au bar en présence d'un client, aussi opta-t-il pour une inspection nonchalante du hall. Il redressa une photo encadrée au-dessus de la cheminée, passa un doigt sur les étagères de la bibliothèque, en quête de poussière, arrangea les feuilles du philodendron afin qu'elles cachent mieux le papier scotché sur la vitre. Il sortit un moment dans la fraîcheur de la nuit, l'oreille à l'affût d'un bateau qui, il le savait, n'était pas encore parti.

À quatre heures et demie, Leon Prevant se leva et se dirigea vers l'ascenseur en bâillant. Vingt minutes plus tard, Jonathan Alkaitis arrivait. Comme toujours, Walter entendit le bateau longtemps avant de le voir apparaître, le bruit du moteur faisant voler en éclats le silence de la nuit ; puis les lumières à la proue virèrent sur l'eau lorsque le hors-bord contourna la péninsule. Larry se mit en marche vers l'embarcadère avec un chariot à bagages. Vincent rangea le journal qu'elle lisait, arrangea sa chevelure, se remit du rouge à lèvres et but deux brèves gorgées d'expresso. Walter arbora son sourire professionnel le plus chaleureux tandis que Jonathan Alkaitis faisait son entrée derrière ses valises.

Des années plus tard, Walter fut interviewé trois ou quatre fois au sujet d'Alkaitis, mais les journalistes repartirent toujours déçus. En sa qualité de manager d'hôtel, leur disait-il, il était tenu à la discrétion, mais en vérité il n'avait pas grand-chose à raconter. Alkaitis était intéressant uniquement avec le recul. Il était venu à l'hôtel Caiette avec son épouse, aujourd'hui décédée. Lui et sa femme étaient tombés amoureux du lieu, aussi avait-il acheté le terrain quand celui-ci avait été mis en vente, et il le louait à la société de gestion de l'hôtel. Il vivait à New York et venait à Caiette trois ou quatre fois par an. Il dégageait l'assurance un peu lasse de ceux qui ont de l'argent, cette conviction désinvolte que rien de grave ne pouvait l'atteindre. Il était bien habillé, sans ostentation, bronzé comme le sont les gens qui passent l'hiver dans des contrées tropicales, raisonnablement en forme mais pas à un point spectaculaire – bref, ordinaire à tous égards. En d'autres termes, rien chez lui ne laissait prévoir qu'il mourrait en prison.

On lui avait préparé la meilleure suite, comme d'habitude. Il était ridiculement fatigué par le décalage horaire, déclara-t-il à Walter, et il avait très faim. Pouvait-on lui arranger un petit déjeuner matinal ? (Naturellement. Pour Alkaitis, on pouvait arranger n'importe quoi.) Dehors, il faisait encore sombre, mais dans la cuisine, le jour filtrait longtemps avant le lever du soleil. L'équipe du matin allait bientôt arriver.

« Je vais m'asseoir au bar », annonça Alkaitis.

Quelques minutes plus tard, il était en grande conversation avec Vincent, laquelle, sembla-t-il à Walter, était au comble de son charme et de son éclat, même s'il ne put distinguer de quoi ils parlaient.

3

Leon Prevant quitta le hall à quatre heures et demie du matin, monta dans sa chambre par l'escalier et se mit au lit avec précaution. Marie, sa femme, ne se réveilla pas. Il avait délibérément bu un whisky de trop, espérant que cela lui permettrait de s'endormir, mais on aurait dit que le graffiti avait ouvert dans la nuit une brèche par laquelle s'engouffraient toutes ses frayeurs. Si Marie l'avait pressé de questions, il lui aurait peut-être avoué qu'il était soucieux pour l'état de leurs finances, mais *soucieux* n'était pas un mot assez fort. Leon avait peur.

Un collègue lui avait dit que cet endroit était extraordinaire, aussi avait-il réservé une chambre extrêmement coûteuse en guise de cadeau d'anniversaire surprise pour sa femme. Et son collègue avait dit vrai. Il y avait des parties de pêche et des expéditions en kayak, des randonnées guidées dans la nature sauvage, de la musique *live* dans le hall, une nourriture fantastique, un sentier boisé qui aboutissait à une clairière avec un bar en plein air et des lanternes accrochées aux arbres, une piscine chauffée surplombant les eaux tranquilles du détroit.

« C'est paradisiaque, déclara Marie le premier soir.

– J'ai tendance à être de cet avis. »

Il avait sauté sur une chambre avec jacuzzi sur la terrasse, et ce soir-là ils y étaient depuis au moins une heure, savourant du champagne, une brise fraîche caressant leurs visages, le soleil s'enfonçant dans l'eau façon carte postale. Il embrassa Marie et s'efforça de se détendre, mais cela lui était difficile : une semaine après avoir réservé cette chambre mirobolante et en avoir parlé à sa femme, il avait commencé à entendre des rumeurs concernant une fusion d'entreprises imminente.

Leon avait survécu à deux fusions et à une réorganisation, mais quand il avait entendu les premiers échos annonçant cette nouvelle restructuration, il avait été frappé par une conviction si profonde qu'elle en devenait une vérité vraie : il allait perdre son emploi. À cinquante-huit ans, il était suffisamment ancien pour être cher, et suffisamment proche de la retraite pour qu'on se sépare de lui sans que cela pèse trop lourd sur la conscience de quelqu'un. Il n'y avait aucune partie de son travail qui ne puisse être effectuée par des cadres plus jeunes et moins bien payés que lui. Depuis la rumeur de cette fusion, il pouvait vivre des heures sans y penser, mais les nuits étaient plus pénibles que les jours. Marie et lui venaient d'acheter une maison dans le sud de la Floride, qu'ils comptaient mettre en location jusqu'à ce qu'il prenne sa retraite, avec la perspective de fuir les hivers new-yorkais et les impôts new-yorkais. Il voyait cela comme un nouveau commencement, mais ils avaient dépensé plus que prévu pour la maison, il n'avait jamais été très doué pour économiser et il avait conscience d'avoir beaucoup moins d'argent sur ses comptes d'épargne retraite qu'il n'aurait dû en avoir. Il était six heures et demie du matin quand il sombra enfin dans un sommeil agité.

4

Lorsque Walter regagna le hall, le lendemain soir, Leon Prevant dînait au bar avec Jonathan Alkaitis. Ils s'étaient rencontrés un peu plus tôt, à la suite de ce qui parut être sur le moment une simple coïncidence mais se révéla, avec le recul, un acte prémédité. Leon était alors au bar, en train de manger un burger au saumon – seul, parce que Marie était allongée en haut avec une migraine. Alkaitis, qui buvait une Guiness deux tabourets plus loin, entama une conversation avec la barmaid, puis s'arrangea pour y inclure Leon. Ils parlaient de Caiette, sujet sur lequel il se trouva que Jonathan Alkaitis en connaissait un bout.

« En fait, cet hôtel m'appartient, dit-il à Leon, presque sur un ton d'excuse. Il est difficile d'accès, mais c'est précisément ce qui me plaît.

– Je comprends ce que vous voulez dire. » Leon était toujours partant pour bavarder, et c'était un plaisir de pouvoir penser un petit moment à n'importe quoi d'autre qu'à l'insolvabilité financière et au chômage. « Vous possédez d'autres hôtels ?

– Juste celui-ci. Je travaille surtout dans la finance. »

Alkaitis avait deux affaires à New York, expliqua-t-il, toutes deux consistant à investir en Bourse l'argent que lui confiaient d'autres personnes. Il ne prenait pas de nouveaux clients ces temps-ci, mais il lui arrivait de faire une exception.

La force d'Alkaitis, écrivit quelques années plus tard l'une de ses victimes, une femme de Philadelphie, dans une « déclaration d'impact » qu'elle lut tout haut devant le tribunal, *c'est qu'il vous donnait le sentiment d'adhérer à un club secret.* Il y avait du vrai là-dedans, dut admettre Leon quand il lut la transcription, mais l'autre élément de l'équation était l'homme lui-même. Alkaitis avait de la présence. Il avait une voix chaude et rassurante, faite pour les émissions de radio nocturnes. Il irradiait le calme. C'était un homme totalement dénué de vantardise, sûr de lui sans être arrogant, toujours prêt à sourire aux plaisanteries. Une personne stable, intelligente, discrète, préférant de beaucoup écouter que parler de lui. Il avait ce truc – car c'était un truc, comprit plus tard Leon – de paraître suprêmement indifférent à ce qu'on pensait de lui, provoquant ainsi la réaction inverse chez ses interlocuteurs : *Qu'est-ce qu'Alkaitis pense de moi ?* Au cours des années qu'il passa ensuite à repasser dans sa tête cette funeste soirée, Leon se souvint d'un certain désir d'impressionner l'homme d'affaires.

« C'est un peu embarrassant », dit Alkaitis ce soir-là, quand ils eurent quitté le bar pour se retirer dans un coin plus tranquille afin de discuter investissements, « mais vous m'avez dit que vous étiez dans le transport maritime, et je m'aperçois que j'ai une notion extrêmement vague de ce que cela signifie. »

Leon sourit. « Vous n'êtes pas le seul dans ce cas. Il s'agit d'une industrie largement invisible, mais presque tout ce que vous achetez est acheminé par la mer.

– Mes écouteurs *made in China* et tutti quanti.

– Oui, bien sûr, ça c'est un exemple évident, mais je parle vraiment de tout – ou presque. Tout ce qui est sur nous ou autour de nous. Vos chaussettes. Nos chaussures. Ma lotion après-rasage. Ce verre que j'ai à la main. Je pourrais continuer, mais je vous épargne la suite.

– Je suis confus d'avouer que je n'y avais jamais songé, dit Jonathan.

– Personne n'y songe. Vous allez à la supérette, vous achetez une banane, vous ne pensez pas aux hommes qui ont convoyé cette banane à travers le canal de Panama. Pourquoi y penseriez-vous ? » *Doucement,* se dit-il, conscient d'avoir une fâcheuse tendance à s'enthousiasmer interminablement sur son industrie. « J'ai des collègues qui souffrent de l'ignorance globale du public sur le sujet, mais j'estime que, si vous n'y pensez pas, cela prouve que le système fonctionne bien.

– La banane arrive en temps et en heure. » Jonathan but une gorgée de son whisky. « Vous devez développer une sorte de sixième sens, à force d'être environné dans la vie quotidienne de tous ces produits qui ont été transportés par bateau. Vous arrive-t-il de trouver ça incommodant, de penser à tous ces itinéraires maritimes, à tous ces points de départ ?

– Vous n'êtes que la deuxième personne de ma connaissance à l'avoir deviné », dit Leon.

L'autre était une voyante, une amie d'université de Marie qui s'était installée à Toronto à l'époque où Leon était encore basé là-bas, et ils avaient dîné tous les trois au Saint-Tropez, le restaurant favori de Marie. La voyante – Clarissa, il se rappelait son prénom – était bienveillante et chaleureuse. Elle lui plut tout de suite. Leon subodorait que les voyantes devaient très souvent être exploitées par leurs amis et relations, impression confortée par Marie qui se souvenait de toutes les fois où elle avait demandé à Clarissa des conseils gratuits ; il s'était donc donné beaucoup de mal, au cours de la soirée, pour éviter de lui poser la moindre question. Néanmoins, au dessert, la curiosité finit par l'emporter : était-ce parfois assourdissant, lui demanda-t-il, de se trouver dans une pièce bondée ? Était-ce comme de se trouver dans une pièce remplie de radios réglées sur des fréquences différentes qui se chevauchaient, formant une clameur de voix qui diffusaient les détails prosaïques ou épouvantables de dizaines de vies ? Clarissa sourit. « C'est comme de dîner dans un restaurant encombré, répondit-elle en indiquant la salle d'un geste large. Vous pouvez vous brancher sur la conversation de la table voisine, ou vous pouvez la réduire à un simple bruit de fond. Ça ressemble à votre manière de considérer le transport maritime. » Cette conversation restait dans la mémoire de Leon l'une des plus délicieuses qu'il ait jamais eues, car il n'avait jamais parlé à personne de la façon dont il pouvait se connecter sur le transport maritime ou s'en déconnecter, comme s'il tournait le bouton de réglage d'une radio. Par exemple, quand il regardait Marie assise en face de lui, il pouvait voir la femme qu'il aimait, ou alors il pouvait changer de fréquence et voir la robe fabriquée au Royaume-Uni, les chaussures fabriquées en Chine, le sac à main en cuir italien, ou remonter encore plus loin et voir les itinéraires de navigation de Neptune-Avramidis éclairés sur la carte : la robe via la Route 3 Transatlantique Ouest, les chaussures via la Route 7 Transpacifique Est ou l'Express Shangai-Los Angeles, etc. Ou encore, dans le style de langage qu'il n'employait jamais à haute voix, même pas avec Marie : il y a à tout moment des dizaines de milliers de navires en mer et il aimait à les imaginer, chacun d'eux, comme des points lumineux, convergeant en rivières de brillance électrique sur les océans nocturnes, franchissant les étroits passages du canal de Suez et du canal de Panama, du détroit de Gibraltar, contournant la lisière des continents pour naviguer au grand large, sur les océans, en un mouvement incessant qui gouvernait les pays, un monde secret qu'il aimait tant.

*

Lorsque Walter, un peu plus tard, passa suffisamment près de Leon Prevant et de Jonathan Alkaitis pour entendre leur conversation, celle-ci était passée du métier de Leon à celui d'Alkaitis, du trafic maritime aux stratégies d'investissement. Walter n'y comprenait rien. La finance n'était pas son univers. Il ne parlait pas la langue. Un employé du personnel de jour avait recouvert le graffiti de ruban adhésif réfléchissant, lequel formait un bizarre trait argenté sur la vitre assombrie. Un couple d'acteurs américains dînait au bar.

« Il a quitté sa première femme pour elle, indiqua Larry en hochant la tête vers eux.

– Ah ? » fit Walter, qui s'en moquait royalement. Vingt années de service dans des hôtels de luxe l'avaient guéri de tout intérêt pour les célébrités. « Je voulais vous demander, juste entre nous… est-ce que le nouvel agent d'entretien ne vous semble pas un peu bizarre ? »

Larry jeta un regard théâtral par-dessus son épaule, explorant le hall, mais Paul était occupé à passer la serpillière dans le couloir situé derrière la réception, au cœur du bâtiment.

« Peut-être un peu dépressif, sans plus, dit-il. Pas la personnalité la plus rayonnante que j'aie rencontrée.

– Vous a-t-il questionné sur les clients qui arrivaient la nuit dernière ?

– Comment vous le savez ? Oui, il m'a demandé à quelle heure arrivait Jonathan Alkaitis.

– Et vous lui avez répondu…?

– Ma foi, je n'ai pas une très bonne vue, comme vous le savez, et je venais juste de prendre mon service. Je lui ai dit que, sans en être complètement sûr, il me semblait que le type qui buvait un whisky dans le hall était Alkaitis. C'est seulement plus tard que j'ai compris mon erreur. Pourquoi ? »

Larry était un homme raisonnablement discret ; d'un autre côté, les membres du personnel cohabitaient dans le même pavillon et les commérages s'échangeaient au marché noir.

« Aucune raison particulière.

– Allez…

– Je vous le dirai plus tard. »

Walter rebroussa chemin vers la réception. Il ne faisait aucun doute dans son esprit que Paul avait commis cet acte de vandalisme, même s'il n'en comprenait toujours pas le mobile. Il jeta un coup d'œil circulaire dans le hall, mais personne ne semblait avoir besoin de lui dans l'immédiat ; il se faufila alors par la porte de service, derrière le bureau de la réception. Paul faisait les vitres au bout du couloir.

« Paul. »

L'agent d'entretien s'interrompit dans son travail et Walter comprit, en voyant son expression, que ses soupçons étaient fondés. Paul avait un regard traqué.

« Où vous êtes-vous procuré le marqueur à acide ? demanda Walter. C'est un objet qu'on achète simplement dans une quincaillerie, ou vous avez dû le fabriquer vous-même ?

– De quoi parlez-vous ? »

Mais Paul était un exécrable menteur. Sa voix avait grimpé d'une demi-octave.

« Pourquoi vouliez-vous que Jonathan Alkaitis voie cet infâme graffiti ?

– Je ne comprends pas.

– Cet hôtel a de l'importance à mes yeux, dit Walter. Le voir profané de cette manière… »

C'était le *de cette manière* qui l'affectait le plus, l'extrême vilenie du message, mais il ne voyait pas comment l'expliquer à Paul sans ouvrir une porte sur sa vie privée, or la seule pensée de révéler quoi que ce soit d'un tant soit peu personnel à ce pauvre type mollasson lui était insupportable. Il ne put terminer sa phrase. Il s'éclaircit la gorge. « Je voudrais vous donner une chance, reprit-il. Faites vos bagages et partez par le premier bateau, cela nous évitera de mêler la police à cette histoire.

– Je regrette, dit Paul dans un murmure. J'ai juste…

– Vous avez juste défiguré la baie vitrée d'un hôtel pour le plaisir de délivrer le plus vicieux, le plus dérangé… » Walter transpirait. « Pour quelle raison avez-vous fait ça ? » Mais Paul avait l'expression furtive d'un enfant cherchant une excuse plausible, et Walter ne tolérerait pas d'entendre un nouveau mensonge cette nuit-là. « Partez, c'est tout, dit-il. Je me moque de savoir pourquoi vous l'avez fait. Je ne veux plus vous voir. Rangez les ustensiles de nettoyage, regagnez votre chambre, bouclez vos valises et demandez à Melissa de vous emmener à Grace Harbour le plus rapidement possible. Si vous êtes encore ici à neuf heures du matin, j'irai trouver Raphael.

– Vous ne comprenez pas, gémit Paul. J'ai cette dette à…

– Si vous aviez tellement besoin de cet emploi, l'interrompit Walter, il ne fallait pas dégrader la baie vitrée.

– On ne peut même pas avaler du verre brisé.

– Quoi ?

– Je veux dire… c'est physiquement impossible.

– Sérieusement ? C'est ça, votre défense ? »

Paul rougit et détourna les yeux.

« Avez-vous pensé un seul instant à votre sœur, dans cette histoire ? s'enquit Walter. C'est elle qui vous a obtenu l'entretien d'embauche, n'est-ce pas ?

– Vincent n'a rien à voir là-dedans.

– Est-ce que vous allez partir ? Je suis d'humeur généreuse et je ne veux pas mettre votre sœur dans l'embarras, c'est pourquoi je vous offre une sortie honorable, mais si vous préférez avoir un casier judiciaire…

– Non, je m'en vais. » Paul regarda les ustensiles dans ses mains, comme s'il ne savait pas trop comment ils avaient atterri là. « Je suis désolé.

– Vous devriez faire vos bagages avant que je ne change d'avis.

– Merci », dit Paul.

5

Mais l'horreur de la chose. *Et si vous avaliez du verre brisé ? Et si vous mouriez ? Et si vous plongiez dans l'affliction tous ceux qui vous aiment ?* Il pensait de nouveau à son ami Rob, seize ans pour toujours, il pensait au visage de la mère de Rob à l'enterrement. Tel un somnambule, Walter effectua le reste de son service et resta debout tard afin de rencontrer Raphael dans la matinée. Quand il traversa le hall à huit heures du matin, désespérément en manque de sommeil, il aperçut Paul au bout de l'embarcadère qui chargeait ses sacs marins dans le bateau.

« Bonjour », dit Raphael lorsque Walter passa la tête dans son bureau.

Il était rasé de frais, les yeux brillants. Lui et Walter vivaient dans le même pavillon, mais à des plages horaires opposées.

« Je viens de voir Paul monter dans le bateau avec toutes ses affaires personnelles », dit Walter.

Raphael soupira. « J'ignore ce qui s'est passé. Il est venu me raconter ce matin une histoire incohérente comme quoi Vancouver lui manque, alors qu'il m'avait quasiment supplié il y a trois mois de lui offrir un changement de décor.

– Il n'a donné aucune raison ?

– Aucune. Nous allons reprendre les entretiens. Autre chose ? »

Walter, dont les défenses étaient émoussées par la fatigue, comprit pour la première fois que Raphael ne l'aimait pas beaucoup. Cette prise de conscience atterrit avec un triste petit bruit.

« Non, dit-il, merci. Je vais vous laisser. »

Tandis qu'il regagnait le pavillon du personnel, il se prit à regretter d'avoir été si dur lors de son tête-à-tête avec Paul. Maintenant, il commençait à se demander s'il n'était pas passé à côté de l'essentiel : quand Paul disait qu'il avait une dette, entendait-il par là qu'il avait besoin de cet emploi à l'hôtel ou voulait-il dire qu'on l'avait payé pour écrire ce message sur la vitre ? Parce que tout cela n'avait aucun sens. De toute évidence, le graffiti était destiné à Alkaitis, mais que pouvait bien représenter le financier pour Paul ?

Leon Prevant et son épouse étaient partis ce matin-là, suivis deux jours plus tard par Jonathan Alkaitis. Lorsque Walter prit son service, le soir du départ d'Alkaitis, Khalil tenait le bar alors que ce n'était pas son soir habituel : Vincent, expliqua-t-il, avait subitement pris un congé. Le lendemain, elle appela de Vancouver pour annoncer à Raphael qu'elle avait décidé de ne pas revenir à l'hôtel, en conséquence de quoi le service Entretien emballa ses affaires dans des cartons que l'on stocka au fond de la buanderie.

La baie vitrée fut remplacée à prix d'or et le graffiti s'estompa dans les mémoires. Le printemps céda la place à l'été et au magnifique chaos de la haute saison : le hall bondé tous les soirs, un quartet de jazz capricieux qui donnait des sueurs froides au personnel quand il ne ravissait pas les clients, le quartet qui jouait en alternance avec un pianiste dont l'addiction à la marijuana était tolérée parce qu'il pouvait apparemment jouer n'importe quelle chanson du répertoire ; l'hôtel qui affichait complet et les effectifs du personnel qui avaient presque doublé, Melissa qui faisait la navette entre

Caiette et Grace Harbour à longueur de journée et jusque tard le soir.

L'été prit les couleurs de l'automne, auquel succédèrent les mois d'hiver, sombres et paisibles, les pluies torrentielles plus fréquentes, l'hôtel à moitié inoccupé, les quartiers du personnel de plus en plus calmes avec le départ des saisonniers. Walter dormait dans la journée et arrivait pour son service en début de soirée – le plaisir des longues nuits dans le hall silencieux, Larry près de la porte, Khalil au bar, le vent soufflant par rafales tout au long de la nuit –, et il partageait quelquefois avec ses collègues un repas qui était un dîner pour l'équipe de nuit et un petit déjeuner pour celle de jour, il buvait parfois quelques verres avec le personnel de cuisine, écoutait du jazz seul dans son appartement, allait se promener à Caiette et en dehors, commandait par correspondance des livres qu'il lisait en fin d'après-midi, à son réveil.

Par une orageuse soirée de printemps, Ella Kaspersky descendit à l'hôtel. C'était une habituée, une femme d'affaires de Chicago qui aimait bien venir ici pour échapper « au tumulte », comme elle disait, une cliente dont la caractéristique la plus notable était que Jonathan Alkaitis avait clairement indiqué qu'il ne voulait pas la croiser. Walter n'aurait su dire pourquoi Alkaitis évitait Kaspersky, et franchement il ne voulait pas le savoir, mais lorsque celle-ci arriva, il procéda à son habituelle vérification pour s'assurer qu'Alkaitis n'avait pas fait de réservation à la dernière minute. Alkaitis n'était pas venu à l'hôtel depuis un certain temps – un intervalle plus long qu'à l'accoutumée entre deux séjours. Quand le hall fut calme, à deux heures du matin, il fit une recherche Google sur Alkaitis et trouva des photos d'un récent gala de charité destiné à lever des fonds, Alkaitis radieux en smoking avec, à son bras, une femme plus jeune qui avait quelque chose de très familier.

Walter agrandit l'image. La femme était Vincent. Une version plus glamour, avec une coiffure coûteuse et un maquillage professionnel, mais c'était indubitablement elle. Vêtue d'une robe métallique qui avait dû coûter à peu près son salaire mensuel de barmaid à l'hôtel. La légende disait : *Jonathan Alkaitis avec son épouse, Vincent.*

Détachant ses yeux de l'écran, Walter parcourut du regard le hall silencieux. Rien n'avait changé dans sa vie depuis le départ de Vincent, un an auparavant, mais c'était de sa propre volonté, cela correspondait à ce qu'il souhaitait. Khalil, devenu le barman de nuit à plein temps, bavardait avec un couple qui venait d'arriver. Larry se tenait près de la porte, les mains derrière le dos, les yeux mi-clos. Walter abandonna son poste et sortit dans la nuit d'avril. Il se prit à espérer que Vincent était heureuse dans ce pays étranger, dans cette nouvelle vie qu'elle s'était trouvée. Il tenta d'imaginer ce que ça pouvait représenter d'entrer dans la vie de Jonathan Alkaitis – l'argent, les résidences, le jet privé –, mais tout cela lui était incompréhensible. La nuit était limpide et froide, sans lune, mais la clarté des étoiles était presque aveuglante. Walter n'aurait jamais imaginé, dans sa précédente existence à Toronto, qu'il tomberait amoureux d'un endroit où les étoiles brillaient tellement qu'il pouvait voir son ombre par une nuit sans lune. Il ne désirait rien qu'il n'eût déjà.

Mais quand il rebroussa chemin vers l'hôtel, il fut saisi à l'improviste par le souvenir des mots écrits sur la baie vitrée un an plus tôt : *Et si vous avaliez du verre brisé?* – le troublant mystère de cette phrase. La forêt était une masse d'ombres indifférenciées. Il croisa les bras, frissonnant, et regagna la chaleur et la lumière du hall.

IV

UN CONTE DE FÉES

2005-2008

Saut de l'ange

La santé mentale dépend de l'ordre. Un mois après son départ de l'hôtel Caiette et son arrivée dans la demeure ridiculement immense de Jonathan Alkaitis, Vincent avait établi une routine dont elle s'écartait rarement. Elle se levait à cinq heures du matin, une demi-heure plus tôt que Jonathan, pour aller faire son jogging. Le temps qu'elle revienne à la maison, il était parti pour Manhattan. Elle était douchée et habillée pour huit heures, et à ce moment-là le chauffeur de Jonathan était disponible pour l'emmener à la gare – il lui proposait régulièrement de la conduire en ville, mais elle préférait le mouvement des trains à la circulation embouteillée –, et quand elle émergeait dans la gare de Grand Central, elle aimait flâner un peu dans le hall principal, contempler les constellations d'étoiles sur le plafond vert, l'horloge Tiffany au-dessus du guichet des renseignements, la foule. Elle prenait toujours son petit déjeuner dans un *diner* situé à proximité de la gare avant de se diriger vers le sud de Manhattan, vers un café particulier où elle aimait boire un expresso en lisant les journaux, après quoi elle faisait du shopping ou allait chez le coiffeur ou arpentait les rues avec sa caméra vidéo – ou une combinaison des trois – et, s'il lui restait du temps, elle visitait le Metropolitan Museum of Art puis rebroussait chemin vers Grand Central et un train en direction du nord, de manière à être rentrée et habillée d'une belle robe pour dix-huit heures, sachant que c'était à partir de cette heure-là, au plus tôt, que Jonathan pouvait rentrer du bureau.

Elle passait la soirée avec lui mais se réservait toujours une demi-heure pour aller nager avant de se coucher. Au royaume de l'argent, comme elle l'appelait, il y avait d'immenses plages de temps à remplir, et elle pressentait le danger de se laisser aller à la dérive, de laisser passer une journée sans avoir un projet ou un programme.

*

« Les gens veulent à tout prix s'installer à Manhattan », déclara Jonathan quand elle lui demanda pourquoi ils ne pouvaient pas simplement habiter dans son pied-à-terre de Columbus Circle, où ils séjournaient parfois quand ils avaient des billets de théâtre, « mais moi j'aime bien être un peu à l'extérieur de tout ça. » Ayant grandi en banlieue, il avait toujours apprécié la tranquillité, les grands espaces.

« Je comprends ton point de vue », dit Vincent, mais la ville l'attirait, la ville était l'antidote au vert luxuriant de ses souvenirs d'enfance. Elle voulait du béton, des lignes nettes et des angles aigus, un ciel visible uniquement entre les tours, une lumière crue.

« De toute façon, tu ne serais pas heureuse à Manhattan, dit Jonathan. Imagine combien la piscine te manquerait. »

*

La piscine lui manquerait-elle ? Tout en nageant, elle réfléchit à la question. Sa relation avec la piscine était conflictuelle.

Vincent nageait tous les soirs pour renforcer sa volonté parce qu'elle avait désespérément peur de se noyer.

*

Plonger dans la piscine la nuit : en été, Vincent plongeait dans les lumières de la maison qui se reflétaient à la surface ; par temps froid, la piscine était chauffée, alors elle plongeait dans de la vapeur. Elle restait sous l'eau le plus longtemps possible, testant son endurance. Quand elle remontait enfin à la surface, elle aimait faire comme si l'anneau à son doigt était réel et que tout ce qu'elle avait devant les yeux était à elle : la maison, le jardin, la pelouse, la piscine dans laquelle elle fendait l'eau. C'était une piscine à débordement, ce qui donnait l'impression déconcertante que l'eau disparaissait dans la pelouse ou que la pelouse disparaissait dans l'eau. Elle détestait regarder cette bordure.

Foules

Son contrat avec Jonathan, tel qu'elle le comprenait, était celui-ci : elle devait être disponible pour lui à tout moment, dans la chambre à coucher et en dehors, être élégante et impeccable en toutes circonstances – « Tu apportes tant de grâce à la pièce », disait-il –, en échange de quoi elle disposait d'une carte de crédit dont elle ne voyait jamais les factures, d'une vie de superbes demeures et de voyages, autrement dit le contraire de la vie qu'elle avait menée auparavant. Personne n'utilise l'expression *femme trophée* dans la conversation, mais Jonathan avait trente-quatre ans de plus que Vincent. Elle savait parfaitement ce qu'elle était.

Il y eut des ajustements à faire. Au début, vivre dans la maison de Jonathan Alkaitis s'apparentait à ces rêves où vous découvrez dans votre cuisine une porte que vous n'aviez pas remarquée jusque-là, une porte qui donne sur un couloir dérobé qui débouche lui-même sur une suite indépendante jamais utilisée, laquelle donne sur une chambre d'enfant désaffectée, située à l'autre bout du couloir par rapport à la chambre principale, laquelle est plus spacieuse que la maison de votre enfance, et par la suite vous vous apercevez qu'il est possible d'aller de la chambre à la cuisine sans mettre le pied dans l'un ou l'autre des deux salons ni dans le hall du rez-de-chaussée.

Du temps où elle travaillait à l'hôtel, Vincent avait toujours associé l'argent à l'intimité – les clients les plus fortunés ont le plus d'espace, des suites au lieu de simples chambres, des terrasses privées, l'accès aux salons VIP – mais, en réalité, plus vous pénétrez profondément dans le royaume de l'argent, plus celui-ci devient encombré, vous avez en permanence des gens autour de vous à la maison, raison pour laquelle Vincent nageait uniquement le soir. Dans la journée, il y avait le majordome, Gil, qui vivait avec sa femme, Anya, dans un cottage en bordure de l'allée ; Anya, qui était la cuisinière, supervisait trois femmes du coin qui entretenaient la maison, faisaient la lessive, réceptionnaient les livraisons de provisions, etc. ; il y avait également un chauffeur, qui avait un appartement au-dessus du garage, et un jardinier silencieux qui s'occupait de toutes les tâches extérieures. Chaque fois que Vincent levait la tête, quelqu'un se trouvait à proximité, en train de balayer ou d'épousseter ou de parler au téléphone avec le plombier ou de tailler une haie. Cela faisait beaucoup de monde à gérer ; heureusement, le soir, les membres du personnel se retiraient dans leur vie privée et Vincent pouvait nager en paix sans se sentir observée de chaque fenêtre.

« Je suis content que vous profitiez de la piscine, dit Gil. L'installateur lui a consacré énormément de temps, et je jure que personne ne l'a utilisée avant que vous arriviez. »

*

Elle était dans la piscine lorsqu'elle rencontra pour la première fois Claire, la fille de Jonathan. C'était par une fraîche soirée d'avril et de la vapeur s'élevait de l'eau. Elle savait que Claire devait passer ce soir-là mais elle ne s'était pas attendue à trouver, en remontant à la surface, une femme en tailleur qui la fixait à travers la vapeur comme une foutue apparition, parfaitement immobile, les mains derrière le dos. Vincent émit un hoquet de surprise, ce qui, avec le recul, n'était pas fait pour susciter la sympathie. Claire, qui arrivait manifestement du bureau, était une femme d'une bonne vingtaine d'années, d'apparence très professionnelle.

« Vous devez être Vincent. » Elle prit la serviette pliée sur un transat et la tendit d'un geste signifiant explicitement "On sort de la piscine" ; Vincent se sentit donc obligée de grimper l'échelle et d'accepter la serviette, ce qui était irritant car elle aurait voulu nager plus longtemps.

« Vous devez être Claire. »

La nouvelle venue ne daigna pas répondre. Vincent avait beau porter un maillot une pièce tout à fait pudique, elle se sentit extrêmement nue pendant qu'elle s'essuyait.

« Vincent, c'est un prénom inhabituel pour une fille », déclara Claire en accentuant légèrement le mot *fille* d'une manière que Vincent jugea déplacée. *Je ne suis pas si jeune,* eut-elle envie de répliquer, parce qu'à vingt-quatre ans elle ne se sentait pas jeune du tout. Mais Claire était potentiellement dangereuse et Vincent aspirait à la paix, aussi répondit-elle du ton le plus aimable possible.

« Mes parents m'ont donné le nom d'une poétesse. Edna St. Vincent Millay. »

Claire jeta un bref regard à l'anneau qui ornait le doigt de Vincent. « Ma foi, on ne choisit pas ses parents. Quelle est leur branche d'activité ?

– Mes parents ?

– Oui.

– Ils sont morts. »

Le visage de Claire s'adoucit un peu. « J'en suis désolée. » Elles restèrent quelques secondes à se dévisager, puis Vincent enfila le peignoir qu'elle avait laissé sur un transat et Claire reprit, d'un ton plus résigné que coléreux à présent. « Vous savez que vous avez cinq ans de moins que moi ?

– On ne choisit pas non plus son âge, dit Vincent.

– Ah. » (Pas un rire, un simple mot : *ah.*) « Bon, enfin, nous sommes entre adultes. Pour information, sachez que je trouve cette situation absurde, mais nous n'avons aucune raison de ne pas être cordiales l'une envers l'autre. »

Elle tourna les talons et rentra dans la maison.

Fantômes

La mère de Vincent avait lu beaucoup de poésie, ayant elle-même été poétesse. En 1912, à l'âge de dix-neuf ans, Edna St. Vincent Millay avait commencé à écrire un poème intitulé « Renaissance », que Vincent avait bien dû lire mille fois dans son enfance et son adolescence. Millay l'avait écrit pour un concours. Son poème ne remporta pas le premier prix, mais il dégageait une intensité électrique qui valut à l'auteur, après la pauvreté laborieuse de la Nouvelle-Angleterre, d'intégrer le Vassar College – et, de là, d'accéder au genre de bohème dont elle avait rêvé toute sa vie : une pauvreté différente, celle du Greenwich Village de 1917, la pauvreté mais avec des lectures de poèmes tard le soir et des amis éblouissants.

« L'important, c'est qu'elle s'est forgé une nouvelle vie par la seule force de sa volonté », avait dit la mère de Vincent, et cette réflexion avait amené la fillette – qui devait alors avoir onze ans – à se demander, déjà à l'époque, jusqu'à quel point sa mère était heureuse de la tournure qu'avait prise sa propre vie, elle qui s'était imaginée écrivant des poèmes dans la nature sauvage mais qui, au lieu de ça, se retrouvait enlisée dans des difficultés triviales : élever un enfant et tenir une maison en pleine cambrousse. Il y a *l'idée* de la nature sauvage, et puis il y a les contraintes peu glorieuses qui s'y rattachent : la sempiternelle corvée d'aller chercher du bois ; parcourir des distances insensées pour rapporter des provisions ; s'occuper du potager et entretenir les clôtures afin d'empêcher les daims de venir dévorer les légumes ; réparer le groupe électrogène ; penser à aller chercher de l'essence pour le générateur ; composter les déchets ; se trouver à court d'eau en été ; toujours manquer d'argent parce que les offres d'emploi dans la cambrousse sont limitées ; gérer la furieuse rancœur de votre fille unique, qui ne comprend pas votre amour de la nature sauvage et vous demande toutes les semaines pourquoi vous ne pouvez pas simplement vivre dans un endroit normal ; etc.

Ce que la mère de Vincent n'aurait sans doute pas imaginé : un mode de vie – un *arrangement* – dans lequel Vincent portait une alliance sans être véritablement mariée. « Je te veux près de moi, lui avait dit Jonathan au début, mais je ne veux pas me remarier. » Son épouse, Suzanne, était morte seulement trois ans plus tôt. Ils ne prononçaient jamais son nom. Cependant, s'il ne voulait pas épouser Vincent, il estimait qu'une alliance donnait une impression de stabilité. « Dans mon métier, disait-il, qui consiste à gérer l'argent d'autrui, tout est dans la stabilité. Si je t'emmène dîner avec des clients, il vaut mieux que tu sois une jeune et belle épouse plutôt qu'une jeune et belle maîtresse.

– Claire sait-elle que nous ne sommes pas mariés ? » s'enquit Vincent le soir où la fille d'Alkaitis était apparue à la piscine. Le temps que Vincent regagne la maison et prenne sa douche, Claire était déjà partie. Elle trouva Jonathan seul dans le salon, côté sud, avec un verre de vin rouge et le *Financial Times.*

« Seules deux personnes au monde sont au courant, dit-il. Toi et moi. Viens là. »

Vincent se planta devant lui à la lumière de la lampe. Il lui caressa le bras du bout des doigts, puis la fit pivoter et entreprit de baisser lentement la fermeture éclair de sa robe.

*

Mais comment un homme peut-il mentir à sa fille sur le fait d'être marié ? Il y avait certains aspects du conte de fées auxquels, sur le moment, Vincent prit soin de ne pas trop réfléchir ; plus tard, ses souvenirs de ces années-là auraient quelque chose d'abstrait, comme si elle était temporairement sortie d'elle-même.

Complices

Ils prirent des cocktails dans un bar de Midtown avec Marc et Louise, un couple du Colorado qui avait investi des millions dans le fonds de Jonathan. À ce stade, Vincent n'était que depuis trois semaines dans le royaume de l'argent et ressentait avec acuité l'étrangeté de sa nouvelle vie.

« Je vous présente Vincent, dit Jonathan, une main au creux des reins de la jeune femme.

– Je suis enchantée de faire votre connaissance. »

Marc et Louise avaient dans les quarante ou cinquante ans. Après quelques mois de plus au côté d'Alkaitis, Vincent apprendrait à reconnaître en eux le prototype d'une sous-espèce particulière de gens de l'Ouest friqués : aussi riches que leurs homologues d'autres régions, mais prématurément burinés par leur pratique obsessionnelle du ski.

« Ravis de vous rencontrer », dirent-ils de concert, et pendant l'échange de poignées de main, Louise remarqua les alliances de Vincent et Jonathan. « Ça alors, Jonathan, des félicitations s'imposent, dirait-on ?

– Merci », dit-il d'un ton de bonheur pudique tellement convaincant que Vincent, un instant désorientée, eut la pensée extravagante qu'ils étaient mariés pour de vrai.

« Eh bien, à votre santé ! dit Marc en levant son verre. Félicitations à tous les deux. Merveilleuse nouvelle, vraiment merveilleuse.

– Puis-je demander ? intervint Louise. Grand mariage, petit… ?

– Si nous avions fait les choses en grand, répondit Jonathan, vous auriez été les premiers sur la liste d'invités.

– Vous n'allez pas le croire, dit Vincent, mais nous nous sommes tout bonnement mariés à l'hôtel de ville.

– Seigneur ! s'exclama Marc.

– Votre style me plaît, déclara Louise. Donna, notre fille, va bientôt se marier et… Seigneur, entre la logistique, les complications, toutes les péripéties, les *maux de tête* que ça représente, je suis tentée de leur suggérer de suivre votre exemple et de s'enfuir ensemble.

– Il y a une certaine efficacité dans la fuite, dit Jonathan. Les mariages sont des affaires si compliquées. Nous voulions éviter tout ce tralala.

– J'ai dû le convaincre de prendre sa journée, renchérit Vincent. Il voulait juste faire ça pendant sa pause-déjeuner. » Ils riaient, et Jonathan lui passa un bras autour de la taille. Il appréciait l'improvisation, elle le sentait.

« Êtes-vous partis en voyage de noces ? s'enquit Marc.

– Je l'emmène à Nice la semaine prochaine, puis à Dubaï pour le week-end, répondit Jonathan.

– Ah ! oui, c'est vrai, vous m'aviez dit que vous adoriez cet endroit. Y êtes-vous déjà allée, Vincent ?

– À Dubaï ? Non, pas encore. Je brûle d'impatience. »

Et ainsi de suite. Elle n'aimait pas mentir, mais les attentes de Jonathan étaient claires. En tant qu'ancienne barmaid, elle était habituée à interpréter un rôle. Mentir était d'une troublante facilité. La nuit où Jonathan était entré dans le bar de l'hôtel Caiette, quelqu'un avait écrit un horrible graffiti sur la baie vitrée et elle était là à essuyer les verres, à compter les minutes en attendant la fin de son service, à se demander comment elle avait pu penser que ce serait une bonne idée de revenir ici, à tenter d'imaginer – sans succès – le restant de sa vie, parce que bien sûr elle pourrait partir travailler dans un autre bar, puis dans un autre, puis encore un autre, mais quitter Caiette ne changerait rien à l'équation de base. Les problèmes de la vie de Vincent étaient les mêmes d'une année sur l'autre : elle se savait raisonnablement intelligente, mais il y a une différence entre être intelligente et savoir quoi faire de sa vie, et aussi une différence entre savoir qu'un diplôme universitaire peut changer votre vie et avoir la volonté de se coltiner le terrifiant fardeau des prêts étudiants, d'autant qu'elle avait travaillé aux côtés d'un nombre suffisant de barmen diplômés pour savoir qu'un parchemin universitaire risquait fort de ne rien changer du tout, etc., etc., et elle tournait en rond dans ce territoire familier, dégoûtée de ses pensées et dégoûtée d'elle-même, lorsque Jonathan était entré dans le bar. À sa façon de lui parler, à sa richesse ostensible et à l'intérêt manifeste qu'il lui portait, elle avait vu l'opportunité d'une vie immensément plus facile, ou au moins d'une vie *différente*, une chance de vivre dans un pays étranger, une existence faite d'autre chose que le service au bar, dans un autre endroit qu'ici, et cette perspective était irrésistible.

Mentir sur leur mariage lui pesait sur la conscience, mais pas suffisamment pour lui donner envie de fuir. *Je paie un prix pour cette vie-là,* se disait-elle, *mais le prix est raisonnable.*

Variations

Jonathan ne parlait jamais de Suzanne, sa véritable épouse, mais le passé n'était pas totalement escamoté. Parfois, quand il était d'humeur, il aimait entendre des anecdotes sur la vie de Vincent. Elle les prodiguait avec parcimonie : « Quand j'avais treize ans, lui dit-elle un dimanche matin, couchée dans leur lit, je me suis teint les cheveux en bleu et j'ai été renvoyée temporairement de l'école pour avoir écrit un graffiti sur une fenêtre.

– Voyez-moi ça. Qu'avais-tu écrit ?

– Tu me croirais si je te disais qu'il s'agissait des dernières paroles d'un philosophe ? J'étais tombée dessus dans un livre et elles m'avaient plu.

– Précoce, mais morbide. J'ai peur de poser la question.

– *Envolez-moi.* Ça a une certaine beauté, tu ne trouves pas ?

– Pour une capricieuse gamine de treize ans, peut-être », dit-il, sur quoi elle lui jeta un oreiller à la tête.

Elle ne lui dit pas que sa mère était morte deux semaines avant cet incident, ni que son frère, qui rôdait dans les parages, l'avait vue faire, ni même qu'elle avait un frère. Il est possible d'omettre tant de choses quand on raconte une histoire.

*

De plus, ce n'était pas *morbide*, se surprit-elle à penser dans le train qui l'emmenait en ville le lendemain après-midi. C'était presque le contraire. Elle n'avait jamais eu une vision nette de ce qu'elle voulait faire de sa vie, jamais eu de direction ; en revanche, elle avait toujours su qu'elle voulait être « envolée », cueillie dans la foule, et puis quand c'était arrivé, quand elle avait pris la main que Jonathan lui tendait, quand elle était passée – en l'espace d'une semaine – des logements moisis réservés au personnel de l'hôtel Caiette à une immense maison dans un pays étranger, elle avait été surprise d'être désorientée à ce point, et ensuite surprise de sa surprise. Elle descendit du train à Grand Central et se fondit dans le flot des piétons de Lexington Avenue. *Comment ai-je débarqué sur cette planète étrangère, si loin de chez moi ?* Mais ce n'était pas seulement le lieu, ce n'était même pas l'élément essentiel ; ce qui rendait la situation si étrange et peu familière, c'était surtout l'argent. Elle déambula jusqu'à la Cinquième Avenue, sans avoir de destination précise en tête, et marcha jusqu'au moment où une paire de gants en cuir beurre frais retint son attention dans une devanture. Tous les articles de la boutique étaient superbes, mais ces gants jaunes luisaient d'un éclat spécial. Elle les essaya et les acheta sans regarder l'étiquette du prix, parce qu'au royaume de l'argent sa carte de crédit était un objet magique, infiniment léger.

Elle sortit de la boutique, les gants dans son sac à main, et s'aperçut que ses pensées dérivaient un peu au gré de ses pas. Sa vie, à cette époque, était si déconcertante qu'elle se surprenait souvent à imaginer des variantes de la réalité, différentes permutations d'événements : une réalité alternative dans laquelle elle démissionnait de l'hôtel Caiette pour reprendre son ancien emploi à l'hôtel Vancouver avant l'arrivée de Jonathan, par exemple, ou dans laquelle elle décidait de faire appel au room service ce matin-là au lieu de rester assise au bar et de commander un petit déjeuner, ou encore dans laquelle elle commandait bel et bien un petit déjeuner au bar mais Jonathan ne s'éprenait pas d'elle ; une réalité alternative dans laquelle, au fil des années, elle logeait encore dans le pavillon du personnel de l'hôtel Caiette et servait à boire toute la nuit à de riches touristes. Aucun de ces scénarios ne semblait moins réel que la vie où elle avait atterri, au point qu'elle avait parfois le sentiment extrêmement perturbant qu'il existait d'autres versions de sa vie qui se déroulaient sans elle, d'autres Vincent impliquées dans des événements différents.

Elle avait lu les journaux toute sa vie, car elle se sentait désespérément inculte et voulait être une personne bien informée et éclairée, mais à l'ère de l'argent il lui arrivait souvent de lire un article et d'être inconfortablement distraite par son contraire : imaginez une réalité alternative dans laquelle il n'y avait pas de guerre en Irak, par exemple, ou dans laquelle la terrifiante grippe porcine en République de Géorgie n'avait pas été rapidement maîtrisée ; un monde alternatif dans lequel la grippe de Géorgie s'épanouissait en pandémie impossible à enrayer, provoquant l'effondrement de la civilisation. Une variation de la réalité dans laquelle la Corée du Nord n'avait pas procédé à des essais nucléaires, dans laquelle les attentats à la bombe de Londres n'avaient pas eu lieu, dans laquelle le Premier ministre israélien n'avait pas été victime d'une crise cardiaque. Ou rembobinons encore : une version de l'Histoire dans laquelle la péninsule coréenne n'avait pas été divisée, dans laquelle l'URSS n'avait pas envahi l'Afghanistan et dans laquelle al-Qaïda n'avait pas été créé, dans laquelle Ariel Sharon était mort jeune au combat. Elle ne pouvait pas jouer à ce jeu trop longtemps, sous peine d'être terrassée par une sorte de vertige qui la contraignait à s'arrêter.

Bouclier

L'une des premières choses qu'elle s'acheta fut une coûteuse caméra vidéo, une Canon HV10. Elle avait commencé à tourner des vidéos à l'âge de treize ans, quelques jours après la disparition de sa mère, quand sa grand-mère Caroline était venue de Victoria pour aider la famille. Le soir de son arrivée, alors que Vincent était assise à table après le dîner – à boire du thé, habitude empruntée à sa mère, et à contempler la crique au bas de la côte parce que sûrement, d'un instant à l'autre, sa mère allait remonter le sentier vers la maison –, sa grand-mère avait posé un paquet sur la table en disant :

« J'ai quelque chose pour toi. »

Vincent ouvrit la boîte et découvrit une caméra vidéo, une Panasonic. C'était l'un des modèles récents qui utilisaient des cassettes DV, mais elle avait néanmoins un poids surprenant. Vincent ne savait pas trop ce qu'elle était censée en faire.

« Quand j'étais plus jeune, lui dit Caroline, vers vingt et un ou vingt-deux ans, j'ai traversé une période difficile.

– De quel genre ? » C'étaient les premières paroles que Vincent prononçait depuis plusieurs heures, peut-être même de la journée. Les mots lui collaient à la gorge.

« Les détails ne sont pas très importants. Une de mes amies, photographe, m'a donné un appareil photo qui ne lui servait plus, en me disant : "Prends juste quelques photos, prends-en tous les jours, et vois si ça te fait du bien." L'idée m'a paru bête, pour être honnête, mais j'ai essayé… et, effectivement, ça m'a fait du bien.

– Je ne crois pas… » commença Vincent, mais elle ne put terminer sa phrase. *Je ne crois pas qu'une caméra fera revenir ma mère.*

« Ce que je veux dire, expliqua Caroline avec douceur, c'est que l'objectif peut faire office de bouclier entre toi et le monde, quand le monde devient un peu trop dur à supporter. Si tu trouves trop pénible de regarder le monde directement, il t'est possible de le regarder à travers le viseur. Ton frère me rirait au nez si je lui disais une chose pareille, mais tu pourrais peut-être essayer d'intégrer cette idée. »

Vincent réfléchit, silencieuse.

« J'étais partie pour t'offrir un appareil photo argentique 35 mm, reprit Caroline avec un petit rire confus, et puis je me suis dit : nous sommes en 1994, est-ce que les gamins d'aujourd'hui prennent encore des photos ? Une caméra, c'est sûrement ce qu'il y a de mieux ? »

Vincent adopta rapidement un format qui lui plaisait. Elle enregistrait des séquences de cinq minutes précises, comme de petits portraits : cinq minutes de plage et de ciel près de la jetée de Caiette, puis, plus tard, des clips de cinq minutes de la rue paisible où elle habitait avec sa tante dans la banlieue tentaculaire de Vancouver, cinq minutes par la vitre du SkyTrain qui l'emmenait dans le centre-ville, cinq minutes du quartier fascinant, épouvantable, où elle vivait avec Melissa quand elle avait dix-sept ans – ne figurait pas dans la vidéo : le sprint qu'elle avait dû piquer dans la rue parce qu'un drogué voulait lui voler sa caméra – et des clips de cinq minutes du bac à vaisselle de l'hôtel Vancouver, cette même année, la caméra étant reliée à un minuteur et enfermée dans un sac en plastique, sur une étagère, pendant que Vincent aspergeait d'eau chaude les assiettes avant de les placer dans une machine industrielle. Multiples ajouts de cinq minutes de Caiette, et puis – après sa rencontre avec Jonathan – cinq minutes de la piscine à débordement de la maison de Greenwich, la façon dont les vaguelettes se perdaient dans la pelouse, précisément parce que Vincent détestait regarder ce point de fuite et essayait de s'endurcir ; cinq minutes filmées du hublot du jet privé de Jonathan, la première fois qu'elle avait traversé l'Atlantique, quelques bateaux tout en bas sur l'eau gris acier, aucune terre visible. « Qu'est-ce que tu fais ? » avait demandé Jonathan, la faisant sursauter. Il était installé à l'arrière de l'avion avec Yvette Bertolli, une associée formidablement élégante qui les accompagnait en France ; comme elle vivait à Paris, Jonathan lui avait proposé de l'emmener jusqu'à Nice, où il possédait une villa. Vincent, enfoncée dans un énorme fauteuil près du hublot, s'était crue momentanément seule.

« C'est beau, tu ne trouves pas ? » dit-elle.

Jonathan se pencha devant elle pour scruter les vagues distantes. « Tu filmes l'océan ?

– Tout le monde a besoin d'un hobby.

– Juste quand on croit connaître une femme », dit-il en l'embrassant sur le sommet de la tête.

Ombres

Jonathan avait une ombre. Il aborda le sujet quelques heures après leur arrivée à la villa niçoise, alors qu'ils étaient assis tous les deux sur la terrasse en fin d'après-midi. Le printemps commençait seulement mais il faisait déjà doux, une agréable brise soufflant du large. Vincent, hébétée par le décalage horaire, essayait de le camoufler à l'aide de café et de gouttes qu'elle s'était mises dans les yeux un peu plus tôt dans la salle de bains. Yvette, l'associée de Jonathan, s'était discrètement retirée dans une chambre d'amis, laissant le couple seul. La vue se composait de palmiers et de la mer d'un bleu surnaturel, étrangement familière après tous les films que Vincent avait vus ayant pour décor la Méditerranée – avec, dans la plupart d'entre eux, des voitures de sport, des joueurs de casino et/ou James Bond. Jonathan était d'humeur contemplative.

« Tu vas trouver que c'est une évidence, dit-il, mais le succès attire une certaine forme d'attention.

– Positive ou négative ?

– Les deux, mais en l'occurrence je pense à la forme négative.

– Penses-tu à une personne particulière ? »

Une porte s'ouvrit derrière eux et Anya apparut sur la terrasse avec deux tasses de café sur un petit plateau d'argent.

Vincent fut surprise de la voir car elle n'avait pas réalisé qu'Anya venait en France, même si elle ne l'avait pas vue s'affairer dans la maison de Greenwich les deux derniers jours.

« Merci, dit-elle. J'en avais désespérément besoin. »

Anya inclina la tête. Jonathan prit sa tasse sans commentaire : pour lui, du café qui se matérialisait comme par magie était une chose tellement banale qu'elle ne méritait pas d'être relevée.

« Oui, dit-il, il y a une personne particulière. Particulièrement obsessionnelle. »

Il avait rencontré Ella Kaspersky en 1999 – à l'hôtel Caiette, qui plus est. Ils avaient bavardé, Kaspersky envisageant éventuellement d'investir chez lui, mais elle avait conclu – sans aucune base, visiblement – que la consistance des rendements de Jonathan indiquait quelque infâme escroquerie. Totalement illogique et injuste, voire délirant, mais que pouvait-il faire ? Les gens tirent des conclusions hâtives. Le succès attire une certaine forme d'attention, qu'on pourrait même appeler une forme d'énergie funeste.

« Pour moi, de bons rendements indiqueraient plutôt que tu es doué pour ton job, dit Vincent.

– C'est exactement ça. Je n'ai jamais prétendu être un génie, mais je connais mon affaire.

– Clairement », dit Vincent en embrassant d'un geste large non seulement la terrasse mais aussi la villa avec vue sur la Méditerranée, le jet privé qui les avait amenés à Nice, la totalité de cette existence extraordinaire.

« J'ai bien réussi, oui. Quoi qu'il en soit, Kaspersky a fait part de ses soupçons au SEC. Excuse-moi, c'est grossier de balancer comme ça des acronymes obscurs : je parle de la Securities and Exchange Commission, l'organisme qui contrôle et réglemente mon industrie. » Vincent savait ce qu'était le SEC, car elle s'efforçait de suivre les informations financières, mais elle se borna à acquiescer. « Ils ont enquêté à fond sur moi. Et naturellement, ils n'ont rien trouvé. Il n'y avait rien à trouver.

– Et tu as encore eu de ses nouvelles ? Après l'enquête ?

– Pas directement. Par d'autres personnes à qui elle avait parlé.

– Si elle propage de fausses rumeurs contre toi, dit Vincent, tu ne peux pas la poursuivre pour diffamation ?

– Ce que tu dois bien comprendre, c'est que, dans mon business, la crédibilité fait tout. Je ne peux pas courir le risque que les journaux s'emparent de cette histoire.

– Tu veux dire que l'apparence de scandale serait presque aussi désastreuse qu'un véritable scandale.

– Tu es maligne. Mais en y réfléchissant ensuite, quand cette folle histoire avec le SEC a été terminée, j'ai compris quel était le problème. Cet argent que Kaspersky voulait investir, c'était la fortune de son père. Il était mort tout récemment. C'était donc… enfin, il y a parfois beaucoup d'affectivité qui se mêle aux questions d'argent. » Anya s'affairait à la périphérie de la terrasse, installant discrètement des bougies pour la soirée. Écoutait-elle la conversation ? Était-ce important ? En avait-elle quelque chose à faire ? « La lettre que m'a envoyée Ella Kaspersky était démente, avec d'interminables divagations sur l'héritage de son père. Néanmoins, pour être juste, je m'aperçois avec le recul qu'elle était manifestement sous l'emprise du chagrin, ce qui peut rendre n'importe qui un peu irrationnel sur le moment. » Le sujet tabou de l'épouse décédée plana un instant entre eux, tel un fantôme ; ils échangèrent un coup d'œil mais ne prononcèrent pas son nom. Jonathan s'éclaircit la gorge. « Bref, si je te raconte tout ça, c'est pour éviter que tu te poses des questions si jamais tu tombes sur des interviews d'elle en ligne, ou si nous la rencontrons par hasard. Tu ne l'as jamais vue à Caiette, n'est-ce pas ?

– À l'hôtel ? Pour être honnête, je ne me souviens pas vraiment des autres clients. Je n'y suis restée que six ou sept mois.

– Jusqu'à ce que je te kidnappe », dit-il en l'embrassant. Ses lèvres étaient froides et avaient un goût désagréable de café éventé, mais Vincent lui sourit quand même.

« Je pense que la jalousie est compréhensible, dit-elle. Tout le monde n'a pas la chance de réussir. »

(Vincent avait-elle réussi ? Elle sentait que, d'un point de vue rationnel, elle menait une vie extraordinaire, mais en même temps elle ne savait pas trop quel avait été son objectif. Plus tard, seule sur la terrasse, elle filma la Méditerranée en pensant : *Peut-être que ça pourrait suffire. Peut-être que nous n'avons pas tous besoin d'avoir une ambition spécifique. Je pourrais simplement être le genre de personne à séjourner dans de beaux endroits et à posséder de belles choses. Peut-être que je pourrais tourner des vidéos de cinq minutes de toutes les mers, de tous les océans, et peut-être qu'il y aurait du sens dans ce projet, une sorte d'accomplissement.)*

L'astronaute

Elle rencontra le personnel de Jonathan cet été-là, à sa réception annuelle du 4 Juillet, qui dura jusqu'à l'aube et nécessita une flotte de bus affrétés. Il y avait une armée de traiteurs et un orchestre de musiciens vêtus de blanc sur la pelouse. Les invités étaient tous des employés de Jonathan. Il y en avait un peu plus de cent – parmi lesquels cinq appartenaient à la gestion d'actifs et tous les autres à la société de courtage.

« Ces cinq-là ne sont-ils pas un peu distants ? » demanda Vincent.

L'équipe de la gestion d'actifs formait un petit groupe compact en marge de la réception. L'un d'eux, Oskar, s'efforçait de jongler avec des tasses en plastique sous le regard des autres. « Non, attendez, disait-il, je vous jure que je savais le faire autrefois…

– Ils ont toujours été un peu à part, répondit Jonathan. Ils travaillent à un étage différent. »

*

Après le départ des invités, la pelouse parut immense, paysage crépusculaire de tables rondes avec des bougies vacillantes sur des nappes tachées de vin et des gobelets en plastique qui luisaient dans l'herbe piétinée. « Tu as fière allure », dit Jonathan. Ils étaient assis au bord de la piscine, les pieds dans l'eau, tandis que les serveurs soufflaient les bougies, pliaient les tables et rangeaient les verres sales dans des caisses. *C'est mon job,* s'abstint de répondre Vincent. Appeler ça un job semblait peu charitable, parce qu'elle avait une réelle affection pour Jonathan. Ce n'était pas l'histoire d'amour du siècle, mais point n'en était besoin ; si vous appréciez sincèrement la compagnie d'une personne, si vous appréciez votre vie avec elle et ne voyez pas d'inconvénient à dormir avec elle, n'est-ce pas suffisant ? Avez-vous vraiment besoin d'être amoureux pour qu'une relation soit réelle, quel que soit le sens du mot *réel*, tant qu'il y a du respect et quelque chose qui ressemble à de l'amitié ? Elle passait plus de temps à y réfléchir qu'elle ne l'aurait souhaité, ce qui donnait à penser qu'il s'agissait d'une question non résolue, mais elle avait la conviction de pouvoir continuer longtemps ainsi, sans doute des années. Le 4 Juillet fut une nuit fiévreuse au sommet d'une vague de chaleur.

« Ma foi, merci. J'essaie. » La sueur dégoulinait dans son dos.

« Oui, mais tu essaies sans *donner l'impression* d'essayer, dit-il. Tu n'imagines pas à quel point c'est une qualité rare. »

Elle contemplait le miroitement des lumières à la surface de la piscine. Quand elle releva la tête, l'une des serveuses l'observait tout en pliant les transats. Vincent détourna vivement les yeux. Elle avait étudié avec assiduité les mœurs des riches. Elle copiait leurs façons de parler, de s'habiller, et cultivait un air de désinvolture. Cependant, elle était mal à l'aise en présence du personnel de maison et des serveurs, car elle craignait, si quelqu'un appartenant à la même planète qu'elle venait à la regarder de trop près, qu'on ne perce à jour son déguisement.

Mirella

Au cours de leur premier hiver ensemble, ils se rendirent en avion à une réception dans un club privé de Miami Beach. Apparemment, Jonathan était membre d'un invraisemblable nombre de clubs. « C'est un hobby coûteux, expliqua-t-il à Vincent, mais j'ai toujours eu un faible pour les endroits où le temps semble ralentir. » (Encore un indice que Vincent aurait dû relever : pourquoi, exactement, voulait-il que le temps ralentisse ? Y avait-il davantage dans cette réflexion que la simple conscience de sa propre mortalité, le sentiment qu'une autre fin inéluctable fonçait à sa rencontre ?) « Certains clubs offrent d'autres plaisirs, des terrains de golf, des courts de tennis et tutti quanti, mais il y a un certain plaisir à juste boire un café ou un verre de vin dans un salon privé. Le temps passe différemment dans ces endroits-là. »

Le Winter Formal de Miami Beach se révéla une mortelle soirée de smokings et de robes iridescentes. Les femmes, dans leur grande majorité, étaient beaucoup plus âgées que Vincent. Les hommes auraient paru identiques même s'ils n'avaient pas été uniformément vêtus comme des pingouins – l'étrange ressemblance des gens fortunés, aux habitudes similaires – et la plupart d'entre eux, à l'évidence, avaient toujours évolué dans ce monde-là, ils avaient passé toute leur vie au-dessus d'un filet de sécurité et appartenaient par conséquent à une autre espèce que Vincent. Elle déambula dans sa robe argentée, sourire aux lèvres, disant aux gens qu'elle était ravie de faire leur connaissance, riant avec conviction aux plaisanteries faiblardes, écoutant attentivement des anecdotes ennuyeuses avec le même sourire qu'elle réservait naguère aux clients qui donnaient de généreux pourboires, du temps où elle était barmaid. Jonathan connaissait ces gens de Miami Beach depuis une décennie, voire davantage. Parmi les autres femmes, beaucoup avaient été des amies de son épouse, Suzanne, et avaient des enfants de l'âge de Vincent ou plus âgés. Plusieurs d'entre elles avaient subi de fâcheuses opérations esthétiques – visages bouffis, fronts pétrifiés, lèvres gonflées et caoutchouteuses – qui leur faisaient écarquiller involontairement les yeux lors des présentations. Vincent resta au côté de Jonathan jusqu'au moment où il s'excusa pour avoir une conversation en tête à tête avec un investisseur potentiel ; elle se rendit alors au bar, où une grande femme vêtue d'une robe d'un fuchsia aveuglant commandait un gin tonic. Vincent l'avait remarquée un peu plus tôt comme étant l'une des très rares femmes présentes à avoir à peu près son âge. Deux barmen différents leur tendirent leurs verres au même instant, et elles faillirent entrer en collision en quittant le bar.

« Oh ! non, gémit Vincent. Je n'ai pas renversé de vin sur votre robe, j'espère ?

– Pas une goutte, dit la femme. Je suis Mirella.

– Et moi, Vincent. Bonjour.

– J'allais justement sur la terrasse, vous voulez m'accompagner ? »

*

Elles sortirent sur la terrasse, qui avait des prétentions italiennes. Il y avait là quelques femmes de leur âge ou plus jeunes, mais toutes semblaient se connaître et étaient accaparées soit par leurs conversations, soit par leurs portables. Vincent apprécia la vue sur l'océan, du même bleu que la Méditerranée.

« Avez-vous déjà vu réception plus assommante ? » Vincent se montrait d'ordinaire plus prudente, mais Mirella affichait un air d'ennui qui la mit en confiance.

« Oui. La même, l'année dernière. »

Un homme en costume sombre les avait suivies sur la terrasse. Debout à quelque distance, il parcourait du regard les environs.

« Il est avec vous ? s'enquit Vincent.

– Toujours », répondit Mirella, et Vincent comprit qu'il s'agissait d'un garde du corps. Mirella vivait dans les hautes sphères.

« C'est oppressant, d'avoir quelqu'un qui vous suit en permanence ? »

Appuyées à la balustrade, elles contemplaient la terrasse. Les autres femmes faisaient penser à une volée d'oiseaux tropicaux. C'était la première fois que Vincent venait en Floride, et elle avait remarqué que les gens y portaient des couleurs beaucoup plus vives qu'à New York ou que dans le Connecticut.

« C'est drôle que vous me posiez cette question, dit Mirella. J'y réfléchissais justement tout à l'heure, et je me suis aperçue d'une chose un peu troublante.

– Dites-moi.

– Par moments, je ne le vois même plus. Je n'aime pas me considérer comme une personne pour qui les autres sont invisibles, mais c'est le cas.

– Est-ce que ça… » Vincent ne savait pas comment formuler la question, mais elle était curieuse de savoir combien de temps il fallait à une personne pour devenir invisible. Elle avait conscience à tout instant de la présence des domestiques de Jonathan Alkaitis, et l'idée de ne plus être capable de les voir avait quelque chose d'épouvantable et en même temps de séduisant. « Cela fait longtemps qu'il est avec vous ?

– Six ans. Pas lui personnellement. Des hommes différents au même poste. Ça ne m'a fait bizarre que les premiers mois. » Elle regardait la main gauche de Vincent. « Qui est votre mari ?

– Je ne sais pas si vous le connaissez, il ne vient pas très souvent à ce club. Il s'appelle Jonathan Alkaitis. »

Mirella sourit. « « Je connais Jonathan. Mon boyfriend a investi dans son fonds. »

Mirella était toujours suivie par un garde du corps parce que son boyfriend, Fayçal, était un prince saoudien. La petite amie d'un de ses cousins avait été kidnappée contre une rançon, dix ans auparavant, et cet épisode l'avait rendu un peu paranoïaque.

« Est-ce qu'il deviendra roi un jour ? » demanda Vincent à Mirella lorsqu'elles se retrouvèrent à Manhattan, une semaine après la soirée. Mirella et Fayçal vivaient la plus grande partie de l'année dans un loft de Soho.

Mirella sourit. « Aucune chance. Il doit y avoir à peu près six mille princes saoudiens.

– Et combien de princesses ?

– Les princesses, personne ne les compte. »

Après ça, Jonathan et Vincent dînèrent plusieurs fois avec Fayçal et Mirella. Fayçal était un homme d'une quarantaine d'années, suprêmement élégant, qui avait une prédilection pour les costumes sur mesure et les chemises blanches avec les deux boutons du haut défaits, jamais de cravate. Il ne travaillait pas. Lui et Mirella s'étaient installés à New York parce qu'il s'y sentait libre, disait-il. Non qu'il détestât Riyad, d'où il était originaire, mais c'était franchement sympa de vivre dans un endroit qui n'abritait pas des hordes de votre parentèle. Il avait un peu plus d'air pour respirer de ce côté-ci du monde. Cela dit, il trouvait les hivers new-yorkais rigoureux, aussi avait-il passé naguère tout un mois de février à jouer au golf au club de Miami Beach, où il avait rencontré Jonathan.

Fayçal avait toujours été une déception pour sa famille. Il était le fils dont le seul désir était de fréquenter les clubs de jazz, passer des soirées à l'opéra et lire d'obscures revues littéraires en français et en anglais, le fils qui avait mis la moitié du globe entre lui et sa famille sans manifester le moindre intérêt pour le mariage, encore moins pour les petits-enfants. Mais il décida d'investir chez Alkaitis et présenta celui-ci à plusieurs membres de son clan, dont les investissements connurent une progression tellement spectaculaire que le statut de brebis galeuse de Fayçal au sein de sa famille se trouva au moins en partie inversé, ce qui avait manifestement une immense importance à ses yeux.

*

Mirella et Fayçal avaient vécu deux ans à Londres, puis quelques mois à Singapour, avant de s'installer à New York. « Ma vie n'était pas vraiment différente dans ces autres villes », dit-elle en réponse à une question de Vincent. Cela se passait un mois ou deux après leur première rencontre. Vincent avait emmené Mirella voir sa galerie préférée au Metropolitan Museum of Art. Vincent n'avait aucune éducation classique en matière d'art, mais elle était émue par les portraits, surtout ceux qui représentaient des sujets d'apparence tout à fait ordinaire, un peu comme des gens qu'on pourrait croiser dans le métro – exception faite des vêtements d'époque.

« Ces villes ne me font pourtant pas l'effet d'être semblables, dit Vincent.

– Elles ne le sont pas, mais ma vie était la même. C'était juste un changement de décor. » Elle lança un coup d'œil à Vincent. « Vous n'êtes pas née avec une cuiller d'argent dans la bouche, n'est-ce pas ?

– Non.

– Moi non plus. Vous savez ce que j'ai appris au sujet de l'argent ? Quand j'ai essayé de comprendre pourquoi ma vie à Singapour me semblait plus ou moins identique à celle que j'avais à Londres, c'est là que j'ai réalisé que l'argent est un pays en soi. »

L'une des choses auxquelles Vincent s'efforçait de ne pas trop réfléchir : une différence entre Mirella et elle était que Mirella vivait dans ce pays de l'argent avec un homme qu'elle aimait sincèrement. Cela se voyait à sa façon de regarder Fayçal, à la façon dont son visage s'éclairait quand il entrait dans une pièce.

L'investisseur

Si l'argent est un pays, celui-ci comptait des citoyens que Vincent aimait beaucoup moins. Jonathan et elle dînèrent avec Lenny Xavier, un producteur de musique de Los Angeles. Sur le chemin du restaurant, Jonathan demeura silencieux, l'esprit ailleurs. « C'est mon investisseur le plus important », glissa-t-il en franchissant le seuil, puis il aperçut Lenny et son épouse au fond de la salle et se fendit d'un large sourire. Lenny portait un costume coûteux, des baskets, et ses cheveux étaient décoiffés exprès. Sa femme, Tiffany, était très belle mais n'avait pas grand-chose à dire.

« Nous nous sommes connus à une audition », répondit-elle quand Vincent tenta de la faire parler, après quoi elle n'ouvrit quasiment plus la bouche. Elle avait été chanteuse, mais à présent elle restait sans voix. Vers la fin de la soirée, Jonathan parvint à engager la conversation avec elle, et Lenny, qui avait trop bu, se tourna vers Vincent et se lança dans un monologue sur une fille avec qui il avait travaillé des années auparavant, une autre fille qui, elle aussi, voulait être chanteuse.

« Le problème, lui dit-il, c'est que certaines personnes ne savent pas voir les opportunités.

– C'est très juste », répondit Vincent, mais la déclaration de son interlocuteur la mettait mal à l'aise. Si elle appréciait la compagnie de Jonathan, on ne pouvait nier que, lorsqu'il était entré dans le bar de l'hôtel Caiette, elle avait vu là une opportunité à saisir.

« Elle avait un vrai potentiel. Un vrai potentiel. Mais incapable de saisir une opportunité. Ça, d'emblée, c'est une lacune fatale.

– Qu'est-elle devenue ? » s'enquit Vincent. Lenny avait parlé de la fille à l'imparfait, ce que Vincent trouvait vaguement alarmant.

« Annika ? Qu'est-ce qu'on en a à foutre ? Je ne l'ai pas revue depuis 2000, peut-être 2001. » Il se resservit du vin rouge. « Vous voulez vraiment le savoir ? Elle est retournée au Canada jouer des trucs électroniques bizarres avec ses potes. »

(« Le problème, quand vous achetez un bijou en ligne, disait Tiffany à Jonathan, de l'autre côté de la table, c'est qu'il est très difficile d'évaluer sa grosseur. »)

« Donc, vous ne travaillez plus du tout avec elle ?

– Non, parce que c'est une pauvre conne. Cette fille, Annika, quand je l'ai rencontrée, OK, elle était jeune. Une beauté renversante, OK ? Absolument renversante. Pas un talent exceptionnel, mais suffisant. Un corps superbe. Sa voix était juste passable, mais vous savez quoi ? On peut s'en arranger. Elle écrit des poèmes, donc ses textes sont bons. Elle joue du violon, autant dire un instrument foutrement inutile pour la pop music, mais bon, au moins elle a des bases musicales. Donc on commence à travailler avec elle, on envisage un album, on fait des plans pour lui créer une image, pour imaginer comment la lancer. Je le répète, elle est belle, et pour tout vous dire, elle a cette énergie vitale, cette espèce de qualité rare – genre elle est vraiment sexy mais sans que ce soit *évident*, OK ? Genre ça ne vous saute pas aux yeux, il y a quelque chose d'un peu mystérieux.

– Mystérieux ?

– Quelque chose de distant, mais pas distant façon reine de glace, plutôt… je ne sais pas, *intelligemment* distante, ce qui peut être séduisant chez certaines filles. » Il baissa brièvement les yeux sur la poitrine de Vincent. « Bref, le projet est déjà bien avancé, on engage des musiciens, on cherche un chorégraphe, et voilà qu'elle vient nous trouver, comme ça : “Je veux tout arrêter.” Nous, on répond : “Pardon, *quoi* ?” On est choqués, moi et mes associés. On a tout un programme pour elle, OK ? On lui paie des cours de chant, des cours de guitare, des paroliers, un entraîneur personnel. N'importe quel musicien, n'importe quel interprète serait prêt à tuer pour avoir une occasion comme celle qu'on lui offrait. On le lui fait remarquer, à quoi elle répond que ouais, elle comprend bien, elle apprécie l'effort, mais on viole son intégrité artistique. » Lenny but une gorgée de vin. « Hilarant, non ? »

Vincent sourit, sans trop savoir ce qu'elle était censée trouver hilarant. (« Oh, ça ? C'est une topaze, je crois, disait Tiffany à Jonathan. Avec des petits diamants tout autour. »)

« Nous, on rétorque, ton *quoi* ? Ton *intégrité* ? Tu as vingt et un ans. Tu n'as pas d'intégrité à avoir. Enfin bon, OK, peut-être qu'elle avait de l'intégrité sur le plan personnel, voyez, en tant qu'être humain, mais une *intégrité artistique* ? Tu te fous de ma gueule, là. C'est une petite fille.

– Alors, que s'est-il passé ?

– Comme je vous l'ai dit, elle est retournée au Canada. Je l'ai cherchée sur Google l'autre jour, et vous savez ce qu'elle fait ? Une tournée au Canada dans une putain de camionnette, à jouer dans des clubs minuscules et dans des festivals, dans des bleds dont personne n'a jamais entendu parler. Vous voyez ce que je veux dire ? Incapable de reconnaître une opportunité. Tandis que moi, quand j'ai rencontré votre mari ? Quand j'ai compris comment fonctionnait son fonds ? J'ai tout de suite vu là une opportunité, et je l'ai saisie.

– Lenny, intervint Jonathan, coupant Tiffany au milieu d'une phrase, n'ennuyons pas nos charmantes épouses avec des histoires d'investissements.

– Tout ce que je dis, c'est que mon investissement s'est révélé bien plus rentable que j'aurais pu l'imaginer. » Lenny leva son verre. « Bref. Annika. C'est tout bon, parce que vous savez quoi ? Je suis capable de prédire l'avenir. » Il sourit et se tapota le front de l'index. « Elle me reviendra.

– Je n'en doute pas », dit Vincent. Étrange : elle était certaine que Jonathan écoutait très attentivement sa conversation avec Lenny, alors même qu'il regardait Tiffany et acquiesçait à ce qu'elle disait. Elle eut l'impression qu'il y avait quelque chose qu'il ne voulait pas que Lenny révèle.

« Une année ou l'autre, un *jour* ou l'autre, j'aurai de ses nouvelles, je parierais gros là-dessus.

– C'est évident. » Si seulement la soirée pouvait se terminer. Le visage de Vincent commençait à fatiguer.

« Elle débarquera genre salut, vous vous souvenez de moi, on allait faire un truc ensemble, et moi je dirai comme ça, ouais, on *allait* faire un truc ensemble, toi et moi, au passé. C'était il y a cinq ou six ans, aujourd'hui tu n'as plus vingt et un ans. »

Au bord de la piscine

« Parle-moi de l'endroit d'où tu viens », dit Mirella vers la fin. L'ère de l'argent dura un peu moins de trois ans. Le dernier été, six mois avant la fin, Fayçal rentra chez lui à Riyad pour passer quelques semaines avec son père, à qui on venait de diagnostiquer un cancer, et pendant cette période Mirella prit l'habitude de se rendre en voiture à Greenwich presque tous les après-midi. Vincent et Mirella passaient des heures languides à nager dans la piscine ou à lézarder à l'ombre, assommées par la chaleur, le garde du corps de Mirella lisant le journal ou consultant son portable sur un transat, hors de portée d'oreille.

« J'ai grandi sur une route avec deux culs-de-sac, répondit Vincent. Voilà qui résume bien la chose.

– Pose cette caméra, tu veux bien ? Ça me rend nerveuse.

– Je ne te filme pas, je filme ces arbres là-bas.

– Peut-être, mais ces arbres sont ennuyeux. Ils ne font rien.

– Tu n'as pas tort. » Vincent sourit et rangea la caméra, bien que chagrinée d'arrêter de filmer au bout de trois minutes et vingt-sept secondes. Elle se rendait compte que le besoin de filmer par séquences de cinq minutes précises relevait probablement d'un TOC non diagnostiqué, mais elle n'avait jamais vraiment considéré cela comme un problème grave.

« Comment une route peut-elle avoir deux culs-de-sac ?

– Quand on y accède uniquement par bateau ou par hydravion. Imagine une rangée de maisons sur une baie. De la forêt tout autour, de l'eau, rien d'autre.

– Tu avais un bateau ?

– Certains habitants en avaient un. Pas nous. Je prenais le bateau du courrier pour aller à l'école le matin, puis un bus nous ramassait à l'embarcadère, de l'autre côté, et nous conduisait à la ville la plus proche. Il n'y avait pas la télévision jusqu'à mes treize ans.

– Comment ça, pas de télévision ? » Mirella l'observait comme si Vincent venait d'annoncer qu'elle débarquait de Mars.

« Je veux dire qu'il n'y avait pas de signal.

– Mais alors, si tu allumais la télé, qu'est-ce qui se passait ?

– Tu avais juste des parasites, répondit Vincent.

– Sur toutes les chaînes ? »

*

(Souvenir : à l'âge de treize ans, renvoyée temporairement de l'école pour l'incident du graffiti, assise à la fenêtre de la cuisine avec un livre, elle levait les yeux et voyait Papa, tout sourire, remonter la côte depuis le bateau-taxi, un carton encombrant dans les bras. « Regarde ce que ma mère nous a acheté, dit-il. Le magasin d'électronique de Port Hardy m'a téléphoné pour que je passe la chercher. » Grand-mère Caroline était partie ce matin-là reprendre sa vie habituelle pendant quelques jours, mais elle avait apparemment laissé un cadeau d'adieu.

Une télévision ! Une tour avait été érigée quelques mois auparavant à Grace Harbour, au-dessus de la crique, c'est-à-dire que, pour la première fois de l'histoire, il y avait un signal à Caiette. Maman n'aurait jamais permis une telle chose, mais elle n'avait plus son mot à dire puisqu'elle avait disparu trois semaines plus tôt. Papa et Vincent zappèrent un assortiment de parasites avant de tomber sur une pièce où deux femmes à l'accent américain bavardaient ; l'une avait de longs cheveux bruns et des lunettes, l'autre un nuage de cheveux platine et des vêtements moulants.

« *WKRP in Cincinnati*, annonça Papa. Une sitcom que je regardais dans les années quatre-vingt. »

L'une des femmes dit quelque chose de drôle, ce qui fit rire Papa pour la première fois depuis trois semaines. Où se trouvait Cincinnati ? À la télévision, la ville avait un aspect lustré, comme les cheveux de l'actrice blonde. Plus tard, Vincent prit l'atlas sur une haute étagère et repéra l'endroit, un point au milieu du pays le plus proche au sud. Elle chercha la page de la Colombie-Britannique du sud-ouest, mais naturellement Caiette était trop petit pour figurer sur la carte.)

*

Mirella avait vécu dans un duplex faisant partie d'un lotissement de duplex identiques, dans la grande banlieue de Cleveland, avec des champs de blé d'un côté et une voie express de l'autre. Sa mère occupait deux emplois et son père était en prison. Tous les jours, Mirella et sa sœur restaient seules à la maison pendant des heures à regarder la télévision ; elles rentraient à pied de l'arrêt du bus scolaire, fermaient la porte à clef derrière elles et n'étaient pas autorisées à ressortir. Elles mettaient à réchauffer des Hot Pockets pour le dîner et faisaient parfois leurs devoirs, parfois non.

*

« Ce n'était pas si mal, en fait, conclut-elle. J'ai eu de la chance. Rien de terrible ne m'est arrivé. C'était juste ennuyeux. Tu as grandi avec tes deux parents ?

– Ma mère s'est noyée quand j'avais treize ans. » Vincent sut gré à Mirella de se borner à hocher la tête. Dorénavant, peut-être se lierait-elle d'amitié uniquement avec des personnes à qui il avait manqué au moins un des deux parents. « Mon père était planteur d'arbres et passait des semaines d'affilée dans des camps éloignés pendant l'année scolaire, alors je suis allée vivre chez ma tante à Vancouver. »

*

La conversation s'éloigna des lieux d'origine, ce qui convenait très bien à Vincent. Tout ce qui se rapportait à Caiette était soit impossible à décrire, soit trop difficile à raconter, et la période post-Caiette était soit ennuyeuse soit embarrassante. Mirella parlait maintenant des circonstances dans lesquelles Fayçal et elle s'étaient rencontrés. Elle avait tenté de devenir mannequin mais n'était pas allée bien loin. Le problème, lui avait expliqué son agent, était qu'elle était belle, certes, mais d'une beauté ordinaire. Son visage n'avait rien d'inhabituel, hormis sa joliesse, et en ce temps-là il ne suffisait pas d'être belle pour être mannequin. Il fallait aussi être étrange. Les mannequins en vogue à l'époque avaient les yeux inhabituellement écartés, ou un visage assez quelconque mais doté d'un charme indéfinissable, ou des oreilles qui saillaient comme des anses de cruches. Lorsqu'elle rencontra Fayçal, Mirella essayait d'être actrice parce que le mannequinat ne marchait pas, mais ce créneau-là ne marchait pas fort non plus. Elle avait un certain talent, mais pas suffisamment pour se hisser au-dessus de la multitude de belles jeunes femmes modérément talentueuses. Le soir de sa rencontre avec Fayçal, elle était à une réception, vêtue d'une robe coûteuse empruntée à sa colocataire, quelques heures après un entretien téléphonique avec l'assistante de son agent – celui-ci ne prenait plus ses appels –, au cours duquel ladite assistante, qui avait naguère voulu être actrice elle aussi, avait annoncé avec ménagement à Mirella qu'elle n'avait pas été retenue pour un énième rôle. Le rejet est épuisant. Mirella regardait par la fenêtre une vue du centre-ville de Los Angeles et elle s'aperçut qu'elle devenait trop fatiguée pour cette vie-là. Elle se disait qu'elle devrait peut-être enfin aller à l'université, étudier une matière qui lui procurerait un bon job, mais sa sœur – qui avait suivi cette voie – se débattait maintenant sous le poids des prêts étudiants, et Mirella n'était pas sûre que la dette en vaille la peine. Elle était là à essayer d'imaginer l'étape suivante quand Fayçal, superbement vêtu, était apparu à côté d'elle, deux verres de vin dans les mains, et elle pensa : *Pourquoi pas vous ?*

*

« Nous nous sommes connus autour d'un verre, nous aussi, dit Vincent, mais moi j'étais la barmaid. »

Mirella sourit. « Ça ne m'étonne pas. Tu prépares d'excellents cocktails.

– Merci. Cette période de ma vie était compliquée. Mon père venait de mourir. » Mirella écarquilla les yeux. Voir l'un de ses parents quitter la scène n'avait rien d'inhabituel ; perdre les deux, c'était une situation toute différente. « J'ai dû retourner dans ma ville natale pour m'occuper de ses affaires et il y avait un emploi disponible à l'hôtel local, alors j'ai décidé d'y rester un moment.

– De quoi est-il mort ?

– Crise cardiaque.

– Je suis navrée.

– Merci. » Vincent n'aimait pas penser à ses parents.

« S'agissait-il de l'hôtel dont Jonathan est propriétaire ? Je me souviens qu'il en a parlé.

– Oui, exactement. Je croyais que la vie là-bas serait plus simple, mais j'ai compris au bout d'un mois que c'était une erreur. Ma meilleure amie d'enfance y travaillait aussi, et puis au bout de quelques mois mon frère s'est pointé et s'est fait embaucher à son tour, alors je ne sais pas, j'ai commencé à trouver ça un peu étouffant, de vivre au même endroit que des gens que je connaissais depuis ma naissance.

– J'ignorais que tu avais un frère.

– Il n'a jamais vraiment fait partie de ma vie, dit Vincent. Je ne l'ai pas vu depuis des années.

– Donc, tu es allée dans cet hôtel paumé et tu en es partie parce que ton frère y travaillait aussi ?

– Non, je… il s'est passé un incident bizarre. Bon, dans le hall, il y avait une baie vitrée qui donnait sur l'océan. J'étais de service, une nuit, et il y avait ce client dans le hall, un insomniaque, qui était assis dans un fauteuil à lire ou à travailler, et soudain il a fait un drôle de bruit et s'est levé d'un bond. Alors j'ai regardé, et quelqu'un venait d'écrire cet affreux message à l'extérieur de la vitre.

– Qu'est-ce qu'il disait ?

– Le message ? *Et si vous avaliez du verre brisé ?*

– Dingue, dit Mirella.

– Oui. Et une minute plus tard, mon frère Paul est rentré de sa pause-dîner, et ça crevait les yeux que c'était lui le responsable, il était tout fuyant, incapable même de croiser mon regard…

– Pourquoi aurait-il… ?

– Je ne sais pas. J'ai failli lui poser la question, mais ça n'aurait servi à rien. Il n'existe pas de scénario qui justifie d'écrire une chose aussi horrible, si ?

– Je n'en vois pas. » Mirella resta un moment sans parler. « C'est un horrible message, certes, mais je ne suis pas sûre de comprendre pourquoi il t'a bouleversée à ce point.

– Le problème avec ma mère, dit Vincent, c'est que je sais qu'elle s'est noyée, mais je ne sais pas *pourquoi*. Du canoë, elle en faisait tout le temps. Et c'était une bonne nageuse.

– Tu penses que ce n'était peut-être pas un accident.

– Je pense que je ne saurai jamais ce qu'il en est. » Elles restèrent silencieuses quelques instants. La stridulation des cigales dans les arbres, à la lisière de la pelouse, était très bruyante. « De toute manière, il n'y avait pas que ça. J'étais dans un de ces moments, tu sais, où tu regardes ta vie et tu te dis : *C'est vraiment tout ? Je pensais qu'il y aurait davantage.*

– Je connais bien ces moments-là, dit Mirella. Donc, tu allais partir de toute façon, et c'est là que Jonathan est entré dans le bar ?

– Environ deux heures plus tard, peut-être moins. Il était cinq heures du matin. J'avais dû m'envoyer deux expressos pour garder les yeux ouverts.

– Buvons au café ! dit Mirella en levant son verre.

– Quand je dis que je ne sais pas où je serais sans lui, je l'entends au sens littéral », ajouta Vincent.

Un homme solitaire entre dans un bar et voit une opportunité. Une opportunité entre dans un bar et avise une barmaid. Une barmaid solitaire lève les yeux de son travail et le message sur la baie vitrée lui donne envie de fuir, parce que sa mère a disparu en faisant du canoë et qu'elle a affirmé à tout le monde, toute sa vie, qu'il s'agissait d'un accident, mais il n'existe absolument aucun moyen de savoir si c'est vrai, et comment une personne pleinement consciente de cette incertitude – comme l'est assurément Paul – pourrait-elle écrire une invitation au suicide sur une vitre avec *ces eaux-là* qui scintillent de l'autre côté ? Plus profondément, ce qui fait le désespoir de la barmaid, ce n'est pas le graffiti mais le fait que le jour où elle quittera cet hôtel, ce sera simplement pour aller travailler dans un autre bar, puis un autre, et encore un autre, et un autre, et c'est à ce moment-là que l'homme, l'opportunité, lui tend la main.

« J'ai bel et bien grandi ici, le croirez-vous ? » répondit-elle à Jonathan quand, dans le courant de cette première conversation, il lui demanda d'où elle venait. Elle lui avait servi son dîner et ils s'étaient mis à bavarder avec une facilité surprenante.

« Ici, à Caiette ?

– Oui, ici et ensuite à Vancouver.

– Superbe ville, dit-il. Je rêve d'y passer davantage de temps. »

En partant, il lui glissa dans la main un billet plié en deux – elle le remercia sans regarder – qui se révéla être un billet de cent dollars, enroulé autour d'une carte professionnelle sur laquelle il avait griffonné un numéro de portable. Cent dollars ? Mortifiant, avec le recul, mais elle a toujours apprécié la clarté de ses intentions. Il s'agirait toujours d'un arrangement donnant-donnant. Quand il ferait signe, elle viendrait à lui. Elle serait toujours bien dédommagée.

Pourquoi pas vous ?

Soho

Ce dernier été au royaume de l'argent, Vincent et Mirella se retrouvèrent à Soho par un après-midi subtropical, où elles traînèrent un moment dans le loft de Fayçal et de Mirella avant de sortir faire du shopping, moins par nécessité que par ennui. Des nuages noirs envahissaient le ciel. En fin d'après-midi, elles flânèrent dans Spring Street, sans destination particulière, après avoir dépensé chacune plusieurs milliers de dollars en vêtements et en lingerie, et Vincent admirait une Lamborghini jaune garée de l'autre côté de la rue quand Mirella annonça : « Je crois qu'il va pleuvoir ». Elles pressèrent le pas, mais trop tard, le premier coup de tonnerre claqua, le déluge s'abattit, Mirella prit son amie par la main et elles se mirent à courir. Vincent riait – elle adorait être surprise par la pluie – et Mirella déplorait les effets de l'ondée sur sa coiffure, mais le temps qu'elles atteignent le coin de la rue, elle souriait elle aussi, entraîna Vincent dans un bar à expresso et elles restèrent un moment sur le seuil, agréablement rafraîchies par l'air conditionné, écartant de leurs yeux leurs cheveux trempés et évaluant les dégâts infligés à leurs sacs de shopping. Le garde du corps de Mirella les rejoignit quelques instants plus tard, s'épongeant le front avec un mouchoir.

« Alors, dit Mirella, on s'arrête prendre un café ?

– Allons-y. » Vincent se trouvait sur la Côte Est de ce continent depuis maintenant deux ans et demi, mais elle était encore surprise par la violence des orages d'été, cette façon qu'avait le ciel de virer au vert. Elles trouvèrent une table minuscule près de la vitrine et s'assirent avec leurs petites tasses, les sacs humides entassés autour de leurs jambes. Elles observaient l'averse dans un silence complice et Vincent s'aperçut qu'elle se sentait parfaitement à l'aise, pour la première fois depuis quelque temps. À vrai dire, avant de faire la connaissance de Mirella, elle avait été extrêmement seule au royaume de l'argent.

« Tu ne trouves pas que le shopping est incroyablement ennuyeux, en fin de compte ? » Vincent se sentit coupable d'exprimer cette pensée à haute voix. Elle pouvait le faire uniquement parce que Mirella, elle non plus, n'était pas née avec une cuiller d'argent dans la bouche. Des fantômes de ses « moi » précédents s'attroupèrent autour de la table et reluquèrent les beaux vêtements qu'elle portait.

« Je sais qu'il est mal vu de l'admettre, dit Mirella, mais c'est sidérant de voir la rapidité avec laquelle la nouveauté perd de son charme. » Quelque chose, dans sa façon de lever la tête à cet instant, dans la façon dont son visage capta la lumière, rappela à Vincent une comptine de son enfance, son verset favori des *Contes de ma mère l'Oye* à la bibliothèque de l'école primaire, lu et relu tant de fois qu'elle l'avait gravé dans sa mémoire dès l'âge de cinq ou six ans : *Elle est belle, elle est jolie, elle est la fille de la cité dorée…*

« Au début, c'était comme une sorte de compensation, reprit Vincent. On se souvient des fois où on devait choisir entre le loyer et les provisions, et on se dit : “ Maintenant que je peux m'offrir cette robe, l'équilibre du monde a été rétabli." Mais au bout d'un moment…

– Au bout d'un moment, l'interrompit Mirella, on s'aperçoit qu'on a accumulé suffisamment de robes. Si Fayçal connaissait l'étendue de ma fièvre acheteuse, il prévoirait sans doute une intervention. »

Mais bien sûr, les vêtements n'étaient pas le point essentiel, songea plus tard Vincent dans le train qui la ramenait à Greenwich. Ce n'était pas *ça* qui la retenait dans cette nouvelle vie étrange, dans le royaume de l'argent ; ce n'étaient pas les vêtements, les objets, les sacs à main ni les chaussures. Ce n'étaient pas la luxueuse maison, les voyages ; ce n'était pas la compagnie de Jonathan, même si elle avait pour lui une sincère affection ; ce n'était même pas l'inertie. Ce qui la retenait dans le royaume, c'était le fait – précédemment inconcevable – de ne pas avoir à penser à l'argent, car c'est bien cela que l'argent vous procure : la liberté de cesser d'y penser. Si vous n'en avez jamais été privé, vous ne pouvez pas comprendre la profondeur de cette donnée, à quel point cela change radicalement votre vie.

Quand elle arriva à la maison, Jonathan l'attendait dans le salon. Il travaillait mais ferma son ordinateur portable à l'entrée de Vincent. « Ma pauvre enfant, dit-il. Je me demandais ce que tu devenais, dehors sous ce déluge. » Elle frissonnait un peu dans ses vêtements humides, avec l'air frais de la climatisation. Une couverture en cachemire était drapée sur le dossier du canapé, à portée de main de Jonathan. Il posa son ordinateur sur la table basse et déploya la couverture pour y recevoir Vincent. « Viens là, dit-il. On va te réchauffer. »

V

OLIVIA

Par un sombre après-midi d'août, une artiste peintre se tenait sous un auvent, dans le quartier de Soho, quand Vincent et Mirella passèrent par là. De l'autre côté de la rue, une Lamborghini jaune luisait dans la brume. La voiture avait une telle présence qu'elle en devenait presque vivante, vibrante de possibilités, comme un objet futuriste. Olivia était venue dans cette rue parce que, derrière la Lamborghini, il y avait une porte qu'elle avait franchie un jour, à la fin des années cinquante, à une époque où le frère de Jonathan Alkaitis cherchait des modèles. En cet été 2008, abritée sous un auvent rouge, car il allait manifestement pleuvoir, Olivia mangeait un biscuit aux pépites de chocolat alors même que le sucre la ferait dormir plus tard – sur un banc, ou dans le métro, ou dans un cinéma, quel que soit l'endroit où elle atterrisse – et elle s'immergea dans les souvenirs. En 1958, elle se dirigeait vers la porte d'un pas vif, dans son trench-coat tout neuf dont elle était convaincue qu'il la faisait ressembler à la star de son film français préféré, parce qu'à vingt-quatre ans il est possible de se convaincre de ces choses-là. Quand une voix incohérente grésilla dans l'interphone, elle dit simplement « C'est moi », car elle s'était aperçue que ça marchait toujours, dans tous les immeubles, quel que soit le bouton sur lequel elle appuyait. Elle entra et grimpa quatre volées de marches jusqu'à l'atelier de Lucas.

Lucas Alkaitis fuyait la banlieue comme tout le monde, fuyait la médiocrité et le Brylcreem[1] et les costumes en flanelle grise, et Olivia avait rencontré suffisamment d'artistes peintres bidon pour savoir en reconnaître un vrai quand elle se trouvait en sa présence. En 1958, Lucas travaillait sur une série de nus : femmes et hommes, surtout des femmes, tous assis sur un divan de la même couleur que la Lamborghini qui, un demi-siècle plus tard, serait garée devant sa porte. Le divan était beaucoup plus sale dans la réalité que sur les tableaux.

Les toiles étaient ravissantes. Mais Lucas lui-même, constata Olivia avec amusement et dépit, était une combinaison de tous les clichés : cheveux trop longs, savamment ébouriffés ; maillot de corps blanc maculé de peinture ; bottines de travail également tachées de peinture, vraisemblablement pour faire la pub de son coup de pinceau aux yeux du sexe opposé. Il examina Olivia de la tête aux pieds et se passa une main dans les cheveux d'une manière donnant à penser qu'il s'était entraîné devant un miroir.

« Je peux vous aider ? demanda-t-il.

– Il paraît que vous cherchez un modèle.

– J'espérais vous entendre dire ça. » Sourire lent, paresseux, tandis qu'il la jaugeait. C'était un homme extrêmement content de lui. « Je ne peux pas payer cher.

– En fait, j'ai une proposition sur ce plan-là.

– Ah ? »

Olivia se demandait parfois – même aujourd'hui, de l'autre côté de l'écran partagé de 2008, où, toujours plantée sous l'auvent, elle avait entamé un deuxième biscuit aux pépites de chocolat et se sentait déjà partir à la dérive, son taux de

1. Marque de produits capillaires pour hommes.

glycémie grimpant d'une manière qui la faisait toujours penser à une montgolfière en perdition, un mouvement instable et vertigineux avant une chute précipitée – s'il serait possible d'envoyer un mémo à toute la population des moins de trente ans, non, des moins de quarante ans, hommes comme femmes, un mémo expliquant qu'il n'est pas nécessaire de hausser un sourcil chaque fois que le mot *proposition* est prononcé dans la conversation. « J'aimerais bien, marmonna-t-elle tout haut, en 2008, que tout le monde arrête de faire ça. »

De l'autre côté de l'écran, en 1958, elle attendit que Lucas abaisse le sourcil avant d'enchaîner : « Pas ce genre de proposition, bon sang. Paiement en nature. »

Il eut l'air perdu.

« Je m'appelle Olivia Collins. » Elle l'observa pendant que son nom faisait tilt. Elle avait eu un certain succès, rien de fracassant mais néanmoins suffisant pour qu'un certain sous-ensemble de la population artistique du sud de la 14e Rue connaisse son nom. Elle était représentée par une galerie d'art, or la plupart de ces blancs-becs à poils longs ne pouvaient pas en dire autant. « Je suis peintre, ajouta-t-elle sans nécessité, et je cherche des modèles.

– Ah, OK, alors vous voulez…

– Vous me peignez, je vous peins, dit-elle. J'ai commencé une nouvelle série de portraits. »

Lucas se dirigea vers une tablette de fenêtre encombrée, extirpa un paquet de cigarettes d'entre deux pots de peinture qui avaient été convertis en vases pour pâquerettes flétries, tapota le paquet, en délogea une cigarette, l'alluma, inhala, exhala la fumée tout en soutenant le regard d'Olivia – autant dire tous les gestes qu'exécutent les fumeurs pour gagner du temps quand ils ne savent pas trop quoi dire et qu'ils ont vu trop de films. S'il était possible d'envoyer un autre mémo, celui-ci adressé spécifiquement aux fumeurs : Vous ne pouvez pas être à la fois un bohème mal lavé et Cary Grant. Vos élégantes manipulations cigarettières sont laminées sans espoir par votre maillot de corps et vos cheveux sales. La combinaison n'est pas particulièrement intéressante.

« Intrigante proposition, dit-il, mais je ne pose pas.

– Il est vrai que cela exige une certaine audace », dit Oliva en haussant les épaules. En 1958, elle était résolue à faire en sorte que personne ne puisse déterminer si elle se souciait ou non de telle ou telle chose ; cela faisait partie de ses valeurs. « Ce n'est pas à la portée de tout le monde. » Elle put voir que le coup portait, comme prévu. « Enfin, si vous changez d'avis… » Elle griffonna son numéro de téléphone sur un bout de papier, le posa sur le plan de travail, fit un signe de tête et tourna les talons. « Au fait, vos toiles sont bonnes », lança-t-elle du seuil, en guise de flèche du Parthe.

En 2008, deux jeunes femmes approchaient. Des acheteuses lestées de paquets, une vingtaine d'années, jolies dans le genre coûteux, le style de filles que, cinquante ans plus tôt, Olivia aurait à la fois peintes et séduites. Elles parlaient de tout et de rien, une conversation à propos de jeans qu'elles souhaitaient acheter, mais l'une des deux détourna les yeux pour contempler la Lamborghini jaune, de l'autre côté de la rue, qui brillait dans la lumière grisâtre annonçant l'orage.

« Je la vois aussi », murmura Olivia, mais d'une voix si basse qu'aucune des deux femmes ne se retourna. Peut-être n'avait-elle pas parlé tout haut. Le ciel explosa dans un coup de tonnerre et elles se mirent à courir sous la pluie.

*

Lorsque Lucas vint la trouver, elle n'était pas seule. Depuis plusieurs jours, elle peignait son amie Renata sous différents angles. Le problème, c'était les yeux : des yeux de biche, soucieux quand Renata la regardait bien en face, mais remplis d'une froide assurance quand elle regardait ailleurs. On aurait dit deux personnes différentes. Laquelle montrer ?

« Bon, déclara Renata, j'ai une idée pour une histoire de fantômes. » C'était un jeu auquel elles s'adonnaient parfois, quand Renata commençait à s'ennuyer durant une séance de pose, parce que toutes deux adoraient les histoires de fantômes depuis l'enfance. « Un type se fait renverser par une voiture et meurt. Après ça, le carrefour est hanté, mais pas par le gars qui s'est fait écraser. Le fantôme, c'est la voiture. »

Olivia recula de sa toile, absorbée par le problème des yeux. « Donc, c'est l'histoire d'une voiture fantôme ?

– Le chauffard se sent tellement coupable après l'accident que sa culpabilité se manifeste sous la forme d'une voiture fantomatique.

– J'aime bien. »

Il faisait froid dans l'atelier, ce jour-là, et Olivia travaillait principalement sur le visage et les épaules de Renata, vêtue d'un peignoir qu'elle n'avait pas pris la peine de fermer. Olivia entendit dans le couloir la voix de son ami et voisin Diego, qui frappa un coup bref et entra. Tournant la tête, elle vit Lucas jeter un coup d'œil sur les seins de Renata et marquer un temps d'arrêt, qu'il tenta de camoufler par une quinte de toux.

« La fumée vous indispose ?

– Celle-là vous monte droit à la tête, dit Renata de cette voix languide qui la faisait paraître défoncée, ce qu'elle était souvent, mais pas en cette occasion précise.

– Je suis contente que vous soyez venu », dit Olivia à Lucas, formule qui était à l'époque l'une de ses signatures. (Révélation acquise uniquement avec le recul : la beauté peut avoir un effet corrosif sur le caractère. Il est possible de réussir sans se fouler pendant quelques années avec rien de plus que quelques répliques ciselées et un sourire éblouissant, et ces années-là sont formatrices.) « Nous aurons terminé dans quelques minutes. »

Lucas resta près de la porte, l'air emprunté. Elle sentit qu'il observait ses toiles. Dans la perspective de sa visite, Olivia avait exposé autour de la pièce sept de ses meilleurs portraits récents. Elle avait fait des expérimentations avec des arrière-plans surréalistes : le sujet peint avec une fidélité au réalisme digne du XVIIIe siècle – ou aussi près qu'il lui était possible de le faire ; elle était consciente en permanence des limites de ses capacités techniques – mais où les arrière-plans se dissolvaient dans un délire fiévreux de rouge, de violet, de bleu, où les intérieurs se désintégraient à en devenir informes, où la lumière des paysages détonnait. Dans son tout dernier portrait achevé, Diego était assis sur une chaise rouge, détendu, le bras sur le dossier, mais le siège perdait ses contours aux extrémités et se fondait dans le mur, et une flaque rouge s'était formée sous l'un des pieds de la chaise, comme si la peinture coulait.

« Cette chaise saigne ? s'enquit Lucas, indiquant du menton le tableau.

– Tu enlèves ton peignoir ? » dit Olivia à Renata, qui leva les yeux au ciel mais ne protesta pas. Sa peau nue eut l'effet désiré : faire taire Lucas. Il en oublia la chaise sanglante. (Une chose qui la troubla encore des années plus tard, des décennies plus tard, jusqu'en 2008 : la chaise qui saigne était-elle une bonne idée ? De toutes ses idées artistiques, y en avait-il eu de vraiment valables ? Le manque de confiance en soi avait été l'une des rares constantes de sa vie au cours du dernier demi-siècle.) « Si vous voulez patienter, dit-elle à Lucas, nous aurons fini dans une demi-heure.

– Vingt minutes, rectifia Renata. Je dois aller chercher mon gamin à l'école. » Lorsqu'elle partit, Lucas prit sa place sur le fauteuil. Il n'avait pas prononcé un mot depuis son commentaire sur la chaise sanglante.

« Vous êtes trop habillé pour l'occasion », dit Olivia sur un ton plus doux qu'elle n'en avait eu l'intention, pas du tout cassant. Peut-être pourrait-elle être une personne plus gentille, se dit-elle. Sa carapace était tellement dure, en ce temps-là. « Pouvez-vous ôter le haut ? »

Avec un haussement d'épaules, Lucas retira sa veste en jean et son maillot de corps. Il était maigre et désagréablement pâle, une créature strictement d'intérieur. Il l'observa pendant qu'elle commençait. Elle pensait aux tableaux de Lucas, aux lignes nettes et à la retenue de sa peinture. Il était ridicule à certains égards, mais sous cette apparence se cachait un homme sérieux, elle le comprit, un homme sérieux qui travaillait très dur. Elle peignit rapidement, pas du tout à sa manière habituelle, par petites touches brèves. Elle avait espéré qu'en écrémant la surface du portrait elle parviendrait à mieux voir l'homme, qu'apparaîtrait quelque chose qu'elle pourrait utiliser comme point de départ pour un travail plus profond, plus fouillé, et il en fut ainsi : quand elle se recula pour regarder la toile, elle vit les ombres sur son visage, l'expression qu'elle avait déjà vue chez d'autres modèles, sa façon embarrassée de tenir ses bras.

« Tournez votre bras gauche vers moi », dit-elle, joignant le geste à la parole.

Il sourit mais ne bougea pas. Elle aperçut néanmoins un détail éclairant tandis qu'il récupérait sa chemise, et elle l'ajouta plus tard : elle repeignit son bras gauche afin que, dans la version finale, il ait la paume ouverte, l'intérieur du coude strié d'ombres bleutées, les veines meurtries.

*

Au vernissage, cinq mois plus tard, il la coinça près de la porte. « Je pourrais te tuer », dit-il d'un ton plaisant, en souriant afin que d'éventuels observateurs puissent croire qu'il la complimentait sur son travail. Deux ou trois personnes qui n'étaient pas hors de portée d'oreille se rapprochèrent, curieuses. « Et je ne l'entends pas dans le sens de la comédie loufoque, genre "Ils sont partis du mauvais pied et maintenant ils vont tomber amoureux". J'entends par là que, si j'en avais l'occasion, je pourrais bel et bien te tuer. Littéralement.

– Celui qui vit par l'épée périra par l'épée, dit Olivia en levant son verre.

– Tu te crois très maligne avec toutes ces putains de répliques toutes faites. Ce n'est même pas *exact*, dit-il, un geignement dans la voix, tu es une foutue *menteuse* », mais dix mois plus tard il mourrait d'une overdose derrière un restaurant de Delancey Street. Elle assista à l'une de ses expositions peu avant la fin, une exposition de groupe dans un entrepôt de Chelsea. La soirée se révéla déprimante. La nuit était glaciale et la salle trop froide, les invités frissonnaient avec leurs gobelets de vin bon marché. Quelques personnes reconnurent Olivia et elle vit leur jalousie sous leurs sourires ; elle se sentit alors toute petite, superficielle, et ça lui donna juste envie de rentrer chez elle. C'était le problème avec sa vie dans ces années-là : certains soirs, la vie était belle, mais d'autres soirs il y avait tant de douleur, ça palpitait sous la surface sans aucune raison discernable, et ces soirs-là elle comprenait pourquoi Lucas et Renata faisaient ce qu'ils faisaient, le truc anesthésiant avec la seringue. Elle trouva Lucas dans un coin éloigné avec trois de ses tableaux. Il avait réalisé une nouvelle série sans personnages, seulement des rues désertes. Des rues génériques, pas des rues spécifiques. Olivia subodorait qu'elles n'appartenaient à aucune ville particulière.

« J'aime bien ces toiles », dit-elle en gage de réconciliation. Lucas était en compagnie d'un gosse, un garçon portant un jean, une chemise aux pans sortis et des baskets. Le souvenir qu'elle garda, des années plus tard, de sa première vision de Jonathan Alkaitis fut que sa chemise dépenaillée avait quelque chose de poignant. Le gamin avait *banlieusard* affiché sur toute sa personne mais n'avait pas rentré sa chemise pour se donner l'air plus décontracté, plus branché, parce qu'il n'avait pas tout à fait quatorze ans et cherchait désespérément à s'intégrer, mais la chemise était creusée de plis marqués autour de la taille, là où il l'avait rentrée dans son pantalon avant de quitter la maison.

« Grand merci, répondit sèchement Lucas.

– Qui est ton jeune ami ?

– Mon frère. Jonathan, je te présente Olivia. Olivia, Jonathan.

– Enchanté », dit Jonathan Alkaitis. Les yeux écarquillés, il n'était visiblement pas dans son élément. « Vous n'aimez pas les toiles de mon frère ?

– Je viens de dire le contraire.

– Mais tu es une piètre actrice, maugréa Lucas. Même le gamin a compris que tu ne les aimais pas. »

À vrai dire, Olivia n'aimait pas particulièrement les nouveaux tableaux de Lucas. Inspirés d'Edward Hopper, ils n'auraient pas pu être plus transparents, quant à leur thème, s'il avait écrit en travers, à la peinture rouge, le mot SOLITUDE.

« Tu as raison, dit-elle à Jonathan. Je n'aime pas particulièrement ces toiles. »

Jonathan fronça les sourcils. « Alors pourquoi vous avez dit que vous les aimiez ?

– Juste pour être polie, répondit-elle. Si vous voulez bien m'excuser… » Elle ne comprenait pas ce que recherchait Lucas avec tant d'acharnement, mais elle voyait bien où il allait, avec son visage encore plus ombreux qu'avant, cet affreux teint livide, et elle ne voyait pas l'intérêt de dialoguer sérieusement avec lui. (C'était sa façon de raisonner quand elle avait une vingtaine d'années : *Je ne voyais pas l'intérêt.* Elle en eut honte par la suite.) La mort était déjà en lui. N'importe qui pouvait se rendre compte qu'il avait un pied dans la tombe. Elle se souvint plus tard qu'elle avait été triste pour son frère, qui allait bientôt se retrouver enfant unique.

Lucas eut droit à un petit enterrement intime à Greenburgh, près de la maison familiale. Olivia apprit sa mort avec au moins un mois de retard. Avec le temps, elle aurait pu finir par ne pas se souvenir de lui, un de ces passereaux tombés à terre au cours d'une décennie chaotique qui s'éloignait rapidement, sauf que quarante ans plus tard – quarante années de gêne financière, de ventes inexistantes, de coups de téléphone embarrassants à sa sœur, Monica, pour lui mendier l'argent du loyer, quarante ans d'emplois temporaires dans des bureaux interchangeables et de vente de bijoux dans des foires pour la société d'import de son ami Diego, quarante ans dans le désert –, il y eut une rétrospective d'artistes du centre-ville des années cinquante, parmi lesquels Olivia, qui entraîna un regain d'intérêt subit – et infinitésimal – pour son œuvre, à la suite de quoi son tableau *Lucas aux ombres* fut vendu aux enchères deux cent mille dollars, c'est-à-dire davantage d'argent qu'elle n'aurait imaginé en posséder d'un seul coup.

« Tu devrais l'investir », lui conseilla Monica. Elles étaient assises, un après-midi d'été, dans le jardin de la nouvelle maison de location d'Olivia à Monticello. Pas le célèbre Monticello de Virginie ; celui du nord de l'État de New York, avec la grand-rue condamnée, le Walmart géant, les bureaux de recrutement de l'armée de terre, de la marine et du corps des Marines, les magasins qui vendaient des prothèses, le champ de courses. Olivia avait loué à la périphérie une minuscule maison – précédemment rattachée à un ensemble de bungalows – dont le toit avait besoin d'être refait, mais c'était un plaisir de quitter la ville pour venir ici. Le jardin offrait un aspect tropical dans la chaleur d'août, la végétation explosant dans l'humidité, et cet après-midi-là avec Monica, Olivia avait dérivé à la lisière du sommeil. Ses problèmes de glycémie ne seraient pas diagnostiqués avant encore un an, mais elle avait noté la corrélation entre le fait de manger des glucides et la difficulté de rester éveillée une heure ou deux après. Elle avait alors commencé à en prendre délibérément, pour le plaisir de somnoler sur une chaise longue en fin d'après-midi. Ce jour-là, néanmoins, elle but une longue rasade de thé glacé bien fort, histoire de se réanimer avec la caféine et la glace, parce que Monica lui avait reproché quelques années auparavant de ne pas savoir écouter, ajoutant que le fait de ne pas être écoutée la faisait se sentir bête. Olivia se souvint de cette remarque seulement après avoir mangé le bagel, et elle s'en voulut d'avoir cherché exprès à s'assoupir.

« Comment s'y prend-on… comment fait-on pour investir ? » Pour Olivia, l'argent était un mystère. Monica, qui avait été avocate avant de prendre sa retraite, avait une bien meilleure compréhension de la logistique de la vie quotidienne.

« Eh bien, il existe différents moyens, dit Monica, mais j'ai récemment investi de l'argent chez un type que mon ami Gary a rencontré à son club. »

*

Olivia ne se serait pas décrite comme une femme excessivement superstitieuse, mais elle avait toujours cru aux messages émanant de l'univers et elle aimait prêter attention aux coïncidences et aux signes. Ce n'était sûrement pas un hasard si l'homme chez qui Monica avait investi ses économies se trouvait être le frère de Lucas.

« Vous ne devez pas vous souvenir de moi », dit-elle à Jonathan quand elle lui téléphona, et elle regretta aussitôt son entrée en matière. Le problème avec cette formule, c'est qu'elle avait marché dans sa jeunesse parce qu'à cette époque-là elle était belle et féroce, d'une manière calculée qu'elle croyait alors irrésistible, ce qui conférait une certaine ironie à l'idée que quelqu'un ait pu l'oublier – *Oh, vous savez, juste une jeune artiste talentueuse, superbe et magnétique, représentée par une galerie* – mais, ces derniers temps, elle avait remarqué que la phrase suscitait parfois un silence plein de tact, et elle s'était aperçue que les gens, souvent, ne se souvenaient effectivement pas d'elle. (Idée pour une histoire de fantômes : une femme vieillit, ne voit plus le temps s'écouler et se rend compte qu'elle est devenue invisible.)

« Nous nous sommes rencontrés à la galerie avec Lucas, dit-il d'une voix douce. Le soir où il neigeait. »

Le soir où il neigeait, pensa Olivia, et à sa grande surprise, ses yeux se remplirent de larmes. Elle n'avait pas pleuré quand Lucas était mort. Ça l'avait rendue un peu triste, bien sûr, elle n'était pas un monstre, seulement elle était en permanence préoccupée et ils s'étaient à peine connus. Et pourtant, des décennies plus tard, le côté pitoyable de la chose la submergea : dans une version de New York tellement différente du New York d'aujourd'hui qu'il aurait pu s'agir d'une ville étrangère, elle avait émergé de la nuit froide pour pénétrer dans la galerie illuminée qui, dans sa mémoire, n'était plus un antre de jalousies mesquines et de désespoir crasseux mais un palais d'art et de lumière, une pure brillance dans tous les sens du terme, les murs vibrants de couleurs, les artistes vibrants de génie et de jeunesse, où Lucas – si jeune, si talentueux, si maudit – et le petit Jonathan – qui devait avoir, quoi, douze ans ? – attendaient son arrivée.

« Vous avez une mémoire remarquable, dit-elle.

– Ma foi, vous étiez mémorable. Vous étiez la belle femme qui n'aimait pas les tableaux de mon frère.

– Je regrette de l'avoir dit. J'aurais dû être plus délicate. » Et puis, sur une impulsion, alors qu'elle avait eu seulement l'intention de lui demander quelques minutes d'attention au téléphone : « Cela vous dirait que nous déjeunions ensemble un de ces jours ? J'ai touché une somme d'argent et j'aurais besoin d'un conseil en matière d'investissement.

– J'en serai enchanté », dit-il.

*

Ils se rencontrèrent plusieurs fois au cours des années suivantes. Elle passait voir Jonathan à son bureau, ou alors ils déjeunaient ensemble. Elle attendait ces déjeuners avec un immense plaisir ; c'était un homme chaleureux, intéressant, doué pour la conversation, et il réglait toujours l'addition. Il aimait parler de Lucas et voulait entendre tout ce qu'Olivia se rappelait de la vie mystérieuse qu'il menait à New York. « Mon frère avait dix ans de plus que moi, expliqua-t-il. Je l'adorais, mais quand on est gosse, une décennie c'est comme l'espace entre deux galaxies. Je n'ai jamais eu l'impression de le connaître très bien.

– Vous savez, dit-elle, ma sœur et moi n'avons que trois ans d'écart, mais je n'ai jamais eu l'impression de la connaître très bien, moi non plus.

– Il peut arriver qu'on n'arrive pas à connaître ceux qui nous sont le plus proches. Cependant, je suis convaincu que vous connaissiez mon frère mieux que moi.

– C'est une triste pensée, dit Olivia. J'espère qu'il avait dans sa vie des gens qui le connaissaient vraiment.

– Moi aussi. N'empêche, vous l'avez suffisamment bien connu pour réaliser son portrait.

– Nous posions l'un pour l'autre, c'est vrai.

– Il vous a donc peinte ? Je me posais la question.

– Oui. » Dans ses souvenirs languides, elle était assise nue sur le divan jaune, dans la chaleur d'un après-midi de juillet. « Figurez-vous que j'ignore totalement ce qu'est devenu le portrait qu'il a fait de moi. »

Il sourit. « Vraiment ?

– Je vous assure. Il a achevé le tableau en un seul après-midi et l'a vendu deux mois plus tard lors d'une exposition de groupe. La toile était toute petite, pas plus de trente sur trente, il n'a pas dû en tirer grand-chose. Je ne sais pas qui l'a achetée.

– Par conséquent, dit-il, vous pouvez l'imaginer à l'endroit qui vous plaît. N'importe quelle personne de votre choix peut l'avoir accrochée dans sa maison.

– Mon actrice hollywoodienne préférée, dit-elle, conquise par cette idée.

– Mais oui, pourquoi pas ?

– Eh bien merci, Jonathan. Je savourerai la vision de ce tableau exposé dans le salon d'Angelina Jolie.

– Je dois vous avouer une chose, dit-il.

– Quoi donc ?

– J'ai acheté le portrait que vous avez fait de Lucas. »

Elle cessa de manger sa salade et posa sa fourchette avec précaution, de peur de la laisser tomber. « C'est vrai ?

– Le mois dernier. J'ai remonté la piste de celui qui l'avait acheté à une vente aux enchères, et il a accepté de me le vendre. J'ai trouvé ça un peu pénible au début, de voir mon frère avec une aussi mauvaise mine, des bleus sur les bras. Mais au bout d'un moment, j'ai compris que j'aimais ce tableau. Vous avez capté chez lui quelque chose qui coïncide avec mes souvenirs. La toile est accrochée dans mon appartement de Manhattan.

– Je suis contente que vous l'ayez », dit Olivia, qui n'aurait pas imaginé être aussi émue.

*

Dans le courant de 2003, Jonathan se présenta au déjeuner sans son alliance. Il avait été marié à Suzanne durant de longues années, des décennies, mais Olivia ne l'avait jamais rencontrée. D'ailleurs, quand l'avait-elle vu, lui, pour la dernière fois ? Plus d'une année s'était écoulée depuis leur dernier repas ensemble, réalisa-t-elle.

« Vous ne portez pas d'alliance, lui dit-elle.

– Ah… Oui. » Il resta silencieux un moment. « J'ai décidé qu'il était finalement temps de l'enlever. » À sa voix, à sa façon de regarder sa main nue, elle comprit que Suzanne était morte.

« Je suis navrée.

– Merci. » Petit sourire douloureux, puis il reporta son attention sur le menu. « Pardonnez-moi, mais il m'est encore difficile d'en parler. Avez-vous goûté le flétan de ce restaurant ? »

*

Trois mois avant son arrestation, Jonathan Alkaitis invita Olivia à une croisière sur son yacht. C'était en septembre 2008. Ils naviguèrent de New York à Charleston. Ce fut sa première rencontre avec Vincent, la seconde épouse de Jonathan, qui se révéla être une femme élégante et amicale, très douée pour préparer les cocktails.

« Elle est délicieuse », dit Olivia à Jonathan lorsqu'ils se retrouvèrent seuls sur le pont après le dîner. Vincent était partie mixer les cocktails. Le soleil se couchait.

« N'est-ce pas ? Je suis très heureux.

– Où l'avez-vous trouvée ?

– Dans un hôtel de Colombie-Britannique, dit-il. Elle était la barmaid.

– Voilà qui explique son talent pour les cocktails.

– Je crois qu'elle aurait du talent pour tout, quoi qu'elle décide d'entreprendre. »

Ne sachant trop que répondre à cela, Olivia se borna à acquiescer, et ils écoutèrent en silence le bruit des vagues et des moteurs. Ils longeaient une portion paisible de la Caroline du Nord, avec seulement quelques lumières éparses sur la côte.

« Quelle chance, dit-elle enfin, d'être douée pour tout. » Pour sa part, elle n'avait été douée que pour une seule chose – et encore, ce n'était même pas sûr. Peu de ventes avaient suivi *Lucas aux ombres.* Personne ne semblait intéressé par les tableaux qu'elle avait réalisés après les années cinquante, et pour dire la vérité, elle n'avait pas peint depuis longtemps. Peindre était une activité qui l'avait happée pendant des décennies, mais à présent elle ne s'y intéressait plus, ou alors c'était la peinture qui ne s'intéressait plus à Olivia. Toutes choses ont une fin, s'était-elle dit ; il devait toujours y avoir un dernier tableau, mais si elle n'était pas une artiste peintre, qu'était-elle ? Troublante question.

« Je l'ai vue en entrant dans le bar, disait Alkaitis, et j'ai pensé : *Elle est très jolie.*

– Elle est superbe.

– Et puis je me suis aperçu que je prenais plaisir à parler avec elle, et je me suis dit : *Pourquoi pas ?* Vous savez, si on n'est pas obligé d'être seul, peut-être qu'on ne devrait pas l'être. »

Olivia, qui était presque toujours seule, ne trouva rien à répondre.

« C'est remarquable, reprit-il, elle a un don très particulier.

– Lequel ?

– Elle perçoit ce que requiert une situation donnée et elle s'y adapte en conséquence.

– C'est donc une comédienne ? » La conversation commençait à mettre Olivia mal à l'aise. Jonathan, lui semblait-il, décrivait une femme qui s'était fondue dans la vie de son mari pour devenir ce que celui-ci désirait. Un numéro de volatilisation, à la base.

« Ce n'est pas exactement de la comédie. Plutôt une sorte de pragmatisme, mû par la seule force de sa volonté. Elle a décidé de devenir une certaine personne et elle y est parvenue.

– Intéressant », dit Olivia pour être polie, bien qu'elle ne puisse rien imaginer de moins intéressant qu'un caméléon. Vincent, pour charmante qu'elle fût, n'était pas une personne sérieuse, avait décidé Olivia. Depuis l'âge de dix-huit ou dix-neuf ans, elle divisait mentalement les gens en deux catégories : soit vous êtes une personne sérieuse, soit vous ne l'êtes pas. L'une des difficultés de sa vie actuelle résidait dans le fait qu'elle n'était plus très sûre de savoir à quelle catégorie elle-même appartenait. Vincent revenait maintenant avec une autre tournée de cocktails. Les lumières des Caroline défilaient le long du rivage.

DEUXIÈME PARTIE

VI

LA CONTREVIE

2009

Aucune étoile ne brille éternellement. Des mots gravés dans le mur, près de la couchette d'Alkaitis, d'une écriture si délicate, si arachnéenne, que, de n'importe quelle distance, on croirait voir une trace ou une fissure dans la peinture, exactement au bon endroit pour qu'il les voie quand il tourne son visage contre le mur. Il ne s'est jamais beaucoup intéressé aux sciences de la Terre, mais il sait quand même que le soleil est une étoile, tout le monde sait ça, alors si le but est de dire que le monde finira tôt ou tard, pourquoi ne pas l'écrire simplement ? Alkaitis a un goût limité pour la poésie.

« Oh, c'est de Roberts, lui explique son compagnon de cellule. Le mec qui t'a précédé. » Hazelton purge entre dix et quinze ans pour vol qualifié. Il parle trop. Il est nerveux, agité, mais paraît animé de bonnes intentions. Il a exactement la moitié de l'âge d'Alkaitis et il aime répéter qu'il a encore toute la vie devant lui, que tout sera différent quand il sortira d'ici, etc. Roberts a déjà été évoqué dans la conversation. « On l'a transféré à l'hôpital, dit Hazelton. Il avait un problème cardiaque.

– Comment était-il ?

– Roberts ? Un vieux, dans les soixante ans. Désolé, je voulais pas te vexer.

– Il n'y a pas de mal. » Le temps ne passe pas de la même manière en prison qu'à Manhattan ou dans la banlieue du Connecticut. En prison, soixante ans, c'est vieux.

« Un mec raisonnable, jamais eu de problèmes avec personne. On l'appelait Professeur. Il portait des lunettes et passait son temps à lire.

– Quel genre de livres ?

– Du genre avec des nanas martiennes et des planètes qui explosent sur la couverture.

– Je vois. » Alkaitis essaie de se représenter la vie telle qu'elle était vécue dans cette pièce avant lui : Robert lisant de la S.-F., l'air sérieux avec ses lunettes, absorbé dans des histoires de planètes alien pendant que Hazelton jacassait et arpentait la cellule en faisant craquer ses jointures. « Pourquoi était-il ici ?

– Il ne voulait pas en parler. En fait, il ne parlait de rien. Un taiseux, qui restait juste assis là à regarder dans le vide. »

Voilà qui éveille chez Alkaitis un souvenir inattendu de sa mère. Durant les trois années qui suivirent la mort de Lucas, quand Alkaitis rentrait de l'école, il trouvait parfois sa mère assise parfaitement immobile dans le salon, le regard dans le vide, comme si elle regardait un film qu'elle seule pouvait voir.

« Était-il déprimé ? demande Alkaitis.

– Mec, on est en taule. Tout le monde est déprimé. »

*

Alkaitis est-il déprimé ? Oui, bien sûr, d'une certaine façon, mais sa vie ici n'est pas aussi terrible qu'il l'avait redouté, une fois absorbé le choc initial. Il a été arrêté en décembre 2008 et, six mois plus tard, il arrivait dans son nouveau home à l'écart de la ville de Florence, Caroline du Sud, un établissement pénitentiaire fédéral à sécurité moyenne, connu officiellement sous le nom d'EPF Florence Medium I, à ne pas confondre avec EPF Florence Medium 2, qui a théoriquement le même niveau de sécurité mais des conditions de détention beaucoup plus dures. Medium I, c'est pour les petites natures, selon la formule mémorable de Tait. Celui-ci purge une peine de cinquante ans pour pédopornographie ; à ce titre, il se serait probablement fait tuer dès la première semaine dans toute autre prison. Medium I, c'est pour les prisonniers que l'on estime trop vulnérables pour la population générale : les pédophiles, les flics pourris, les médecins marrons, les célébrités, les fragiles hackers à lunettes et les espions. Il y a une prison à sécurité maximale dans le même complexe, et aussi un hôpital. Alkaitis a peur de l'hôpital, parce que c'est l'endroit où les hommes âgés disparaissent.

*

Il pense parfois à Roberts quand il sort dans la cour. Le plus frappant, dans la cour, c'est son incurable fadeur : herbe verte quadrillée d'allées en ciment conçues de telle sorte que les détenus puissent marcher le plus efficacement possible entre les bâtiments durant les promenades. Il y a une cour de récréation séparée, avec une piste de jogging à l'esthétique tout aussi pauvre. Tout le monde est habillé en kaki et en gris, sauf les gardiens, qui portent du bleu marine et du noir. Les bâtiments sont beiges avec quelques touches bleues. À l'extérieur de la clôture, on aperçoit au loin une rangée d'arbres, tous exactement du même vert que l'herbe. La première impression d'Alkaitis, c'est que l'ensemble manque de couleurs. Il lui paraît inconcevable que cet endroit existe dans le même monde que, mettons, Manhattan ; alors quand il traverse la cour, il s'imagine parfois qu'il se trouve sur une autre planète.

*

De temps à autre, des journalistes lui écrivent. « Quel effet cela fait-il d'être condamné à cent soixante-dix ans ? » demandent-ils.

Il ne répond pas à cette question, car il sait que la réponse paraîtra insensée : ça fait l'effet d'un délire. Un matin, quand il avait vingt-cinq ans, Alkaitis s'est réveillé avec une forte fièvre. À l'époque, Il vivait seul dans un appartement de la 70e Rue et n'avait rien chez lui pour se soigner, de sorte qu'il dut se traîner, titubant, jusqu'à la bodega la plus proche. Il acheta de l'aspirine non sans difficulté, brûlant de fièvre, le trottoir tanguant sous ses pieds, puis rebroussa chemin vers son immeuble et gravit l'escalier jusqu'à son palier, où il se trouva mystifié par le mécanisme d'ouverture de sa porte. Il y avait bien une clef dans sa main et une serrure sur la porte, et il comprenait dans l'abstrait que ces deux objets allaient ensemble, mais il n'arrivait pas à se figurer comment ça fonctionnait. C'est ainsi qu'il sut qu'il délirait. Combien de temps resta-t-il planté là ? Cinq minutes, dix, une demi-heure. Comment savoir ? Finalement, il parvint à entrer.

Dans la salle d'audience du tribunal de Manhattan, trente-sept ans plus tard, le juge prononce la sentence – « cent soixante-dix ans » – et Alkaitis éprouve une vertigineuse sensation de mouvement, le temps qui file à toute allure vers cette destination impossible, l'année 2179. Il comprend qu'il passera le restant de sa vie en prison, mais il éprouve la même confusion que celle qu'il avait ressentie en ce moment de délire dans sa vingtaine : *le restant de sa vie* et *prison* sont deux notions qui ne vont pas ensemble, la serrure et la clef, une équation incompréhensible.

*

Il n'a jamais prêté attention aux pissenlits avant d'arriver ici mais, dans la fadeur oppressante de la cour, ces petites touffes de jaune dans l'herbe sont presque choquantes. Idem pour les oiseaux. À l'extérieur, c'est le genre d'oiseaux qui se fondent dans le décor – merles, corbeaux, pinsons et tutti quanti –, mais ici c'est extraordinaire de les voir se poser *et puis repartir,* se jouant à tire-d'aile des limites. Ils sont les émissaires d'un autre monde. Le règlement de la prison interdit de leur donner à manger, mais certains détenus laissent tomber subrepticement des miettes par terre.

*

Certains des gars qui sont passés par des établissements à sécurité maximum se plaisent à affirmer que l'EPF Florence Medium I est un country-club ; si ce n'est pas exactement le cas, c'est quand même loin d'être aussi pénible que l'imaginait Alkaitis. Ici, bon nombre de prisonniers sont âgés et n'ont guère d'appétence pour le drame, et en outre personne ne tient à se faire envoyer en maximum. Personne ne parle de surins ou ne tente de le poignarder dans la cour. La seule chose sinistre à signaler, c'est quand une poignée de nationalistes blancs s'exercent ensemble, ignorés par tous les autres. Ils savent que s'ils se font trop remarquer ou s'ils causent des problèmes, ils iront en sécurité maximum : cela s'est passé quelques années plus tôt, au cours d'une rafle à l'échelle nationale de membres de la Fraternité aryenne, c'est pourquoi ils limitent essentiellement leurs activités à des pompes synchronisées et à un bla-bla grandiloquent sur les codes de l'honneur et la solidarité tribale. Ailleurs, deux frères qui ont collaboré à une gigantesque arnaque aux assurances tiennent salon dans leur coin favori. Les frères ont des employés, même en prison, des gars qui vont leur chercher des trucs, qui lavent leurs vêtements en échange de produits du magasin.

Parmi les détenus, les plus jeunes font leur jogging en rond, dans le sens des aiguilles d'une montre, et les plus vieux marchent au pas sur la même piste. Des mafiosi âgés cancanent au soleil.

Alkaitis trotte en rond autour de la cour, soulève des poids, fait des pompes, de sorte qu'en six mois il est plus en forme qu'il ne l'a jamais été. Il n'est pas de ces hommes qui rendent leurs journées aussi banales et semblables que possible afin que le temps passe plus vite. Il respecte cette méthode de survie, mais il s'efforce de faire quelque chose de différent chaque jour, par principe. Il postule à un emploi quoique rien ne l'y oblige, étant donné son âge, et il se retrouve à balayer la cafétéria. Il perce à jour le fonctionnement du système et paie un autre détenu dix dollars par mois pour s'occuper de son linge. Avant, il n'avait jamais le temps de lire ; ici, il s'inscrit à un club de lecture où on discute de *Gatsby le Magnifique*, des *Heureux et les Damnés* et de *Tendre est la nuit* avec un jeune professeur passionné qui semble ignorer que Francis Scott Fitzgerald n'est pas le seul à avoir écrit des livres. Ici, il est possible de se reposer dans la routine, dans l'ordre, dans la séquence lever-à-cinq-heures appel-à-cinq-heures-et-quart petit-déjeuner-à-six-heures, etc., une journée succédant à une autre. Dans le monde extérieur, il restait éveillé la nuit, inquiet à l'idée d'être envoyé en prison ; maintenant, il dort très bien entre deux séances de comptage. Il y a une exquise insouciance à se réveiller chaque matin en sachant que le pire est déjà arrivé.

*

« Il y a une question qui me taraude », dit l'une des journalistes, une certaine Julie Freeman. Elle écrit un livre sur lui, ce qu'il trouve extrêmement flatteur. « Avant votre arrestation, pendant des décennies, vous avez eu à votre disposition des ressources considérables, OK ?

– En effet, dit-il. J'avais énormément d'argent.

– Et vous m'avez dit tout à l'heure que, depuis très longtemps, vous vous attendiez à être arrêté. Vous saviez ce qui vous attendait. Dans ces conditions, pourquoi n'avez-vous pas quitté le pays avant d'être appréhendé ?

– Pour être honnête, il ne m'est jamais venu à l'idée de fuir. »

*

Ce qui ne veut pas dire qu'il n'a pas de regrets. Il déplore de n'avoir pas eu davantage de reconnaissance pour les gens qu'il a fréquentés avant la prison. Il n'a jamais vraiment eu d'amis dans sa vie d'adulte, seulement des investisseurs, mais certains d'entre eux étaient des gens qu'il appréciait sincèrement. Il a toujours eu beaucoup d'affection pour Olivia, dont la présence lui donnait l'impression que son grand frère bien-aimé n'était finalement pas si loin, et pour Fayçal, qui pouvait parler indéfiniment, d'une manière fascinante, de sujets tels que la poésie anglaise du XXe siècle ou l'histoire du jazz. (Fayçal est mort, à présent, mais inutile d'y penser.) Il a même la nostalgie de certains investisseurs, rencontrés seulement une ou deux fois, qu'il connaissait beaucoup moins bien. Leon Prevant, par exemple, le cadre de la compagnie maritime avec qui il avait bu quelques verres à l'hôtel Caiette et partagé le plaisir d'une conversation sur une industrie dont il ignorait tout, ou encore Terrence Washington, du club de Miami Beach, un juge à la retraite qui semblait connaître tout ce qu'il y avait à savoir sur l'histoire de New York.

Les gens qu'il fréquente désormais ne sont pas, pour la plupart, de ceux qu'il respecte. À quelques exceptions près : les mafiosi qui dirigeaient de terrifiants empires criminels ou l'ex-espion qui a été agent double pendant une décennie – mais pour un parrain ou un ancien espion trilingue, il y a dix types qui sont fondamentalement des truands. Alkaitis se rend bien compte que son snobisme n'est pas dénué d'hypocrisie, mais il y a une différence entre a) savoir qu'on est un criminel comme les autres détenus et b) avoir envie de se lier avec des adultes qui ne savent pas lire.

« C'est comme s'il y avait deux jeux différents, question argent », déclare Nemirovsky à la table du petit déjeuner. Il est là depuis seize ans pour un hold-up qui a mal tourné. Il a un niveau CM1 et c'est un analphabète fonctionnel. « Il y a le jeu que tout le monde connaît, où tu fais ton job de merde et tu touches ta paie et ce n'est jamais suffisant… » – hochements de tête tout autour de la table de la cafétéria – « … et puis il y a un autre niveau, ce *niveau* d'argent complètement différent, où c'est tout autre chose, comme un jeu secret dont seuls quelques-uns connaissent les règles… ».

*

Nemirovsky n'a pas tort, songe plus tard Alkaitis en faisant son jogging autour de la cour de récréation. L'argent est un jeu dont lui, Alkaitis, connaissait les règles. Non, l'argent est un pays – et lui, il avait les clefs donnant accès au royaume.

*

Il ne le dit pas à Julie Freeman, mais maintenant qu'il est beaucoup trop tard pour fuir, Alkaitis se surprend à y penser tout le temps. Il aime s'abandonner à des rêveries d'une version alternative des événements – une contrevie, si vous préférez – dans laquelle il s'est enfui aux Émirats arabes unis. Pourquoi pas ? Il adore cette région et en particulier Dubaï, la possibilité de passer toute sa vie sans mettre un pied dehors sinon pour monter dans des voitures luxueuses, flottant d'un bel habitacle à l'autre avec des chauffeurs experts. Il y est allé pour la dernière fois en 2005, avec Vincent. Celle-ci a paru enchantée par l'opulence omniprésente, même si, avec le recul, il se demande si elle n'a pas joué la comédie, au moins une partie du temps. Elle avait un intérêt financier non négligeable à afficher l'apparence du bonheur. Bref. Dans la contrevie, les heures qui précèdent et qui suivent la fête de fin d'année sont très différentes. Lorsque Claire vient le voir à son bureau, ce fameux jour, il esquive l'attaque. Il fait semblant de ne pas savoir de quoi elle parle, arbore un air d'incompréhension polie jusqu'à ce qu'elle abandonne et s'en aille. Il ne recule pas devant un peu de manipulation psychologique, s'il faut en arriver là pour éviter la prison. Dans la contrevie, il n'avoue rien. Il ne craque pas. Ce soir-là, il se rend avec Vincent à la fête de fin d'année, et quand ils en repartent ensemble, ils regagnent le pied-à-terre. Il lui souhaite une bonne nuit et l'embrasse comme si tout était parfaitement normal, sans rien révéler de ses plans. Il reste debout quand elle s'endort, boit du café et effectue ses préparatifs, contemplant l'océan sombre de Central Park et les lumières à l'arrière-plan, gravant dans sa mémoire une vue qu'il ne reverra jamais. Il attend toute la nuit les laveurs de vitres, qui, à l'aube, s'élèvent le long de la paroi abrupte de la tour sur leur plate-forme suspendue.

Il est tôt, premières lueurs sur le parc, et ils ne le reconnaissent pas. Pourquoi le reconnaîtraient-ils ? Au cours de la nuit, il s'est rasé le crâne, il porte des lunettes noires et une casquette de base-ball, et – point crucial – il est entièrement vêtu de blanc, tout comme eux, son sac de sport jeté sur l'épaule. Il ouvre la fenêtre et leur adresse la parole. « Vous pouvez me descendre jusqu'en bas ? » demande-t-il. Ils commencent par refuser, évidemment, mais il a cinq mille dollars en liquide dans le pied-à-terre et il leur donne tout, en y ajoutant deux bouteilles d'un grand cru classé de son bordeaux préféré, et aussi le bracelet et les boucles d'oreilles en diamants de Vincent – elle dort toujours dans la chambre – et il use de persuasion : il veut juste se faire déposer dans la rue. C'est tout. L'affaire de quelques minutes. Personne n'en saura rien. En échange, une grosse somme et le meilleur vin qu'ils boiront de toute leur vie.

Qui sont-ils ? Peu importe. A et B. Disons que ce sont des jeunes gars qui manquent d'expérience, ou alors ils ne sont pas dupes mais ils ont des gosses à nourrir. Laveur de vitres, ce n'est sûrement pas un emploi particulièrement rémunérateur, à moins que gravir les parois de verre des gratte-ciel fasse partie de ces jobs tellement terrifiants que personne ne veut s'y risquer ? Bon, quoi qu'il en soit, ça représente quand même beaucoup d'argent, alors disons qu'ils le prennent. Alkaitis enjambe la fenêtre dans le froid et, durant la lente descente, A et B sont silencieux et respectueux, il sent qu'ils l'admirent d'avoir pensé à s'habiller comme eux – pas *exactement* comme eux, les laveurs de carreaux ne portent pas de chemises sur mesure, mais enfin dans des vêtements suffisamment semblables pour que, de loin ou de près, on voie juste trois hommes en blanc sur une plate-forme suspendue, un spectacle quotidien dans la cité de verre, et à présent que le soleil levant se reflète dans la tour, personne ne peut les regarder directement, c'est dire à quel point son plan est brillant, ils descendent dans la lumière aveuglante et il met pied à terre, les remercie et hèle un taxi pour l'aéroport. Quelques heures plus tard, il est à bord d'un avion à destination de Dubaï, en première classe évidemment, dans l'un de ces sièges inclinables qui ressemblent à une nacelle privée avec lit et télévision. Dans la contrevie, il incline le siège à l'horizontale au-dessus de l'Atlantique et sombre dans un sommeil bienheureux.

À EPF Florence Medium I, les lumières s'allument, l'alarme pour le comptage de trois heures du matin retentit et Alkaitis se lève de sa couchette, ni réveillé ni endormi, enfile ses pantoufles d'un mouvement automatique, encore à moitié ailleurs, tandis que Hazelton, en face de lui, se lève en titubant. Dans la contrevie, il n'est jamais arrêté, encore moins condamné, encore moins soumis aux comptages. (Les gardiens hurlent dans le couloir – « debout debout *deee*-bout ! » – puis l'un d'eux s'arrête sur le seuil et clique sur son petit appareil. Au bout de quelques minutes, la procédure est terminée et les détenus peuvent se recoucher.) Dans la contrevie, il transfère tout son argent sur des comptes secrets offshore, hors de portée du fisc américain. Le temps que sa fille alerte le FBI, il est hors d'atteinte. Dubaï n'a pas de traité d'extradition avec les États-Unis.

Il a suffisamment d'argent pour vivre indéfiniment à Dubaï, en toute tranquillité, dans des intérieurs frais et la chaleur brutale. Hôtel ou villa ? Hôtel. Il résidera dans un hôtel et passera des commandes au service d'étage jusqu'à la fin de ses jours. Les villas sont un casse-tête, question personnel. Il en a assez du personnel.

*

« Je voudrais vous poser des questions sur votre fille, lui dit Julie Freeman lors de leur deuxième entrevue.

– Je regrette, mais je préfère ne pas parler d'elle. J'estime que Claire a droit au respect de sa vie privée.

– C'est juste. Dans ce cas, j'aimerais vous interroger sur votre femme.

– Laquelle ? Suzanne ou Vincent ?

– Je pensais commencer par Vincent. Vient-elle vous rendre visite ?

– Non, en fait, je… » Il n'est pas sûr que ce soit bien prudent de poursuivre, mais à qui d'autre peut-il demander ? Ses seuls visiteurs sont des journalistes. « Voudriez-vous cesser deux minutes de prendre des notes, s'il vous plaît ? »

Elle pose son stylo sur la table.

« C'est embarrassant, dit-il, et je vous saurais gré de ne pas l'ébruiter, mais savez-vous où elle est ?

– Je l'ai moi-même cherchée. J'adorerais lui parler, mais où qu'elle soit, elle fait profil bas. »

*

Peut-être que la descente de la tour avec les laveurs de vitres est un peu trop théâtrale. Il aurait pu tout aussi facilement souhaiter une bonne nuit à Vincent après la fête de fin d'année, lui dire de se coucher sans l'attendre car il devait prendre un verre avec un investisseur ; il aurait pu la faire reconduire à la maison pendant qu'il prenait la fuite. Non, il lui aurait fallu retourner à Greenwich pour prendre son passeport. Ma foi, dans la mesure où il peut réécrire l'histoire afin de fuir le pays, le passeport ne constitue certainement pas un obstacle. Dans la contrevie, peut-être est-il le genre d'homme qui garde son passeport sur lui en permanence. Il embrasse donc Vincent en lui souhaitant une bonne nuit et arrête un taxi pour se rendre à l'aéroport.

Dans la contrevie, Claire vient le voir à Dubaï. Elle est heureuse de le retrouver. Elle désapprouve ses actes, mais ils peuvent en rire ensemble. Leurs conversations sont sans effort. Dans la contrevie, ce n'est pas Claire qui a appelé le FBI.

*

Claire ne lui a jamais rendu visite en prison et refuse de prendre ses appels.

*

Au cours de son premier mois de détention, il a écrit une lettre à Claire. Pour toute réponse, elle lui a envoyé deux pages de transcription de l'audience préliminaire, où il n'a pu que répondre *coupable* à chaque question qui lui était posée. Il se revoit, debout, nauséeux, répétant le même mot, la sueur dégoulinant dans son dos. Sur la page, ça donne un texte bizarre, fragmenté, comme un mauvais poème ou un scénario.

LA COUR : Comment plaidez-vous pour le premier chef d'accusation, coupable ou non coupable ?

L'ACCUSÉ : Coupable.

LA COUR : Monsieur Alkaitis, veuillez parler plus fort, que je vous entende.

L'ACCUSÉ : Je m'excuse, Votre Honneur. Je plaide coupable.

LA COUR : Comment plaidez-vous pour le deuxième chef d'accusation, coupable ou non coupable ?

L'ACCUSÉ : Coupable.

LA COUR : Comment plaidez-vous pour le troisième chef d'accusation, coupable ou non coupable ?

L'ACCUSÉ : Coupable.

LA COUR : Comment plaidez-vous pour le quatrième chef d'accusation, coupable ou non coupable ?

L'ACCUSÉ : Coupable.

LA COUR : Comment plaidez-vous pour le cinquième chef d'accusation, coupable ou non coupable ?

L'ACCUSÉ : Coupable.

LA COUR : Comment plaidez-vous pour le sixième chef d'accusation, coupable ou non coupable ?

L'ACCUSÉ : Coupable.

LA COUR : Comment plaidez-vous pour le septième chef d'accusation, coupable ou non coupable ?

L'ACCUSÉ : Coupable.

LA COUR : Comment plaidez-vous pour le huitième chef d'accusation, coupable ou non coupable ?

L'ACCUSÉ : Coupable.

LA COUR : Comment plaidez-vous pour le neuvième chef d'accusation, coupable ou non coupable ?

L'ACCUSÉ : Coupable.

LA COUR : Comment plaidez-vous pour le dixième chef d'accusation, coupable ou non coupable ?

L'ACCUSÉ : Coupable.

LA COUR : Comment plaidez-vous pour le onzième chef d'accusation, coupable ou non coupable ?

L'ACCUSÉ : Coupable.

LA COUR : Comment plaidez-vous pour le douzième chef d'accusation, coupable ou non coupable ?

L'ACCUSÉ : Coupable.

VII

FEMME D'ÉQUIPAGE

2008-2013

Le *Neptune Cumberland*

Vincent prit la mer par une belle journée d'août 2013, sous un ciel bleu piqueté de nuages semblables à du pop-corn. La première fois qu'elle aperçut le *Neptune Cumberland,* ce fut à Port Newark. Elle fut escortée jusqu'au bateau par la sécurité portuaire, où elle dut attendre près de la passerelle pendant un laps de temps qui lui parut très long. Elle était nerveuse, excitée. Il y avait des gens alentour, mais ils étaient hors de vue, soit haut perchés dans les cabines des grues ou au volant de camions chargés de conteneurs. Elle savait où elle allait, elle avait suivi les cours et lu les manuels, mais l'échelle de cet univers la stupéfiait encore. La coque du *Neptune Cumberland* était une véritable paroi d'acier. Les grues étaient aussi hautes que les tours de Manhattan. Elle savait que les conteneurs pouvaient peser jusqu'à trente-trois mille kilos ; pourtant, les grues les soulevaient des plateaux des camions comme s'il s'agissait d'allumettes, et cette illusion de légèreté possédait une sorte de grâce improbable. Elle se trouvait dans un paysage industriel d'énormes machines, un port où les humains n'avaient aucune place, et elle se sentit de plus en plus petite jusqu'au moment où ses escortes apparurent, deux hommes qui descendaient les marches en métal blanc du pont. Il leur fallut un bon moment pour la rejoindre. Ils se présentèrent dès qu'ils eurent posé le pied sur la terre ferme : Geoffrey Bell et Felix Mendoza, troisième lieutenant et chef cuisinier, respectivement collègue et patron de Vincent.

« Bienvenue à bord, dit Mendoza.

– Oui, bienvenue », dit Bell. Ils lui serrèrent la main, puis le type de la sécurité portuaire remonta en voiture et s'en alla. Mendoza ouvrit la marche et Bell suivit avec la valise de Vincent, qu'elle aurait aisément pu porter elle-même.

« Je suis content que vous soyez là », dit Mendoza. Il poursuivit son monologue tout au long de la montée de l'escalier. Il avait spécifiquement demandé une aide-cuisinière expérimentée ayant travaillé dans plus d'un restaurant, expliqua-t-il, parce qu'il était en mer depuis trop longtemps et aurait franchement besoin de nouvelles idées de menus. Il espérait que ça ne dérangeait pas Vincent de commencer le soir même. (Non, ça ne la dérangeait pas.) Il était content qu'elle soit canadienne parce que plusieurs de ses collègues préférés, au cours de sa carrière, avaient été des Canadiens. Elle le laissa parler, parce que tout ce qu'elle voulait c'était s'imprégner de cet endroit, du haut pont qui surplombait le port, et elle se répétait : *Je suis ici, je suis vraiment ici,* tandis que Mendoza l'entraînait vers les quartiers d'habitation et le long d'une étroite coursive qui lui rappela l'intérieur des ferries qui faisaient la navette entre Vancouver et l'île de Vancouver.

« Prenez le temps de défaire vos bagages, conclut Mendoza, et je reviendrai vous chercher dans deux heures. » Bell, qui n'avait pas prononcé un mot depuis qu'il avait proposé de prendre la valise, la posa au-delà du seuil avec une surprenante douceur et sourit avant de refermer la porte.

La cabine était plus ou moins telle que Vincent s'y attendait, petite et anonymement fonctionnelle, tout en placards imitation bois et murs blancs. Il y avait un lit étroit, une armoire, un bureau, un divan, le tout encastré dans le mur ou rivé au sol. Elle bénéficiait d'une petite salle de bains privée. Il y avait une fenêtre, mais elle laissa le rideau fermé, parce qu'elle voulait que l'océan soit la première chose qu'elle verrait une fois en mer. De l'extérieur lui parvenait le bruit constant – craquements, grincements métalliques – des grues qui déposaient les conteneurs dans les cales et les empilaient haut sur les portiques d'arrimage. Elle déballa ses affaires – vêtements, quelques livres, sa caméra – et s'aperçut, ce faisant, qu'elle pensait à Bell. Si elle n'avait jamais cru au coup de foudre, elle croyait en revanche à la *reconnaissance* au premier regard, elle croyait au fait de comprendre, en rencontrant une personne pour la première fois, que celle-ci allait jouer un rôle important dans votre vie. C'était comme de reconnaître un visage familier sur une vieille photographie : dans une marée de visages qui ne représentent rien, il y en a un qui se distingue. *Toi.*

Elle tira la fermeture éclair de la valise vide, la rangea dans la penderie, puis se tourna vers la pile de draps et de couvertures posée à côté de l'oreiller usé. Elle fit le lit et y resta assise un moment, le temps de s'acclimater à la pièce. Impossible, en cet instant, de ne pas penser à l'immense suite de la maison de Jonathan à Greenwich, aux hectares superflus de moquette et d'espace vide. Le luxe est une faiblesse.

*

Elle avait déployé tant d'efforts pour venir ici, entre la documentation, la formation, les certifications et les difficultés diverses, que lorsque Mendoza vint la chercher pour lui montrer la cuisine où elle allait passer sa vie professionnelle, elle eut du mal à croire qu'elle était véritablement à bord, qu'elle avait réussi à quitter la terre ferme, et elle eut toutes les peines du monde à se retenir d'afficher un grand sourire idiot pendant qu'il déroulait un monologue ininterrompu sur ses projets culinaires – frites à presque tous les repas par principe, mettons quatre fois sur cinq, parce que les gars aimaient bien ça et que les pommes de terre étaient bon marché, ce qui permettait de maîtriser le budget ; du riz biryani deux fois par semaine, pour les mêmes raisons –, après quoi son premier service fut un tel tourbillon d'informations et de frites que c'est seulement plus tard dans la soirée, après avoir tout nettoyé, quand elle sortit en titubant sur le pont, sale et épuisée, les bras constellés de minuscules brûlures causées par la friteuse, que Vincent se rendit compte que le navire avait quitté Newark et que l'air avait changé, avec une brise fraîche qui atténuait la moiteur et n'apportait aucune odeur de la terre. Ils faisaient route vers Charleston, au sud, et la côte Est des États-Unis se signalait par un chapelet de lumières à l'horizon, à tribord. Elle alla de l'autre côté du bateau pour contempler l'Atlantique obscur, sur lequel on distinguait seulement les lumières d'un navire, au loin, et celles des avions qui amorçaient leur descente vers les villes de l'Est. Elle pensa alors que jamais plus elle ne voudrait vivre à terre.

*

« Pourquoi voulais-tu prendre la mer ? » lui demanda Geoffrey Bell lors de leur première conversation. Elle était à bord depuis maintenant une semaine, à un ou deux jours près. Le navire venait juste de quitter les Bahamas pour entamer la longue traversée de l'Atlantique, vers Port Elizabeth en Afrique du Sud. Geoffrey était venu à la cuisine, à la fin du service de Vincent, pour lui proposer une promenade. Il l'avait emmenée à l'endroit du bateau qu'il préférait, au niveau C, un coin du pont qu'il aimait bien parce qu'il était hors de vue des caméras de surveillance, « ce qui peut paraître sinistre, j'en conviens, maintenant que j'exprime ma pensée à haute voix. Mais l'ennui, quand on vit sur un bateau, c'est l'absence d'intimité, tu ne trouves pas ?

– Je suis assez d'accord, répondit Vincent. C'est un barbecue, ça ? demanda-t-elle en indiquant un étrange engin tubulaire à quatre pieds enchaîné à une rampe.

– Oui, mais à ma connaissance il n'a pas servi depuis des années. » Les barbecues à bord étaient lugubres, expliqua-t-il. Imagine vingt hommes groupés sur un pont métallique, essayant de faire la conversation en plein vent tout en mangeant des hot dogs et du poulet, avec un mur de conteneurs qui se dresse derrière eux. Non, rectification : pas vingt hommes, vingt *collègues*, vingt camarades qui sont coincés ensemble en mer depuis des mois et qui en ont plus qu'assez de la compagnie des autres, et pas une seule petite bière pour se lubrifier le gosier, à cause du règlement interdisant l'alcool. Malgré tout, conclut-il, il aimait bien ce pont.

Vincent aussi. L'endroit était silencieux, à part le bourdonnement omniprésent des moteurs. Elle se pencha par-dessus le bastingage pour regarder l'océan.

« C'est un plaisir de ne plus voir la terre. » De tous côtés, l'horizon était ininterrompu.

« Je note que tu n'as pas répondu à ma question.

– Exact. Tu m'as demandé pourquoi j'avais pris la mer.

– Ce n'est pas ma meilleure phrase d'accroche, dit-il. Trop évidente, puisque nous sommes à bord d'un bateau. Mais il faut bien commencer quelque part.

– C'est une étrange histoire, murmura Vincent.

– À la bonne heure ! Ça fait des mois que je n'en ai pas entendu une de vraiment intéressante.

– Eh bien… J'ai vécu quelque temps avec un homme. Et ça s'est terminé de façon compliquée.

– Je vois, dit-il. Je ne veux pas être indiscret, si tu préfères ne pas en parler. »

Elle comprit qu'il percevait les contours d'une histoire, cachée sous la surface à la manière d'un iceberg, et deux possibilités s'offraient à elle, deux variations : soit elle lui disait qu'elle avait été liée à un criminel, risquant ainsi d'encourir son mépris, soit elle devenait l'une de ces femmes mystérieuses au point d'en être épuisantes, à qui personne ne veut adresser la parole parce qu'elles ne peuvent pas ouvrir la bouche sans laisser deviner de sombres secrets qu'elles ne peuvent cependant se résoudre à révéler. « Non, ça va. En fait, ce n'était pas vraiment… Je n'ai pas quitté la terre ferme à cause de ce que cet homme a fait, spécifiquement. Je l'ai quittée parce que je n'arrêtais pas de tomber sur les gens qu'il ne fallait pas.

– C'est ça le problème avec la terre, dit Geoffrey. Il y a trop de gens dessus. »

Dernières soirées à terre

Au début, Vincent avait cru qu'il y aurait un moyen de résister à l'effondrement du royaume de l'argent, de rester dans cette ville qu'elle adorait et de s'y créer une nouvelle vie. Le lendemain de la dernière fête de fin d'année de Jonathan, elle s'était réveillée seule, frissonnante, dans le pied-à-terre de Manhattan. La couette avait glissé par terre. Elle se leva, se doucha, prépara du café et resta quelques minutes à contempler la vue de Central Park. Elle savait à ce moment-là que Jonathan allait être arrêté et que c'était la dernière fois qu'elle aurait l'occasion d'admirer cette vue. Jonathan avait laissé dans le pied-à-terre un superbe petit sac marin, blanc crème avec des garnitures de cuir brun. De son côté de la penderie, elle avait deux robes longues, qui pourraient avoir une certaine valeur à la revente ; il y avait aussi cinq mille dollars en espèces et des bijoux dans le coffre. Elle fourra l'argent et les bijoux dans le sac et dans sa veste, plia les robes avec soin dans le sac marin ainsi que deux tenues de rechange.

Elle emporta son café dans la salle de bains, tendit la main vers le coffret en laque où elle rangeait son maquillage, puis suspendit son geste. Durant toute sa vie commune avec Jonathan, elle n'avait jamais omis de se maquiller. Elle trouva que son visage avait l'air bizarre sans rien, mais en cette matinée particulière, avec son faux mari sur le point d'être arrêté ou déjà en garde à vue, l'idée de changer d'apparence offrait un certain attrait. Tout en buvant son café, Vincent examina son visage dans la glace et s'aperçut que, dans un passé récent, elle avait subrepticement franchi une frontière, inaugurant l'époque de sa vie où, quand elle était fatiguée, elle ne paraissait pas simplement fatiguée mais aussi un peu plus âgée. Elle avait presque vingt-huit ans.

Elle trouva des ciseaux à ongles dans un tiroir et entreprit méthodiquement de se couper les cheveux. Sa tête lui parut aussitôt plus légère, un peu froide. Lorsqu'elle sortit de l'immeuble pour la dernière fois, une demi-heure plus tard, le portier la regarda avec des yeux ronds avant de plaquer un sourire sur ses lèvres. Elle entra dans le premier salon de coiffure qui se présenta – « C'est votre enfant qui vous a taillé les cheveux pendant que vous dormiez ? » s'enquit la coiffeuse, compatissante – et s'arrêta ensuite dans un drugstore, où elle acheta des lunettes de lecture à correction minimale, quoique sa vue fût excellente. Vincent s'examina dans un miroir. Avec ses lunettes, sans maquillage, les cheveux courts, elle avait l'air d'une personne entièrement différente.

*

En une semaine, elle avait trouvé un logement dans une ville satellite, à quelques stations de Grand Central par la Hudson Line, une chambre d'étudiante qui n'était en réalité qu'une pièce au-dessus d'un garage, avec une salle de bains taillée dans un coin et une kitchenette dans un autre. Elle dormait sur un matelas, par terre, et possédait pour tout mobilier une commode achetée quarante dollars chez Goodwill, une table de bridge que lui avait donnée son propriétaire et une unique chaise qu'elle avait récupérée dans la rue un jour de collecte des ordures. C'était suffisant. Moins de trois semaines après l'arrestation de Jonathan, elle avait trouvé un emploi de barmaid à Chelsea. Comme ça ne lui faisait pas assez d'heures, elle était également stagiaire en cuisine dans un restaurant du Lower East Side. Elle préférait la cuisine, parce que derrière le bar on est en représentation. Le public défile sur votre lieu de travail et observe le moindre de vos mouvements. Chaque fois qu'elle levait la tête et voyait un nouveau visage, elle avait un instant de terreur en imaginant qu'il s'agissait d'un investisseur.

*

Elle revit Mirella, juste une fois, un an et demi plus tard. Au printemps 2010, Vincent tenait le bar à Chelsea quand Mirella entra avec un groupe de six ou sept personnes. Elle arborait une magnifique coiffure afro et ses lèvres étaient peintes en rouge pompier. Elle portait l'une de ces tenues qui, au premier coup d'œil, semblent décontractées mais sont en fait entièrement composées de signaux codés : le sweat-shirt qui a coûté sept cents dollars, le jean dont les déchirures ont été réalisées avec soin par des artisans de Detroit, les bottines éraflées qui se vendent mille dollars la paire, etc. Elle avait une allure spectaculaire.

« Des habitués », dit Ned en suivant la direction du regard de Vincent. Il était son meilleur ami au travail, un homme doux qui préparait un master en poésie dont il ne voulait pas parler. Ils s'occupaient ensemble du bar la nuit, bien que l'établissement ne fût pas suffisamment encombré pour justifier la présence de deux personnes.

« Ah bon ? C'est la première fois que je les vois. » L'hôtesse conduisait le groupe de Mirella vers un box d'angle au fond de la salle.

« Uniquement parce que tu ne travailles pas le mardi. »

Un homme vêtu d'un blazer bleu satiné avait un bras passé autour des épaules de Mirella. Le désir de Vincent d'être vue par elle n'avait d'égal que son désir de se cacher. Elle avait tenté à trois reprises d'appeler Mirella : une première fois le lendemain de l'arrestation de Jonathan, puis deux autres quand elle avait appris la mort de Fayçal. Les trois fois, elle était tombée sur le répondeur.

« Ça va ? s'enquit Ned.

– Pas du tout, répondit Vincent. Ça t'ennuie si je prends cinq minutes ?

– Non, vas-y. »

Vincent s'esquiva par la porte de service et marcha un peu le long du bloc. Des fleurs de cerisiers étaient apparues presque en une nuit sur les arbres qui bordaient la rue, faisant l'effet d'une explosion, comme un feu d'artifice en suspension dans la nuit. La cigarette ne pouvait pas durer éternellement, et quand Vincent reprit le travail, Mirella et l'une de ses amies avaient quitté la table du groupe pour s'installer au bar. Quoi que Mirella puisse avoir à lui dire, quelles que soient les accusations et les condamnations qu'elle avait ressassées deux années durant, elle allait pouvoir les formuler maintenant, et Vincent aurait l'occasion de lui dire qu'elle ne pouvait exprimer par des mots combien elle était désolée, que si elle avait su – ou même seulement soupçonné – ce qui se passait, elle en aurait évidemment aussitôt averti Mirella, elle aurait alerté elle-même le FBI. *Je ne savais pas,* voulait lui dire Vincent, *je ne savais rien, mais je suis tellement navrée.* Ensuite, elles pourraient suivre leurs chemins séparés en ayant chacune un fardeau théoriquement plus léger, ou quelque chose dans ce genre-là.

« Bonsoir, dit Mirella en souriant poliment à Vincent, avez-vous des amuse-gueule ?

– Ah, en voilà une bonne idée ! » s'exclama l'amie. Elle avait à peu près le même âge que Vincent et Mirella, la trentaine indéterminée, et des cheveux agressivement décolorés qui étaient coupés au carré dans le style garçonne des années 1920.

« Des amuse-gueule, répéta Vincent. Hum, oui, mélange de noix ou bretzels ?

– Mélange de noix ! dit l'amie 1920. Mon Dieu oui, c'est exactement ce qu'il me faut. Ce Martini est ultra-doux.

– Tant qu'à faire, dit Mirella en soutenant le regard de Vincent, pourrions-nous avoir les deux ?

– Bien sûr. Mélange de noix et bretzels, c'est parti. » Elle rêvait, là, non ?

« Je n'ai pas mangé de mélange de noix depuis à peu près un million d'années, dit la garçonne à Mirella.

– Tu as raté quelque chose », répondit Mirella.

Vincent se sentait curieusement étrangère à elle-même. Tout en versant les noix et les bretzels dans des petits bols en métal, elle observa ses mains. *J'ai rêvé que tu entrais dans le bar où je travaille et que tu ne me reconnaissais pas.* Elle posa doucement les bols sur le bar, devant son ex-meilleure amie qui la remercia sans la regarder et reprit sa conversation. « Le hic avec New York, disait l'amie 1920 tandis que Vincent se détournait, c'est que tout le monde s'en va. J'étais persuadée que je serais l'exception.

– Tout le monde s'imagine être l'exception.

– Tu as sans doute raison. C'est juste que mes amis ont commencé à décamper il y a dix ans pour aller à Atlanta, Minneapolis ou je ne sais où, et je croyais que je serais la seule à rester et à tenir le coup.

– Mais le job à Milwaukee est plus intéressant, non ?

– Là-bas, je pourrai m'offrir un immense appartement, dit la garçonne. Probablement une maison entière, même. Je ne sais pas, ça fait tellement cliché de vivre à New York quand tu as une vingtaine d'années et puis de partir t'installer ailleurs.

– Peut-être, mais les gens ont une bonne raison de s'en aller. Tu n'as jamais l'impression qu'il est plus facile de vivre dans quasiment n'importe quelle autre ville ? » *Regarde-moi,* pensa Vincent, *remarque-moi, dis mon prénom,* mais Mirella l'ignorait totalement – comme si c'était une inconnue.

« Hé, excusez-moi », dit Mirella.

Vincent ôta ses lunettes avant de se retourner pour lui faire face.

« Mirella, dit-elle.

– Pourrais-je avoir un autre Martini ? » Comme si elle n'avait pas entendu son prénom.

« Bien sûr. Qu'est-ce que tu buvais, Mirella, un Sunday Morning ?

– Non, juste un bon vieux Cosmo.

– Je croyais que tu n'aimais pas les Cosmos, dit Vincent.

– Moi, intervint l'amie, je vais prendre un autre Midnight in Saigon, s'il vous plaît.

– C'est parti », dit Vincent. Était-il possible qu'une femme qui avait été naguère son amie la plus chère ne puisse la reconnaître ? Hypothèse plus vraisemblable, il s'agissait de la vengeance de Mirella : faire semblant de ne pas connaître Vincent. Ou alors, peut-être jouait-elle au même jeu que Vincent, c'est-à-dire qu'elle vivait sous un déguisement, sauf que le sien était plus exhaustif et incluait manifestement de ne reconnaître personne ayant fait partie de sa vie d'avant. Autre possibilité, Vincent perdait la tête et aucun de ses souvenirs n'était réel.

« Un Cosmopolitan et un Midnight in Saigon. » Vincent posa les cocktails sur le bar.

« Merci infiniment », dit Mirella, et Vincent entendit les verres tinter dans son dos. Elle vida le pot à pourboires sur le comptoir.

« Un peu tôt pour compter, non ? » Ned l'observait avec curiosité. Il n'y avait plus personne au bar à part Mirella et son amie, en grande conversation.

« Ned, excuse-moi, mais tu vas devoir assurer la fermeture tout seul ce soir. » Vincent répartit les pièces en deux piles et en empocha une.

« Qu'est-ce qui t'arrive ? Tu es malade ?

– Non, je démissionne. Je suis désolée.

– Vincent, tu ne peux pas…

– Mais si », dit Vincent en le plantant là. Elle était devenue beaucoup plus dure après Alkaitis. Elle sortit par la porte de la cuisine. Mirella ne lui accorda pas un regard. Jamais elle n'aurait imaginé que son ancienne amie puisse se montrer si froide, mais qu'étaient-elles sinon des comédiennes ? *Vous n'êtes pas née avec une cuiller d'argent dans la bouche,* avait dit un jour Mirella à Vincent, dans une vie différente, inconcevable. Elles avaient été crédibles, à l'ère de l'argent, parce qu'elles savaient camoufler leurs origines ; dans ces conditions, pourquoi s'étonner que Mirella soit capable de faire comme si elles ne se connaissaient pas ? Feindre était leur domaine de compétence commun.

Ce soir-là, elle se rendit à pied au Café Russe, dans Lower Manhattan, un établissement qu'elle avait fréquenté au cours de ses années avec Alkaitis ; mais si un client la reconnut de cette période-là, il n'en montra rien. Sa gérante préférée était de service ce soir-là, une femme d'une trentaine d'années prénommée Ilieva qui parlait avec une pointe d'accent russe et lui avait un jour confié qu'elle avait obtenu sa carte verte en échange de son témoignage dans un procès criminel.

« Tu n'as pas de manteau ? demanda-t-elle en venant à la table de Vincent. Tu vas attraper la mort.

– Je viens de quitter mon job. J'ai oublié mon manteau dans la salle de repos.

– Tu es juste partie comme ça ?

– Oui.

– Un verre de rouge offert par la maison ?

– Merci », dit Vincent, quoique le vin fût exécrable. L'attrait du Café Russe ne résidait pas dans son vin mais dans son atmosphère. Ici, dans la douce chaleur et l'éclairage tamisé, avec les effluves de café et de cheesecake, Nina Simone en fond sonore, le nœud qui lui contractait la poitrine commença à se desserrer. Cet endroit était l'unique lien entre le royaume de l'argent et sa vie actuelle.

« Alors, demanda Ilieva en apportant le vin, qu'est-ce que tu vas faire ? Un autre emploi de barmaid ?

– Non, j'ai encore mon second job. Je vais tâcher de faire davantage d'heures.

– Un job en cuisine, c'est ça ? Tu veux devenir chef, ouvrir ton propre restaurant ?

– Non, dit Vincent. Je voudrais prendre la mer. »

*

La mère de Vincent avait pris la mer à un peu plus de vingt ans. Vincent avait toujours insisté pour qu'elle lui raconte des anecdotes de sa jeunesse, parce que si la vie de son père avait des contours relativement simples – une enfance sans histoires dans la banlieue de Seattle, une brève période à étudier la philosophie avant de laisser tomber pour devenir planteur d'arbres –, le passé de sa mère recelait un certain mystère. Elle avait survécu à une enfance malheureuse dans une petite ville des Prairies – il y avait des tantes, un oncle, et même une paire de grands-parents que Vincent, lui avait-on fait comprendre, ne rencontrerait jamais – et était partie vers l'est à l'âge de dix-sept ans, en Nouvelle-Écosse, où elle avait travaillé comme serveuse et écrit des poèmes. À dix-neuf ans, elle avait décroché un emploi d'agent de bord sur un bateau de la Garde côtière canadienne qui s'occupait de l'entretien des aides à la navigation dans les voies maritimes. Elle adorait ce métier autant qu'elle le détestait. Elle voyait les aurores boréales et naviguait entre les icebergs, mais d'un autre côté elle avait toujours froid et craignait de finir par mourir de claustrophobie ; elle donna donc sa démission après deux rotations et traversa le pays en voiture avec un nouveau petit ami. C'était une femme qui ne tenait pas en place. Un an plus tard, le petit ami entrait à la fac de médecine de Vancouver et la mère de Vincent vivait dans la précarité à Caiette, écrivant des poèmes qui étaient parfois publiés dans d'obscures revues littéraires, faisant la navette sur le bateau du courrier et allant à Port Hardy en stop pour faire des ménages, jusqu'au jour où elle tomba amoureuse d'un homme marié qui habitait plus loin sur la route et elle se retrouva enceinte de Vincent. Elle n'avait encore que vingt-trois ans.

La mère de Vincent refusait de parler de sa famille. « Ce ne sont pas des gens bien, disait-elle. Ils ne valent pas la peine qu'on parle d'eux, mon cœur, alors s'il te plaît ne pose pas de questions. » Mais parmi les anecdotes qu'elle était disposée à raconter, celles que Vincent aimait le plus se rapportaient à sa période sur le navire de la Garde côtière. Elle les réclamait si souvent à sa mère qu'elles semblaient aujourd'hui faire partie des souvenirs personnels de Vincent : elle n'était jamais allée sur cette côte mais conservait des images mentales des aurores boréales ondoyant dans un ciel hivernal, des silencieuses tours d'icebergs dans une mer gris sombre. Et puis, après la disparition de sa mère, elle avait essayé de la faire figurer dans le tableau – sa mère observant l'iceberg, sa mère inclinant son visage vers l'aurore boréale –, mais qui était sa mère à vingt, vingt et un ans ? Il est tellement difficile de se représenter ses parents tels qu'ils étaient avant qu'on vienne au monde. Dans sa mémoire, sa mère était figée pour toujours à trente-six ans, l'âge qu'elle avait quand elle entra dans la chambre de Vincent, treize ans, l'embrassa sur le sommet du crâne – Vincent leva à peine la tête de son livre – en disant « Je vais faire une petite balade en canoë, mon cœur, à tout à l'heure », avant de descendre pour la dernière fois les marches du perron.

*

Le lendemain de sa rencontre avec Mirella, Vincent regagna la ville en train, monta à bord d'un métro se dirigeant vers le sud et descendit au terminus, où elle resta un moment sur une plage de sable blanc, à la lisière de la ville, à filmer les vagues. Une journée grise et froide, mais le froid était revigorant. Un porte-conteneurs passait au loin à l'horizon. Elle pensait à sa mère, et puis, en observant le navire, elle se surprit à penser à l'une de ses dernières nuits à l'hôtel Caiette, un jour ou deux après sa première rencontre avec Jonathan. Il dînait au bar, ce soir-là, et elle bavardait avec lui quand un autre client était arrivé, un homme qui séjournait à l'hôtel avec son épouse. Elle ne se souvenait pas de son nom, mais elle se rappelait un détail de la conversation : « Je suis dans le transport maritime », avait-il dit à Jonathan lorsque celui-ci l'avait interrogé sur son travail, et c'était mémorable car cet homme adorait manifestement son métier, ça se voyait tout de suite à la façon dont son visage s'éclaira quand le sujet fut abordé. Des années plus tard, au bord de l'océan par une froide journée de printemps, Vincent abaissa sa caméra pour regarder passer le bateau. À quel point serait-il difficile d'obtenir un emploi en mer ?

Geoffrey

« La Thaïlande, répéta Geoffrey Bell à bord du *Neptune Cumberland*, à l'automne 2013. Pourquoi veux-tu aller en Thaïlande quand ton congé arrivera ?

– Parce que je n'y suis jamais allée, répondit Vincent.

– Bonne raison, en effet. Je te demande ça parce que, généralement, les marins profitent de leur congé à terre pour rentrer chez eux.

– Où irais-je, dans mon cas ? Je ne dis pas ça dans un sens tragique, mais pour l'instant je n'ai pas le sentiment d'avoir vraiment un foyer à terre.

– Ne me dis pas que tu considères le *Neptune Cumberland* comme ton foyer, dit Geoffrey. Tu es en mer depuis, quoi, deux mois ?

– Trois. »

Trois mois à se lever en pleine nuit pour prendre une douche dans sa cabine avant la préparation du petit déjeuner, à cuisiner de longues heures dans une pièce sans fenêtres qui tanguait par gros temps, à se promener sur le pont sous le soleil ou la pluie, à dormir avec Geoffrey, trois mois d'heures supplémentaires, de dur labeur et de sommeil sans rêves pendant que le bateau voguait sur un cycle de soixante-huit jours, de Newark à Baltimore et Charleston, de Charleston jusqu'à Freeport aux Bahamas, de Freeport à Port Elizabeth en Afrique du Sud, remontait vers Rotterdam aux Pays-Bas et Bremerhaven en Allemagne, puis retraversait l'Atlantique jusqu'à Newark. La plupart des hommes à bord – elle était la seule femme – travaillaient six mois d'affilée et prenaient ensuite trois mois de congé, et elle avait décidé de faire pareil.

Geoffrey sourit mais ne leva pas la tête, occupé à plier un tout petit cygne en origami. Elle lui avait dit que sa cabine était tristounette et il en avait convenu, alors ils confectionnaient des cygnes minuscules qu'ils accrochaient à la tringle à rideau. « J'avais une vision si romantique des voyages en mer, dit-il. Dans mon enfance, j'entends. Tu sais, *parcourir le monde*, ce genre de truc. En fait, le monde ressemble beaucoup, pour l'essentiel, à une série de ports de conteneurs interchangeables.

– Et pourtant, tu es toujours là.

– Je suis toujours là. On se fait happer. As-tu lu le livre que je t'ai offert pour ton anniversaire ? » Il brandit un cygne, le fit tourner entre ses doigts et le passa à Vincent.

« J'en suis presque à la moitié. J'adore. » Vincent transperça le cygne avec son épingle – on vendait des kits de couture à l'économat – et enfila la ligne de pêche dans le trou.

« Je le pensais bien. Si tu en es à la moitié, tu dois avoir lu le passage où ils vont à la pêche aux oiseaux, non ?

– Oui. J'ai adoré cette image. » Le livre en question était un recueil de récits écrits par le capitaine et l'équipage du *Columbia Rediviva*, un navire de commerce américain qui avait fait le tour du globe dans la dernière décennie du XVIIIe siècle, et il contenait une scène qui ne la quitterait jamais : le dernier jour de 1790, à deux cent vingt milles de la côte d'Argentine, l'air se remplit d'albatros. Les matelots se rassemblèrent alors sur le pont et lancèrent dans l'océan des hameçons appâtés avec du porc salé, pour attirer les oiseaux qui piquaient du ciel.

« Je l'ai adorée, moi aussi. J'ai lu ce livre quand j'avais seize ans et, à partir de là, prendre la mer est devenu pour moi une idée fixe. » Son dernier cygne en origami ne le satisfaisait pas : il l'examina, sourcils froncés, puis lissa le papier et recommença. « Ça te dirait d'entendre quelque chose de modérément accablant ?

– Bien sûr.

– Mon père m'a confié un jour qu'il avait rêvé d'être pilote. Pourquoi trouver ça accablant, me demanderas-tu ?

– Parce que tu m'as dit qu'il était mineur de fond. » Vincent, perchée sur une chaise, accrochait des cygnes à la tringle par ailleurs inutilisée, car la fenêtre de Geoffrey était occultée en permanence par les piles de conteneurs. « Tu as raison, Geoffrey, c'est effroyable. Tu rêves de voler dans les nuages, et au lieu de ça…

– Je n'ai pas voulu regretter de ne pas avoir pris la mer.

– C'est bien compréhensible.

– Ça te plaît ? » Il tenait en l'air un autre cygne, orange celui-là, un peu de traviole.

« Quoi donc ? Ton cygne ?

– Non, tout ça. Être en mer. Ta vie.

– Oui. » Elle mesura à quel point c'était vrai. « Tout me plaît. J'adore tout. Je n'ai jamais été aussi heureuse. »

VIII

LA CONTREVIE

2015

Dans la contrevie, Alkaitis se promène dans un hôtel sans nom. Au-dehors, la vue ne cesse de changer, parce qu'il ne cesse de changer d'avis sur l'hôtel dans lequel il se trouve. Il ne se rappelle pas les noms de ces endroits, mais ils s'accompagnent de séries d'impressions et de détails bien distincts. Disons qu'il s'agit de l'hôtel avec l'imposant escalier blanc, à côté de la réception, la suite dont le jacuzzi est encastré dans le sol, devant les baies vitrées. Dans ce cas, la vue montre une mer bleu pâle qui rejoint le ciel blanc à l'horizon aveuglant.

« Ces idiots se prennent pour des moines guerriers ou je ne sais quoi, marmonne Churchwell, indiquant de la tête les cinq gars plus jeunes, blancs, qui font de la gymnastique suédoise à l'unisson tout au bout de la cour de récréation. Toutes ces idées débiles sur le code d'honneur…

– Ma foi, il faut bien avoir un code quelconque, dit Alkaitis, un peu contrarié d'avoir été brusquement arraché à la contrevie.

– Le besoin de structure, je conçois, dit Churchwell. Le sentiment d'appartenance, l'esprit de famille… ça, d'accord, je pige. Mais ne me parle pas de code d'honneur quand tu purges une peine de cinquante ans pour pornographie enfantine. »

*

Le pédophile, Tait, n'avait pas de tatouages quand il est arrivé à Florence – c'était un homme pâle, doux, avec des lunettes et une peau sans marques –, mais aujourd'hui il a une petite croix gammée imprimée sur le dos. « Certains ont une famille dès le départ, dit-il. D'autres doivent chercher un peu plus longtemps. » Ils sont à la cafétéria. Alkaitis, qui déploie d'immenses efforts pour ne pas penser à sa famille, se laisse aller à sa rêverie. L'une des choses qui lui plaisent dans la contrevie, c'est que Tait n'y est pas. Disons que c'est l'autre hôtel, pas celui qui est situé sur le continent, avec vue de l'horizon, mais celui qui se trouve sur cette île fabriquée par l'homme, cette île en forme de palmier dont il ne se rappelle pas le nom. Dans ce cas, la vue est celle de l'eau stagnante prise au piège entre les frondes du palmier, avec, sur la rive opposée, une rangée de McMansions[1] tape-à-l'œil qui ondulent dans la brume de chaleur. Il aimait bien cette suite. Elle était immense. Vincent passait beaucoup de temps dans le jacuzzi.

Mais non, il s'agit là d'un souvenir, pas de la contrevie. Vincent ne figure pas dans la contrevie. Il juge important de bien séparer les deux choses, la mémoire et la contrevie, mais il trouve le processus de plus en plus difficile. La frontière est poreuse. Dans son souvenir, la climatisation était si agressive que Vincent avait du mal à se réchauffer, c'est pourquoi elle était toujours dans le jacuzzi ; dans la contrevie, en revanche, elle n'existe pas du tout.

Dans la contrevie, il se détourne de la vue des McMansions et sort de la pièce, enfile le large couloir avec son tapis aux

1. McMansion : terme péjoratif servant à désigner de luxueuses habitations « produites en série », qui privilégient l'aspect extérieur sur la qualité.

motifs compliqués, entre dans l'ascenseur aux surfaces en miroir teinté, dont les portes s'ouvrent de manière inattendue sur le hall de l'hôtel Caiette, où Vincent est assise avec Walter, le manager de nuit, dans des fauteuils en cuir. Il s'agit d'un souvenir : ils y sont retournés un an avant l'arrestation de Jonathan. Il s'est réveillé seul dans le lit à cinq heures du matin, il s'en souvient, il est parti à la recherche de Vincent et l'a trouvée dans le hall avec Walter.

Le souvenir lui est resté car, quand elle a levé la tête, son masque a glissé juste un peu et il a vu sur son visage, l'espace d'un éclair, comme de la déception. Elle n'était pas heureuse de le voir. Mais là, la mémoire et la contrevie divergent : si, dans la vraie vie, il s'est trouvé mêlé à l'une de ces conversations péniblement superficielles sur les effets du décalage horaire, dans la contrevie il tourne son regard vers la fenêtre, où il semble faire beaucoup trop clair à l'extérieur pour cinq heures du matin en Colombie-Britannique, avec une qualité de soleil totalement différente – parce que, cette fois encore, il est à Dubaï, sur l'île en forme de palmier, à contempler les maisons de l'autre côté de l'étroite baie, et maintenant le hall est désert.

*

Les autres détenus ont-ils une contrevie, eux aussi ? Alkaitis scrute leurs visages en quête d'indices. Avant, il n'a jamais éprouvé de curiosité pour les autres. Il ne sait pas comment leur poser la question. Mais il les voit, le regard perdu au loin, et il se demande où ils sont.

*

« Il t'arrive de penser à des univers parallèles ? » demande-t-il un jour à Churchwell, début 2015. Il est tombé sur cette idée à un certain moment de sa vie d'homme libre et l'a écartée, parce qu'elle lui paraissait franchement ridicule, mais à présent elle exerce sur lui un attrait croissant. Churchwell n'est pas un ami à proprement parler, mais ils prennent souvent leurs repas à la même table, parce qu'ils font partie du même club informel de gens qui ne seront plus jamais libres, et ils font également partie d'un autre club informel, celui des New-Yorkais. Ces clubs sont appelés « voitures », ce qui plaît à Alkaitis. *Nous sommes tous ensemble dans la même voiture,* se prend-il parfois à penser, avec un brin de connivence, quand il est avec Churchwell ou avec l'un des autres condamnés à perpète ; mais bien sûr, il n'irait jamais exprimer cette pensée à haute voix, d'autant que c'est déprimant si on y pense trop. (*Nous sommes tous ensemble dans la même voiture qui a calé et n'ira plus jamais nulle part.*) On peut compter sur Churchwell pour avoir entendu parler de la théorie du multivers ou de tout autre sujet abordé en sa présence, parce qu'il passe tout son temps à lire des livres et à écrire des lettres. Churchwell a été un authentique agent double, CIA/KGB, et il met à profit sa condamnation à vie pour faire quelques lectures.

« Qui n'y pense pas ? répond-il. Dans un univers parallèle, je m'en serais tiré et j'aurais une piaule douillette à Moscou.

– Moi, je vivrais à Dubaï. Je m'y plaisais bien.

– J'y ai réfléchi à fond. Je serais marié à la fille d'un oligarque, peut-être un super mannequin. Deux ou trois gosses, un golden retriever, une résidence d'été dans un pays chaud où il n'y aurait pas de traité d'extradition.

– Je vivrais à Dubaï. » Il surprend le coup d'œil de Churchwell et s'aperçoit qu'il l'a déjà dit.

*

« Comment allez-vous cet après-midi, monsieur Alkaitis ? » Le médecin a l'air trop jeune pour faire ce métier.

« Depuis quelque temps, j'ai des problèmes de mémoire et de concentration. » Il n'ajoute pas *des hallucinations*, parce qu'il ne veut pas se voir prescrire des neuroleptiques puissants, et les hommes qui entrent à l'hôpital souvent n'en reviennent pas. D'ailleurs, *hallucinations* n'est pas le mot juste, il s'agit plutôt d'un insidieux sentiment d'irréalité, l'impression que des frontières s'effondrent, la réalité s'insinuant dans la contrevie et réciproquement. Mais peut-être y a-t-il quelque chose à faire, un médicament qui ne le transformerait pas en zombie traînant les pieds mais qui pourrait stopper ou au moins ralentir la détérioration, si c'est là son mal. Il s'efforce d'être lucide sur ce point.

« D'accord. Je vais vous poser une série de questions simples, ce qui nous donnera une idée plus précise de la situation. Pouvez-vous me dire en quelle année nous sommes ?

– Sérieusement ? Je ne suis pas atteint à ce point-là, j'espère.

– Je ne dis pas le contraire. C'est juste la première d'une série de questions standard visant à détecter d'éventuels troubles de mémoire. Quelle année ?

– Deux mille quinze », répond Alkaitis. Déjà six ans qu'il est ici ? Cela paraît impossible. Peut-être qu'il ne devrait pas écarter la vue de l'hôtel sur l'île-palmier, finalement. Le problème avec les plages de sable blanc, la mer bleue à l'horizon sous un ciel sans nuages : c'est une vue bicolore, juste du blanc et du bleu, paisible mais à mourir d'ennui. Tandis que l'hôtel sur l'île-palmier donnait sur un lagon avec les énormes demeures sur l'autre rive, et il y a de la vie là-dedans. L'une des McMansions était rose, mémorable parce que Vincent et lui en avaient bien ri. Ce n'était pas un rose discret, élégant, mais le rose caractéristique du Pepto-Bismol[1].

1. Médicament contre les maux gastriques et la diarrhée.

« Quel mois sommes-nous ?

– Décembre, dit Alkaitis. Nous sommes allés aux Émirats pour Noël. »

Le médecin prend une note, le visage scrupuleusement impassible, et Alkaitis se rend compte de son erreur. « Excusez-moi, je pensais à autre chose. Nous sommes en juin. Juin 2015.

– Bien. Savez-vous la date du jour ?

– Bien sûr, nous sommes le dix-sept. Le dix-sept juillet.

– Je vais vous donner un nom et une adresse, dit le médecin, et je vous demanderai de me les répéter dans quelques minutes. Prêt ?

– Oui.

– Monsieur Jones, 23 Cecil Court, Londres.

– OK. Compris.

– Quelle heure est-il, au plus près ? »

Alkaitis regarde autour de lui mais ne voit aucune pendule dans la pièce.

« L'heure la plus proche, répète le médecin. Votre meilleure estimation.

– Eh bien… nous avions rendez-vous à dix heures et vous m'avez fait attendre, j'opterai donc pour onze heures.

– Comptez à rebours de vingt à un. »

Il s'exécute. Les détails de cette étrange île-palmier sont un peu brumeux. S'agit-il d'une seule île ou d'une collection d'îlots qui, pris ensemble, forment un palmier ? Quoi qu'il en soit, c'est l'hôtel où Suzanne et lui ont séjourné lors de sa première visite aux Émirats arabes unis, où ils se sont tenu la main dans un restaurant qui comportait un gigantesque aquarium contenant un requin. Cela s'est passé la dernière année avant le diagnostic, c'est-à-dire que dans ce beau souvenir Suzanne est déjà secrètement malade, de manière invisible, les métastases proliférant en silence dans le foie et le pancréas. Bon Dieu, elle était saisissante. Beaucoup plus âgée que Vincent, bien sûr ; mais franchement, il y a des avantages à avoir une compagne qui n'a pas l'âge d'être votre fille, et aussi d'avoir une compagne à qui vous n'avez rien à cacher. Il se souvenait d'avoir discuté avec elle, main dans la main, des investisseurs. « Si tu crois que Lenny Xavier ne sait pas à quoi s'en tenir, avait-elle dit, tu es le roi des naïfs. »

Intrusion du médecin : « Dites les mois de l'année en ordre inversé.

– Décembre, novembre, octobre, septembre, août, juin, juillet… mai, avril, mars, février, janvier. » Il pensait à l'excitation de cet instant à l'hôtel, au délicieux frisson d'avoir une co-conspiratrice. « Tu crois que nous pouvons continuer à faire marcher le système ? » lui avait-il demandé. Le dessert arrivait : gâteau au chocolat avec de la crème glacée pour Alkaitis, corbeille de fruits frais pour Suzanne.

« Répétez-moi le nom et l'adresse que je vous ai donnés tout à l'heure, dit le médecin.

– Pardon ?

– L'adresse ?

– C'était Palm Jumeirah. » Alkaitis sourit, content de s'être souvenu du nom. « Aucun doute : Palm Jumeirah, à Dubaï. Je ne me rappelle pas s'il y avait un numéro de rue. »

*

Il quitte le cabinet du médecin avec une impression de malaise. Il sait qu'il a trébuché sur la dernière réponse, mais est-ce de sa faute si sa vie en prison est tellement ennuyeuse qu'il lui faut parfois une minute ou deux pour s'arracher à la contrevie et revenir à la réalité, si tant est que ce soit la réalité ? « Je suis distrait, pas sénile », marmonne-t-il à part lui, suffisamment fort pour que le garde qui l'escorte jusqu'au bloc des cellules lui jette un coup d'œil. Ce n'est pas sa faute si ses journées sont tellement semblables qu'il glisse en permanence dans les souvenirs ou dans la contrevie, même s'il est troublant que ses souvenirs et la contrevie aient commencé à s'entremêler.

*

Une pensée vient le perturber pendant qu'il fait la queue devant la cantine : quand il mourra en prison, mourra-t-il aussi dans la contrevie ?

*

Lorsqu'il n'est pas dans la contrevie, il fait des rêves dans lesquels il ne se passe rien sinon une sensation de peur croissante. Dans le rêve, il sait que quelqu'un approche, et puis un soir, après le dîner, il lit le journal dans sa cellule – bien réveillé – quand il entend une voix dire, très distinctement : « Je suis là. »

Il lève la tête. Hazelton fait les cent pas depuis une bonne heure, mais ce n'est pas lui qui a parlé. Alkaitis garde le silence un long moment avant de se résoudre à ouvrir la bouche.

« Tu crois aux fantômes ? » demande-t-il d'un ton aussi dégagé que possible.

Hazelton sourit de toutes ses dents, apparemment enchanté de la question. C'est un homme qui n'est pas suffisamment stimulé et qui recherche la conversation. « Je ne sais pas, vieux, j'ai toujours eu *envie* d'y croire, je trouve que ça serait cool si les fantômes flottaient autour de nous, mais je ne suis pas trop sûr qu'ils existent vraiment.

– Tu as déjà rencontré quelqu'un qui en avait vu un ? » Ce qu'il ne dit pas à Hazelton, c'est que Fayçal est debout dans un coin de la cellule. Alkaitis a tenté de se convaincre qu'il avait des hallucinations. Fayçal ne peut matériellement pas se trouver dans cette pièce, parce que a) c'est une cellule de prison et b) Fayçal est mort. N'empêche qu'il a l'air terriblement réel.

Il porte ses mules préférées en velours gold et se tient sous la fenêtre, le cou tendu pour regarder la lune.

« J'ai connu un type qui jurait en avoir vu un. Mais le fantôme en question, c'était un mec qu'il avait tué accidentellement pendant un cambriolage.

– Et tu l'as cru ?

– Nan. Enfin, je veux dire que pour moi, ce n'était pas un vrai fantôme, c'était juste sa conscience coupable qui le turlupinait. »

Fayçal vacille légèrement, tel un hologramme défectueux, puis disparaît.

IX

UN CONTE DE FÉES

2008

Le bateau

Au cours du dernier mois de septembre que Vincent et Alkaitis passèrent ensemble, ils allèrent « faire de la voile », comme il disait, ce qui semblait une curieuse façon de décrire une croisière de quelques jours à se prélasser sur un immense bateau sans voiles. Il invita son amie Olivia – qui, devina Vincent, avait connu le frère de Jonathan – et le soir, ils dînèrent tous les trois et prirent un verre sur le pont, où soufflait une légère brise. Vincent, qui s'efforçait toujours de rester affûtée, pouvait faire durer un seul cocktail plusieurs heures, mais elle aimait en préparer pour les autres.

« Nous parlions justement de vous, dit Olivia lorsque Vincent revint avec une nouvelle tournée qu'elle avait préparée à l'intérieur.

– J'espère au moins que vous avez inventé des rumeurs intéressantes, dit Vincent.

– Nous n'en avons pas eu besoin, dit Jonathan. Tu *es* une personne intéressante. » Avec un petit signe de tête, il prit le verre que lui tendait Vincent et passa l'autre à Olivia.

« Vous me faites tellement penser à moi au même âge, dit Olivia en donnant ostensiblement l'impression de lui adresser un compliment.

– Ah ? fit Vincent. Je suis flattée. » Elle jeta un regard en coin à Jonathan, qui réprimait un sourire.

Olivia but une gorgée de son cocktail en contemplant l'océan. « Il est délicieux, dit-elle. Merci.

– Je suis contente que vous aimiez. » Vincent était sous le charme d'Olivia, tout comme l'était Jonathan, mais quelque chose chez cette femme la rendait un peu triste. Olivia portait une robe trop habillée, un rouge à lèvres trop vif, ses cheveux étaient fraîchement coupés, elle regardait Jonathan un peu trop attentivement, et l'ensemble trahissait un zèle excessif. *Vous dévoilez votre jeu,* avait envie de lui dire Vincent, *vous ne devez pas montrer ainsi aux gens les efforts que vous faites.* Mais naturellement, elle pouvait difficilement donner des conseils à une femme qui avait deux ou trois fois son âge.

« Vous arrive-t-il d'aller à l'académie de musique de Brooklyn ? s'enquit Olivia au bout d'un moment. Ma sœur me parlait l'autre jour d'un concert auquel elle avait assisté, et je me suis rendu compte que je n'y étais pas allée depuis des années.

– Comme vous le savez, répondit Jonathan, j'essaie de ne pas traverser le fleuve si je peux l'éviter.

– Snob, dit Olivia.

– Je plaide coupable. Néanmoins, je pensais précisément à Brooklyn l'autre jour. Je regardais une annonce immobilière, un loft qu'un de mes amis songeait à acheter, et en voyant tout ce luxe, une surface de plus de trois cent soixante-dix mètres carrés dans ce superbe quartier, près du pont de Manhattan, je me suis dit : *Quoi que soit devenu ce quartier aujourd'hui, il n'a rien à voir avec le Brooklyn que j'ai connu autrefois.* On aurait dit une autre ville.

– Et puis il y a l'AMB, reprit Olivia. Ma sœur Monica me parlait de ce concert qu'elle avait vu, et je me suis demandé en quelle année j'y étais allée la dernière fois. 2004 ? 2005 ?

– Nous devrions y aller tous les trois », dit Vincent sans grande conviction.

Mais un mois plus tard, de retour sur terre, clouée à la maison avec un rhume de cerveau par un brumeux après-midi d'octobre, elle envisagea de proposer à Jonathan une soirée inattendue pour le week-end, peut-être le surprendre avec des billets de théâtre ou quelque chose dans ce genre-là, et ses pensées la ramenèrent à cette conversation sur le bateau. Elle chercha sur Internet l'académie de musique de Brooklyn et tomba sur son frère.

Melissa dans l'eau

Il semblait que Paul, contre toute attente, connaissait un certain succès en tant que compositeur et interprète. Début décembre, il donnait trois soirées de concerts à l'académie de musique de Brooklyn. Le programme s'intitulait *Lointain Territoire nordique : bandes-son pour un film expérimental.* Elle n'avait pas revu Paul depuis trois ans, depuis la dernière nuit où ils avaient travaillé ensemble à l'hôtel Caiette. Sur l'image qui illustrait le site web de l'AMB, il avait l'air possédé : il était sur scène, entouré d'un matériel qu'elle ne comprenait pas, claviers et boîtes impénétrables munies de cadrans et de boutons, les mains rendues floues par le mouvement ; au-dessus de lui, projetée sur un écran, on voyait une photo où elle crut reconnaître le rivage de Caiette, une plage rocheuse avec des conifères sombres sous un ciel nuageux.

> *Dans* Lointain Territoire nordique, *le prometteur compositeur Paul James Smith présente une série de mystérieuses vidéos amateurs, chacune d'une durée de cinq minutes précisément, réalisées par le compositeur durant son enfance dans l'ouest du Canada rural, présentées ici comme une partie d'une saisissante*

composition qui brouille les frontières entre les genres musicaux et qui interroge nos idées préconçues sur les films amateurs, sur la nature sauvage, sur…

Vincent ferma les yeux. Elle n'avait jamais été très soigneuse avec ses vidéos. Elle les avait tournées puis en avait enregistré d'autres par-dessus, ou les avait tournées et ensuite laissées dans des cartons dans la chambre de son enfance. Paul était-il souvent allé voir leur père en l'absence de Vincent, après que celle-ci eut quitté Caiette ? Apparemment, oui. Rien ne l'avait empêché de piller les trésors de sa demi-sœur. Elle se retrouva assise près de la piscine, le regard perdu dans l'eau, bien qu'elle n'eût aucun souvenir d'être sortie de la maison.

Dans sa lointaine enfance, par un après-midi de fin d'été, sa mère et elle avaient accompagné Paul à l'aéroport de Port Hardy ; il avait embarqué à bord d'un avion à hélice à destination de Vancouver, d'où il devait prendre un vol de correspondance pour Toronto. Vincent avait alors environ dix ans. Paul avait été odieux toute la journée, la raillant dès qu'elle ouvrait la bouche, puis, à l'aéroport, il s'était détourné d'elles en esquissant un vague salut et avait fait la queue au contrôle de sécurité sans un regard en arrière. Pendant le trajet de retour avec sa mère, Vincent était restée silencieuse et un peu triste.

« Le problème avec Paul, avait dit sa mère pendant qu'elles attendaient le bateau-taxi sur l'embarcadère de Grace Harbour, c'est qu'il a toujours l'air de penser que tu lui dois quelque chose. » Vincent se souvenait d'avoir levé les yeux vers elle, surprise par cette remarque. « Tu ne lui dois rien, avait ajouté sa mère. Rien de ce qui lui est arrivé n'est de ta faute. »

En 2008, au bord de la piscine, Vincent se retourna en entendant des pas. Anya s'approchait avec une couverture.

« J'ai pensé que vous pourriez en avoir besoin, dit-elle. Il fait froid par ici.

– Merci », dit Vincent.

Anya fronça les sourcils. « Vous pleurez ? »

*

Les deux mois qui suivirent, elle eut du mal à honorer son contrat avec Jonathan, à garder une apparence de légèreté, mais il ne sembla rien remarquer. Les derniers mois de 2008, il travaillait tout le temps. Il était toujours au bureau ou dans son cabinet, porte fermée. Elle l'entendait parler au téléphone quand elle traversait le hall mais ne pouvait jamais saisir ce qu'il disait. Quand il était avec elle, il paraissait fatigué, l'esprit ailleurs.

Début décembre, elle prit une série de trains qui l'amenèrent finalement sur le perron de l'académie de musique de Brooklyn. Elle s'était demandé avec anxiété comment expliquer à Jonathan son absence un jeudi soir, mais il lui avait envoyé un SMS expliquant qu'il travaillerait tard et passerait la nuit dans le pied-à-terre. Elle arriva de bonne heure et traînassa un moment dehors tandis qu'un échantillon de Brooklynois aisés s'assemblaient sur le trottoir dans leur uniforme : bottines à talons plats et foulard savamment arrangé pour les femmes, barbe et jean désavantageusement moulant pour les hommes. C'était un plaisir de les regarder se rencontrer et s'apparier, passant devant elle en un flot de deux, trois ou quatre personnes, les retardataires accourant au coin de la rue en se confondant en excuses et en récriminations contre le métro. Finalement, Vincent se laissa entraîner dans le théâtre par le reliquat de la foule, trouva son siège au premier rang et se livra à l'habituel rituel d'avant-spectacle consistant à se moucher, à sortir une pastille pour la toux en cas de besoin, à éteindre son portable – n'importe quoi pour ne pas penser à ce qu'elle allait voir.

« Connaissez-vous l'artiste ? » chuchota sa voisine, une octogénaire aux cheveux blancs hérissés en pointes. Elle était élégamment habillée mais semblait malade ; elle avait le visage émacié et ses mains tremblaient.

« Non. » Dans l'esprit de Vincent, c'était la vérité. Elle *avait connu* son frère, au passé. Les lumières de la salle baissèrent.

« Je suis déjà venue hier soir, reprit la femme. Je trouve ce garçon brillant.

– Oh, fit Vincent, alors je suis impatiente de voir ça.

– Connaissez-vous l'artiste ? demanda de nouveau la vieille dame au bout d'un moment, et Vincent ressentit un élan de pitié.

– Oui », répondit-elle.

Les applaudissements éclatèrent autour d'elle et, quand elle leva les yeux, son frère entrait en scène. Il était plus maigre et visiblement plus âgé, et elle n'aurait su dire si son costume noir et sa fine cravate noire se voulaient ironiques. Il avait l'air d'un croque-mort. Il salua de la tête le public, accueillit les applaudissements avec un sourire de plaisir sincère, sembla-t-il à Vincent, et prit place derrière un clavier, puis les lumières de la rampe diminuèrent à leur tour, le laissant dans une semi-pénombre. L'écran au-dessus de sa tête s'éclaira, vaste étendue de blanc avec un titre en noir : « Melissa dans l'eau », puis le blanc se mua en rivage. Vincent reconnut la plage qui longeait l'embarcadère de Caiette ; l'image était granuleuse, les couleurs sursaturées, l'eau et le ciel trop bleus, les îles de la baie d'un vert peu naturel. La musique de Paul résonna d'abord comme un bruit blanc, une radio mal réglée. Il joua une séquence de notes sur un clavier, les notes formant quelques secondes plus tard une musique de violoncelle, à laquelle il ajouta un piano aux sonorités suaves et sinueuses, tout en se déplaçant entre le clavier et un ordinateur portable perché sur un support, appuyant sur des touches et actionnant des pédales afin de créer des boucles et des distorsions, un orchestre à lui tout seul. Les parasites avaient maintenant une pulsation, un rythme régulier. Sur scène, l'écran s'anima brusquement tandis qu'un groupe d'enfants s'engouffrait dans le cadre. Vincent devina à leurs visages qu'ils criaient et riaient, mais le film était muet. Elle se rappelait cette vidéo. C'était le premier été sans sa mère. Elle vivait à Vancouver depuis dix ou onze mois – longues heures de solitude dans le sous-sol de sa tante avec la télévision, longs trajets en bus pour aller à l'école et en revenir –, mais elle était rentrée à la maison pour passer l'été avec son père. Elle était restée sur la plage à filmer les nageurs, c'est-à-dire toute la population mineure de Caiette vers 1995 : une fillette dont elle avait oublié le prénom – Amy ? Anna ? – qui s'immobilisait au bord de l'eau, gloussant mais n'osant pas y entrer ; les jumeaux, Carl et Gary, un peu plus grands, qui barbotaient dans un coin de l'image ; Melissa, l'amie de Vincent, qui devait avoir quatorze ans mais était petite pour son âge et en paraissait plutôt douze. Ses cheveux pâles, son maillot de bain jaune, la sursaturation du film lui conféraient une sorte de rayonnement. Elle faisait des culbutes dans l'eau, remontait à la surface en riant. Trois ans plus tard, Melissa déménagerait à Vancouver pour aller à l'université de Colombie-Britannique et partager avec Vincent cet épouvantable appartement en sous-sol de l'Eastside ; elle irait danser avec Vincent et Paul le dernier soir du vingtième siècle ; à dix-neuf ans, elle souffrirait d'un problème de drogue, abandonnerait les études, retournerait à Caiette vivre chez ses parents le temps de se ressaisir ; un an après, elle serait engagée comme pilote et aide-jardinière à l'hôtel Caiette ; néanmoins, dans la vidéo, ce futur était inimaginable et elle était juste une gamine faisant des sauts de carpe dans l'eau. La musique avait quelque chose d'instable, de changeant, que Vincent trouvait désagréable, comme la bande-son d'un de ces cauchemars où vous essayez de vous enfuir mais où vos pieds refusent de bouger, et voilà maintenant que des voix se chevauchaient sur fond de parasites.

Sur la scène, sous l'écran, Paul s'activait, réglait des boutons, suivait la projection sur son ordinateur, jouait du clavier par intervalles. Vincent perçut un mouvement sur sa droite et constata que sa voisine s'était endormie, le menton sur la poitrine. Vincent se leva et sortit furtivement dans le hall, où les lumières et la solide réalité du marbre et des bancs lui donnèrent envie de pleurer de soulagement. Elle prit la fuite dans l'air hivernal, traversa le pont de Manhattan et continua à pied jusqu'à la gare de Grand Central, essayant d'apaiser ses pensées. L'idée lui vint qu'elle pourrait poursuivre Paul en justice, mais avec quelles preuves ? Il avait passé à Caiette tous les étés et un Noël sur deux pendant toute l'enfance de Vincent. Aucun moyen de prouver qu'il n'avait pas réalisé lui-même les vidéos. D'autre part, toute action en justice serait difficile voire impossible à cacher à Jonathan, pour qui elle était censée représenter un havre de paix, sans drames ni frictions. Dans le train qui la ramenait à Greenwich, elle aperçut son reflet dans la vitre et ferma les yeux. Elle avait commencé à payer son propre loyer à l'âge de dix-sept ans. Comment avait-elle pu devenir à ce point dépendante d'une autre personne ? La réponse, bien sûr, était d'une déprimante évidence : elle avait glissé dans la dépendance parce que c'était la solution la plus facile.

Un cauchemar

La semaine suivante, Jonathan travailla de si longues heures qu'elle le vit à peine – petite faveur –, de sorte qu'elle n'eut à feindre l'insouciance que pendant de brèves périodes. Elle lut les nouvelles pour se changer les idées, mais c'était une litanie de désastres économiques. Elle envisagea de retourner à Brooklyn pour attendre Paul devant l'entrée des artistes, mais la pensée de le voir lui répugnait.

Le mercredi suivant, Vincent fut réveillée par un cauchemar pour la troisième fois en trois nuits. Elle dormait mal depuis déjà plusieurs semaines, mais ce cauchemar était un problème nouveau et perturbant. Elle était certaine qu'il s'agissait du même rêve, répété, mais elle n'en gardait qu'une vague impression de chute vertigineuse, une sensation de catastrophe qui persistait à la lumière du jour. Elle resta un moment à fixer le plafond, Jonathan endormi à côté d'elle ; finalement elle se leva, chercha à tâtons ses vêtements de sport – elle les gardait pliés sur une chaise près du lit – et laça ses baskets dans l'obscurité, prit ses clefs au crochet près de la porte de la cuisine. Elle aimait bien, par jeu, s'astreindre à quitter la maison sans allumer aucune lumière. Il y a un plaisir inhérent à l'invisibilité.

Au royaume de l'argent il était important d'être mince, mais elle aurait fait son jogging de toute façon. Elle adorait la banlieue à cette heure matinale, quand il s'en dégageait encore une part de mystère. On était début décembre mais les températures avaient été toute la semaine bien au-dessus de zéro. Elle remonta rapidement la longue allée qui passait devant le cottage de Gil et d'Anya – aucune lumière aux fenêtres – jusqu'à l'impasse, où les maisons tout aussi démesurées de deux voisins brillaient à travers les arbres. Arrivée à la première rue digne de ce nom, la première qui mène quelque part, elle se mit à courir au petit trot. Elle aimait le silence du quartier avant l'aube, le secret d'une rue où tout le monde dormait, les fenêtres non éclairées. Jonathan n'aurait pas aimé la savoir seule dans l'obscurité, mais Vincent n'avait jamais trouvé ces rues dangereuses et elle portait une bombe lacrymogène sur son porte-clefs. Lorsqu'elle regagna la maison, il était quatre heures et il faisait encore nuit. Elle laissa un mot à Jonathan, qui ne se réveillerait pas avant cinq heures et demie, puis elle se doucha, s'habilla et appela un taxi pour attraper le train de cinq heures du matin.

*

Les autres passagers du train étaient principalement des maniaques du secteur financier, les yeux brillants à la lueur de leurs écrans miniatures, occupés à échanger des messages avec d'autres continents. Vincent avait une rangée de sièges pour elle toute seule. Au bout d'un moment, la nuit céda la place aux ombres et à une aube grisâtre ; les villes, simples assortiments de lumières, devinrent des silhouettes de toits. Comment Paul avait-il pu faire ça ? se demandait-elle. Comment avait-il pu la voler ainsi ? Trop fatiguée pour y réfléchir davantage, elle sombra dans un état intermédiaire entre le sommeil et la conscience, les villes réapparaissant par intervalles et clignotant entre les bouquets d'arbres. Elle se réveilla en sursaut quand le train entra en gare.

*

C'était sa dernière matinée au royaume de l'argent. Elle prit son petit déjeuner dans un hôtel-restaurant situé à proximité de Grand Central. Suivirent une heure dans une librairie, des arrêts dans diverses boutiques, une pause-café dans un bar à expresso de Chelsea en lisant les journaux. Moment étrange : en sortant du bar, elle tomba sur un groupe de touristes qui suivait un guide brandissant en l'air un parapluie rouge – et, l'espace d'une seconde, elle vit sa mère dans la foule. Juste un flash, mais impossible de s'y tromper – la longue tresse brune qui lui tombait dans le dos, le cardigan rouge qu'elle portait lorsqu'elle s'était noyée –, et puis il y eut un mouvement de foule et sa mère disparut. Vincent resta un long moment sur le trottoir à observer le groupe s'éloigner. Avait-elle des hallucinations ? Elle se remit en marche dans la ville grise, à l'affût d'éventuels signes de folie, mais ne vit rien d'autre qui soit manifestement irréel. Central Park était monochrome, les arbres sombres gouttaient sous un ciel incolore.

Elle était sur le perron du Met quand Jonathan l'appela.

« Fête de fin d'année ce soir, dit-il. Tu veux passer au bureau vers sept heures et demie, et nous irons ensemble à pied ?

– Sept heures et demie, parfait. J'ai hâte d'y être. » En réalité, Vincent avait complètement oublié cette soirée. La robe qu'elle avait prévu de porter était accrochée dans la penderie de leur chambre, à Greenwich, et elle n'avait rien de mettable pour l'occasion dans le pied-à-terre. Mais l'ère de l'argent ne prendrait pas fin avant encore quelques heures, il n'y avait donc pas urgence, et elle était libre de flâner un moment devant son tableau préféré. Elle était tombée amoureuse d'une toile de Thomas Eakins, *Le Penseur*, l'image massive d'un homme d'une trentaine d'années en costume anthracite, les mains dans les poches, perdu dans ses pensées. Elle était revenue plusieurs fois dans cette galerie, ces dernières semaines, pour se planter devant ce tableau qui lui procurait une émotion inexplicable. Sa mère l'aurait aimé, songeait-elle.

En se détournant pour partir, elle vit un homme qu'elle reconnut. Un peu en retrait, il contemplait la même toile.

« Oskar, dit-elle. Vous travaillez avec mon mari, n'est-ce pas ?

– À la gestion d'actifs. » Ils échangèrent une poignée de main. « C'est un plaisir de vous revoir.

– N'y voyez pas un plan drague, dit Vincent, mais vous venez souvent ici ?

– Pas autant que je le voudrais. J'ai suivi deux cours d'histoire de l'art à l'université », ajouta-t-il, comme s'il se croyait obligé de justifier sa présence en ce lieu. Ils se séparèrent après un bref échange de banalités – « J'espère que vous venez à la fête, ce soir ? » – et la scène aurait pu être aussitôt oubliée, sauf que, pour la première fois, elle se surprit à méditer sur les limites de son arrangement avec Jonathan. Elle aimait être en sa compagnie, la plupart du temps, ça ne la dérangeait pas ; cependant, depuis peu, elle se disait que ça pourrait être agréable de tomber amoureuse – ou, à défaut, au moins de coucher avec quelqu'un qui l'attirait vraiment et à qui elle ne devait rien. Elle héla un taxi et se fit conduire chez Saks, où elle passa une heure sous les lumières éblouissantes avant de repartir avec une robe en velours bleu et des chaussures noires en cuir verni. Il restait encore tant d'heures à cette journée. Ne pense pas à Paul, sans doute en train de composer une nouvelle musique dans un studio quelconque pour accompagner les vidéos qu'il t'a volées. Elle héla un autre taxi et se rendit dans le quartier financier pour traînasser au Café Russe, qu'elle avait toujours particulièrement apprécié. Elle y resta deux heures, à boire des cappuccinos en lisant l'*International Herald Tribune.*

À cinq heures, ne tenant plus en place, elle rassembla ses affaires et sortit sous la pluie. Elle trouverait un autre café, décida-t-elle. Elle irait à Midtown et s'installerait près du bureau de Jonathan, de manière à arriver parfaitement à l'heure. Mais en descendant l'escalier de la station Bowling Green, elle fut envahie par la certitude que, si elle entrait dans le métro, elle mourrait. Elle le sut aussi clairement qu'elle connaissait son nom. Elle fit demi-tour et remonta l'escalier, mi-courant mi-trébuchant, se forçant un chemin dans la marée de banlieusards qui déferlait dans l'autre sens, cherchant désespérément à atteindre un banc avant de s'évanouir. Elle ne s'était encore jamais évanouie mais c'était sûrement ce qu'on ressentait dans ces cas-là : une terrible sensation de vertige, l'impression d'être à l'extrême bord d'un abîme. *Je devrais demander à ma mère*, se dit-elle, et la pensée tout aussi irrationnelle qui suivit fut celle-ci : *Ma mère m'attend dans le métro.*

Vincent, le souffle court, parvint au banc le plus proche, et quelques minutes s'écoulèrent avant qu'elle ait la présence d'esprit d'ouvrir son parapluie. Elle demeura longtemps assise là, lui sembla-t-il, tenant le parapluie suffisamment bas pour cacher son visage aux piétons, s'efforçant de reprendre sa respiration, d'arrêter de pleurer. Si elle se mettait à avoir des crises de panique – elle n'en avait jamais eu, mais ce malaise en présentait assurément tous les symptômes –, cela prouvait qu'elle perdait pied, qu'elle n'était plus aussi cohérente, que son système nerveux défaillait. Parfaitement immobile, elle attendit que sa respiration se calme, écoutant la pluie tambouriner sur le parapluie et observant les pieds des passants.

Son portable vibra dans sa poche et elle vit le numéro de la réceptionniste de Jonathan s'afficher sur l'écran. « Ça va très bien, merci, dit-elle en réponse à une question, et vous-même ?

– Écoutez, dit la secrétaire sans répondre, M. Alkaitis se demande si vous pourriez venir au bureau assez tôt. Il me dit que c'est urgent.

– Certainement. » Pour Jonathan, "urgent" signifiait qu'il avait besoin de l'avis de Vincent pour choisir la cravate qu'il mettrait pour la fête. « Veuillez lui dire que j'arrive. »

*

La voiture est le pire moyen de locomotion possible durant l'heure de pointe à Manhattan, mais Vincent ne pouvait pas courir le risque de tenter à nouveau de descendre dans la station de Bowling Green, aussi prit-elle un taxi qui se traîna dans la circulation dense, les rues sombres défilant au ralenti.

Finalement, elle descendit de voiture à un kilomètre et demi du bureau et continua à pied. *C'est juste que tu es très fatiguée,* se dit-elle. *Tu n'as rien de vraiment grave. N'importe qui pourrait avoir une crise de panique après trois nuits sans sommeil. N'importe qui serait un peu ébranlé après ce que Paul t'a fait.* Dans l'ascenseur tapissé de miroirs du Gradia Building, elle ramena vivement en arrière ses cheveux mouillés en évitant de regarder de trop près les cernes sombres sous ses yeux. Les portes s'ouvrirent sur la splendeur des locaux du dix-septième étage.

« Bonjour, madame Alkaitis. Vous pouvez entrer directement », lui dit la réceptionniste, qui s'appelait Simone. D'ici quelques mois, elle serait un témoin-clef de l'accusation.

*

Lorsque Vincent franchit le seuil, elle trouva Jonathan assis à son bureau, les mains jointes devant lui, et elle fut aussitôt frappée par son immobilité. On aurait dit une statue de cire. Ils n'étaient pas seuls. Sa fille, Claire, était affalée sur le canapé, la tête dans les mains ; à l'autre extrémité du canapé était assis un homme d'environ soixante ans, la taille épaisse, les cheveux argentés, vêtu d'un costume coûteux.

« Hello », dit Vincent. Le nom de l'homme lui échappait.

« Madame Alkaitis, murmura-t-il d'une voix blanche. Je suis Harvey Alexander. Je travaille avec votre mari.

– Ah ! oui, bien sûr, nous nous sommes déjà rencontrés. » Vincent lui serra la main. Mais qu'avaient-ils donc, tous ? Harvey donnait l'impression d'assister à un enterrement. Jonathan avait toujours les mains jointes et Vincent remarqua que ses jointures étaient blanches. Vincent et Claire ne s'aimaient pas, mais elles avaient toujours réussi à observer un vernis de politesse et, jusqu'à présent, Claire n'avait jamais manqué de lever la tête ou de dire bonjour lorsque Vincent entrait dans une pièce.

« Quelqu'un va-t-il m'expliquer ce qui se passe ? » demanda Vincent. D'un ton aussi léger que possible, parce qu'elle était consciente que la légèreté faisait partie de son job.

« Ferme la porte, s'il te plaît », dit Jonathan. Vincent s'exécuta, mais il n'ajouta rien, et comme personne ne semblait capable de la regarder en face, elle se réfugia temporairement dans une série de tâches minuscules. Elle posa le sac de chez Saks au pied du portemanteau, ôta son pardessus et l'accrocha, retira ses gants, les plia sur le sac – après quoi, ayant épuisé les choses à faire, elle s'assit sur l'un des sièges réservés aux visiteurs, croisa les jambes et attendit. Tous gardèrent le silence. C'était comme de jouer dans une pièce dont aucun des acteurs ne connaissait la réplique suivante.

« Il faut que quelqu'un lui dise », intervint Claire, et Vincent fut stupéfaite de constater que la jeune femme pleurait.

« Me dise quoi ?

– Vincent », soupira Jonathan, mais les mots lui manquèrent et il pressa brièvement ses paumes sur ses yeux. Pleurait-il, lui aussi ? Vincent resserra son étreinte sur les bras du fauteuil.

« Dis-moi.

– Vincent, écoute, mon business, pas la totalité, pas la société de courtage où travaille Claire, mais l'unité de gestion d'actifs, c'est… » Il ne put continuer.

« Es-tu en faillite ? » Vincent avait attentivement suivi les nouvelles. On était dans les dernières semaines de 2008, l'époque où le cours des actions chutait et où les banques s'effondraient.

« Oh, c'est bien pire que ça ! s'exclama Claire d'une voix qui frôlait l'hystérie. Infiniment pire, putain !

– Je crois que nous devrions garder à l'esprit, déclara Harvey, qu'il y a de fortes chances pour que tout ce que nous disons aujourd'hui dans cette pièce soit tôt ou tard répété dans une salle de tribunal. » Il parlait d'un ton très calme, le regard fixé sur un tableau du yacht de Jonathan accroché au mur opposé. Il semblait étrangement détaché de la scène.

« Dis-lui, c'est tout, insista Claire.

– Attention, là », intervint Harvey du même ton indifférent.

Après un silence douloureux, Jonathan opta pour une question. « Vincent, sais-tu ce qu'est une pyramide de Ponzi ? »

TROISIÈME PARTIE

X

LE CHŒUR DES EMPLOYÉS

Décembre 2008

1

Nous avions franchi une limite, c'était évident, mais il fut difficile par la suite de dire précisément où celle-ci s'était située. Peut-être avions-nous eu chacun une limite différente, ou avions-nous franchi la même limite à des moments différents. Simone, la nouvelle réceptionniste, ignorait même qu'il existât une limite jusqu'à la veille de l'arrestation d'Alkaitis, c'est-à-dire le jour de la fête de fin d'année 2008, quand Enrico fit le tour de nos bureaux, en fin de matinée, pour annoncer qu'Alkaitis nous convoquait tous à la salle de conférences du seizième étage à treize heures. Cela ne s'était encore jamais produit. L'Arrangement était une chose que nous faisions, pas une chose dont nous parlions.

Alkaitis arriva à treize heures quinze, s'assit au bout de la table sans croiser le regard d'aucun de nous et déclara : « Nous avons des problèmes de liquidités. »

La pièce manquait d'air.

« Je me suis arrangé pour avoir un prêt de la société de courtage, dit-il. Nous l'acheminerons par Londres et enregistrerons les virements bancaires en tant que revenus de transactions européennes.

– Le prêt sera-t-il suffisant ? s'enquit posément Enrico.

– Pour le moment. »

À cet instant, on frappa à la porte et Simone entra avec le café. Personne ne savait trop où regarder. Simone n'occupait son poste que depuis trois semaines et n'était pas dans le secret de l'Arrangement, mais elle comprit aussitôt que quelque chose clochait. L'atmosphère de la pièce était électrique, comme l'air juste avant un orage. Elle eut l'intuition que l'un de nous avait dit quelque chose de terrible peu avant qu'elle n'entre. Seul Ron lui rendit son sourire. Joelle posa sur elle un regard vide. Oskar observait très fixement le bloc-notes posé devant lui, et Simone eut l'impression qu'il avait les larmes aux yeux. Enrico et Harvey scrutaient un point dans l'espace. Alkaitis lui adressa un signe de tête quand elle entra et la suivit des yeux jusqu'à ce qu'elle s'en aille. Simone acheva de servir le café et sortit, refermant la porte, mais elle attendit dans le couloir au lieu de s'éloigner. Il lui sembla que le silence se prolongeait anormalement longtemps.

« Écoutez, dit enfin Alkaitis, nous connaissons tous ici la nature de notre activité. »

Par la suite, certains d'entre nous prétendraient ne pas avoir entendu cette phrase, mais le témoignage de Simone ferait écho aux déclarations de ceux d'entre nous qui l'avaient bel et bien entendue. Ceux qui affirmèrent ne pas l'avoir entendue certifièrent également ignorer qu'il existait une limite – « Je suis une victime au même titre que les investisseurs de M. Alkaitis », déclara Joelle à un juge, qui fut d'un avis différent et la condamna à douze ans – mais, à l'extrémité opposée du spectre, il y avait Harvey Alexander, qui appuierait sans réserve le témoignage de Simone et irait jusqu'à confesser, dans une sorte d'extase de culpabilité, des choses dont il n'était même pas accusé, avouant en pleurs avoir gonflé ses notes de frais et dérobé des fournitures de bureau, tandis que les enquêteurs déconcertés prenaient des notes et tentaient avec ménagement de recentrer la conversation sur le crime.

Mais pour ceux d'entre nous qui ont bien entendu ce qu'avait dit Alkaitis lors de cette réunion – et qui ont admis l'avoir entendu –, cette déclaration représentait le pas décisif – ou peut-être, plus exactement, l'instant où il n'était plus possible d'ignorer la topographie et de faire comme si la frontière n'avait pas déjà été franchie. Évidemment, nous connaissions tous la nature de notre activité. Nous n'étions pas des imbéciles, excepté Ron. Nous étions là à fourrager dans nos papiers, ou à contempler fixement nos notes, ou à regarder dans le vide en fantasmant de quitter le pays (Oskar), ou à regarder par la fenêtre en élaborant des plans fermes, réalisables, pour quitter le pays (Enrico), ou à regarder par la fenêtre en décidant avec fatalisme qu'il était trop tard pour prendre la fuite (Harvey), ou à nourrir l'illusion rocambolesque que, d'une manière ou d'une autre, tout s'arrangerait tout seul (Joelle).

Ron, décontenancé, jeta un coup d'œil autour de lui. Il avait souvent l'air dépassé, nous avions remarqué cette particularité chez lui, et il donnait l'impression d'ignorer réellement la nature de notre job, ce qui était sidérant avec le recul : que croyait-il donc que nous faisions, sinon gérer une pyramide de Ponzi ? Lorsque nous parlions entre nous de l'Arrangement – terme par lequel nous désignions l'arnaque –, de quoi croyait-il que nous discutions, au juste ? Et pourtant, c'était ainsi. Il regarda autour de lui dans le silence, se racla la gorge et dit : « Oui, mais nous avons déjà tellement d'activité de trading avec le bureau de Londres… »

Le silence qui suivit cette remarque fut, si possible, encore pire que celui qui l'avait précédé. Aucun trading n'avait jamais été effectué par l'intermédiaire du bureau de Londres, pour la bonne raison que le bureau de Londres comprenait un seul employé, avec cinq adresses mail différentes, dont le job consistait essentiellement à virer des fonds à New York pour donner l'illusion d'une activité de trading européenne.

« C'est une excellente réflexion, Ron », dit Harvey avec bienveillance et une certaine tristesse.

La réunion prit fin quelques minutes plus tard. Alkaitis avait des locaux aux seizième et dix-septième étages du Gradia Building, et à l'issue de la réunion il nous laissa dans notre lugubre petite suite de bureaux du Seize pour remonter au Dix-sept, qui était un autre univers. Alkaitis avait à sa disposition l'étage tout entier, et ça brillait de partout. Les employés du Dix-sept faisaient ce que leurs clients attendaient d'eux, c'est-à-dire qu'ils recommandaient et négociaient des actions et autres titres financiers. Cent personnes travaillaient là-haut, dans une société de courtage dont les activités, finit par conclure le FBI, étaient au-dessus de tout soupçon. Au Seize, nous dirigions une entreprise criminelle au lieu d'investir l'argent de nos clients, et ce désordre fondamental se reflétait dans notre espace professionnel. Tandis que le Dix-sept était un océan de bureaux en verre alignés de façon parfaitement symétrique sur d'épaisses moquettes argentées, le Seize avait une moquette de couleur indéterminée, vieille de trente ans, des murs à la peinture écaillée, des meubles d'occasion et des tours de classeurs.

En sortant de l'ascenseur au Dix-sept, Jonathan Alkaitis trouva Simone en train de bavarder avec une cliente. La plupart des investisseurs n'étaient pas autorisés à passer sans prévenir – surtout ceux qui, comme Olivia Collins, avaient investi moins d'un million de dollars –, mais Alkaitis avait toujours eu de l'affection pour elle. Elle avait connu son frère Lucas, depuis longtemps disparu. Quand Alkaitis vit Olivia, aujourd'hui âgée de soixante-quatorze ans et tout de noir vêtue à l'exception d'un immense châle turquoise, Simone crut le voir tiquer de façon perceptible avant d'afficher un grand sourire.

« Bonjour, ma chère, dit-il en l'embrassant sur les deux joues dans le style français.

– J'étais dans le quartier, dit Olivia.

– Alors je suis heureux que vous soyez passée. Café ?

– Pas de refus. »

Simone prépara du café et l'apporta dans le bureau d'Alkaitis, où Olivia décrivait une exposition artistique quelconque – déclara plus tard la réceptionniste aux enquêteurs –, ou du moins cela y ressemblait. Simone aimait bien conjurer l'ennui mortel en inventant des jeux pour elle-même : quand elle devait aller chercher du café, elle faisait parfois semblant de se livrer à une sorte de cérémonial compliqué, aux enjeux mystérieusement élevés, un rituel dans lequel la précision de ses mouvements avait une énorme importance. Elle s'adonnait à ce petit jeu avec le café d'Alkaitis et d'Olivia, déposant le plateau précisément au centre de la table, disposant les tasses en porcelaine précisément au centre des dessous de verre, etc., quand – cela ne s'était encore jamais produit – Alkaitis leva un doigt pour interrompre le monologue d'Olivia et s'adresser directement à la réceptionniste : « Simone – je suis affreusement désolé de vous interrompre, Olivia, c'est passionnant et je veux entendre la suite – Simone, pouvez-vous rester plus tard ce soir, pour donner un coup de main sur un projet ?

– Bien sûr », répondit Simone, qui regagna son bureau passablement dépitée, car elle savait bien, en tant que salariée, qu'elle n'avait pas droit aux heures supplémentaires, ce qui voulait dire que tout travail effectué en dehors des limites – de neuf heures du matin à cinq heures du soir – n'était pas payé. Olivia s'en alla quelques minutes plus tard, l'air offensé – elle avait l'habitude d'occuper Jonathan au moins une heure –, et la porte du bureau se referma derrière elle.

*

Seulement une demi-heure s'était écoulée depuis la fin de la réunion, mais à l'étage en dessous, au Seize, nous avions tous été occupés. Harvey alla chercher à la réserve un bloc-notes neuf, le rapporta à son bureau et entreprit de rédiger des aveux complets ; Joelle sortit faire le tour du bloc d'un pas vif, ce qui n'atténua en rien sa panique ; Enrico s'assit devant son ordinateur, acheta un aller simple pour Mexico, imprima sa carte d'embarquement, puis sortit pour la dernière fois sans regarder personne ; Ron regagna son bureau, où il passa quelque temps à visionner des vidéos de chats et à liker des posts sur Facebook, désemparé, en s'efforçant de dissiper une envahissante sensation d'effroi. Oskar passa quatre-vingt-dix minutes à étudier les prix de l'immobilier à Varsovie, puis sept minutes à rechercher quels pays avaient un traité d'extradition avec les États-Unis, puis encore vingt-trois minutes à examiner les prix de l'immobilier au Kazakhstan, où il avait deux cousins, avant de se déconnecter et de quitter le bureau, avec l'intention de passer quelques heures ailleurs – n'importe où – avant la fête. On était seulement au milieu de l'après-midi, mais il se dit que ça lui serait égal d'être viré.

Tout en marchant vers le métro, il réfléchit même à la façon dont il présenterait la chose : « Je me suis rendu compte qu'il y avait de l'escroquerie dans l'air », s'imaginait-il déclarer à un futur employeur admiratif, « et ce jour-là je suis parti. Jamais je n'aurais imaginé plaquer un emploi comme celui-là, mais parfois il faut savoir fixer des limites. » Même si la limite, pour Oskar, avait été franchie onze ans auparavant, la première fois qu'on lui avait demandé d'antidater une transaction. « Il est possible de savoir quelque chose et en même temps de ne pas le savoir », affirma-t-il par la suite, lors d'un contre-interrogatoire. Le ministère public le déchiqueta sur ce point précis mais Oskar, en l'occurrence, parlait pour plusieurs d'entre nous qui avaient beaucoup réfléchi à cette dualité : savoir et ne pas savoir, être honorable et ne pas être honorable, savoir que vous n'êtes pas quelqu'un de bien mais essayer quand même d'être quelqu'un de bien dans les limites de la corruption. Nous étions tous prêts à mourir pour la vérité dans nos vies secrètes, ou sinon exactement à mourir, du moins à passer deux ou trois coups de téléphone confidentiels et tâcher de feindre la surprise quand les autorités arriveraient ; mais dans la vie réelle, nous touchions un salaire exorbitant pour rester bouche cousue, et vous n'avez pas besoin d'être un individu totalement horrible pour fermer les yeux sur certaines choses – ou même participer activement à certaines autres choses – quand il ne s'agit pas uniquement de vous, parce que, parmi nous, qui est absolument seul au monde ? Il y a toujours d'autres personnes dans le tableau. Nos salaires et nos primes payaient un toit sur nos têtes, des papillotes en forme de poisson rouge, les études des enfants, les frais des maisons de retraite, les remboursements sur l'appartement de la mère d'Oskar à Varsovie, etc.

Et puis il y a la partie de l'équation qui n'a jamais pu être évoquée au procès mais qui semblait pourtant extrêmement pertinente : quand vous travaillez depuis un certain temps avec un groupe de gens donné, alerter les autorités signifie détruire la vie de vos amis. Nos avocats nous avaient demandé de ne pas aborder cet aspect-là à la barre, mais cette aversion à l'idée d'envoyer des collègues en prison était bel et bien réelle. Cela faisait très longtemps que nous travaillions ensemble.

Mais le jour de cette réunion fut aussi celui où il fut trop tard pour éviter l'arrestation, le piège se refermant rapidement sur nous tous. Seuls y échappèrent Enrico, uniquement parce qu'il était prêt à faire le choix évident et à fuir avant l'arrivée de la police, et Simone, qui était irréprochable et n'aurait rien dû savoir mais qui, à la tombée de la nuit, déchiquetait des documents dans une salle de conférences du dix-septième étage. Alkaitis était allé la trouver, cinq minutes après le départ d'Olivia, pour lui demander de sortir acheter des destructeurs de documents.

« Combien ?

– Trois.

– Je les commande sur-le-champ, dit-elle.

– Non, nous en avons besoin immédiatement. Pouvez-vous faire un saut au magasin de fournitures de bureau ?

– Je le ferais avec plaisir, mais je ne pense pas pouvoir transporter toute seule trois déchiqueteuses. Est-ce que quelqu'un pourrait venir avec moi ? »

Il hésita. « Je vais vous accompagner. Un peu d'air me fera du bien. »

C'était embarrassant, de prendre l'ascenseur et de sortir dans la rue avec son patron. Elle n'avait même pas la moitié de l'âge d'Alkaitis ; ils avaient des préoccupations différentes et vivaient dans deux New York fondamentalement différents ; ils n'avaient rien à se dire. Elle se demanda si elle devait essayer de faire la conversation mais, à l'instant où elle formulait une banale remarque sur le temps, il sortit son portable, scruta l'écran le front plissé et fit défiler ses contacts sans ralentir le pas. « Joelle, dit-il, apportez tous les dossiers de Xavier dans la petite salle de conférences du Dix-sept, voulez-vous ? Oui, la salle B. Faites-vous aider par Oskar et Ron. Oui, relevés bancaires, correspondance, mémos, la totale. Prenez tous les cartons de dossiers qui portent son nom. Merci. » Il rempocha l'appareil et, quelques minutes plus tard, ils étaient dans le magasin de fournitures, clignant des yeux sous la lumière crue des néons.

Simone trouva qu'Alkaitis n'avait pas l'air bien – quoique, pour être honnête, personne n'avait bonne mine sous cet éclairage. Une odeur de renfermé flottait dans l'air. Des employés fatigués marchaient lentement entre de hauts rayonnages métalliques. Alkaitis, l'air étrangement désemparé, regardait autour de lui comme s'il ne s'était encore jamais demandé d'où venaient les stylos sur son bureau, comme s'il n'avait pas imaginé qu'il puisse exister sur terre d'aussi vastes entrepôts de feuillets autocollants et de classeurs. Simone le conduisit au rayon des déchiqueteuses, où il fixa distraitement les articles.

« Celle-ci semble pas mal, dit enfin Simone en indiquant un modèle dans une fourchette de prix moyens.

– OK, dit Alkaitis. Oui.

– Trois de ce modèle ?

– Prenons-en quatre », dit-il, revenant brusquement sur terre. Ils portèrent les déchiqueteuses jusqu'au comptoir, où Alkaitis les paya en espèces, puis ils ressortirent sous la pluie. Alkaitis marchait rapidement, Simone peinant à rester à sa hauteur. Elle avait mis des talons plus hauts que d'habitude – de trois centimètres –, à cause de la fête de fin d'année, et elle commençait à le regretter. Dans l'ascenseur, ils restèrent côte à côte en silence.

« Merci de rester plus tard ce soir, dit-il quand ils arrivèrent au dix-septième étage. Vous pourrez partir plus tôt vendredi.

– D'accord, merci. »

Elle le suivit dans la salle de conférences, où quelqu'un – vraisemblablement Joelle – avait déposé une pile de cartons remplis de dossiers, tous étiquetés XAVIER. Alkaitis accrocha son pardessus humide derrière la porte, laissa Simone avec l'un des destructeurs de documents, puis revint quelques minutes plus tard avec une boîte de sacs-poubelles recyclables. De son côté, Simone avait déjà branché l'appareil et commençait à ouvrir les cartons. « Voilà des sacs pour mettre les lambeaux de papier, dit-il. Vous n'aurez qu'à les laisser ici quand vous aurez terminé, les agents d'entretien les ramasseront. Merci encore de rester. » Sur ce, il partit.

Quelques minutes plus tard, Claire Alkaitis apparut sur le seuil. Simone ne lui avait encore jamais adressé la parole – elle n'était en poste que depuis trois semaines – et avait appris seulement la veille, en allant enfin aux renseignements, qui était cette jeune femme qui entrait dans le bureau d'Alkaitis sans avoir de rendez-vous et sans accorder un regard à la réceptionniste.

« Bonsoir, Simone », dit Claire. Simone fut surprise qu'elle connaisse son prénom. « On m'a dit que je pourrais trouver mon père ici… ?

– Il était là tout à l'heure. Son manteau est encore accroché à la porte, donc je suppose qu'il va revenir. » Sourcils froncés, Claire observait la déchiqueteuse et les cartons étiquetés XAVIER.

« Puis-je vous demander ce que vous faites ?

– Un projet pour M. Alkaitis. Il veut faire de la place dans les armoires de classement.

– Bon Dieu », marmonna Claire à mi-voix, et Simone crut sur le moment que c'était une insulte, mais apparemment le problème de Claire, quel qu'il fût, n'avait rien à voir avec Simone, car elle tourna les talons et sortit sans ajouter un mot. Le Dix-sept était tapissé d'une moquette qui étouffait les pas, mais Simone eut l'impression que Claire marchait très vite. Elle regarda la feuille de papier qu'elle avait à la main. Un mémo d'Alkaitis à Joelle : *« Re : compte de L. Xavier : il me faut un gain en capital à long terme de 561.000$ sur un investissement de 241.000$ pour un produit de la vente de 802.000$ »*. Simone l'examina un moment, le plia et le glissa dans sa poche.

*

Claire trouva son père dans son bureau, immobile dans son fauteuil, la tête dans les mains. Harvey était sur le divan, mains jointes, regardant le plancher avec un étrange petit sourire. Harvey se sentait presque euphorique à ce stade, déclara-t-il par la suite. La journée avait été mémorable. Il savait que les investisseurs se retiraient. Il savait que les demandes de retraits excédaient le solde des comptes. De toute évidence, la fin était proche. Il ne cessait de pleurer, et pourtant il éprouvait par moments une joie quasi hystérique. Sa confession en cours de rédaction était planquée sous un dossier, dans le tiroir supérieur gauche de son bureau, et pour la première fois depuis des décennies, il se sentait libre. Il avait la sensation – il s'excusa auprès du tribunal de recourir à un tel cliché, mais peut-être pouvons-nous admettre, mesdames et messieurs les jurés, que certains clichés existent pour une bonne raison – la sensation, donc, d'être soulagé d'un grand poids.

Les deux hommes levèrent la tête à l'entrée de Claire.

« Jonathan, dit-elle, pourquoi ta réceptionniste est-elle occupée à détruire des documents dans la salle de conférences ?

– Juste pour faire de la place dans les classeurs », répondit Alkaitis.

Harvey émit un curieux bruit de gorge, comme un rire étranglé.

« OK, dit Claire, se cramponnant à la normalité comme à une bouée de sauvetage. Quoi qu'il en soit, je voulais te parler de ces transferts qui ont été effectués hier. Les prêts de la société de courtage à la gestion d'actifs. »

Il garda le silence.

« Quatre prêts, enchaîna-t-elle pour stimuler sa mémoire, mais le silence persista. Écoute, reprit-elle, soyons clairs : je *n'insinue* rien, là. Il se trouve simplement que ces prêts étaient les huitième, neuvième, dixième et onzième ce trimestre, sans remboursements, et c'est le genre de chose qui… écoute, comprends-moi bien, je n'insinue pas qu'il s'agisse d'autre chose que d'une *apparente* irrégularité.

– Ces transferts relèvent de la routine, Claire. Nous développons l'opération de Londres.

– Et pourquoi ferais-tu ça ?

– Je ne suis pas sûr de comprendre la question.

– Le marché se contracte, dit-elle. Je t'ai entendu parler avec Enrico la semaine dernière, tu disais que tu perdais des investisseurs, pas que tu en gagnais.

– Tu as l'air fatiguée, Claire.

– Parce que je n'ai pas dormi la nuit dernière, en pensant à tout ça.

– Claire, ma chérie, je sais ce que je fais.

– Oui, je sais, je dis juste que l'optique de la chose, le timing…

– C'est ça, dit-il. L'optique. » Il battit des paupières.

« Papa. » Elle ne l'avait pas appelé ainsi depuis plus de dix ans.

« Je ne peux pas continuer à faire marcher le système, dit-il calmement. Je pensais parvenir à couvrir les pertes.

– Comment ça, *couvrir les pertes* ?

2

Pourquoi Simone détruisait-elle des documents ? Pourquoi Alkaitis laissait-il sa réceptionniste seule dans une salle de conférences avec plusieurs cartons remplis de preuves accablantes ? Dans sa déposition, Alkaitis prétendit ne pas saisir la question. Harvey, dans sa propre déposition, avança une explication : Alkaitis, qui avait dans la plupart des domaines une impressionnante capacité d'aveuglement, avait fini par se rendre compte qu'il était trop tard pour éviter l'arrestation, mais il espérait peut-être protéger Lenny Xavier, son investisseur le plus important, qui avait compris depuis le début qu'il s'agissait d'une chaîne de Ponzi et avait occasionnellement injecté du cash. Peut-être Simone déchiquetait-elle des documents précisément *parce* qu'elle était une simple réceptionniste ; Alkaitis pensait qu'elle ne comprendrait rien à ce qu'elle voyait. C'était un homme intelligent, mais il souffrait de cette tendance propre à certains hauts dirigeants de considérer les réceptionnistes comme des meubles de bureau, pas tout à fait au même niveau que les classeurs de rangement mais pas loin. Peut-être, parce que Simone était non seulement nouvelle à son poste mais aussi nouvelle dans la vie – seulement vingt-trois ans, après tout, malgré son air raffiné de jeune-fille-de-Midtown –, Alkaitis misait-il sur sa naïveté, pensant qu'elle n'était pas nécessairement du genre à savoir que, lorsqu'on vous demande de rester tard pour aider votre patron à « faire de la place dans les armoires à dossiers », cela indique une probable opération camouflage. Ou alors, peut-être que la destruction des documents était une sorte de geste symbolique et que nous avions déjà atteint le stade où, en définitive, peu importait qui voyait quoi.

Après un laps de temps incalculable, Alkaitis revint dans la salle de conférences B. Son attitude avait considérablement changé depuis la dernière fois que Simone l'avait vu. Étaient-ce des larmes qui brillaient dans ses yeux ? Il avait l'air d'un homme au bord du précipice.

« Simone, je voudrais que vous appeliez ma femme, s'il vous plaît. Dites-lui qu'il s'agit d'une question urgente et que j'aimerais qu'elle me retrouve ici dès que possible.

– D'accord, tout de suite. » Le temps qu'elle arrive à son bureau, il avait déjà regagné le sien et refermé la porte. Elle appela Vincent, lui transmit le message et retourna à la déchiqueteuse dans la salle de conférences B.

Simone fut surprise de voir Harvey arriver avec des pizzas. Il était environ 19 h 30. Elle sentit l'odeur de pizza avant qu'il n'entre dans la pièce.

« Regardez-moi ça ! lança-t-il avec entrain. Encore au travail !

– Je vous croyais parti.

– J'étais coincé dans une interminable réunion. Ensuite, je suis sorti faire une petite balade et je suis revenu avec des pizzas.

– Pour me surveiller ?

– Pour prendre le relais. Vous êtes ici depuis des heures et vous ne serez pas dédommagée, ce qui est évidemment injuste. Plus important, la fête de fin d'année commence dans une demi-heure. » Il posa les boîtes sur la table. « Vous avez faim ? Je suppose qu'il y aura de quoi manger à la fête, mais des hors-d'œuvre servis sur un plateau ne sauraient remplacer un dîner. »

De fait, Simone avait faim. Elle travaillait depuis près de onze heures et était éreintée, ses yeux la brûlaient à cause de l'air trop sec. Deux canapés étaient disposés en L dans un coin, séparés par une petite table sur laquelle trônait une lampe. À un moment donné, elle avait éteint les néons et allumé la lampe, qui diffusait une lumière beaucoup plus douce et la faisait se sentir un peu mieux. Si un jour elle avait un certain contrôle sur sa vie professionnelle, avait-elle décidé, elle ne travaillerait pas sous un éclairage au néon. Peut-être trouverait-elle un moyen de travailler à l'extérieur ? Elle ne voyait pas comment – elle avait une expérience de bureau –, mais l'idée était séduisante.

« Prenez-en autant que vous voulez, dit Harvey, et ensuite filez vite à la fête. Je resterai ici pour terminer.

– Vous n'y allez donc pas ?

– J'aime bien arriver tard.

– Pourquoi détruisons-nous tous ces dossiers ? » Elle en était à la moitié de sa première part de pizza. Garniture ananas et jambon, l'ananas trop sucré.

« C'est une question parfaitement sensée », dit Harvey. Elle l'observa, mais il n'avait apparemment rien à ajouter. Il s'essuya les doigts sur une serviette, réfléchit un instant, puis reprit une part.

« Allez-vous y répondre ?

– Non, dit-il. N'y voyez rien de personnel.

– OK.

– Je vais proposer de la pizza aux autres », dit-il en quittant la pièce avec deux des boîtes de pizza. Simone termina sa part et s'en alla à son tour, récupéra son manteau et son sac à main à la réception et sortit dans la rue. C'était étrange : après une journée aussi longue et fastidieuse, elle avait attendu cet instant avec impatience, mais maintenant qu'elle était libérée, elle n'avait qu'une envie – y retourner. Elle avait la conviction qu'il allait se passer quelque chose. Elle était de plus en plus curieuse de connaître la nature de la bombe à retardement, et elle tenait à être présente quand celle-ci exploserait.

3

La porte du bureau d'Alkaitis était toujours fermée lorsque tous les occupants du Dix-sept quittèrent les locaux pour se rendre à la fête. Pour notre part, au Seize, chacun traîna et procrastina, sauf Enrico, qui attendait de prendre un vol d'Aeromexico à JFK, et Oskar, qui était présentement dans un bar proche, à étudier sur son portable les propositions immobilières à Astana. Harvey, dans la salle de conférences B, parcourait les dossiers Xavier. Ron, dans les toilettes pour hommes, essayait de faire partir une tache de soupe sur sa cravate. Joelle surfait sur Facebook. Mais nous fûmes bientôt tous réunis dans un restaurant, à quelques blocs de là, massés près de l'appareil à fondue au chocolat. Si ça n'avait tenu qu'à nous, le personnel de la gestion d'actifs, nous n'aurions pas eu de fête de fin d'année, du moins c'est ce que chacun de nous se dit par la suite – nous n'étions pas *complètement* dépravés –, mais il n'y avait pas que nous, nous n'étions que la branche corrompue d'une entreprise par ailleurs parfaitement honnête, et la fête de fin d'année était une grosse affaire, qui concernait à la fois le groupe de la gestion d'actifs et la société de courtage, les cent et quelques personnes qui travaillaient au Dix-sept et ne savaient pas très bien qui nous étions.

Plus tard, chacun de nous garda de la fête un souvenir différent, soit à cause de l'alcool qui coulait à flots, soit parce que les souvenirs sont toujours faussés, avec le recul, afin de cadrer avec les récits individuels. Quand Alkaitis et sa femme arrivèrent, nous cancanions et buvions, tous conscients – sauf Ron – de notre fin imminente, essayant de nous distraire en faisant des commentaires anodins sur les petits fours qui circulaient sur des petits plateaux et en examinant subrepticement les conjoints de nos collègues, qui semblaient d'un exotisme éblouissant du fait que nous ne les voyions pas tous les jours. Sheila, la femme de Ron, avait de grands yeux effarouchés, comme une biche. Gareth, le mari de Joelle, était un homme léthargique, aux mouvements lents, vêtu d'un costume trop grand, au visage tellement quelconque qu'on pouvait presque ne pas le voir. (« Il ressemble à une espèce de trou noir, glissa Oskar à Harvey d'un ton presque admiratif. Il ferait un bon agent secret. ») Elaine, l'épouse de Harvey, était une jolie femme qui irradiait le ressentiment silencieux ; elle partit au bout de quarante minutes, prétextant qu'elle avait la migraine. Et puis Alkaitis arriva avec Vincent, qui, par son éclat, éclipsait toujours automatiquement toutes les autres épouses. Nous les regardâmes entrer ensemble, avec deux heures de retard : Alkaitis, la soixantaine, sa femme entre vingt-huit et trente-deux ans maxi, une femme-trophée pure et dure, absurdement superbe dans sa robe bleue. Il y avait des plaisanteries de mauvais goût à faire, mais personne ne les fit, même si Oskar ne passa pas loin : « À votre avis, où se situent ces deux-là sur l'échelle de mesure des écarts de génération ? » Il avait deux verres d'avance sur nous autres.

« La quoi ? s'enquit Gareth.

– C'est une formule personnelle d'Oskar, expliqua Joelle. Il pense qu'on peut raisonnablement qualifier de glauque une relation dans laquelle la différence d'âge entre les partenaires excède l'âge du plus jeune des deux. » Des cernes violacés soulignaient ses yeux.

« Donc, dit Oskar, si Alkaitis a soixante-trois ans, mettons, et elle vingt-sept…

– Oh, pas ça », intervint Harvey de son ton le plus désinvolte et dissuasif. Sa confession écrite en était à huit pages.

« En tout cas, elle a l'air sympathique, reprit Oskar, qui se sentait un peu coupable. J'ai bavardé un moment avec elle pendant le barbecue, l'été dernier.

– Elle m'a toujours paru un brin cassante », dit Joelle. Ce qui, dans son langage, signifiait "payée à l'heure", ce qui paraissait dingue, à moins que… ?

« Enrico n'est pas là », observa Oskar, dans l'espoir manifeste de changer de sujet. L'absence d'Enrico était l'un des rares points sur lesquels ils tomberaient tous d'accord par la suite. À ce moment-là, il était à bord d'un avion faisant route vers le sud.

Plus tard, Ron déclara aux enquêteurs que Jonathan Alkaitis semblait parfaitement normal : chaleureux, attentif, parlant facilement avec ses employés, chauffant la salle. Mais Oskar se rappelait avoir vu Alkaitis assis seul au bar pendant plusieurs minutes, l'air anéanti ; il évoqua « une expression comme hébétée », mais cette description ne lui rendait pas justice ; on aurait plutôt dit que la mort avait pénétré Alkaitis, que la mort était entrée en lui et regardait par ses yeux. Certains d'entre nous se souvenaient qu'Alkaitis avait quitté la fête tôt. « Je crois qu'ils sont restés seulement une heure, déclara Joelle au FBI lors de son premier interrogatoire. La soirée n'était pas joyeuse. » Elle-même était partie peu de temps après, tout comme Harvey, prétextant une urgence au bureau. Ils auraient volontiers enrôlé Oskar – ils avaient quatre déchiqueteuses à leur disposition, après tout – mais celui-ci demeura introuvable.

Oskar se tenait près de la porte quand Jonathan et Vincent Alkaitis s'en allèrent. Il vit Vincent tiquer lorsque son mari lui toucha le bas du dos, et ce geste avait quelque chose de tellement intime qu'il se refusa à en parler par la suite, même quand on le cuisina pour la deuxième ou troisième fois au sujet de cette lamentable soirée. Et il n'avoua à personne qu'il s'était éclipsé juste derrière eux, en partie par curiosité et en partie parce qu'il voulait désespérément s'échapper. Quand il émergea de l'ascenseur au rez-de-chaussée, Alkaitis et sa femme sortaient dans la rue. Une voiture noire attendait. Alkaitis ouvrit la portière pour sa femme, qui secoua la tête. Oskar les observa sans se faire repérer. Elle ne voulait pas monter dans la voiture. Il entendit Alkaitis lui dire, avec une lassitude infinie : « Au moins, appelle-moi quand tu seras arrivée, *s'il te plaît* », à quoi Vincent répondit seulement par un rire. Elle lui tourna le dos et se mit en marche vers le nord dans un vent froid. Alkaitis la suivit des yeux un moment avant de monter en voiture et de démarrer.

Oskar n'hésita qu'une seconde avant de se diriger à son tour vers le nord, à la suite de Vincent.

4

De retour dans la salle de conférences, Harvey transporta la déchiqueteuse, puis les dossiers Xavier, dans le bureau d'Alkaitis. Celui-ci n'en aurait plus besoin ; autant profiter de cette pièce, estimait Harvey, durant les quelques heures qui restaient avant la fin. Il adorait le bureau d'Alkaitis : placards en bois foncé, accessoires coûteux, épaisse moquette et petites lampes ouvragées. Ce soir, la pièce luisait comme une oasis, une flaque de lumière chaude dans le chaos ; dès 21 h 30, Joelle avait hissé une autre déchiqueteuse et quelques cartons de dossiers à l'étage supérieur pour se joindre à lui. Harvey prit le fauteuil, Joelle s'assit sur le divan, et ils détruisirent ensemble des pièces compromettantes. C'était presque agréable.

« Qu'est-ce que tu as raconté à ton mari ? » s'enquit Harvey au bout d'un moment. Pour sa part, il avait échangé avec sa femme une série de textos de plus en plus brefs.

« Pour expliquer mon retard, tu veux dire ? Une urgence au travail. » Joelle avait pleuré tout à l'heure, mais à présent elle semblait détachée, presque rêveuse. Harvey se demanda si elle avait pris un calmant.

« Excuse assez générale », dit Harvey. Il laminait les documents à un rythme régulier, mais il s'était installé de telle manière que Joelle ne pouvait pas voir qu'il sauvait une page sur trois ou quatre. Il avait décidé de préserver les documents les plus compromettants, car il avait été frappé un peu plus tôt par une pensée qui, pour être complètement irrationnelle, n'en était pas moins horrifique : que se passerait-il s'il avouait et que personne ne le croyait ? Si on le jugeait fou ?

« Comment ça ? dit Joelle.

– Je veux dire, c'est plutôt vague.

– Mais c'est là que les gens se font piéger avec leurs excuses. Ils deviennent nerveux et balancent une kyrielle de détails, et du coup on sait qu'ils mentent. » Joelle sauvait-elle des documents, elle aussi ? Harvey n'en savait rien. Elle s'interrompait par moments pour examiner l'une ou l'autre page, mais elle donnait l'impression de tout détruire, à moins qu'elle n'ait laissé certains dossiers cruciaux au Seize.

« De toute manière, reprit-elle, mon mari ne demande jamais de détails. » Harvey en conclut que le mari de Joelle avait probablement une liaison, mais il décida de ne pas partager cette intuition. Il remuait les papiers dans tous les sens, triant d'un coup d'œil les documents les plus dangereux qu'il faisait glisser dans le sac-poubelle ouvert, derrière le bureau, au lieu de les passer à la déchiqueteuse.

« Ma femme, elle, voudra des détails, dit-il après un silence. Quand je rentrerai, elle me lancera : “Quelle sorte d'urgence a bien pu te forcer à retourner au bureau après une fête de fin d'année ?” » Il s'interrompit, le temps de remédier à un bourrage papier. « Tu veux boire quelque chose ?

– Alkaitis a une réserve d'alcool dans ce bureau ?

– Mais oui », dit Harvey en se levant avec raideur. Ses genoux lui jouaient des tours. L'espace de travail d'Alkaitis comportait beaucoup de petits compartiments discrets, de sorte qu'il lui fallut un certain temps pour localiser le scotch. Il en servit un verre à Joelle et utilisa pour lui le mug à café d'Alkaitis. L'avantage du mug, c'était son opacité. Ainsi, Joelle ne pouvait pas voir que Harvey s'était versé une toute petite quantité afin de rester plus ou moins sobre pendant qu'il mettait de côté les preuves de leurs malversations.

5

À cet instant, Oskar, posté devant la fenêtre du pied-à-terre d'Alkaitis, dans une haute tour de Columbus Circle, buvait un verre de vin avec Vincent. Il avait attendu qu'Alkaitis fût parti pour la suivre. Vincent marchait lentement, les mains au fond des poches de son manteau, le regard fixé sur le trottoir.

« Excusez-moi », dit Oskar.

Elle le regarda.

« Oskar. » Elle parvint à sourire. « Qu'avez-vous fait de votre pardessus ? »

Il l'avait laissé à la fête. « Je l'ai égaré. Puis-je vous accompagner ?

– Oui. » Ils marchèrent un moment en silence. La pluie n'était plus qu'un crachin qui faisait luire le trottoir et déposait une brume scintillante sur le manteau de Vincent, sur ses cheveux, sur les bras croisés d'Oskar. Il cheminait à côté d'elle en s'efforçant de faire le vide dans son esprit. *Seul compte cet instant,* se dit-il. *Ne pense à rien d'autre, pas à la prison par exemple, contente-toi de remonter la rue avec cette belle femme. Peu importe qu'elle ne soit pas à toi.*

« Où allez-vous ? demanda-t-il enfin.

– À Columbus Circle. Nous avons… Jonathan a un pied-à-terre à côté du parc. Ça vous dirait de monter prendre un verre ?

– Avec plaisir. » Columbus Circle se trouvait encore à huit cents mètres, distance représentée par dix blocs de Manhattan, dix blocs de nuit, de bruine froide et de phares, de feux rouges et de devantures, de petits commerces aux volets baissés pour la nuit, de vapeur sortant d'une cheminée en plastique dans la rue, vapeur rendue lumineuse par les réverbères. À Columbus Circle, deux sombres tours de verre se dressaient au-dessus d'un centre commercial en forme de croissant, juste en face du parc enténébré. Vincent s'arrêta net à l'entrée du mail, scrutant le cœur du rond-point où circulaient les voitures, le cercle de bancs éclairés qui entourait la statue de Christophe Colomb.

« Tout va bien ? » Il avait envie de monter avant qu'elle ne se ravise.

« Est-ce que vous voyez une femme, assise là-bas ? »

Elle pointait l'index et, l'espace d'une seconde, il crut voir quelqu'un, un mouvement fugace, mais c'était un simple effet de lumière, une ombre qui passait entre les phares des voitures qui s'inséraient dans la circulation du rond-point ou en sortaient. Les bancs étaient déserts.

« J'ai cru un instant voir quelqu'un, répondit-il, mais je pense que c'était juste une sorte de reflet.

– J'ai tout le temps l'impression de voir ma mère, dit Vincent.

– Oh », fit Oskar, bien en peine de trouver une réponse appropriée. Sa mère vivait-elle à New York ? Avait-elle l'habitude de suivre à la trace Vincent aux quatre coins de la ville ? Le moment passa. Dans la lumière blanche du centre commercial, Vincent était impassible, mais elle lui fit l'effet d'une personne qui endurait une épreuve. Il ne voulait pas lui poser la question, mais elle devait être au courant, forcément, sinon pourquoi serait-elle restée si longtemps dans le bureau d'Alkaitis avant la fête, pourquoi aurait-elle refusé de monter dans la voiture, n'y pense pas, n'y pense pas. *Nous connaissons tous ici la nature de notre activité.* Ils prirent l'escalator jusqu'à l'entresol, un niveau plus élitiste où les boutiques étaient encore plus luxueuses. Vincent fixait un point indéterminé à mi-distance.

« Par ici », dit-elle, et Oskar crut comprendre l'attrait que pouvait exercer cet endroit : si vous étiez une personne immensément riche et éprise d'intimité, et si vous veniez ici durant les heures normales d'ouverture, il était possible de vous mêler directement à la foule jusqu'au moment où vous vous faufiliez par la porte discrète qui menait au hall supérieur, éclairé avec goût et tapissé d'une moquette qui étouffait les bruits, avec deux portiers et un concierge, lequel adressa un signe de tête à Oskar et souhaita une bonne soirée à Vincent.

« Bonsoir », dit-elle. Avait-elle une pointe d'accent ? Il ne l'avait encore jamais remarqué. À l'entendre, elle ne semblait pas new-yorkaise. Dans l'ascenseur, Oskar l'observa à la dérobée – le silence devenait une présence, comme une tierce personne qui, jouant des coudes, se serait glissée entre eux et occupait tout l'espace – et il vit qu'elle avait le regard rivé sur la caméra installée au-dessus des boutons.

« Est-ce toujours aussi feutré ? » s'enquit Oskar lorsqu'ils sortirent de l'ascenseur au trente-sixième étage. Ils se trouvaient dans un couloir silencieux, aux épaisses portes grises et à l'éclairage tamisé.

« Toujours. » Elle s'était arrêtée devant l'une des portes et fouillait dans son portefeuille. Elle en sortit une carte magnétique et la porte se déverrouilla avec un léger bip. « La plus grande partie de ce building est vide. Les gens achètent ces appartements en guise de placement et n'y viennent qu'une ou deux fois par an, et encore.

– Pourquoi avez-vous acheté ici, votre mari et vous ? »

Elle le précéda dans un appartement agressivement moderne, tout en lignes pures et en angles aigus, avec une cuisine étincelante dans laquelle, soupçonna-t-il, personne n'avait jamais dû préparer quoi que ce soit. Une baie vitrée donnait sur Central Park.

« Jonathan n'est pas mon mari. » Elle ôta ses chaussures et entra dans la cuisine en collants. « Mais pour répondre à votre question en toute honnêteté, j'ignore absolument pourquoi il a acheté cet appartement.

– Parce qu'il en avait les moyens », avança Oskar. Il cherchait à comprendre, au vu de l'alliance au doigt de Vincent, ce qu'elle avait dit juste avant. Voyant qu'il regardait l'anneau, elle le fit coulisser et, calmement, le laissa choir dans la poubelle.

« Sans doute. Oui, c'était probablement la raison, dit-elle d'une voix monocorde. Nous n'avons à boire que du vin. Rouge ou blanc ?

– Rouge, merci. » Debout à la fenêtre, il lui tournait le dos quand elle apparut à son côté avec deux verres, mais il avait observé son reflet dans la vitre.

« À votre santé, dit-elle. Buvons à la fin de cette journée, que nous en voyions le bout.

– Votre journée a-t-elle été aussi mauvaise que la mienne ?

– Sans doute pire.

– Ça, j'en doute. »

Elle sourit. « Aujourd'hui, Jonathan m'a annoncé qu'il était un criminel. Et vous, votre journée ?

– Elle a été… elle a été, euh… » Elle avait été quoi ? *Nous connaissons tous ici la nature de notre activité.* Aujourd'hui, j'ai compris que j'allais être envoyé en prison, voulut-il lui répondre, mais évidemment rien ne prouvait qu'elle ne collaborait pas avec le FBI. Peut-être Oskar pourrait-il aller travailler pour le FBI, ne serait-ce que pour cesser de se demander si tout le monde, autour de lui, travaillait pour le FBI – épuisante paranoïa –, mais bien sûr cela impliquerait d'avouer et d'accepter son châtiment, or on ne pouvait pas savoir, si jamais il lui restait encore une chance, s'il pouvait d'une manière ou d'une autre passer entre les mailles du filet, peut-être les enquêteurs fondraient-ils sur Alkaitis et sur ses meilleurs gars, Enrico et Harvey, et nous laisseraient… « Vous savez quoi ? dit-il. Si on parlait d'autre chose que de cette journée ? »

Elle sourit. « Ce n'est pas la pire idée que j'aie entendue ce soir. Ce vin n'est pas excellent, hein ?

– Je croyais que c'était juste moi. Je ne m'y connais pas trop en vins.

– Je m'y connais trop en vins, mais je ne peux pas dire que j'aie jamais trouvé le sujet passionnant. » Elle posa son verre sur la table basse. « Bon. Nous y voilà.

– Nous y voilà. » Il éprouva un brin de vertige. Elle se tenait tout près, et son parfum lui montait à la tête.

6

« En théorie, dit Harvey après une longue période de destruction de preuves sans prononcer un mot, on devrait bien pouvoir fuir le pays en emmenant ses gosses ?

– Les déraciner de leur environnement familier, embarquer ton épouse dans l'aventure pour ne pas être accusé de kidnapping, et tout ça pour les traîner où, exactement ? » Joelle interrompit son déchiquetage, le temps de boire une gorgée de scotch.

« Dans un endroit sympa, dit Harvey. Si tu dois quitter le pays, autant aller dans un paradis tropical, non ?

– Je ne sais pas. Quelle enfance ce serait pour eux ?

– Intéressante. "Où as-tu grandi ?" "Oh, j'étais en cavale avec mes parents dans un paradis tropical." Il y a bien pire comme enfance.

– On pourrait peut-être arrêter de parler d'enfants, dit Joelle.

– Écoute, dit Harvey afin de lui épargner la vision de parloirs de prison, je pense qu'il y a de très bonnes chances pour qu'on s'en tire avec une mise en liberté surveillée. Au pire, peut-être un bracelet électronique, quelques mois en maison d'arrêt. »

*

« Ça ressemble beaucoup à une expérience extracorporelle, tu ne trouves pas ? dit Joelle un peu plus tard.

– Je n'ai jamais eu d'expérience extracorporelle. » Harvey comprit néanmoins ce qu'elle entendait par là. Le moment ne semblait pas tout à fait réel.

« Moi si, reprit Joelle. Je déchiquetais des papiers depuis des heures, j'étais de plus en plus ivre… et tout à coup j'ai compris que j'étais littéralement morte d'ennui et que je planais au-dessus de la scène, regardant mes cheveux d'en haut… »

*

Vers 23 h 30, Joelle fourra une ultime page dans sa déchiqueteuse, s'épousseta les mains d'un geste théâtral et se leva avec précaution. « Je descends dans mon bureau deux minutes. » Elle tourna les talons et marcha lentement en direction des ascenseurs. Harvey la découvrit au Seize, pelotonnée sous son bureau. Elle ronflait doucement. Il la couvrit de son manteau et regagna le bureau d'Alkaitis. Harvey n'était pas ivre du tout, mais après ces dernières heures, plusieurs zones de son cerveau semblaient à l'arrêt, et il avait de plus en plus de mal à faire le tri entre les documents à garder et ceux à détruire. Les mots inscrits sur les pages avaient de moins en moins de sens, les lettres et les chiffres viraient au gribouillis devant ses yeux.

*

À minuit dans la ville hivernale, Harvey était seul dans son bureau avec dix cartons de dossiers contenant des pièces compromettantes. Il les avait numérotés. Plus tard, il en ferait l'inventaire pour savoir exactement ce qu'il avait, et peut-être ajouterait-il à sa confession des notes en bas de page : *Voir mémo au personnel dans la boîte n° 1, Correspondance relative au sujet dans la boîte n° 2,* etc. Quoique… combien de temps cela lui prendrait-il, cette indexation croisée ? Sans doute trop. Sans doute plus qu'il n'en avait. Il était fatigué mais se sentait tout léger. Peut-être pourrait-il demander à Simone de l'aider, songea-t-il en quittant l'immeuble. Non, Simone était une mauvaise idée, dans la mesure où elle était trop nouvelle dans la société pour lui être d'une loyauté indéfectible. Il ne pouvait pas avoir la certitude qu'elle n'appellerait pas la police avant que l'indexation soit terminée. Il héla un taxi et regarda défiler les rues, les lumières et les promeneurs tardifs qui sortaient leur chien, les hautes parois des tours, les livreurs à bicyclette transportant des plats chauds qui se balançaient dans des sacs accrochés au guidon, les jeunes gens en groupe ou par couples qui se tenaient par la main. Il éprouvait un tel amour pour cette ville, ce soir, pour sa grandeur et son indifférence. Il se réveilla en sursaut, le chauffeur le scrutant à travers la vitre de séparation. « Réveillez-vous, mon vieux, réveillez-vous, vous êtes arrivé. »

*

À deux heures du matin :

Harvey arpentait les pièces de sa maison, essayant d'en mémoriser le moindre détail. Il adorait son chez-soi et voulait être en mesure d'y revenir quand il serait en prison, d'aller d'une pièce à l'autre par la pensée.

Simone buvait du vin à Brooklyn avec ses colocataires. Elles étaient trois à partager un appartement de deux chambres, elles n'avaient donc pas de vrai salon et se retrouvaient autour de la table de la cuisine quand elles avaient envie de se voir. Elles n'étaient pas encore couchées parce que la plus jeune, Linette, était rentrée en larmes après s'être fait peloter par un cuisinier du restaurant où elle assurait le service ; la conversation avait ensuite dérivé sur les jobs des autres filles et Simone avait exploité au maximum l'ombre mystérieuse qui planait sur la société d'Alkaitis. « Ça paraît sacrément louche, disait Linette. C'est exactement ce que tu as entendu, tu en es sûre ? » « “Nous connaissons tous ici la nature de notre activité”, répéta Simone en servant du vin aux deux autres. Mais il n'y avait pas que cette phrase, il y avait aussi *l'atmosphère*, comme s'ils étaient tous effondrés par quelque chose qui s'était passé juste avant que j'entre… »

Dans le Gradia Building, Joelle dormait sous son bureau.

Oskar dormait, lui aussi, mais tout nu et allongé à côté de Vincent.

Enrico était à bord d'un avion en route vers le sud. Il regardait un film qu'il ne voyait ni n'entendait. Il avait tenté d'imaginer la vie vers laquelle il s'envolait, mais il n'arrêtait pas de penser à Lucia, sa petite amie abandonnée à New York. Il regrettait de ne pas avoir compris avant de partir qu'il l'aimait.

Jonathan Alkaitis, assis à son bureau, chez lui, écrivait une lettre à sa fille. *Chère Claire,* commençait la lettre, mais il ne savait pas comment poursuivre et cela faisait un moment qu'il regardait dans le vide.

7

À trois heures du matin, Oskar se réveilla dans le pied-à-terre d'Alkaitis. Il avait terriblement besoin d'un verre d'eau. Vincent dormait à côté de lui, respirant paisiblement, et ses cheveux formaient une flaque d'encre dans la pénombre de la chambre.

Il ne savait pas trop que faire. La pensée de filer à l'anglaise dans l'obscurité le faisait se sentir minable, mais d'un autre côté, que lui réserverait la matinée s'il restait ? Il avait lu quelque part que le FBI aimait bien arrêter les gens très tôt, à quatre ou cinq heures du matin, selon le principe que les suspects sont le plus vulnérables quand ils sont encore endormis et débraillés. Il avait toutes les raisons de croire que l'Arrangement s'effondrait, auquel cas il risquait d'être appréhendé dans les heures à venir, et ce serait sûrement moins embarrassant pour tout le monde si cela ne se produisait pas dans l'appartement d'Alkaitis. Il se leva et s'habilla le plus silencieusement possible.

En entrant dans le salon, Oskar fut momentanément aveuglé. Dans leur hâte de gagner la chambre à coucher, Vincent et lui avaient laissé allumé partout, si bien que l'appartement était trop éclatant – un cauchemar de rampes de spots et de surfaces réfléchissantes. Il mit les mains en auvent sur ses yeux, le temps d'ajuster sa vue, et quand il regarda enfin la pièce, la première chose qu'il vit fut le tableau. Il ne l'avait pas remarqué avant malgré ses dimensions, environ un mètre cinquante sur un mètre quatre-vingts. C'était le portrait d'un jeune homme, accroché sur le mur près de la cuisine et agrémenté d'un éclairage spécial. L'homme, vêtu seulement d'un jean et de rangers, était assis sur une chaise rouge. Il avait l'air trop pâle et trop maigre. Ce portrait avait quelque chose de dérangeant, mais Oskar mit un moment à remarquer les légers bleus sur son bras gauche, les ombres qui soulignaient ses veines. Oskar s'approcha pour voir s'il pouvait déchiffrer la signature, dans le coin inférieur droit de la toile, et s'aperçut qu'il le pouvait : *Olivia Collins.*

Il reconnut le nom. Harvey lui avait dit d'accorder à Olivia un taux de rendement supérieur à la normale, parce que Alkaitis l'aimait bien, et c'était là une chose à laquelle il avait soigneusement évité de penser jusqu'à cet instant. Certains des investisseurs étaient des institutions. D'autres étaient des fonds souverains. Il y avait des associations charitables et des fonds de retraite, des syndicats et des écoles. Il y avait des clients au niveau de vie si élevé qu'Oskar pouvait à peine imaginer leur fortune, même après toutes ces années à New York, même en se trouvant dans un appartement en plein ciel situé dans l'un des quartiers les plus chers au monde. Mais il y avait aussi des gens comme Olivia Collins, des gens qui avaient touché un petit pécule ou qui avaient réussi à mettre de l'argent de côté leur vie durant. Normal que Jonathan Alkaitis ait un tableau d'elle dans son pied-à-terre. Olivia Collins était pour lui une vieille amie, croyait savoir Oskar. Et elle n'était pas sur le point de tout perdre : elle avait déjà tout perdu et ne le savait pas encore. Oskar s'enfuit de l'appartement, les larmes aux yeux.

8

À quatre heures du matin, Joelle se réveilla sous son bureau. La pièce était plongée dans l'obscurité. *J'ai été abandonnée,* pensa-t-elle, et elle sut qu'elle était ivre parce que cette pensée l'envahit d'un pur chagrin. Elle s'aperçut alors que quelqu'un l'avait recouverte de son manteau, et ce geste l'émut à tel point qu'elle dut refouler ses larmes. Il faisait bon sous le bureau, sous son manteau, alors elle ferma les yeux et se rendormit.

9

À quatre heures et demie du matin, Alkaitis fut réveillé en sursaut par la sonnerie de la porte d'entrée.

10

Oskar était maintenant chez lui, couché dans son lit, les yeux fixés sur un motif compliqué d'ombres et de lumière projeté sur le mur de sa chambre par une fenêtre en briques de verre. Il pensait au début de l'histoire, à une conversation avec Harvey qu'il pouvait se repasser mentalement à la manière d'un film. Pas le *tout* début, c'est-à-dire l'entretien d'embauche où il avait tenté d'expliquer à Alkaitis pourquoi celui-ci devait l'engager, alors même qu'Oskar venait de laisser tomber l'université et n'avait pas de notes particulièrement bonnes ni un CV très étoffé. *L'autre* début, le moment où il avait compris la nature de son job. Plus d'une décennie s'était écoulée depuis que Harvey était entré dans son bureau pour lui demander d'antidater une transaction.

« L'antidater, répéta Oskar. Autrement dit, falsifier un relevé de compte ?

– Il s'agit de notre plus gros investisseur, dit Harvey, comme si cela justifiait sa requête.

– Je sais », dit Oskar d'un ton montrant clairement qu'il trouvait l'explication un peu courte. Lenny Xavier, l'investisseur en question, avait trois milliards de dollars sur ses comptes chez Alkaitis.

« Et il a exigé de ne pas subir de pertes sur ses comptes à l'avenir. » Harvey parlait d'une voix très calme, mais il avait dû transpirer. « Vous êtes un type intelligent, Oskar. Vous avez vu des choses, depuis le temps.

– Je… » Oui, il avait vu des choses. Il y en avait certaines qui ne tenaient pas debout et d'autres sur lesquelles il fermait les yeux, parce qu'il était ridiculement surpayé et qu'il avait un bureau à lui.

« J'allais oublier, dit Harvey. Voici votre prime de Noël. »

Aurait-on pu le soudoyer de manière encore moins discrète ? Oskar fut embarrassé pour eux deux. Harvey posa sur le bureau une enveloppe contenant un chèque qui arracha à Oskar un hoquet involontaire.

« Vous avez atteint un niveau de confiance plus élevé, dit Harvey, ce qui entraîne que les gratifications augmentent en proportion. Regardez les relevés de compte de Xavier pour le mois dernier, lisez attentivement la correspondance, puis antidatez la transaction et allez vous payer un bateau ou autre chose.

– Un bateau, murmura Oskar d'un air absent, le regard toujours rivé sur le chèque.

– Ou des vacances. À voir votre mine, un peu de soleil vous ferait du bien. » Harvey se leva, non sans effort. Déjà à l'époque, si longtemps avant la fin, il dégageait une certaine lourdeur. Oskar le regarda quitter la pièce et tourna son attention vers le dossier de Lenny Xavier.

Les relevés de compte : 2,92 milliards de dollars.

La correspondance : une lettre de Xavier à Alkaitis demandant un retrait de 200 millions de dollars. Une lettre d'Alkaitis confirmant un retrait de 126 millions. Une seconde lettre de Xavier accusant réception de la somme.

Une confirmation, en quelque sorte, d'une chose qui intriguait Oskar depuis un moment. Il n'y avait que deux explications : soit Xavier et Alkaitis avaient eu une conversation privée, s'étaient entendus sur le fait que Xavier avait changé d'avis et ne voulait en définitive que 126 millions, à la suite de quoi l'opération revue à la baisse avait été effectuée. Soit Alkaitis avait court-circuité son client, *parce qu'il n'y avait pas suffisamment d'argent sur les comptes pour verser à Xavier la totalité des 200 millions* ; et Xavier, en échange de son silence compréhensif, avait obtenu que dorénavant ses comptes n'affichent pas de pertes – d'où la transaction antidatée, bon Dieu de bon Dieu de bon Dieu.

Dans une version fantôme de sa vie, une version de lui-même à laquelle il pensait de plus en plus ces derniers temps, Oskar fermait la porte de son bureau et appelait le FBI.

Mais dans la vraie vie, il n'appela personne. Il quitta le bureau dans un état d'hébétude. Le temps d'arriver au coin de la rue, il comprit néanmoins qu'il ne pouvait pas faire semblant d'être choqué, et il sut qu'il allait déposer le chèque, parce qu'il était déjà complice, il était déjà dans le coup – et ce depuis quelque temps. « Tu étais au courant, s'entendit-il murmurer à haute voix. Il n'y a aucune surprise, là. Tu sais ce que tu es. »

XI

HIVER

1

Le lendemain de la dernière fête de fin d'année, le temps s'écoula d'inégale façon dans le Gradia Building.

Pour Oskar, les heures se télescopèrent à une telle vitesse qu'il se sentit perpétuellement en mouvement, pris de vertige à son bureau. Rester ou s'enfuir ? Peut-être aurait-il encore le temps de quitter le pays, mais chaque heure qui passait cimentait sa position. Le café ne faisait pas autant d'effet qu'il l'avait espéré et, plus tard, la journée lui revint en flashes déconnectés. En début d'après-midi, il passa par le bureau de Harvey et le vit griffonner sur un grand bloc-notes. Il aperçut un pavé d'écriture compact, sans espace entre les lignes.

« Qu'est-ce que tu écris là ?

– Oh », fit Harvey en jetant un coup d'œil sur le bloc comme s'il le remarquait seulement maintenant. *Ce vieux machin ?* « Pas grand-chose. » Il se remit à écrire et Oskar poursuivit son chemin jusqu'à la photocopieuse, mais il trouva Joelle près de la machine, comme statufiée, le regard dans le vide. Sans bruit, Oskar tourna les talons et monta utiliser la photocopieuse du dix-septième étage. Le Dix-sept était affairé, comme toujours. C'était un monde plus lumineux là-haut. Ils s'en sortiraient très bien, pas vrai, ceux de là-haut ? Si la société de courtage était légale – et il avait toujours eu le sentiment que c'était le cas –, ils n'avaient aucune raison de s'en faire. Si Oskar avait été un homme meilleur, il se serait réjoui pour eux au lieu de leur en vouloir. Quand il pensait à l'ampleur de l'Arrangement, il en avait le souffle coupé. Il avait toujours adoré, en secret, les manigances du Seize, le sentiment d'appartenir à un cercle d'initiés, d'opérer en dehors des limites de la société, peut-être même en dehors des limites de la réalité proprement dite – y avait-il une différence, au fond, dans l'ordre universel des choses, entre une transaction qui a réellement eu lieu et une transaction qui *paraissait* avoir eu lieu sur les extraits de compte impeccablement formatés par Oskar ? –, mais ici, à ce niveau plus élevé, il y avait des gens qui travaillaient dans la plus totale innocence, des gens pour qui la pire transgression consistait à payer un dîner entre amis avec l'Amex de l'entreprise. Il aurait tant aimé faire partie de ce groupe-là.

Quand il passa devant le bureau d'Alkaitis, la porte était ouverte, mais Alkaitis ne s'y trouvait pas. Deux hommes en costume foncé examinaient quelque chose sur le sous-main, leurs pardessus négligemment jetés sur le dossier d'un des sièges réservés aux visiteurs. L'un des hommes parlait dans son portable, à voix trop basse pour qu'Oskar puisse saisir ce qu'il disait. Assise à son bureau, face à la porte, Simone les observait.

« Qui sont ces types ? » s'enquit Oskar.

Elle lui fit signe d'approcher. « Alkaitis a été arrêté ce matin », murmura-t-elle. Il sentit dans son haleine la fraîcheur d'un chewing-gum à la menthe.

Il agrippa les bords du bureau. « Pour quel motif ? se força-t-il à demander.

– Ils ont parlé de fraude boursière. Il m'a fait détruire des documents, vous le saviez ?

– Quel genre de… ? » Oskar avait du mal à respirer, mais elle ne sembla pas le remarquer.

« Des relevés de compte. Des mémos. Des lettres. Je comprends mieux pourquoi, maintenant que les flics sont là. Un instant… » Son téléphone sonnait. « Secrétariat de Jonathan Alkaitis. » Elle écouta, sourcils froncés. « Non, bien sûr que non, je n'en avais aucune idée. » Elle émit un hoquet et écarta le combiné de son visage. Un nouvel appel arriva, puis un autre, les voyants s'allumant à tour de rôle. « Il m'a traitée de salope et il a raccroché ! » dit-elle à Oskar en prenant le nouvel appel. Cela libéra la première ligne téléphonique, qui se remit aussitôt à sonner. « Secrétariat de Jonathan Alkaitis », dit-elle, puis : « Vous en savez autant que moi. Nous… je viens littéralement de découvrir la chose. Je sais. Je… » Elle grimaça et raccrocha tout doucement. Les six lignes étaient éclairées à présent, cacophonie de sonneries stridentes.

« Ne répondez plus, lui dit Oskar. Vous ne méritez pas ça.

– J'imagine qu'on en parle dans tous les médias. » Simone glissa une main derrière le téléphone et tira sur le cordon. Ils se regardèrent dans le silence.

« Je dois y aller. » Oskar retourna au Seize, juste le temps de récupérer son pardessus. Trop agité pour attendre l'ascenseur, il opta pour l'escalier. Il descendait rapidement, sans dévaler vraiment les marches, mais avec un peu plus d'empressement qu'à l'ordinaire, et il faillit trébucher sur Joelle qui était assise sur le palier du onzième étage, les jambes étendues devant elle. Elle avait les yeux fermés.

« Tu es morte ? demanda Oskar.

– Peut-être, répondit-elle d'une voix sourde.

– Tu te sens bien ?

– Tu poses la question sérieusement ?

– Ce que je te demande, dit Oskar, c'est si tu te reposes seulement une minute ou si tu fais une crise cardiaque ou je ne sais quoi.

– Je ne pense pas faire de crise cardiaque.

– Si je passe mon chemin en te laissant là, est-ce que tu vas te jeter d'un pont ?

– Il a été *arrêté*, souffla Joelle.

– Ouais.

– Mon mari va l'apprendre, si ce n'est déjà fait, et il me dira : “Bonté divine, tu peux y croire, toi ?”, et soit je devrai lui mentir sans vergogne, ce qui ne sera pas plausible parce qu'il n'est pas vraiment idiot, soit je devrai lui répondre : “Ma foi oui, chéri, je peux.” »

Oskar garda le silence.

« Tu t'es déjà demandé pourquoi on nous avait choisis ? reprit Joelle. Pour le seizième étage ? » Elle n'avait toujours pas ouvert les yeux. Une pensée vint à l'esprit d'Oskar : peut-être que le FBI l'avait déjà coincée, peut-être qu'elle enregistrait cette conversation. Qu'est-ce qu'une mère de jeunes enfants ne ferait pas pour éviter la prison ?

« C'est vrai, toute la question est là, poursuivit-elle, et je serais sincèrement intéressée d'entendre tes réflexions. Comment a-t-il su qu'on marcherait ? Est-ce que *n'importe qui* ferait la même chose, avec suffisamment d'argent à la clef, ou bien est-ce que nous avons quelque chose de spécial ? Est-ce qu'il m'a regardée, un jour, et s'est dit : *Cette femme paraît manquer de sens moral, exactement ce qu'il me faut. Elle semble tout indiquée pour participer à une…*

– Je dois y aller, l'interrompit Oskar. Je ne me sens pas très bien. » Il passa par-dessus les jambes de Joelle et prit la fuite, descendant au petit trot les volées de marches. Les cages d'escalier des gratte-ciel ont quelque chose d'un peu cauchemardesque avec leur spirale répétitive de portes et de paliers. Quand il émergea dans le hall, il se retrouva au milieu d'une petite foule, au moins une vingtaine de personnes qui parlementaient pour qu'on les laisse entrer. Son estomac se noua. Ces gens étaient des investisseurs d'Alkaitis. Plusieurs d'entre eux pleuraient ouvertement. D'autres discutaient avec les agents de sécurité, qui formaient eux-mêmes une petite foule et paraissaient déboussolés, accablés.

« Écoutez, expliquait un agent, je compatis, mais on ne peut pas laisser n'importe qui…

– Vous, là. » Une femme avait aperçu Oskar. « Vous travaillez pour quelle société ? »

Oskar donna le premier nom qui lui venait à l'esprit : « Cantor Fitzgerald.

– Je ne savais pas que Cantor Fitzgerald avait des bureaux ici », dit quelqu'un, mais Oskar était déjà sur le trottoir, où une foule séparée se rassemblait : camionnettes des JT bloquant la circulation, techniciens munis de caméras de télévision aux lumières étonnamment brillantes, journalistes convergeant sur quiconque sortait du building.

« Vous travailliez pour Jonathan Alkaitis ? interrogea l'un d'eux.

– Qui ? dit Oskar. Seigneur non, bien sûr que non. »

2

En partant, Oskar passa à côté d'Olivia Collins, mais comme elle n'était jamais allée au seizième étage – Alkaitis donnait ses rendez-vous au dix-septième –, elle ne le reconnut pas. Elle se tenait dans le hall avec les autres investisseurs, essayant de trouver un sens à ce monde altéré. Elle était là depuis un moment, et la scène – les investisseurs en larmes, les cameramen, les camionnettes de JT qui arrivaient dehors – avait la texture d'un mauvais rêve.

Quelques heures plus tôt, elle avait été réveillée d'une sieste par la sonnerie du téléphone. « Excuse-moi, Monica, dit-elle, l'esprit encore confus, mais je dormais et je ne suis pas sûre de… » Elle se tut, le front plissé, essayant de comprendre ce que lui disait sa sœur. « Monica, tu pleures ? » Assise au bord du lit, elle regardait son minuscule appartement, ce nid bien-aimé dont elle payait le loyer en majeure partie avec les bénéfices de son investissement chez Alkaitis, mais voilà que Monica lui expliquait qu'il n'y avait jamais eu le moindre investissement – et, de toute évidence, il y avait quelque chose qui clochait. Lentement, Olivia se mit debout – si elle se levait trop vite, ça lui donnait des vertiges – et fourragea dans la penderie en désordre, cherchant ses bottes imperméables, le sac à main qu'elle oubliait toujours d'accrocher à la patère, son manteau d'hiver. « Monica, dit-elle, coupant sa sœur au milieu d'une phrase, je vais aller à son bureau pour voir si je peux apprendre quelque chose. Je te rappelle. »

Dans le taxi, elle se mit du rouge à lèvres et noua un foulard de soie sur ses cheveux pour affermir son courage. Elle avait espéré pouvoir accéder aux bureaux de Jonathan, parler à quelqu'un – n'importe qui –, mais elle n'était pas la première, loin de là, à avoir eu cette idée. Une foule était massée dans le hall du Gradia Building. « Ça représente les économies de toute une vie ! criait un homme à l'un des agents de sécurité. Laissez-moi au moins parler à quelqu'un, c'est ma vie entière… » mais les gardes, au nombre de quatre, étaient alignés devant les tourniquets et n'avaient pas l'intention de laisser passer qui que ce soit. Olivia resta près des portes, déstabilisée par la fureur de la foule.

« Vous ne comprenez pas ? » Un homme s'adressait à un garde qui parut très jeune à Olivia, même si, pour être honnête, la plupart des gens lui semblaient jeunes à présent. « On m'a volé tout mon argent.

– Je comprends, monsieur, mais…

– Il faut vous calmer, disait un autre agent à une femme qui parlait tout près de son visage.

– Je ne me calmerai pas, riposta la femme, Personne ne me dira de rester calme.

– Je compatis, m'dame, mais…

– Mais *quoi* ? Mais *quoi* ?

– Qu'est-ce que je suis censé faire, m'dame ? Laisser une foule en colère prendre d'assaut le dix-septième étage ? » Le garde transpirait. « Je ne fais que mon boulot. Je fais mon boulot. Écartez-vous de moi, s'il vous plaît. »

Comme la femme battait en retraite, Olivia s'avança. « Je suis une amie personnelle de M. Alkaitis, dit-elle.

– Dans ce cas, appelez quelqu'un là-haut et demandez qu'on descende vous chercher. »

Elle appela le numéro d'Alkaitis, à maintes reprises, mais personne ne décrocha. Quelle lâcheté ! Elle les imagina se cachant derrière des portes fermées à clef, écoutant les téléphones sonner, ne faisant rien. Elle ne connaissait le numéro d'aucun des membres du personnel. Elle resta longtemps dans le hall, piétinant avec les autres, participant à l'une ou l'autre conversation ; au début, elle puisa un certain réconfort dans le fait de se trouver avec des gens qui, eux aussi, avaient été volés, qui étaient eux aussi en état de choc, mais au bout d'un moment les miasmes de tristesse et de fureur lui devinrent insupportables, alors elle héla un taxi – le dernier qu'elle prendrait avant longtemps, songea-t-elle en regardant les chiffres s'afficher sur le compteur – et regagna son petit appartement.

Après le pandémonium du Gradia Building, son chez-soi lui parut très paisible. Olivia ferma la porte derrière elle et s'immobilisa dans le silence. Elle posa ses clefs sur la table de la cuisine et resta un moment assise à boire un verre d'eau, essayant de s'ajuster au monde qui l'attendait. Après une recherche concentrée, elle trouva son plus récent relevé de compte et l'étudia attentivement. Jusqu'à ce jour, elle avait eu deux sources de revenu : le fonds d'investissement d'Alkaitis et la sécurité sociale. À condition de faire très attention, estima-t-elle en examinant les chiffres, elle pourrait se permettre de rester chez elle encore deux mois.

3

La nuit était tombée à New York mais il n'était encore que trois heures de l'après-midi à Las Vegas, où Leon Prevant, le cadre de la compagnie maritime qui avait eu naguère la colossale malchance de rencontrer Alkaitis au bar de l'hôtel Caiette, était pris au piège dans une réunion qui avait dépassé sa durée de vie naturelle et se refusait à mourir. Son portable vibra dans sa poche. « Pardonnez-moi, dit-il aux autres participants, c'est urgent », même si ça ne l'était vraisemblablement pas. Il réalisa son erreur alors qu'il quittait la pièce. Leon assistait à ce séminaire depuis quinze ans et son cordon porte-badge arborait encore le nom de la société, mais il était ici en qualité de consultant et son contrat en cours prenait fin le mois suivant. Son patron avait reçu la consigne de suspendre les missions de consulting « jusqu'à ce que l'horizon s'éclaircisse un peu », mais quand serait-ce le cas ? Il avait été licencié deux ans plus tôt à la suite d'une fusion, et à présent, fin 2008, les navires traversaient les océans à la moitié de leur capacité, voire moins, et on pouvait les affréter pour le tiers du prix de l'année précédente. L'horizon – marin – était sombre et bouché. Autrement dit, ce n'était pas le moment idéal pour fuir les réunions, même des réunions zombies qui auraient dû être terminées depuis vingt minutes. C'était sa comptable qui téléphonait. Quel que fût le motif de son appel, ça pouvait certainement attendre ; il laissa donc le répondeur prendre le relais, compta lentement jusqu'à cinq et regagna la pièce en s'excusant de cette interruption.

« Tout va bien ? » Son patron, D'Ambrosio, parcourait encore, sourcils froncés, le rapport que lui avait remis Leon.

« Parfaitement, merci. Si vous avez tous eu le temps de digérer les chiffres... » Il avait espéré que les participants y jetteraient un rapide coup d'œil et décideraient d'en discuter plus tard, mais la réunion était apparemment immortelle.

« Nous l'avons eu, malheureusement, dit D'Ambrosio. Un vrai carnage, hein ?

– Eh bien... Comme vous le voyez, nous faisons face à un réel problème de surcapacité.

– L'euphémisme du siècle, bon sang ! commenta quelqu'un.

– De toute évidence, nous ne sommes pas les seuls. J'ai eu une conversation instructive ce matin avec un ami de CMA. Ils ont des navires à l'ancre au large de la côte de Malaisie.

– Juste cloués là ? » Miranda avait été la subordonnée de Leon à Toronto et ensuite au bureau de New York, durant les années où il n'avait pas encore changé de statut pour devenir simple consultant. Elle avait aujourd'hui l'ancien titre de Leon, son bureau et son poste téléphonique, mais pas son ancien salaire.

« Pour le moment, oui. À attendre que ça passe.

– C'est une idée intéressante, déclara D'Ambrosio. Par "intéressante", j'entends "peut-être la meilleure entre plusieurs mauvaises options".

– Cela reviendrait à créer une espèce de sinistre flotte fantôme. » Intervention de Daniel Park, qui avait travaillé aux côtés de Leon au bureau de Toronto et était à présent directeur des opérations pour l'Asie. « Sommes-nous sûrs de ne pas vouloir plutôt envoyer à la ferraille quelques-uns de nos bâtiments plus anciens ?

– Ce serait, me semble-t-il, une solution définitive à un problème temporaire, dit Miranda.

– Mais cette récession, dit Park, ou ce chaos, donnez-lui le nom que vous voulez…

– “Cette période d’incertitude prolongée” », intervint d’un ton ironique l’un des Européens, citant la formule du principal orateur de la matinée. C’était un Allemand, relativement nouveau. Leon ne se rappelait pas son nom.

« Oui, quel que soit l’euphémisme que nous choisissions, cette crise risque de durer des années. Sommes-nous prêts à pourvoir en personnel, durant potentiellement plusieurs années, une flotte de navires inutilisés qui mouillent au large de la côte de Malaisie ?

– L’équipage serait réduit, intervint Leon. Juste assez d’hommes à bord pour maintenir le bateau à flot.

– Si nous faisons ça, reprit l’Allemand, peut-être qu’il faut fixer une durée limite. » Wilhelm ! Leon s’en souvenait : il s’appelait Wilhelm, mais son nom de famille ? C’était troublant qu’il ne le sache pas. En son temps, il avait connu tous les cadres supérieurs. « Peut-être que nous mettons les navires à l’ancre maintenant, et puis on revoit la question dans un an, deux ans, et si on n’en a toujours pas l’usage, on envoie le surplus à la ferraille.

– Ça me paraît un plan d’action raisonnable, approuva D’Ambrosio. Des commentaires ? Des objections ?

– Reste la question des nouveaux navires de classe Panamax », dit Miranda. Il y eut un soupir collectif. La société avait commandé deux nouveaux bâtiments en 2005, à l’époque du paradis perdu, quand la demande semblait infinie et qu’ils luttaient pour soutenir le rythme, et les navires – sous contrat, payés, en construction depuis deux ans et demi, devenus aujourd’hui d’une extravagante inutilité – seraient livrés dans six mois par les chantiers sud-coréens.

« Pour moi, on les envoie direct à la flotte fantôme. » D'Ambrosio consulta sa montre. « Messieurs, Miranda, nous n'avons malheureusement plus le temps. Nous reprendrons demain. Wilhelm, si vous pouviez nous fournir une analyse… »

La réunion se dénoua enfin, les participants se divisant en petits groupes ou se dépêchant de partir pour assister à une conférence qui avait déjà commencé. Leon sortit avec Daniel, qui lui demanda : « Allez-vous au colloque sur les perspectives économiques ?

– Je passe mon tour. Depuis quatre mois, je baigne jusqu'au cou dans les perspectives économiques.

– Nous en sommes tous là. » La température du couloir était inférieure de plusieurs degrés à celle de la salle de conférences, le frisson hivernal de la climatisation de Las Vegas. Deux jeunes employés de l'hôtel débarrassaient les mugs sales qui encombraient les stands de café et de pâtisseries. « Je vais téléphoner à ma femme, reprit Daniel. On se revoit au dîner ?

– Je m'en réjouis d'avance. »

Ce fut un plaisir de se retrouver loin des autres, sans personne pour proférer des évidences sur l'effondrement économique ou pour entraîner Leon dans des conversations hystériques sur l'avenir de l'affrètement. Il se servit un café parfumé à la noisette et sortit dans l'atrium.

Miranda, qui avait quitté la réunion avant lui, était assise à l'écart sur un canapé style industriel, où elle écrivait quelque chose sur son bloc-notes. Non, en fait, elle dessinait : il ne voyait pas le bloc, incliné vers elle, mais il observa avec intérêt les mouvements de son poignet tout en s'approchant. Miranda avait débuté à la compagnie en qualité d'assistante administrative de Leon, ce qui, bien des années plus tard, s'apparentait à une rumeur vaguement incroyable. Il se racla la gorge ; aussitôt, elle tourna la page avant de poser le bloc sur la table en marbre, de manière à lui cacher le produit de ses efforts. Il l'avait vue accomplir ce même geste au moins une centaine de fois et, comme toujours, il s'abstint de l'interroger. Leon avait des idées bien arrêtées sur le respect de l'intimité.

« Vous séchez le colloque sur les perspectives économiques, vous aussi, dit-elle.

– La totalité de ce séminaire est un colloque sur les perspectives économiques. J'ai décidé qu'un bon café était plus important.

– Vous avez des priorités qui me plaisent. C'est une idée intéressante, à propos, de parquer des navires au large de la côte de Malaisie.

– Cela vous ennuie si nous parlons de n'importe quoi, littéralement, sauf de la récession économique ?

– Pas du tout. Je songe à inventer une excuse pour partir demain matin de bonne heure.

– Comment ? Vous ne goûtez pas cette atmosphère de panique à peine réprimée ?

– Le désastre a quelque chose de presque fastidieux, vous ne trouvez pas ? soupira Miranda. Au début, c'est absolument dramatique, "Oh mon Dieu, l'économie s'effondre, il y a eu une panique bancaire, ma banque a cessé d'exister en un week-end et s'est fait avaler par JPMorgan Chase", mais au fil du temps ça continue au même rythme, ça continue à s'effondrer, semaine après semaine, alors au bout d'un moment…

– Je vois ce que vous voulez dire. Ce qui m'agace, personnellement, c'est la *surprise* de mes interlocuteurs, le fait qu'ils paraissent tous choqués par la récession de l'industrie.

– Ouais, tenez, une histoire vraie : l'un de nos collègues – je tairai son nom – m'a prise à part aujourd'hui et m'a dit : "Je trouve incroyable ce qui arrive à notre industrie, pas vous ?" Moi, j'essaie d'être patiente avec ces gens-là, je fais vraiment des efforts, mais je n'ai pu m'empêcher de lui demander : "Quelle partie est surprenante pour vous ? Allons au fond des choses. Qu'est-ce que vous trouvez incroyable, exactement ? Que les gens ne veuillent pas acheter des biens de consommation quand l'économie s'effondre, ou que les gens ne veuillent pas transporter par bateau des marchandises que personne n'achètera ?"

– Conséquences prévisibles, tout ça. » Leon se souvint alors que sa comptable avait tenté de le joindre pendant la réunion et il consulta distraitement son portable. Elle avait réessayé dix minutes plus tôt. « Désolé, dit-il, je vais devoir rappeler cette personne.

– Si vous ne me voyez pas au dîner, c'est que j'aurai réussi à m'échapper.

– Je vous applaudirai en silence depuis les coulisses. » Il se leva et se dirigea vers la paroi en verre de l'atrium, vers le coup de téléphone qui partagerait net sa vie en un avant et un après.

« Je suppose que vous n'avez pas entendu la nouvelle, lui dit sa comptable, sinon vous m'auriez déjà appelée.

– Quelle nouvelle ? Qu'est-ce qui se passe ?

– Vous n'êtes donc pas au courant ?

– Non, de toute évidence. » Leon n'avait jamais aimé cette femme. *Un véritable robot,* lui avait dit Miranda quand il lui avait demandé si elle avait un bon comptable à lui recommander, *mais c'est la meilleure avec qui j'aie jamais travaillé. Elle voit tous les angles.* Cela dit, à quoi bon engager la meilleure comptable avec qui on ait jamais travaillé si c'est pour ignorer ses conseils et placer toute son épargne-retraite dans un seul fonds d'investissement ?

« Leon… » et là, elle n'avait pas du tout la voix d'un robot : elle paraissait humaine et profondément ébranlée. Elle communiquait une information – qu'elle n'avait absolument aucune envie de communiquer. « …Alkaitis a été arrêté ce matin.

– Quoi ? » Il se laissa choir sans grâce sur le canapé le plus proche, fixant un remblai de l'autre côté de la vitre, du gravier rouge piqueté de cactus sous un ciel d'un bleu criard. « Excusez-moi, vous avez dit… *quoi* ?

– On ne parle que de ça aux infos. C'était un escroc. Tout le système était une arnaque.

– Tout le… quoi ?

– C'était une vaste escroquerie, dit la comptable.

– Comment ça ? Vous voulez dire que tout l'argent que j'ai investi…

– Leon, je suis navrée, mais votre argent n'a jamais été investi.

– Ce n'est pas possible. Les rendements étaient excellents, ma femme et moi avons vécu là-dessus, nous…

– Leon.

– Je ne comprends pas, dit-il. C'est simple, je ne comprends pas ce que vous me dites.

– Ce que je vous dis, c'est qu'Alkaitis dirigeait un système de Ponzi. L'argent que vous lui avez confié, il ne l'a pas investi. Il l'a volé. Vos relevés de compte étaient fictifs.

– Qu'est-ce que ça signifie ? » demanda-t-il, bien qu'il connaisse la réponse.

« Votre argent a disparu, répondit-elle avec douceur.

– Entièrement ?

– Leon, ce n'était pas réel. Rien de tout ça n'était réel. Ces rendements… » Elle n'ajouta pas *dont je vous avais dit qu'ils semblaient trop bons pour être vrais,* parce que c'était inutile. Tous deux se souvenaient de cette conversation. Comment avait-il pu être aussi stupide ? Il observait le ciel, inexplicablement essoufflé. Il ne se rappela pas avoir raccroché au nez de la comptable, mais c'est pourtant ce qu'il dut faire, parce que maintenant il ne parlait plus avec elle, il lisait sur son portable un article sur l'arrestation de Jonathan Alkaitis à son domicile de Greenwich, le matin même, et sur une pyramide de Ponzi qui s'écroulait quand trop d'investisseurs se retiraient en même temps, d'autres arrestations attendues, la SEC et le FBI enquêtaient, et quelque part dans ce bourbier se trouvait l'épargne-retraite de Leon, ou plutôt le fantôme de son épargne-retraite, puisque son épargne avait été escamotée.

« Ce n'est pas la fin du monde », se murmura-t-il à lui-même. Nouveau saut dans le temps ; il ne regardait plus son téléphone ; il se tenait près de la paroi de verre. Apparemment, le colloque sur les perspectives économiques venait de prendre fin, ses collègues se répandaient dans le couloir et prenaient d'assaut les coins-café, marée montante de voix brouillées. Il devait sortir d'ici. Il traversa les plaines de moquette grise et descendit par l'escalator, traversa l'atrium inférieur, passa devant le casino et sortit dans l'air sec du désert hivernal. Le trottoir était encombré et les touristes marchaient au ralenti. Pourquoi fallait-il qu'un séminaire sur le transport maritime se tienne dans une ville en plein désert ? Parce que les chambres d'hôtel de Las Vegas sont bon marché. Parce que le désert est une mer. *Ce n'est pas un désastre,* se répéta-t-il, *nous ne serons pas dans la misère.* Il pourrait raconter qu'il avait été dévalisé, ce ne serait pas inexact, mais d'un autre côté les faits étaient là : il avait rencontré Alkaitis au bar d'un hôtel, celui-ci lui avait expliqué sa stratégie d'investissement, *Leon n'avait pas compris,* et il avait néanmoins confié à Alkaitis son épargne-retraite. Il n'avait pas réclamé des explications détaillées. L'un des défauts caractéristiques de notre espèce : tout plutôt qu'avoir l'air stupide. La stratégie d'Alkaitis lui avait semblé obéir à une certaine logique, même si la mécanique précise – options d'achat, ventes à découvert, *buy and hold*, conversions – échappait à son entendement. « Écoutez, avait dit Alkaitis – on ne peut plus chaleureux et accommodant –, je pourrais vous expliquer ça par le menu, mais je crois que vous comprenez le principe, et à la fin des fins, les rendements parlent d'eux-mêmes. » C'était vrai, Leon le constatait par lui-même : une régularité dans cette colonne de chiffres qui séduisait au plus profond son désir d'ordre dans l'univers.

Deux show-girls passèrent, dix-huit ou dix-neuf ans, tenues assorties, tenant dans leurs mains de lourdes coiffes empanachées de plumes, le visage durci par l'épuisement et le maquillage. Pas de vraies show-girls, juste des filles qui touchaient des pourboires pour poser sur le trottoir avec des touristes. Leon n'arrêtait pas de croiser des hommes et des femmes entre deux âges, vêtus de T-shirts rouges portant l'inscription FILLES DANS VOTRE CHAMBRE EN 20 MINUTES, distribuant des prospectus qui délivraient probablement le même message. Ces personnes avaient un regard vide, perdu, et paraissaient usées d'une manière qui suggérait une vie difficile, ou était-ce Leon qui l'imaginait ? Il ne pensait pas que ce fût son imagination. Il entra dans un hall d'hôtel, remarquant à peine lequel, simplement désireux de quitter le trottoir. Il pensait aux filles : si elles pouvaient être dans votre chambre en vingt minutes, elles étaient vraisemblablement déjà quelque part sur le Strip. Représente-toi la suite d'hôtel où elles attendent, ces filles, dans l'air épaissi par la fumée de cigarette et le parfum, à regarder leurs portables, à sniffer une ligne de coke dans la salle de bains, à parler des sujets dont peuvent bien discuter ces filles disponibles en vingt minutes, à attendre, à compter les heures, à compter l'argent, à espérer que le prochain client ne sera pas un psychopathe. Cette vision le rendit profondément triste. Il pourrait vivre sans son épargne-retraite. Personne, dans ce pays, ne meurt de faim au sens littéral. Il s'agit simplement d'un avenir qui se dérobe pour laisser la place à un autre. Il avait la santé. Ils pourraient vendre la maison. Il trouva une banquette rembourrée à l'écart des autres clients, près de l'entrée du casino de l'hôtel, et appela sa femme.

« J'ai entendu la nouvelle », dit-elle avant même que Leon ait pu dire bonjour. La peur qui perçait dans sa voix était insupportable. « À quel point est-ce grave, L ?

– C'est un désastre, Marie. » Il s'aperçut alors qu'il pleurait, pour la première fois depuis plus d'une décennie. « Je suis tellement désolé, ma chérie, tellement désolé. C'est un désastre absolu. »

4

Ella Kaspersky passait sur CNN ce soir-là. Olivia et Leon regardaient chacun l'émission, Olivia dans l'appartement de sa sœur à New York et Leon dans une chambre d'hôtel à Las Vegas. « Bien sûr, Mark, il m'est venu à l'esprit que les bénéfices *pouvaient* être légitimes, disait-elle à l'intervieweur, mais rendez-vous compte que cela en aurait fait, dans l'histoire de la finance, le premier fonds légitime à avoir une courbe de rendement qui forme un angle de quarante-cinq degrés presque parfait. Dans ces conditions, vous comprendrez mon scepticisme. »

Oskar et Joelle regardaient, eux aussi, dans un bar de Midtown. Ils s'étaient dit pour se rassurer, au fil des années, que Kaspersky était une personnalité marginale ; n'empêche que, depuis le début, elle avait vu parfaitement juste sur la nature de la gestion d'actifs d'Alkaitis, et Oskar avait lu les articles furieux, d'une déconcertante exactitude, qu'elle publiait sur son blog.

« Je n'éprouve aucun plaisir à avoir eu raison », déclara-t-elle, élégante et impeccable dans le studio de CNN. Elle racontait son histoire – avait été approchée par Alkaitis dans un hall d'hôtel ; avait fait des recherches et conclu que de tels bénéfices étaient impossibles ; avait contacté la SEC, qui avait bâclé l'enquête à un point tellement flagrant qu'on parlait maintenant d'une investigation du Congrès ; avait tenté pendant des années de faire éclater le scandale, jusqu'à en être disqualifiée, traitée d'hurluberlue – et Oskar avait beau savoir que tout cela était exact et que Kaspersky était dans le vrai, il avait quand même envie de balancer sa chaussure sur l'écran. Pourquoi les personnes vertueuses sont-elles si souvent horripilantes ?

« Elle est on ne peut plus heureuse, commenta Joelle. Elle est *enchantée* d'avoir eu raison. »

5

Dans la matinée, les investisseurs étaient de retour au Gradia Building. Harvey, qui avait éteint son portable et n'avait parlé à personne, fut surpris de voir qu'ils étaient déjà en position à sept heures et demie, une dizaine d'entre eux formant un nœud angoissé à l'extrémité du trottoir, où ils avaient apparemment été refoulés par la sécurité. Il tenta de passer en courant d'air, sans croiser aucun regard, mais une femme posa une main sur son bras.

« Harvey.

– Olivia. » Il l'avait rencontrée plusieurs fois au cours des années, dans le bureau d'Alkaitis. Elle portait un manteau blanc et un foulard jaune ; dans la grisaille persistante de Manhattan en décembre, elle faisait penser à une jonquille.

« Vous travaillez avec lui, pas vrai ? » Un autre investisseur accaparait son champ de vision, un homme rougeaud aux yeux terrifiés. « Avec Alkaitis ? »

Harvey regarda Olivia, laquelle regardait Harvey. Il aurait bien voulu être seul avec elle, afin de pouvoir tout lui avouer sans ces inconnus qui se pressaient autour d'eux.

« Harvey, dit-elle, est-ce que c'est vrai ? Vous étiez au courant ? »

Un autre investisseur les avait rejoints, non, deux, la colère enflait, la foule grossissait, Olivia resplendissante dans son manteau blanc, les autres dans leurs vêtements monochromes d'hiver new-yorkais, noirs et gris, qui se tenaient trop près avec leur peur et leur haleine caféinée. Harvey craignit pour sa vie. Ils auraient été parfaitement fondés, songea-t-il, à le soulever du sol et à le balancer sous les roues d'une voiture qui passait. À voir leurs expressions, ils en mouraient d'envie. Harvey était un homme costaud, mais à six ils pouvaient y arriver. La rue était juste là.

« Il faut que je monte voir ce qui se passe, dit-il.

– Oh ! vous n'allez nulle part, intervint l'un d'eux, pas avant de nous avoir expliqué… »

Mais il détala comme un cheval emballé, ce qui était bien la dernière chose à laquelle ils s'attendaient ; aucun d'eux ne fut en mesure de l'attraper avant qu'il ait disparu. Depuis quand n'avait-il pas couru ainsi ? Des années. Il n'aurait pas cru pouvoir être si rapide. Il était déjà à l'autre bout du hall. Il glissa sa carte et franchit les tourniquets tandis que les investisseurs, bouche bée, restaient plantés sur le trottoir. Il était néanmoins dans une condition physique déplorable, de sorte qu'il avait des difficultés à respirer. Il s'était fait mal à la cheville – non, aux deux chevilles. En prison, décida Harvey, il serait de ces détenus qui font du sport tout le temps, des pompes dans la cellule, de la musculation et du jogging dans la cour. Arrivé au Seize, il constata que la porte de la suite de bureaux était ouverte, un agent de police posté à côté. Sur le moment, les personnes présentes dans la suite lui firent l'effet d'une masse indifférenciée : costumes foncés, blousons foncés portant sur le dos l'inscription FBI ou POLICE.

Il y a dans la vie des moments qui demandent du courage. Harvey ne tourna pas les talons pour rebrousser chemin vers les ascenseurs, prendre un taxi jusqu'à JFK et fuir le pays, bien qu'il eût encore son passeport en sa possession. Il s'avança au cœur du grouillement et se présenta.

Ce matin-là, le bureau de Harvey était peuplé d'agents du FBI et de la SEC, dont plusieurs se montrèrent fort désireux de lui parler, prenez donc une minute pour vous ressaisir et nous irons tous nous asseoir dans la salle de conférences.

« J'ai juste quelque chose à prendre dans mon bureau », dit Harvey.

Ils lui proposèrent de s'en charger eux-mêmes, craignant peut-être d'être passés à côté d'un revolver.

« Si vous regardez dans le tiroir supérieur gauche, dit Harvey, sous les dossiers, vous trouverez un grand bloc-notes couvert de mon écriture. Plusieurs pages d'écriture. Je crois que ça vous intéressera. » D'un pas léger, il les précéda dans la salle de conférences.

Oskar le croisa au passage. « Que se passe-t-il ? demanda-t-il, les lèvres pâles.

– Tu le sais bien. »

Oskar semblait avoir envie de vomir tandis que Harvey, bizarrement, ne se sentait pas si mal. Rien de tout cela ne lui paraissait réel. Oskar envoya un texto à Joelle, de sorte qu'elle ne vint pas du tout. Elle alla chercher ses enfants à l'école en milieu de matinée, les conduisit chez F.A.O. Schwarz[1] et leur dit qu'ils pouvaient choisir ce qu'ils voulaient ; elle souriait tout le temps, mais le plus jeune fondit en larmes parce que s'ils pouvaient choisir ce qu'ils voulaient, ça prouvait que quelque chose allait affreusement mal. Par la suite, les enfants gardèrent le souvenir d'une longue et pénible journée à sillonner Manhattan dans le froid, passant d'un magasin de jouets à un distributeur de chocolat chaud et au musée des Enfants pendant que leur mère répétait « C'est amusant, hein ? », sauf qu'elle n'arrêtait pas de s'essuyer les yeux. Tantôt elle leur manifestait une affection exubérante, tantôt elle s'abîmait dans son téléphone.

1. Chaîne de magasins de jouets.

« On se souviendra toujours de cette journée, vous ne croyez pas ? » dit-elle dans la voiture qui les ramenait chez eux, à Scarsdale. Ils roulaient très lentement dans la circulation de la fin d'après-midi. « Oui », répondirent ses enfants, mais plus tard leurs souvenirs furent déstabilisés par les lettres que leur envoyait Joelle de sa prison : qu'est-ce qu'on s'est bien amusés ce dernier jour, écrivait-elle, le magasin de jouets, l'énorme girafe en peluche, ces tasses de chocolat chaud, je suis tellement heureuse que nous ayons passé cette journée ensemble, vous vous rappelez cette merveilleuse exposition au musée – et eux, ils se demandaient si leur mémoire les trahissait, parce que de leur côté ils se souvenaient surtout du froid, de leurs pieds humides, de cette sensation d'anormalité, du gris de Manhattan sous la pluie hivernale, de la girafe qui avait traîné dans une flaque pendant le trajet jusqu'à la voiture.

Le temps que les enfants de Joelle acquièrent la girafe, Ron avait déjà quitté le Gradia Building. Il s'éclipsa à midi pour rencontrer un avocat, lequel lui conseilla de ne pas retourner au bureau. Harvey était toujours interrogé dans la salle de conférences. Oskar jouait au solitaire sur son ordinateur, dont les données avaient été sauvegardées et qui était déconnecté à la fois d'Internet et du réseau interne ; pendant ce temps-là, les enquêteurs fouillaient ses armoires à dossiers. Enrico, lui, était chez sa tante à Mexico. Il avait passé des heures à explorer les tiroirs à la recherche du vieux passeport de son défunt cousin, et maintenant qu'il l'avait trouvé, il était assis avec sa tante dans le patio, où ils fumaient en silence cigarette sur cigarette, Enrico consultant son portable de temps à autre, lisant les informations sur l'arrestation d'Alkaitis, réfléchissant à cet étrange paradoxe : de toute sa vie, il ne s'était jamais senti moins libre qu'en cet instant.

Oskar fut le dernier à partir ce soir-là. Il avait passé la journée à feindre la confusion la plus totale, indiquant aux enquêteurs l'emplacement de divers dossiers tout en demandant de quoi il retournait au juste, s'efforçant de donner l'illusion qu'il se rendait utile alors qu'il ne livrait rien. La prestation s'était révélée épuisante. Les portes de l'ascenseur s'ouvrirent sur Simone, qui descendait du Seize avec un classeur à dossiers dans les bras.

« Journée de folie », dit Oskar en entrant dans la cabine.

Elle acquiesça.

« Qu'y a-t-il dans ce carton ?

– Quelques affaires personnelles de Claire Alkaitis. Elle m'a chargée de les récupérer dans son bureau. »

Il vit une figurine en cristal, une photographie encadrée de Claire en famille, plusieurs livres. Les gosses de la photo paraissaient jeunes, pas plus de six ou sept ans. Oskar détourna les yeux. Dans la version fantôme de sa vie, la version d'univers parallèle dans laquelle il était allé trouver le FBI onze ou douze ans plus tôt, ces enfants se voyaient épargner le scandale ; dans cette vie-là, Claire Alkaitis serait encore adolescente lors de l'arrestation de son père – un événement terriblement traumatisant, bien sûr, mais pas autant que de se trouver soi-même impliquée, d'être vice-présidente de l'une des sociétés de son père et de voir son nom étalé dans la presse. Dans cette vie fantôme, songea-t-il, Claire Alkaitis et ses enfants allaient probablement très bien.

« Voulez-vous prendre un verre rapide ou grignoter quelque chose ? proposa-t-il à Simone.

– Non, répondit-elle.

– Vous en êtes sûre ?

– Vous êtes vraisemblablement la dernière personne avec laquelle j'aurais envie de boire un verre.

– OK, pigé. Vous pouviez simplement dire non.

– C'est ce que j'ai fait. » Les portes s'ouvrirent et elle sortit dans le hall. La foule d'investisseurs s'était réduite à six ou sept personnes debout sur le trottoir, ne pleurant plus mais toujours sous le choc, qui observaient le Gradia Building et tous ceux qui en sortaient. Simone passa devant eux sans leur accorder un regard et disparut dans un SUV noir qui attendait.

*

Claire Alkaitis était là où Simone l'avait laissée, sur la banquette arrière. « Merci, dit-elle, je vous suis reconnaissante. » Sa voix était à peine plus qu'un murmure. Elle prit le carton des mains de Simone, examina la photo – vestige d'une civilisation récemment disparue – et regarda les livres comme si elle les voyait pour la première fois. Baissant légèrement sa vitre, elle poussa par l'ouverture la figurine de cristal, qui se fracassa sur la chaussée avec un agréable tintement. « Un cadeau de mon père », dit-elle. Le chauffeur évitait soigneusement de croiser son regard dans le rétroviseur. « Où habitez-vous, Simone ?

– À East Williamsburg.

– OK. Aaron, pouvez-vous nous conduire à East Williamsburg ?

– Bien sûr. Vous avez une adresse à me donner ? »

Simone la lui donna. « Vous ne devez pas rentrer chez vous ? demanda-t-elle à Claire, qui avait refermé les yeux.

– C'est bien le dernier endroit où j'ai envie d'être pour l'instant. »

Intervalle de silence pendant que la voiture roulait vers le pont de Williamsburg, au sud. Dehors, il commençait à neiger. Simone, qui était à New York depuis six mois, se dit qu'elle commençait à comprendre qu'on puisse devenir très fatigué dans cette ville. Elle les avait vus dans le métro, les gens fatigués, ceux qui avaient travaillé trop dur et trop longtemps, pris dans les rouages de la machine, les paupières closes dans les trains du soir. Simone les avait toujours considérés comme des citoyens d'une ville différente, mais l'écart entre leur ville et la sienne commençait à se resserrer.

« Combien de personnes étaient au courant ? » finit-elle par demander. Ils traversaient l'East Village.

« Tous les employés de la gestion d'actifs, je suppose. Tous ceux qui travaillaient au seizième étage. » Claire n'ouvrit pas les yeux. Simone se demanda si la jeune femme n'était pas sous sédatifs.

« Tous ? Oskar, Enrico, Harvey… ?

– Il s'avère que tout ce qu'ils faisaient à cet étage, littéralement tout, c'était de gérer un système frauduleux.

– Quelqu'un d'autre était-il dans le secret ? Au Dix-sept ?

– Je n'en sais rien. Je ne crois pas. Les deux sociétés ont toujours été complètement séparées. Tout est encore très flou. » La voiture bringuebalait sur le pont de Williamsburg, et à présent la neige tombait avec une frénésie que Simone trouvait hypnotique. « Vous avez bien de la chance, ajouta Claire.

– Je ne me sens pas vraiment chanceuse.

– Vous savez ce que vous êtes ?

– Une chômeuse ?

– C'est un état temporaire. Vous savez ce qui est permanent ? Vous êtes une personne qui aura une excellente histoire à raconter dans les cocktails. Dans dix ou vingt ans, à une réception, vous serez au milieu d'un cercle d'invités, un Martini à la main, et vous lancerez : “Est-ce que je vous ai raconté la période où j'ai travaillé pour Jonathan Alkaitis ?” » La voix de Claire se fêla en prononçant le nom de son père. « Vous vous en sortez sans tache. »

Simone ne sut que répondre.

« Cent soixante-dix Graham Avenue, annonça le chauffeur.

– OK, dit Simone, c'est là que je descends. Et vous, ça va aller ?

– Non », dit Claire d'une voix lointaine.

Simone lança un coup d'œil au chauffeur, qui haussa les épaules.

« Bon, enfin, merci pour la conduite. » Elle laissa Claire dans le SUV et franchit la grille en fer forgé, puis la porte d'entrée, et entra dans le hall ombreux et jamais balayé. L'ampoule de l'escalier grésillait de façon désagréable. Dans la cuisine, Yasmine, sa colocataire, mangeait des nouilles chinoises en lisant quelque chose sur son ordinateur portable.

« Ça a été ? s'enquit-elle.

– Je viens de faire le trajet en voiture le plus embarrassant de ma vie avec Claire Alkaitis.

– C'est l'épouse ?

– La fille.

– Comment était-elle ?

– Comme si elle avait pris trois Ambien. Assez hostile, aussi. Elle m'a sorti : “Vous vous en tirez avec une histoire à raconter dans les cocktails. Dans vingt ans, vous raconterez ça aux gens en prenant un Martini.”

– Ouais, mais elle a raison, dit Yasmine. D'un point de vue objectif, s'entend. Dans vingt ans d'ici, tu raconteras littéralement cette histoire dans les cocktails. »

*

Oskar sortit du Gradia Building sous la tempête de neige qui commençait, léger tourbillon de flocons. Il ne remarqua pas les inspecteurs avant qu'ils soient presque arrivés à sa hauteur, à un bloc du bureau. Ils étaient deux, un homme et une femme, exhibant leurs insignes tout en descendant d'une voiture banalisée qui s'était arrêtée en douceur devant une bouche d'incendie.

« Oskar Novak ? »

Dans une version alternative des événements, il aurait pu s'enfuir ; et dans sa vie fantôme, sa vie honorable, sa vie non-Ponzi, il n'était pas là du tout. Mais dans ce monde-ci, Oskar s'arrêta net et resta planté sur le trottoir, sous la première neige de l'hiver, à quelques secondes de sa première paire de menottes, et il fut surpris de constater qu'il était soulagé.

« FBI, dit la femme. Je suis l'inspectrice Davis, et voici l'inspecteur Ihara. » Il se rendit compte, de façon lointaine, qu'ils avaient fait preuve d'égards ; ils devaient le suivre depuis qu'il était sorti du Gradia Building, mais ils avaient attendu qu'il soit hors de vue des investisseurs et des journalistes massés à l'extérieur.

« Vous êtes en état d'arrestation », déclara calmement l'inspecteur Ihara. Les rares passants l'observèrent à la dérobée ou le dévisagèrent ouvertement, mais tous prirent soin de le contourner largement. Les policiers récitaient leur tirade – *Vous avez le droit de garder le silence, tout ce que vous direz pourra être retenu contre vous devant un tribunal, vous avez le droit de prendre un avocat* – et Oskar, immobile, accepta les menottes sans protester, les flocons de neige frôlant son visage, tandis que çà et là, dans la ville et en banlieue, les autres membres de notre service étaient arrêtés eux aussi.

6

Lors de l'audience de détermination de la peine, six mois plus tard, l'avocat d'Alkaitis en appela à la compassion du juge. « Si nous sommes honnêtes avec nous-mêmes, déclara-t-il, qui parmi nous n'a jamais commis d'erreur ? » Mais cette approche était une bévue, Olivia le comprit aussitôt. Le juge regardait l'avocat d'un air incrédule, parce que oui, d'accord, tout le monde commet des erreurs, mais celles-ci sont généralement d'un autre ordre : oubli de payer une facture téléphonique, ou laisser le four allumé pendant deux heures après le dîner, ou entrer le mauvais chiffre dans un tableur. Perpétuer une arnaque de plusieurs milliards de dollars sur plusieurs décennies, c'est une tout autre histoire.

L'avocat vit-il sa bourde, lui aussi ? Impossible à dire. Veer Sethi était un homme onctueux, coûteusement vêtu, qui avait les cheveux argentés et le sens du spectacle. Le voisin d'Olivia – un collègue investisseur, un dentiste à la retraite qui tremblait presque de rage quand il évoquait l'escroquerie – lui avait confié que l'avocat d'Alkaitis était l'un des pénalistes les plus chers de la ville, et pourtant Sethi ne donnait pas à Olivia l'impression d'être particulièrement extraordinaire. Il avait commis un impair mais n'en continua pas moins à débiter son histoire, comme un petit garçon suivant une piste de moins en moins visible dans les bois à la tombée de la nuit : Il était une fois une famille, Jonathan et Suzanne et leur fille, Claire. (Et au fait, où était Claire ? Olivia avait assisté à trois audiences sans la voir.) Ils habitaient une petite maison dans une banlieue peu chic, puis une maison un peu plus grande, Jonathan travaillant de longues heures et Suzanne travaillant un peu elle aussi, brèves vacances d'été économiques dans des endroits où ils pouvaient se rendre en voiture, fêtes de Noël tantôt en Virginie, dans sa famille à elle, tantôt à Westchester County, dans sa famille à lui, les inévitables difficultés liées au lancement d'une affaire, puis le succès toujours croissant de ladite affaire, Claire étudie à Columbia avant de prendre un emploi dans la société de courtage de son père – la société légale, souhaitait souligner Sethi devant le tribunal, la société qui n'avait absolument rien à voir avec le crime –, et voilà que les médecins diagnostiquent chez Suzanne un cancer foudroyant.

« Entendez-moi bien, cela ne saurait en aucun cas excuser les actes de mon client. Mais je suis marié à ma femme depuis trente-cinq ans et, en tant qu'époux, je peux seulement imaginer ce qu'ont dû être ces moments-là pour toute la famille. » Vincent était présente, ce qui avait dû lui demander un certain courage, songea Olivia. Elle était assise quelques rangées devant, de l'autre côté de la salle, parfaitement immobile dans un tailleur gris.

« Et si aucun chagrin, aussi grand soit-il, ne saurait excuser ses actes, enchaîna l'avocat, il n'en reste pas moins que c'est durant cette période que l'escroquerie a débuté. » Il semblait chercher à donner l'impression que le Ponzi était *arrivé* comme ça, comme la météo du jour, par opposition à un crime prémédité et froidement perpétué et camouflé avec l'assistance d'employés dévoués. (Si seulement ils étaient là, les employés ! Olivia aurait aimé les tuer de ses propres mains. Elle commencerait par Harvey Alexander. Il la supplierait. Elle se montrerait impitoyable.) Le juge prenait des notes.

Sethi continuait sa tirade : les hôpitaux, les opérations et les protocoles de chimiothérapie, Alkaitis qui disparaissait de son bureau pendant des semaines d'affilée, désemparé, ne prêtant pas autant d'attention qu'il aurait dû à ses affaires. Il avait lourdement investi dans plusieurs sociétés Internet et avait été pris au dépourvu quand elles avaient implosé. Il y avait eu des signes que la bulle technologique allait éclater ; mais, préoccupé par la maladie puis le décès de sa femme, il n'avait pas déchiffré correctement les signaux.

« Et c'est à ce moment-là, poursuivit l'avocat, que mon client a commis son erreur fatale. » Combien de fois pouvait-il lâcher le mot *erreur* dans une seule plaidoirie ? Sa stratégie était-elle aussi transparente aux yeux du juge qu'elle l'était à ceux d'Olivia ? Elle n'aurait su le dire. Le juge était impassible. « Mon client a essuyé des pertes, et il s'est dit : *Vous savez quoi, je peux camoufler ça.* Il a fait une terrible, terrible erreur de jugement, une terrible faute. Il a décidé de couvrir ses pertes avec le revenu des nouveaux investisseurs. Il était dans l'embarras. Il croyait pouvoir compenser le découvert pendant un mois ou deux, si bien que personne n'en saurait rien. Pourquoi a-t-il fait cela ? Pourquoi a-t-il commis une pareille erreur ? » Là, pause théâtrale. Veer Sethi s'était vu confier une mission impossible. Il la remplissait au mieux de ses capacités.

« Ce que je crois, Votre Honneur, c'est qu'il s'agit tout simplement d'une question de peur. Toute vie comporte une part de moments terrifiants. Mon client avait perdu son épouse. Il était dans un état de profond abattement. Tout ce qu'il lui restait, c'était son travail, son job. Et la fraude a commencé, cette terrible erreur, parce qu'il ne supportait pas l'idée de perdre son travail – qui, à ce moment-là, était la dernière chose qu'il avait. » Ce qui n'était pas particulièrement flatteur pour Claire, songea Olivia. Elle se prit à regretter de ne pas avoir étudié le droit, comme sa sœur Monica : elle aurait livré une meilleure prestation que ce type. Il faisait trop chaud dans la salle. Olivia laissa vagabonder ses pensées et se remémora un certain après-midi dans l'atelier de Soho, assise sur le canapé avec Renata pendant un de ces violents orages d'août, profitant d'une pause dans sa peinture, écoutant la pluie, buvant du vin, Renata disant « Je ne pourrais pas entrer dans le monde du travail même si je le voulais », mais donnant l'impression en disant cela qu'elle cherchait à s'en convaincre elle-même : sans doute était-ce pour cette raison qu'Olivia avait gardé cet instant en mémoire. Renata avait tenu jusqu'en 1972 avant de succomber à son addiction. Ou 1973 ? Non, c'était bien 72, parce qu'Olivia se souvenait d'avoir suivi l'affaire du Watergate en se demandant ce que Renata en penserait si elle était encore en vie, Renata qui avait quitté la banlieue du Maryland, son politicien de père et sa mère secrètement alcoolique pour venir à New York, Renata qui prétendait se moquer éperdument de ce monde-là mais qui avait attentivement suivi la politique toute sa vie.

Dans la salle du tribunal, Veer Sethi continuait de parler. « Quand vous regardez mon client, vous ne voyez pas un homme foncièrement mauvais. Vous voyez un homme essentiellement imparfait, un homme qui, au moment où c'était important, au moment où il s'est rendu compte qu'il enregistrait des pertes qu'il ne pouvait pas couvrir, a manqué de courage. Vous voyez un honnête homme qui a commis une erreur. »

Il était impossible de ne pas remarquer, tandis que Sethi remerciait le juge et retournait s'asseoir, que les avocats de l'accusation affichaient des sourires narquois en secouant la tête. Alkaitis prenait soigneusement des notes sur un bloc jaune. Sethi et ses deux jeunes acolytes conféraient entre eux et fourrageaient dans des documents pour ne pas avoir à regarder quelqu'un, et surtout pas le procureur. Celui-ci se levait de la table de l'accusation, boutonnait sa veste de costume et commençait, avec un mépris à peine dissimulé, à percer des trous dans la chronologie établie par la défense. Il était surprenant, nota le procureur, que le Ponzi fût censé avoir commencé à peu près à l'époque de l'éclatement de la bulle Internet, dans la mesure où l'un des employés d'Alkaitis – un certain Harvey Alexander – avait déclaré, dans sa confession, avoir participé à une escroquerie qui avait démarré à la fin des années 1970. L'esprit d'Olivia se mit à errer. Elle ne dormait pas bien ces derniers temps. Elle avait abandonné son appartement pour s'installer chez Monica, où le lit de la chambre d'amis était inconfortable. Était-ce bien utile, finalement, de rester pour en écouter davantage ?

Cependant, Olivia resta jusqu'à la fin. La sentence, lorsqu'elle fut prononcée, lui parut digne d'un conte de fées : il était une fois un homme emprisonné dans un château pendant cent soixante-dix ans.

Dans la salle, le hoquet de surprise fut audible. *Cent soixante-dix ans,* répéta quelqu'un tout près. Léger sifflement. Quelques applaudissements étouffés. Olivia, immobile sur son siège, ne ressentait absolument rien.

*

Elle était partie avant l'aube en ayant l'impression de s'embarquer dans une mission, mais après l'énoncé du verdict, elle regretta presque de s'être déplacée. Elle n'aurait pas pu espérer une sentence plus lourde, et pourtant elle se sentait curieusement désenchantée. Elle fut lente à quitter le tribunal et passa inaperçue lorsqu'elle sortit enfin dans les derniers. En l'occurrence, sa chape d'invisibilité ne la dérangea pas. Elle ne se sentait pas très bien. Il y avait eu une époque où les grosses chaleurs de New York ne l'incommodaient pas, mais ce temps-là était révolu. Les journalistes se pressaient autour d'autres investisseurs. Elle entendit le dentiste déclarer :

« Écoutez, pour tout dire, ça ne change rien. » Il avait raison, supposait-elle. Jonathan allait finir ses jours en prison, mais Olivia vivait encore dans la chambre d'amis de sa sœur. Elle se dirigea vers le centre, dans la fournaise du métro, et observa la vie continuer autour d'elle, indifférente et ininterrompue. Quand elle était montée dans le train, ce matin-là, elle s'était vue en témoin d'un événement historique, mais l'Histoire se souviendrait-elle de Jonathan Alkaitis ? Juste un homme de paille comme tant d'autres en un temps de crise et de dissipation, architecte d'un montage d'une embarrassante simplicité qui avait fonctionné un moment avant d'imploser. La chaleur était insupportable et le métro, bondé. Lorsqu'elle sortit enfin dans l'Upper East Side, à quelques blocs de l'appartement de sa sœur, elle dut marcher très lentement pour ne pas s'évanouir. Un homme qui venait dans sa direction faillit la heurter ; il s'écarta à la dernière minute, sourcils froncés, comme si Olivia était entièrement fautive.

« C'est purement théorique, avait déclaré le juge, mais je suis tenu, pour des raisons techniques, d'imposer une période de liberté surveillée à l'issue de votre peine. » Idée pour une histoire de fantômes : il était une fois un homme qui resta trois ans en liberté surveillée après avoir purgé sa peine de cent soixante-dix ans de prison. Idée pour une histoire de fantômes : il était une fois une femme qui erra, invisible, dans les rues de New York, jusqu'à disparaître dans la foule écrasée de chaleur.

XII

LA CONTREVIE

Un matin, à EPF Florence Medium I, Alkaitis sort dans la cour et repère une tache de couleur parmi les détenus. Du rouge, et pourtant c'est impossible. Le rouge n'est pas autorisé dans la prison. Non seulement du rouge, mais un tailleur rouge comme il n'en a pas vu sur une femme depuis le début des années 1990 – 95 grand maximum –, un tailleur rouge pompier aux épaules extrêmement rembourrées. La femme qui le porte semble se mouvoir trop rapidement ; en quelques pas, elle a traversé la cour et se tient près de lui, le regard fixe.

« Madame Bertolli, dit-il doucement, en essayant d'affermir sa voix.

– Tu dis ? s'enquiert un type à proximité.

– Non, rien. »

Yvette Bertolli n'est évidemment pas là, parce que ce n'est pas possible et que personne d'autre ne semble l'avoir remarquée. Et pourtant, elle est bien là. Elle entame lentement un tour de la cour, vacillant un peu par moments. Elle paraît beaucoup plus jeune que la dernière fois qu'il l'a vue. Ce tailleur pourrait bien être le même que celui qu'elle portait lors de leur première rencontre, c'est-à-dire en, quoi, 1986 ? 87 ? Un déjeuner à Paris. Elle venait de lancer sa société de conseil en investissements et avait quelques clients pour lui, des

Français et des Italiens fortunés. Le matin de l'arrestation d'Alkaitis, les clients d'Yvette détenaient au total trois cent vingt millions de dollars dans le Ponzi. Yvette Bertolli était morte d'une crise cardiaque dans l'après-midi.

À présent elle fait le tour de la cour, jetant de fréquents coups d'œil à Alkaitis. Il ferme les yeux, se pince, essaie tous les stratagèmes imaginables, mais elle est toujours là quand il rentre à l'intérieur une heure plus tard. Elle confère sous un arbre avec Fayçal.

*

« Je voudrais vous questionner sur vos employés, dit la journaliste Julie Freeman lors d'une de ses visites.

– Des gens bien, répond-il. Loyaux.

– C'est intéressant que vous les considériez comme des gens bien, alors qu'ils étaient complices du crime.

– Non, j'ai tout fait moi-même. » Il a décidé de s'en tenir à cette version jusqu'à la fin de ses jours, bien que trois des cinq membres de la gestion d'actifs aient été condamnés. Il décèle une pointe d'irritation chez Freeman tandis qu'elle prend une note.

« Vous êtes au courant, je suppose, que Lenny Xavier a perdu en appel, reprend-elle. Coupable de neuf chefs d'accusation, tous en rapport avec le Ponzi.

– Je préfère ne pas parler de lui, dit Alkaitis.

– Changeons de sujet, alors. J'aimerais avoir votre opinion sur une déclaration que l'un de vos employés a faite à la barre. Lors de son contre-interrogatoire, on a questionné Oskar Novak sur son historique de navigation Internet, et il a répondu – je cite : "Il est possible de savoir quelque chose et en même temps de ne pas le savoir."

– Pourquoi, quel était son historique de navigation ? » À vrai dire, Alkaitis n'a pas consacré beaucoup de temps à penser à Oskar ni à aucun des autres. Il les avait portés à bout de bras pendant des années. Ils auraient pu démissionner à tout moment.

« Il a passé au total neuf heures et demie à rechercher les conditions de résidence dans les pays qui n'ont pas de traité d'extradition avec les États-Unis, dit Freeman.

– Aïe. Pauvre gosse. » Dans son esprit, Oskar est encore le gamin de dix-neuf ans, vêtu d'un costume trop grand pour lui, qui passait son entretien d'embauche après avoir laissé tomber l'université. « Ça n'a pas dû se passer bien pour lui.

– Non, en effet. » Elle attend une ou deux secondes, mais il ne l'interroge pas. En vérité, il ne se soucie pas vraiment de savoir ce qui est arrivé à Oskar, dans quelle prison il a échoué ni la durée de sa peine. « Bref, reprend-elle, j'étais curieuse de savoir si ça vous parle, cette notion selon laquelle une personne peut en même temps savoir une chose et ne pas la savoir.

– C'est une idée intéressante, Julie. J'y réfléchirai. »

*

Il y a du vrai là-dedans, décide-t-il plus tard, en faisant la queue pour le dîner. Il est possible de savoir qu'on est un criminel, un menteur, un homme sans grande moralité, et en même temps de *ne pas* le savoir, en ce sens qu'on a le sentiment de ne pas mériter sa punition, d'avoir droit, malgré les faits bruts, à de la clémence, à une sorte de traitement spécial. On peut savoir qu'on est coupable d'un crime très grave, qu'on a volé d'énormes sommes d'argent à de multiples clients et que cela a entraîné la misère pour certains d'entre eux et le suicide pour d'autres, on peut savoir tout cela et néanmoins considérer qu'on est victime d'une injustice quand le jugement tombe.

*

Entre les visites de Freeman, Alkaitis se retrouve à méditer sur l'historique de navigation d'Oskar. Ça a quelque chose de poignant, au fond, d'imaginer ce gosse faisant des recherches en ligne sur les pays sans traité d'extradition, recherches pour un projet qu'il n'aura pas le cran de mener à bien. Contrairement à Enrico, qui est toujours en liberté.

*

Il fait la queue au magasin de la prison quand il voit Olivia. Elle erre d'un rayon à l'autre, touche divers articles sur les rayonnages, sans regarder Alkaitis. Elle porte une robe bleue qu'il se rappelle lui avoir vue le dernier été avant son arrestation ; elle la portait sur le yacht. Il s'éloigne à reculons et s'en va sans rien acheter, profondément secoué. Il regagne sa cellule et s'allonge, un bras sur les yeux. Hazelton est ailleurs, grâce au ciel. Jonathan a désespérément besoin de solitude, mais le problème c'est que désormais il ne peut plus avoir la certitude d'être seul dans une pièce. Certaines frontières se dissolvent.

*

« Accepteriez-vous de faire pour moi une recherche sur Internet? » demande-t-il à Julie Freeman lors de sa visite suivante. Deux jours ont passé depuis qu'il a vu Olivia au magasin. « L'une des investisseuses était une vieille amie à moi, une peintre qui avait aussi connu mon frère. Elle s'appelait Olivia Collins. Pourriez-vous faire une recherche pour savoir ce qu'elle est devenue ? »

*

Lorsqu'il revoit Freeman, deux semaines plus tard, il sait ce qu'elle va dire avant même qu'elle ait ouvert la bouche. « J'ai une mauvaise nouvelle, lui annonce-t-elle en s'asseyant. Cette femme sur laquelle vous m'avez demandé de me renseigner, Olivia Collins… Elle est morte le mois dernier.

– Oh », fait-il. Mais il se rend compte qu'il le savait déjà. Il a vu Olivia à deux reprises ces derniers temps, d'abord au magasin et ensuite dans la cour, où elle était en grande conversation avec Yvette Bertolli.

« Je suis désolée, dit Freeman avant de se lancer dans son interview.

– Puis-je vous demander quelque chose ? dit-il un peu plus tard, interrompant une rafale de questions fastidieuses sur des relevés de compte.

– Allez-y.

– Pourquoi avez-vous envie d'écrire sur cette histoire ?

– Je me suis toujours intéressée aux illusions collectives, dit-elle. Mon mémoire de fin d'études portait sur une secte du Texas.

– Je ne suis pas sûr de vous suivre.

– Eh bien, regardez les choses sous cet angle. Nous sommes d'accord, je crois, pour dire qu'il aurait dû être évident, aux yeux de n'importe quel investisseur averti, que vous dirigiez une opération frauduleuse.

– Je l'ai toujours soutenu, confirme Alkaitis.

– Donc, pour que votre escroquerie fonctionne pendant si longtemps, il fallait qu'un grand nombre de personnes croient à une histoire qui, en réalité, ne tenait pas debout. Mais comme tout le monde gagnait de l'argent, nul ne s'en souciait, sauf Ella Kaspersky.

– Les gens croient à toutes sortes de choses, dit-il. Le fait que ce soit une illusion n'empêche pas que ça puisse leur faire gagner de l'argent bien réel. Si vous voulez parler d'illusions collectives, je connais une quantité de gens qui se sont enrichis avec les prêts hypothécaires à risque.

– À votre avis, est-il juste de voir en vous l'incarnation de notre époque ?

– Cela me paraît un peu dur, Julie. Je n'ai pas provoqué de cataclysme économique planétaire. J'ai été, tout autant qu'un autre, une victime de la crise économique. Lorsque Lehman Brothers a fait faillite, j'ai compris que je ne pourrais plus continuer bien longtemps.

– J'aimerais que vous me parliez d'Ella Kaspersky.

– Ce n'est pas la personne que je préfère au monde.

– Vous rappelez-vous votre première rencontre avec elle ? »

Il avait rencontré Kaspersky en 1999, à l'hôtel Caiette. Dès le départ, le voyage s'annonçait mal. Suzanne, déjà malade à ce moment-là, était restée à New York ; Alkaitis, à peine arrivé à l'hôtel, regrettait déjà d'être venu et envisageait de couper court à l'expédition. Mais comme il avait besoin d'investisseurs, il avait passé une semaine par mois loin de New York, à écumer les salons de réception et les bars d'hôtels. Il aimait en particulier l'hôtel Caiette, car le fait qu'il en soit propriétaire lui conférait une crédibilité instantanée : *Voyez-vous, nous avons une conversation sous un toit qui m'appartient.* Il ne jouait pas le moindre rôle dans la gestion de l'établissement, mais cela n'avait aucune importance.

Le deuxième soir de son séjour à l'hôtel Caiette, il descendit dans le hall et y trouva Ella Kaspersky, une femme élégante d'une petite quarantaine d'années, qui buvait un whisky dans un fauteuil en contemplant la luminescence de la baie au crépuscule, le reflet du hall caressant la surface de son verre. Alkaitis s'installa à proximité, inclina la tête quand elle lui lança un coup d'œil. De quoi avaient-ils parlé ? De l'Italie, si sa mémoire était bonne. Elle collectionnait les objets d'art. Elle ne travaillait pas. Elle voyageait, étudiait de nouvelles langues, assistait à des ventes aux enchères et à des expositions d'art.

Elle venait de passer trois mois à apprendre l'italien à Rome, si bien qu'ils se lancèrent dans une longue parenthèse sur les plaisirs de l'Italie, après quoi la conversation s'orienta sur le métier qu'il exerçait. Elle se montra intéressée et annonça tout naturellement qu'elle avait de l'argent à investir : son père, décédé quelques mois auparavant, avait légué la plus grande partie de sa fortune à la fondation charitable de leur famille, or Ella était partie prenante dans les décisions d'investissements de la fondation.

« Parlez-moi de votre stratégie d'investissement », dit-elle.

Il la lui exposa en détail. Il lui expliqua qu'il utilisait la stratégie dite de *« split-strike conversion »*, qui consistait à acheter un panier d'actions en même temps que des contrats d'option afin de vendre plus tard ces titres à un prix déterminé, minimisant ainsi les risques. Il programmait ces achats en fonction des fluctuations de la Bourse, lui dit-il, se retirant parfois complètement du marché pour investir l'argent de ses clients dans des placements garantis par le gouvernement, genre bons du Trésor américain, puis réintégrant le marché quand le moment semblait propice. Kaspersky donnait l'impression d'écouter attentivement, mais elle en était alors au moins à son troisième verre, si bien qu'Alkaitis ne se serait jamais douté qu'elle retenait tout ce qu'il lui disait – jusqu'à ce que, quelques semaines plus tard, il reçoive une lettre à son bureau new-yorkais. Elle avait effectué des recherches sur sa stratégie et ses méthodes de trading. Elle avait analysé les performances d'un fonds qu'il gérait. Elle avait interrogé deux experts sur la stratégie d'investissement qu'il prétendait utiliser, et ni l'un ni l'autre n'avait pu lui expliquer comment les bénéfices d'Alkaitis pouvaient être si élevés et si réguliers ; elle connaissait deux fonds communs de placement qui employaient la même stratégie, mais leurs rendements étaient beaucoup plus volatils que les siens. Elle était sidérée par sa capacité à négocier des actions en si grande quantité sans que les cours de la Bourse n'en soient affectés. Ses rendements semblaient presque requérir un don de voyance pour prévoir à quel moment le marché allait baisser. « N'allez pas croire, écrivait-elle, que je sois totalement fermée à la possibilité du mystère dans l'univers, ni que je sois réticente à admettre l'existence d'un talent exceptionnel – voire d'un authentique génie – quand il s'agit de prédire les mouvements des marchés, mais on ne peut s'empêcher de noter que votre stratégie de trading, pratiquée à l'échelle à laquelle vous semblez la pratiquer, exigerait plus d'options de vente OEX qu'il n'en existe à la Bourse de contrats d'options de Chicago. » Sur un plan personnel, peut-être comprendrait-il l'horreur qu'elle avait éprouvée en découvrant, au fil de ses recherches, que la fondation privée de sa famille – elle n'était pas sûre de lui avoir précisé, à Caiette, que celle-ci avait été créée dans le but de financer la recherche sur le cancer du côlon, qui avait emporté sa mère dix ans plus tôt – avait déjà lourdement investi dans le fonds d'Alkaitis. « Naturellement, écrivait-elle, j'ai soumis le problème au directeur de la fondation, lequel, partageant mes craintes, vous a aussitôt envoyé une demande de retrait des fonds. La catastrophe a ainsi pu être évitée, mais il m'est particulièrement pénible de savoir que la fondation familiale a bien failli être anéantie. C'est effrayant de penser que l'héritage de mes parents ait pu à ce point être mis en péril. » Elle avait pris la liberté de transmettre une copie de sa lettre à la SEC.

Alkaitis convoqua Enrico dans son bureau. Intéressant d'observer la réaction d'Enrico à la lecture de la lettre de Kaspersky : son visage ne changea pas, mais ses mains tremblaient un peu. Il rendit la lettre avec un soupir.

« Elle ne peut rien prouver, dit-il. Il s'agit uniquement d'insinuations et de spéculation.

– Elle a envoyé cette lettre à la SEC. Ils peuvent débarquer d'une minute à l'autre.

– On avisera le moment venu, patron. » Une question qui vient à l'esprit d'Alkaitis seulement beaucoup plus tard, quelques années après le début de sa nouvelle vie à EPF Florence Medium 1 : Pourquoi Enrico n'a-t-il pas quitté le navire à ce moment-là ? À l'hiver 1999, sachant qu'Ella Kaspersky avait percé à jour le système ?

En tout cas, dans la version de l'histoire qu'il sert à Julie Freeman lors de son interview en prison, il ne montre à personne la lettre de Kaspersky.

« Et ensuite, que s'est-il passé ? s'enquiert Freeman.

– Nous avons reçu une lettre de la SEC. Ils ouvraient une enquête.

– Comment se fait-il qu'ils ne vous aient pas coincé ?

– Pour être honnête, je n'en sais rien. Soit ils étaient incompétents, soit ils s'en fichaient – voire les deux. J'étais certain qu'ils nous arrêteraient. Il leur aurait suffi d'un coup de téléphone. Littéralement. Un seul coup de téléphone leur aurait permis d'établir qu'aucune transaction n'avait lieu.

– Et par “nous”, vous entendez vous et vos employés.

– Quoi ?

– Vous avez dit : “J'étais certain qu'ils nous arrêteraient.”

– Ma langue a fourché. Je parlais uniquement de moi.

– Je vois. La surprise a dû être agréable, quand ils ont bouclé l'enquête sans vous avoir inquiété.

– Très agréable, en effet.

– Vous l'avez revue ?

– Kaspersky ? Non. »

Si, mais il n'aime pas repenser à ce soir-là. Lui et Suzanne dînaient au restaurant Le Veau d'Or, qu'ils adoraient tous les deux. Enfin… lui dînait ; Suzanne, elle, buvait un bouillon de poulet. Ils sortaient de chez l'oncologue et c'était comme s'ils étaient entrés dans un tunnel destiné à se terminer dans les ténèbres. Ils étaient transportés à grande vitesse vers la nuit. Alkaitis s'efforçait d'alimenter la conversation, mais Suzanne était dans un autre tunnel, un tunnel encore plus sombre, elle répondait par monosyllabes et il voyait déjà comment ils seraient séparés à partir de maintenant, comment Suzanne serait entraînée de plus en plus rapidement loin de lui. Il avait cru que la soirée ne pourrait pas être pire qu'elle ne l'était déjà, mais n'importe quelle soirée donnée peut toujours empirer. À quelques tables de là, il entendit un bruit de verre brisé et, tournant la tête, il vit Ella Kaspersky. Elle dînait seule. Un serveur avait laissé tomber son verre de vin qui s'était fracassé sur une corbeille à pain.

« Tu la connais ? s'enquit Suzanne, intriguée par l'expression de son mari.

– Tu ne vas pas le croire, mais c'est Ella Kaspersky.

(Une différence entre la vie avec Suzanne et la vie avec Vincent, une parmi beaucoup d'autres : il disait tout à Suzanne.)

« Je ne l'imaginais pas élégante. » Kaspersky ne regarda pas dans leur direction. Elle était occupée à essuyer son revers taché de vin blanc. « Depuis le début, je me la figurais comme une espèce de harpie échevelée.

– Veux-tu manger autre chose ? » Il désirait que sa femme se nourrisse pour garder des forces, et il désirait aussi très fort qu'elle cesse d'observer fixement Kaspersky.

« Non, demandons l'addition. »

Il s'occupa du règlement pendant que sa femme examinait Kaspersky, qui avait repoussé d'un geste agacé les excuses du serveur pour se replonger dans la lecture d'un document quelconque, une liasse de feuilles de papier de trois centimètres d'épaisseur retenues par une pince. Il n'aimait pas la façon dont Suzanne la regardait.

« Partons », dit-il doucement, une fois l'addition payée. Mais Kaspersky était assise à l'endroit le plus resserré du restaurant, ce qui les contraignit à passer tout près de sa table pour atteindre la porte. Le visage de Suzanne arborait un terrifiant sourire. Kaspersky leva la tête alors qu'ils arrivaient presque à sa hauteur. Elle avait le visage impassible d'un joueur de poker, sauf que ses yeux s'étrécirent légèrement quand elle le reconnut.

« Bonsoir, Ella », dit Alkaitis. La SEC avait clos son enquête au début de la semaine. Inutile de se montrer mesquin dans la victoire.

Elle s'adossa à sa chaise, le regard fixé sur lui, et but une gorgée de vin. Elle resta silencieuse si longtemps qu'il crut qu'elle n'allait rien dire, et il se préparait juste à partir quand elle lâcha : « Vous ne méritez même pas mon mépris. »

Alkaitis fut paralysé. Il ne trouva rien à répliquer.

« Oh, Ella », dit Suzanne. Un petit débris de verre avait été oublié près de la corbeille à pain. Suzanne le prit entre le pouce et l'index et le laissa choir délicatement dans le verre d'eau de Kaspersky. Tous trois le regardèrent sombrer au fond.

Suzanne se pencha alors et déclara posément : « Et si vous avaliez du verre brisé ? »

Pendant quelques instants, nul ne parla.

« Je suis sûr qu'on doit vous le dire tout le temps, susurra Ella Kaspersky, mais vous êtes parfaitement assortis, tous les deux. »

Alkaitis prit sa femme par le bras et l'entraîna rapidement hors du restaurant, dans la rue froide où la voiture les attendait. Il la poussa à l'intérieur et s'assit à côté d'elle. « À la maison, je vous prie », dit-il au chauffeur. Il jeta un regard en coin à Suzanne et vit qu'elle pleurait sans bruit, le visage dans les mains. Il l'attira contre lui et la serra très fort, les larmes tombant sur son pardessus. Ils restèrent ainsi, sans parler, durant tout le trajet jusqu'au Connecticut.

*

Dans une vie différente, dans la bibliothèque d'EPF Medium I, le professeur invité abandonne temporairement F. Scott Fitzgerald, à la surprise générale. « Je voudrais vous parler aujourd'hui de l'allégorie, déclare-t-il. L'un d'entre vous connaît-il l'histoire du cygne sur le lac gelé ?

– Ouais, je crois la connaître, répond Jeffries, un officier de police qui avait tenté de mettre un contrat sur la tête de sa femme. Celle du cygne qui ne s'envole pas à temps, c'est ça ? »

Plus tard, pendant qu'il fait la queue pour ses patates et sa viande mystère, Alkaitis se prend à penser à l'histoire du cygne. C'était l'une des préférées de sa mère, qui la lui avait racontée bien souvent durant son enfance et son adolescence. Soit un troupeau de cygnes sur un lac, au cœur de l'automne. À mesure que les nuits refroidissent, tous finissent par s'envoler. Tous sauf un, pour des raisons dont Alkaitis ne se souvient pas : un cygne solitaire qui ne perçoit pas l'approche du danger, ou qui aime trop le lac pour le quitter malgré l'urgence, ou qui est victime de l'hubris – les motivations du cygne étaient floues et probablement sujettes à modifications, subodore Alkaitis, en fonction du message que sa mère souhaitait faire passer à tel ou tel moment –, et quand l'hiver finit par s'installer, le cygne est pris dans la glace parce qu'il n'est pas sorti de l'eau à temps.

*

« Je croyais que j'arriverais à m'en sortir, dit-il à Freeman lorsqu'elle revient le voir. J'étais embarrassé. Je ne voulais pas les laisser tomber, tous. Ils étaient tellement cupides, ces gens-là, ils attendaient de tels bénéfices…

– Vous avez le sentiment que ce sont les investisseurs qui vous ont poussé à la fraude, dit-elle benoîtement.

– Ce n'est pas exactement ce que j'ai dit. J'ai endossé la pleine responsabilité de mes actes.

– Mais vous semblez penser que les investisseurs étaient en partie à blâmer.

– Ils attendaient un certain niveau de rendement. Je me sentais contraint de les satisfaire. C'était un cauchemar, en réalité.

– Pour vous, vous voulez dire ?

– Oui, bien sûr. Imaginez le stress, la pression constante, savoir que tôt ou tard le système s'écroulerait mais tenter malgré tout de le préserver. En fait, je regrette de ne pas avoir été arrêté plus tôt. Je regrette qu'on ne m'ait pas arrêté en 1999, lors de la première enquête de la SEC.

– Et vous maintenez que personne d'autre que vous n'était au courant de l'escroquerie, dit Freeman d'un ton soigneusement neutre. Les relevés de compte, la simulation, les virements… tout ça, c'était vous.

– C'était moi, dit-il. Je n'en ai jamais parlé à âme qui vive. »

*

Un autre jour, Yvette Bertolli fait le tour de la cour de récréation, marchant un peu en retrait et à droite d'un mafioso âgé dont le nom inspirait autrefois la terreur dans le Lower East Side mais qui, à présent, traîne les pieds dans une laborieuse tentative de jogging au ralenti. Ailleurs, Olivia et Fayçal bavardent avec un homme qu'Alkaitis ne reconnaît pas, un homme qui n'est pas un détenu, pas vivant non plus, vraisemblablement, un homme d'une cinquantaine d'années vêtu d'un superbe costume gris en laine.

Il y a eu quatre suicides liés au Ponzi, pour autant que le sache Alkaitis, quatre hommes qui avaient perdu plus d'argent qu'ils ne pouvaient le supporter. Fayçal était l'un d'eux ; cet inconnu en est-il un autre ? Il y avait également un businessman australien, si Alkaitis se souvient bien, et aussi un Belge. D'autres fantômes approchent-ils, en cet instant même, d'EPF Florence Medium I ? Il observe Olivia et sent la rage l'envahir. De quel droit vient-elle le hanter ? De quel droit viennent-ils le hanter, tous autant qu'ils sont ? Ce n'est pas sa faute si Fayçal a choisi de mettre fin à ses jours. S'il est honnête avec lui-même, il doit convenir que la crise cardiaque d'Yvette Bertolli était probablement due au Ponzi, mais elle aurait dû flairer l'escroquerie à cent lieues et elle était libre de se retirer quand elle le souhaitait, comme tous les autres. Quant à Olivia, on ne peut certes pas le rendre responsable de ce qui lui est arrivé : il est en prison depuis des années et cela fait seulement un mois qu'elle est morte. Quand il pense aux énormes sommes d'argent qu'il a versées, à tous les chèques qu'il a envoyés au fil des années, Alkaitis ressent une colère sourde.

« Je ne prétends pas que ce que j'ai fait était honnête, mais si on analyse rationnellement les choses, j'ai fait du bien dans le monde, écrit-il à Julie Freeman. J'entends par là que j'ai fait gagner beaucoup d'argent à beaucoup de gens sur une période de plusieurs décennies, à de nombreuses œuvres charitables, à une quantité de fonds souverains et de fonds de pension, etc. Je sais que cela ressemble à un plaidoyer pro domo, mais les chiffres sont là et si vous comparez les investissements avec ce qu'ils ont rapporté, la plupart de ces particuliers/entités ont engrangé infiniment plus d'argent qu'ils n'en avaient déposé et ils ont gagné bien davantage que s'ils avaient juste investi en Bourse. Je considère par conséquent qu'il est inexact de les qualifier de “victimes”. »

*

« Maintenant, au moins, dit-il à Suzanne, hospitalisée en soins palliatifs, tu n'auras pas à aller en prison quand le système s'effondrera.

– Pense aux économies réalisées en honoraires d'avocat », répliqua-t-elle. Ils se comportaient ainsi les derniers mois, faisant assaut de fanfaronnades et d'humour noir, jusqu'au jour où elle cessa de parler, sur quoi il cessa de parler lui aussi et resta simplement assis au chevet de sa femme, silencieux, heure après heure, en lui tenant la main.

*

Quand enfin le système s'effondra, quand enfin il se trouva pris au piège, la femme qu'il ne fallait pas était avec lui. Pourtant Vincent l'impressionna, à ce moment-là, bien qu'elle ne fût pas Suzanne. Le tableau : son bureau dans le centre-ville, où il se trouvait pour la dernière fois. Il était assis derrière sa table de travail, Claire pleurait sur le divan, Harvey regardait dans le vide, pendant que Vincent s'affairait avec son manteau et un sac de shopping avant de s'asseoir et de l'observer sans ciller, jusqu'à ce qu'il soit finalement contraint de lui dire : « Vincent, sais-tu ce qu'est une pyramide de Ponzi ?

– Oui », répondit Vincent.

Et Claire, sur le divan, toujours en larmes : « Comment savez-vous ce qu'est une pyramide de Ponzi, Vincent ? C'est lui qui vous en a parlé ? Vous étiez au courant ? Je jure que si vous étiez au courant, s'il vous en avait parlé…

– Bien sûr que non, il ne m'en a pas parlé, répondit Vincent. Je sais ce qu'est une pyramide de Ponzi parce que je ne suis pas complètement conne. »

Il pensa : *Bravo, mon petit.*

*

Dans la contrevie, il enfile le couloir d'un hôtel – large, silencieux, orné d'appliques modernes, le couloir de l'hôtel de Palm Jumeirah – et descend par l'escalier, marchant lentement dans l'air frais. Il y a un palmier en pot à chaque palier. Le hall est désert, à l'exception de Vincent. Debout près d'une fontaine, elle regarde dans l'eau. Elle lève la tête à son approche, elle l'attendait. C'est différent cette fois, il est absolument certain qu'il ne s'agit pas d'un souvenir, parce qu'il lui faut un moment pour la reconnaître. Elle est beaucoup plus âgée et porte des vêtements étranges, un T-shirt gris, un pantalon d'uniforme gris et un tablier de chef cuisinier. Un mouchoir est noué autour de sa tête, mais il peut voir qu'elle a les cheveux très courts, pas du tout comme à l'époque où ils étaient ensemble, et elle n'est pas maquillée. Elle est devenue une personne totalement différente.

« Bonjour, Jonathan. » Sa voix semble venir de très loin, comme si elle parlait au téléphone depuis un sous-marin.

« Vincent ? Je ne t'avais pas reconnue. »

Elle le dévisage sans rien dire.

« Qu'est-ce que tu fais ici ? demande-t-il.

– Je suis en visite.

– Tu viens d'où ? »

Mais elle regarde derrière lui, l'esprit ailleurs, et il tourne la tête pour voir Yvette et Fayçal qui se promènent près d'une des fenêtres du hall. Yvette rit de ce que vient de dire Fayçal.

« Ils ne sont pas censés être ici, murmure-t-il, sincèrement alarmé. Je ne les ai jamais vus ici avant. »

Mais quand il se retourne, Vincent a disparu.

*

Plus tard, étendu éveillé sur son lit inconfortable dans la non-contrevie, la non-vie, il est frappé par l'injustice de son sort. S'il doit absolument voir des fantômes, pourquoi celui de Vincent et non celui de sa véritable épouse, sa première compagne – sa bien-aimée Suzanne, sa co-conspiratrice –, ou alors celui de Lucas ? Il ne va pas bien. Il est plus souvent dans la contrevie que dans sa prison, à présent, et il sait que la réalité lui échappe. Il a peur d'oublier son propre nom, d'oublier qui il est – et à ce moment-là, bien sûr, il aura également oublié son frère. Cette idée est tellement bouleversante qu'il trace un petit L sur sa main gauche avec le stylo de Churchwell. Chaque fois qu'il verra le L, décide-t-il, il fera un effort conscient pour penser à Lucas : de cette manière, ça deviendra une habitude. Il a entendu dire que les habitudes étaient les dernières à partir.

« Une habitude, comme se laver les dents, dit Churchwell.

– Oui, exactement.

– Mais il y a une différence. Tes dents ne se dégradent pas progressivement chaque fois que tu les brosses.

– Comment ça ?

– Je ne suis pas spécialiste, mais j'ai lu quelque part que chaque fois que tu récupères un souvenir, le processus de récupération corrompt un peu le souvenir en question. Ça le modifie un peu.

– Ma foi, dit Alkaitis, je devrai courir le risque. » Il est néanmoins troublé par cette nouvelle information – mais est-elle vraiment nouvelle ? Il lui trouve quelque chose de familier, parce que, ces temps-ci, il en revient presque toujours au même souvenir de Lucas, un seul souvenir indéfiniment récupéré, et c'est affreux de penser qu'il le détériore à chaque fois, que ce souvenir pourrait en cet instant même muter de différentes manières encore imperceptibles. Quand il n'est pas dans la contrevie, Alkaitis aime s'attarder dans une verte prairie de sa ville natale, au crépuscule, après un pique-nique familial. C'était le dernier été de Lucas. Jonathan avait quatorze ans. Lucas est arrivé en milieu d'après-midi, quatre trains plus tard que prévu. Jonathan se souvient d'avoir attendu à la gare un premier train, puis un autre, puis un troisième et un quatrième, son frère descendant enfin sur le quai ensoleillé, beaucoup plus maigre que dans son souvenir, un spectre en lunettes noires. « Désolé, dit Lucas, il faut croire que j'ai perdu la notion du temps ce matin.

– On commençait presque à s'inquiéter ! » s'exclama leur mère avec ce petit rire nerveux que Jonathan a remarqué depuis peu. Elle avait passé la dernière heure à pleurer dans la voiture pendant que leur père faisait les cent pas en fumant des cigarettes. « Nous pensions que tu ne viendrais peut-être pas. » Le pique-nique était son idée à elle, bien sûr.

« Je n'aurais manqué ça pour rien au monde », dit Lucas, et leur père avait serré les mâchoires. Comme toujours, Jonathan n'aurait su dire si Lucas était sincère ou non. Pourquoi fallait-il que Jonathan soit tellement plus jeune ? Ce n'était pas juste. Il n'arriverait jamais à suivre.

« Comment va la peinture ? » demanda-t-il lorsqu'ils furent assis côte à côte sur la banquette arrière de la voiture – et, des décennies plus tard, à l'EPF Florence Medium I, il ressent encore le plaisir de cet instant, d'avoir pensé à poser une question d'adulte.

« Super bien, mon gars, merci. Vraiment très bien.

– Tu te plais toujours dans cette ville ? » Maman disait *cette ville* sur le ton qu'aurait employé un prédicateur pour parler de Gomorrhe.

« Je l'adore. » Mais la voix de Lucas manquait un peu de conviction, même le Jonathan de quatorze ans le perçut. Leurs parents échangèrent un coup d'œil.

« Si jamais tu veux rester quelque temps à la maison, dit leur père. Faire un petit break, même juste une semaine ou deux, prendre un peu l'air frais…

– L'air frais est très surfait. »

Évoquant ce souvenir tant d'années après, de l'EPF Florence Medium I, Alkaitis ne se rappelle pas grand-chose du pique-nique proprement dit. Ce dont il se souvient, c'est de ce qui suivit : une sensation de calme à la fin de cette longue et étrange journée, une paix temporaire, assis à l'ombre avec toute sa famille réunie, et puis, une heure avant que le soleil se couche et que leurs parents commencent à parler de reconduire Lucas à la gare (« à moins que tu ne préfères passer la nuit ici, mon chéri, tu sais qu'il y a toujours de la place… »), une dernière heure merveilleuse à jouer au Frisbee avec son frère dans le jour déclinant, à courir et à plonger dans l'herbe, le pâle disque tournoyant dans le crépuscule.

XIII

PAYS DE L'OMBRE

Décembre 2018

1

En décembre 2018, Leon Prevant avait un job dans un Marriott situé à l'extrémité sud du Colorado, non loin de la frontière avec le Nouveau-Mexique. Ce n'était pas une grande ville, mais elle comportait néanmoins deux hôtels Marriott qui se reflétaient l'un l'autre de chaque côté de la large rue et du parking. Les Marriott se trouvaient juste à la lisière du centre-ville, lequel était en réalité une sorte de mirage. Le premier jour, Leon s'y rendit à pied pendant sa pause-déjeuner, passant devant une immense fresque murale avant de remonter une rue où il trouva le café le plus prometteur qu'il ait vu depuis un moment, une vaste salle ombreuse adossée à un atelier de torréfaction. Il prit un café à emporter et déambula dans la rue. Hormis un énorme magasin de surplus de l'armée qui semblait s'être répandu dans les trois bâtiments voisins, la plupart des boutiques étaient vides. Aucune voiture ne circulait. Du coin où il se tenait, Leon avait vue sur deux longues rues, et il ne repéra en tout et pour tout qu'une seule autre personne, un homme en T-shirt orange fluo assis sur un banc, à un bloc de là, le regard perdu. Les tables installées devant le café étaient inoccupées. Leon regagna rapidement le Marriott, où il pointa et reprit son travail de la journée, consistant à réceptionner dans la réserve une nouvelle livraison d'articles de toilette et à enlever les insectes noyés et les feuilles mortes qui flottaient à la surface de la piscine.

« C'est là qu'on voit que tu viens de la côte, lui dit plus tard son collègue Navarro quand Leon fit une remarque sur le centre-ville désert. Vous autres, vous croyez qu'un patelin doit avoir un centre-ville pour être un vrai patelin.

– Tu ne penses pas qu'un centre-ville devrait être un peu animé ?

– Je pense qu'un patelin n'a pas besoin de centre-ville du tout », répondit Navarro.

*

Il était là depuis six mois lorsque Miranda appela. Il faisait des mots croisés dans le camping-car, après son service, des poches de glace sur son genou droit et sur sa cheville gauche, tout seul parce que Marie avait pris un job de nuit où elle devait garnir des rayons au Walmart, de l'autre côté de l'autoroute, et ce coup de fil était tellement imprévu que Leon eut du mal à saisir le nom de Miranda quand celle-ci se présenta. Il y eut un curieux silence d'une demi-seconde, le temps qu'il se ressaisisse.

« Leon ?

– Salut, désolé de ce blanc. Quelle surprise inattendue ! » Il se fit l'effet d'un imbécile car, dans ce contexte, les mots *surprise* et *inattendue* étaient manifestement redondants, mais comment lui en vouloir ?

« Ça fait plaisir d'entendre votre voix, reprit-elle, après toutes ces années. Vous avez un moment ?

– Bien sûr. » Son cœur battait fort. Depuis combien d'années espérait-il ardemment cet appel ? Dix. Une décennie en pleine cambrousse, se surprit-il à penser. Dix années à voyager bien au-delà des frontières du monde de l'entreprise, en souhaitant inutilement y être réintégré. Les poches de glace glissèrent par terre quand il tendit la main pour attraper un stylo et du papier.

« Malheureusement, dit Miranda, je n'appelle pas pour la plus plaisante des raisons. Mais avant d'en parler, laissez-moi vous poser une question : seriez-vous un tant soit peu intéressé de revenir à titre de consultant ? Ce serait une mission très courte, juste quelques jours.

– J'adorerais. » Il avait envie de pleurer. « Oui. Ce serait… oui.

– OK. Bien, alors. » Elle semblait un peu surprise par sa ferveur. « Il s'est produit… » Elle s'éclaircit la gorge. « J'allais dire *il s'est produit un accident,* mais en réalité nous ignorons s'il s'agissait d'un accident ou pas. Quoi qu'il en soit, une femme a disparu d'un navire de Neptune-Avramidis. Elle était cuisinière.

– C'est terrible. Quel navire ?

– C'est terrible, en effet. Le *Neptune Cumberland.* » Le nom ne disait rien à Leon. « Écoutez, je mets sur pied une commission pour enquêter sur la sécurité des équipages sur les bâtiments de Neptune-Avramidis en général, et sur la mort de Vincent Smith en particulier. Si ça vous intéresse, votre aide me serait précieuse.

– Attendez… elle se prénommait Vincent ?

– Oui, pourquoi ?

– D'où venait-elle ?

– Une citoyenne canadienne, pas d'adresse permanente. Sa plus proche parente était une tante à Vancouver. Pourquoi ?

– Pour rien. J'ai connu une femme qui s'appelait Vincent, il y a longtemps. Enfin, connue *de loin*. Ce n'est pas un prénom si courant pour une femme.

– Exact. Le point important, là, je n'ai pas besoin de vous le dire, c'est qu'il n'y aura certainement jamais d'autre enquête sur sa mort. Pour être honnête avec vous, si j'avais le budget nécessaire, je commanderais une enquête à un cabinet juridique extérieur.

– Coûteux, non ?

– Extrêmement. C'est pourquoi elle aura juste droit à ça : une enquête interne menée par la compagnie pour laquelle elle travaillait. Les compagnies ont le don de s'exonérer de toute responsabilité, vous ne trouvez pas ?

– Vous voulez quelqu'un d'extérieur, dit-il.

– Vous êtes un homme en qui j'ai confiance. Quand pouvez-vous être à New York ?

– Bientôt. Juste le temps de boucler quelques affaires ici. » Il calculait la longueur du trajet en voiture depuis le sud du Colorado. Ils discutèrent des dispositions à prendre pour le voyage et, après avoir raccroché, il resta longtemps assis à la table, clignant des paupières. Il consulta le répertoire des appels sur son portable pour s'assurer qu'il n'avait pas rêvé. *NEPTUNE-AVRA*, indicatif de zone 212, *21 minutes.* Les données semblaient coller ; il avait eu l'impression de recevoir un coup de téléphone d'une autre planète.

2

Après Alkaitis, ce fut une vie différente. Leon et Marie purent tenir six mois dans leur maison après l'effondrement du Ponzi – six mois de non-remboursements d'emprunt immobilier et de stress ruineux pour leur santé. Leon avait investi la totalité de son indemnité de licenciement et toutes leurs économies dans le fonds d'Alkaitis, et les bénéfices ne les avaient pas rendus riches, mais on n'a pas vraiment besoin de grand-chose pour bien vivre dans le sud de la Floride. Ils avaient acheté le camping-car juste avant l'arrestation d'Alkaitis. Les mois qui suivirent, entre Leon qui s'efforçait d'obtenir d'autres missions de consulting chez Neptune-Avramidis – la société, touchée par une vague de licenciements, avait cessé d'engager des consultants –, et Marie que l'anxiété et la dépression rendaient inemployable, le camping-car garé dans l'allée leur avait d'abord semblé malveillant, une espèce d'horrible plaisanterie, comme si leurs erreurs de placement avaient pris la forme de ce véhicule garé près de la maison.

Cependant, au début de l'été, alors qu'ils dînaient d'une omelette à la lueur des bougies, moins par romantisme que pour économiser l'électricité, Marie déclara :

« J'ai échangé par mail avec Clarissa ces jours-ci.

– Clarissa ? » Le prénom était familier, mais il lui fallut un moment pour le situer. « Ah, ton amie de fac, c'est ça ? La médium ?

– Oui. Nous avons dîné avec elle à Toronto, voilà bien des années.

– Je m'en souviens. Qu'est-ce qu'elle devient ?

– Elle a perdu sa maison et vit désormais dans sa camionnette. »

Leon posa sa fourchette et prit son verre d'eau pour faire passer la boule qui lui obstruait la gorge. Ils avaient deux mois de retard sur le remboursement de l'emprunt.

« Pas de chance, dit-il.

– En fait, elle dit que ça lui plaît.

– Au moins, en tant que voyante, elle avait dû voir venir la catastrophe,

– Je lui ai posé la question, dit Marie. Elle avait bien eu des visions de routes, mais elle avait juste supposé qu'elle allait partir en voyage.

– Une camionnette, murmura Leon. Ce doit être une vie difficile.

– Sais-tu qu'il y a des jobs qu'on peut faire, quand on est itinérant ?

– De quel genre ?

– Contrôler les tickets à l'entrée des foires. Travailler dans des entrepôts au moment du rush des vacances. Divers travaux agricoles. Pendant quelque temps, Clarissa a eu un job qui lui plaisait dans un camping : elle faisait le ménage et s'occupait des campeurs.

– Intéressant. » Il devait bien dire quelque chose.

« Leon, et si nous partions simplement dans notre camping-car ? »

Sa première réaction fut de trouver l'idée ridicule, mais il attendit délicatement deux ou trois secondes avant de demander : « Et pour aller où, mon amour ?

– Où nous voulons. Nous pourrions aller n'importe où.

– Il faut y réfléchir. »

L'idée lui avait paru saugrenue pendant seulement quelques heures, peut-être même moins. Cette nuit-là, éveillé dans son lit, en sueur sous les draps – c'était difficile de dormir sans climatisation, mais ils surveillaient de près leur budget et Marie avait calculé que, s'ils faisaient marcher la clim cette semaine-là, ils n'auraient pas de quoi régler les paiements minimum sur leurs relevés de cartes de crédit –, il prit conscience de l'ingéniosité du plan : il leur suffisait de partir. La maison qui l'empêchait de dormir la nuit deviendrait le problème de quelqu'un d'autre.

« J'ai réfléchi à ton idée, dit-il à Marie pendant qu'ils prenaient leur petit déjeuner. Faisons-le.

– Pardon ? Faisons quoi ? » Le matin, elle était toujours fatiguée et lente à réagir.

« Montons dans le camping-car et partons. » Le sourire de Marie lui mit du baume au cœur. Une fois la décision prise, il éprouva une singulière impatience. Avec le recul, il n'y eut pas vraiment de précipitation, mais quatre jours plus tard ils prenaient la route.

Lorsqu'il parcourut les pièces une dernière fois, Leon sentit que la maison en avait déjà terminé avec eux ; elle était comme vacante. La plupart des meubles étaient encore là, la plus grande partie de leurs affaires, un calendrier punaisé au mur dans la cuisine, des tasses à café dans les placards, des livres sur les étagères, mais les lieux dégageaient déjà une impression d'abandon. Leon n'aurait pas prédit que sa femme et lui laisseraient un jour tomber leur domicile. Il aurait imaginé qu'une personne commettant un tel acte serait enterrée dans les profondeurs de la honte ; et pourtant, dans la lumière matinale, abandonner la maison lui procura un sentiment de triomphe inattendu. Leon sortit de l'allée, tourna deux fois, et ils se retrouvèrent sur l'autoroute, partis pour toujours.

« Leon, dit Marie avec l'air de lui confier un savoureux secret, as-tu remarqué que je n'ai pas fermé la porte à clef ? »

Cette réflexion lui procura une véritable joie. Pourquoi pas ? Il n'existait aucun scénario plausible qui leur aurait permis de vendre la maison. Tout l'État était saturé de demeures plus récentes et plus agréables, de lotissements entiers invendus dans la grande banlieue. Le coût de leur hypothèque était plus élevé que la valeur de la maison. C'était un tel plaisir d'imaginer leur domicile déverrouillé succombant à l'anarchie. Ils ne reviendraient jamais ici, il le savait, et il y avait tant de beauté dans cette pensée. Il n'aurait plus besoin de tondre la pelouse ni de tailler la haie. Le moisi dans la salle de bains du haut n'était plus son problème. Il n'y aurait plus de voisins. (D'où les premiers doutes concernant le plan, qui, objectivement, n'était pas fameux mais paraissait la meilleure de toutes les redoutables options qui s'offraient à eux. Il jeta un regard en coin à Marie, assise à côté de lui, et pensa : *C'est juste nous, à présent. La maison était notre ennemie mais elle nous reliait au monde. À présent, nous sommes à la dérive.*)

*

Marie se montra un peu distante les premiers jours, alors qu'ils quittaient la Floride pour s'enfoncer dans le sud, mais il savait que c'était sa façon à elle de gérer le stress – elle éludait, évitait, se retirait – et, dès la fin de la semaine, elle avait commencé à lui revenir. Ils cuisinaient essentiellement dans la minuscule kitchenette du camping-car et s'y habituaient ; néanmoins, pour fêter la première semaine de leur départ, ils se garèrent devant un *diner*. S'attabler devant un repas préparé ni par lui ni par Marie semblait d'une extravagance folle. Ils portèrent un toast à cet « anniversaire » en buvant du ginger ale, parce que Leon conduisait et que l'alcool était incompatible avec l'un des médicaments de Marie.

« À quoi penses-tu ? lui demanda-t-il pendant qu'ils dégustaient un poulet rôti arrosé de jus.

– Au bureau, dit-elle. À l'époque où je travaillais dans cette compagnie d'assurances.

– Je pense encore à ma vie professionnelle, moi aussi. Aujourd'hui, on se croirait dans une autre vie, pour être honnête. »

Travailler dans le transport maritime lui avait donné l'impression d'être branché sur un circuit électrique qui éclairait le monde. C'était le contraire de rouler à longueur de journée dans un camping-car, sans avoir de destination particulière.

*

Ils passèrent la plus grande partie de ce premier été dans un camping de Californie, près de la ville d'Oceano. Au sud de la route d'accès à la plage, des 4 x 4 parcouraient les dunes et, de loin, leurs moteurs faisaient un bruit d'insectes, un bourdonnement strident et lancinant. Trois ou quatre fois par jour, des ambulances sillonnaient la plage pour récupérer des conducteurs de 4 x 4. Mais au nord de la route, la plage était tranquille. Leon adorait marcher vers le nord. Il n'y avait pas grand-chose entre Oceano et Pismo Beach, la ville suivante sur la côte. Une portion de Californie isolée, littoral oublié, sable strié de noir. Ici, la terre était assombrie par le goudron. Le soir, des compagnies de bécasseaux couraient sur le sable, si vite qu'ils donnaient l'illusion de planer quelques centimètres au-dessus du sol, les pattes floues, comme dans un dessin animé de Bip-Bip ; c'était comique, mais il y avait aussi quelque chose d'émouvant dans la façon dont ils savaient changer de direction tous en même temps.

Leon et Marie dînaient sur la plage presque tous les soirs. Marie semblait plus heureuse quand elle contemplait l'océan, et l'endroit plaisait aussi à Leon. Il essayait de la retenir sur la plage le plus longtemps possible, là où l'horizon était infini et où les oiseaux couraient comme des personnages de dessins animés. Il ne voulait pas qu'elle se ressente de leur vie étriquée. Des cargos passaient à l'horizon et il se plaisait à imaginer leurs itinéraires. Il aimait l'immensité du Pacifique de son point d'observation, rien d'autre que des navires et les flots entre lui et le Japon. Pourraient-ils, d'une manière ou d'une autre, aller jusque là-bas ? Non, bien sûr, mais l'idée le séduisait. Il s'y était rendu pour affaires en plusieurs occasions, dans sa vie antérieure.

« À quoi penses-tu ? » lui demanda Marie par une belle soirée sur la plage. Ils étaient à Oceano depuis deux mois.

« Au Japon.

– J'aurais dû t'y accompagner, dit-elle. Juste une fois.

– Objectivement, ces voyages étaient ennuyeux. Une succession de réunions. Je n'ai guère vu le pays. » Il en avait vu un peu, et il avait adoré. En une occasion, il avait pris deux jours de plus pour visiter Kyoto à l'époque où les cerisiers étaient en fleur.

« N'empêche, juste voir comment c'est. » Même constat non formulé : ils ne quitteraient plus jamais ce continent, ni l'un ni l'autre.

Un porte-conteneurs passait au loin, rectangle sombre dans le crépuscule.

« Ce n'est pas exactement ce que j'avais imaginé pour notre retraite, dit Leon, mais ça pourrait être pire, non ?

– Bien pire. *C'était* bien pire, avant que nous quittions la maison. »

Il se prit à espérer que quelqu'un lui ait rendu le service de la réduire en cendres. L'ampleur de la catastrophe était certes colossale – *Nous avions un foyer, puis nous l'avons perdu* –, mais c'était un tel soulagement de ne plus avoir à penser à la maison, aux vertigineux remboursements du prêt, aux constants travaux d'entretien. Cette vie itinérante comportait en fait des moments de pure joie. Il adorait rester assis sur la plage avec Marie. Malgré tout ce qu'ils avaient perdu, il se sentait souvent chanceux d'être là avec elle, dans cette vie.

Mais ils étaient citoyens d'un pays de l'ombre que, dans sa vie précédente, il n'avait perçu que confusément, un pays situé tout au bord d'un abîme. De tout temps, bien sûr, il avait eu conscience de l'existence de ce territoire. Il en avait vu les avant-postes les plus évidents : abris confectionnés avec des cartons, sous des ponts autoroutiers ; tentes entrevues dans les buissons, en bordure des voies express ; maisons aux portes condamnées mais avec une lumière qui brille à une fenêtre de l'étage. Il avait toujours eu vaguement conscience de ces gens qui avaient glissé sous la surface de la société, citoyens d'un territoire sans confort ni aucune place pour l'erreur ; ils faisaient du stop sur les routes avec leurs maigres possessions dans un sac à dos, ils récupéraient des boîtes de conserve dans les rues des villes, ils arpentaient le Strip, à Las Vegas, vêtus de T-shirts qui proclamaient FILLES DANS VOTRE CHAMBRE DANS 20 MINUTES, ils étaient ces filles-là dans la chambre. Il avait vu le pays de l'ombre, ses faubourgs et ses panneaux, seulement il n'avait jamais imaginé qu'il en ferait un jour partie.

Dans le pays de l'ombre, on se couchait tous les soirs avec la peur, une peur si puissante qu'elle faisait à Leon l'effet d'une présence physique, d'une bête malfaisante qui absorbe la lumière. Il s'allongea à côté de Marie et se souvint que, dans cette vie, il n'y avait pas d'espace pour quelque erreur ou malheur que ce soit. Que deviendrait-elle s'il lui arrivait quelque chose, à lui ? Marie n'allait pas bien depuis quelque temps. Dans le noir, la peur pesait sur la poitrine de Leon.

3

« Alors, comment va la retraite ? » Ils étaient assis dans le bureau de Miranda, qui avait été précédemment celui du patron de Leon. La pièce était plus grande que dans son souvenir. Plusieurs jours s'étaient écoulés depuis qu'elle l'avait appelé dans le Colorado ; dans l'intervalle, il avait démissionné de son emploi au Marriott – une affaire de famille urgente, avait-il expliqué à son patron, dans l'espoir d'être réembauché plus tard – et roulé jusqu'au Connecticut, où le camping-car était garé dans l'allée d'une amie d'université de Marie.

« Pas à se plaindre », répondit Leon. Apparemment, Miranda ignorait qu'il avait fait partie des investisseurs d'Alkaitis, information qui n'était pourtant pas cachée. Il y avait quelque part sur Internet une « déclaration d'impact sur la victime », témoignage qu'il ne regrettait pas à proprement parler mais qu'il n'aurait sans doute pas écrit s'il avait su que n'importe qui pourrait y avoir accès en tapant son nom dans Google.

« Pas de plaintes du tout ? »

Il sourit. « M'auriez-vous trouvé un tant soit peu trop enthousiaste au téléphone ?

– Disons que je n'ai perçu aucune réticence à abandonner votre vie de loisirs pour accepter une mission de consultant.

– Ma foi, dit Leon, la retraite peut avoir un côté lassant, pour être franc.

– C'est l'une des raisons pour lesquelles je n'envisage pas de prendre la mienne. » Miranda feuilletait un dossier. *Moi non plus, je n'envisageais pas de prendre ma retraite,* ne dit pas Leon, qui s'était promis de ne pas céder au désespoir ni à l'amertume. Si jamais on lui posait la question, il répondrait qu'il avait passé la dernière décennie à vivre dans un camping-car parce que lui et Marie en avaient eu assez des problèmes que devaient affronter les propriétaires d'une maison, et qu'ils avaient toujours eu le désir d'explorer le pays. Miranda lui remit le dossier, qui était étiqueté VINCENT SMITH. Miranda avait-elle réellement été son assistante, autrefois, ou s'agissait-il d'un faux souvenir ? Il se rappelait vaguement l'époque où il passait sa vie dans les avions et où Miranda se chargeait de lui organiser ses voyages, mais il avait du mal à concilier la jeune femme réservée d'autrefois avec la cadre supérieure qui lui faisait face, impeccable dans un tailleur gris acier, buvant une tasse de thé préparée pour elle par quelqu'un d'autre.

« Prenez votre temps avec le matériau, dit-elle. Strictement confidentiel, naturellement, mais vous pouvez emporter ce dossier pour le lire ce soir. Je sais que vous êtes parti depuis longtemps, alors faites-moi savoir si vous avez des questions. J'imagine que certaines de nos procédures ont changé depuis votre départ. »

Parti depuis longtemps ? *Oui,* songea-t-il, *c'est une façon de voir les choses.* C'était déconcertant de se retrouver ici après tout ce temps. Il venait de passer une heure à arpenter des couloirs d'une perturbante familiarité et à serrer la main de gens qui n'avaient pas la plus petite idée de la chance qu'ils avaient.

Il se racla la gorge. « Vous avez précisé au téléphone qu'un responsable de la sécurité mènerait les entretiens. Quel est mon rôle dans l'histoire ?

– Oui, Michael Saparelli conduira les interviews, dit Miranda. C'est lui qui a eu le capitaine au téléphone la semaine dernière et qui a rédigé ces notes préliminaires à notre intention. Pour être parfaitement claire, je n'ai que du respect pour lui. C'est un ancien du NYPD. Je n'ai aucune raison de penser qu'il ne fera pas du bon travail ; j'estime simplement que, dans un cas aussi sensible, il doit y avoir plus d'un témoin lors de ces interviews.

– Vous redoutez que l'affaire soit étouffée ?

– Disons plutôt que je voudrais empêcher toute *tentation* d'étouffer l'affaire. » Miranda but une gorgée de thé. « Non pas que je soupçonne Saparelli d'être malhonnête, rien de ce genre. Mais les entreprises sont semblables à des États-nations, chacune a sa culture propre. » Leon réprima un début d'agacement : *Mon ancienne assistante administrative me fait-elle un cours sur la culture d'entreprise ?* D'un autre côté, elle n'avait pas tort. « J'ai consacré ma vie professionnelle à cette compagnie, reprit-elle, mais si on me forçait à en souligner un défaut culturel, je dirais que j'ai remarqué une certaine répugnance à assumer les erreurs. Pour être juste, on peut sans doute en dire autant de la plupart des entreprises, mais ça n'en reste pas moins un peu frustrant.

– Donc, si ce qui est arrivé à Mlle Smith avait potentiellement pu être évité par la compagnie…

– Dans ce cas, dit Miranda, je veux être au courant. Ici, c'est le genre d'endroit où si je demande un rapport sur nos problèmes de surcapacité, je peux garantir sans trop de risque que j'aurai vingt pages sur l'environnement économique, et littéralement pas un seul mot pour suggérer que nous aurions pu gérer la flotte un peu différemment.

– Je serai vos yeux et vos oreilles.

– Merci, Leon. Vous êtes toujours d'accord pour partir demain ?

– Absolument. Ce sera un plaisir de quitter à nouveau ce pays. »

Plus tard, néanmoins, il eut honte en se rappelant avoir utilisé ce mot. Le soir même, il lut à fond les détails de l'affaire. Vincent Smith : trente-sept ans, canadienne. Assistante-cuisinière à bord du *Neptune Cumberland*, un porte-conteneurs de 370 mètres, classe Neopanamax, sur l'itinéraire Newark-Le Cap-Rotterdam. Elle avait choisi l'option de naviguer pendant neuf mois d'affilée, suivis d'une pause de trois mois, et n'avait pas d'adresse permanente, ce qui n'avait rien d'inhabituel chez les marins qui adoptaient ce tableau de service. Elle avait fait des allers-retours entre terre et mer pendant cinq ans avant de disparaître, une nuit, au large des côtes de Mauritanie.

Si tant est qu'il y ait un suspect dans sa disparition, celui-ci était Geoffrey Bell. Notes sur Geoffrey Bell : originaire de Newcastle, nom qui évoquait automatiquement à l'esprit de Leon Prevant le continent qui n'était pas le bon et une classe entière de vaisseaux – les Newcastlemax, 300 mètres sur 50 mètres, soit les plus grands navires autorisés dans le port de Newcastle, Australie –, mais le Newcastle de Bell était celui d'origine, Newcastle upon Tyne en Angleterre. Fils d'un mineur à la retraite et d'une vendeuse, il avait obtenu son certificat de matelot breveté et passé quelques années chez Maersk, changeant de compagnie à deux reprises avant d'atterrir chez Neptune-Avramidis, où, lorsqu'il embarqua à bord du *Neptune Cumberland*, il occupait le rang de troisième lieutenant. Sa carrière ne présentait aucun caractère exceptionnel et serait passée inaperçue s'il n'avait pas été le petit ami de Vincent au moment de la mort de cette dernière.

*

Deux personnes déclarèrent au capitaine avoir entendu des éclats de voix dans la cabine de la victime lors de sa dernière soirée sur le navire. Peu après la dispute, une caméra de surveillance avait enregistré ses déplacements : elle avait quitté sa cabine et traversé plusieurs couloirs, puis un escalier, avant de réapparaître dehors, sur le pont C, alors même que l'équipage avait reçu l'ordre de rester à l'intérieur en attendant une amélioration de la météo. Il y avait un angle mort sur le bateau, un coin du pont C qui n'était pas équipé de caméras. Sur la bande, on la voyait tourner à cet endroit et disparaître. Les mêmes caméras avaient filmé l'itinéraire de Geoffrey Bell, trente-cinq minutes plus tard, qui empruntait les mêmes couloirs jusqu'au même coin du pont C et s'engageait dans l'angle mort. Il resta hors de vue cinq minutes avant que les caméras n'enregistrent son retour, mais Vincent n'apparaissait plus sur la bande vidéo de sécurité, que ce soit sur le navire ou n'importe où ailleurs. Bell déclara au capitaine qu'il était parti à la recherche de Vincent mais n'avait pu la retrouver. Le capitaine ne fut pas convaincu par cette version, mais il n'y avait pas de témoins, pas de cadavre, aucune preuve. La première escale après la disparition de la jeune femme était Rotterdam ; là, Bell avait quitté le navire.

« Il va sans dire, avait déclaré Miranda lors de son coup de téléphone initial, qu'aucune force de police ne va enquêter là-dessus. »

Le pays le plus proche du lieu de l'accident était la Mauritanie, mais comme la victime avait disparu dans les eaux internationales, ce n'était pas vraiment le problème de la Mauritanie. Vincent était canadienne, le capitaine du bateau était australien, Geoffrey Bell anglais, et les autres membres de l'équipage comptaient un Allemand, un Letton et un Philippin. Le navire battait pavillon panaméen : autrement dit, d'un point de vue légal, il représentait un morceau flottant du territoire panaméen, mais naturellement le Panama n'avait ni la motivation ni les effectifs nécessaires pour enquêter sur une disparition au large de la côte ouest de l'Afrique. Comme quoi il est possible de disparaître entre plusieurs pays.

*

Leon ne rencontra Michael Saparelli qu'une fois à bord de l'avion à destination de l'Allemagne. Deux minutes avant la fermeture des portes de la cabine, un homme empourpré et hors d'haleine, d'une petite quarantaine d'années, arriva avec les derniers passagers retardataires et se laissa choir dans le siège voisin du sien. « La sécurité était dingue, dit-il à Leon. Pas dans le sens où elle était excessivement rigoureuse, j'entends par là qu'elle était *vraiment* dingue. Ils inspectaient manuellement les sandwichs ! » Il tendit la main. « Excusez-moi. Salut, je suis Michael Saparelli.

– Très heureux. Leon Prevant.

– Vous étiez du genre grand voyageur, je crois ?

– J'étais, dans le temps. » *À l'époque, je remarquais à peine que j'avais traversé un océan.*

« J'en serais incapable, pour ma part, du moins à un rythme régulier. Ma conception d'un week-end idéal ? Ne pas sortir de chez moi. Bref. Comment voyez-vous votre rôle dans cette affaire ? »

Un steward était apparu pour leur demander ce qu'ils désiraient boire. Suivit une pause, le temps que Saparelli commande du café et Leon, un ginger ale avec des glaçons.

« Simple observateur, pour répondre à votre question. Vous conduisez les entretiens, je reste assis à observer.

– Bonne réponse, dit Saparelli. Le seul genre de partenaire que je supporte, c'est le genre silencieux.

– Bien reçu », dit Leon avec toute l'affabilité dont il était capable.

Saparelli farfouillait dans sa sacoche à bandoulière. C'était un style de sac que Leon associait aux jeunes hommes d'une vingtaine d'années en Converse qu'on voyait dans les rames de métro se dirigeant vers Brooklyn, mais il s'aperçut qu'il vivait loin de New York depuis si longtemps que les vingtenaires branchés de ses souvenirs devaient aujourd'hui avoir la quarantaine. Ils étaient devenus des Saparelli.

« J'ai creusé dans le passé de Geoffrey Bell. » L'ancien policier avait dégainé un calepin aux pages couvertes d'une minuscule écriture en lettres capitales. « Apparemment, personne n'a vérifié ses antécédents quand il a été embauché.

– Ce n'est donc pas une procédure standard ?

– Si, normalement. Quelqu'un a fait une boulette. Quoi qu'il en soit, j'ai demandé à un contact local de consulter les registres d'arrestation, et Bell avait un historique de violence à Newcastle. Rien d'horriblement sinistre, mais il a été arrêté deux fois pour bagarres dans des bars au cours de l'année qui a précédé son départ en mer.

– C'est un point qui n'aurait pas dû nous échapper, dit Leon.

– Dans l'idéal, d'accord ? Espérons seulement que nous ne découvrirons rien de pire. »

Ils ne parlèrent plus beaucoup après ça. Leon passa tout le vol à relire intégralement le dossier, comme s'il ne l'avait pas déjà mémorisé.

Il examina la photo de Vincent Smith – celle de son badge de sécurité. Il n'était pas tout à fait sûr. Ça paraissait plausible que Vincent Alkaitis et Vincent Smith aient été une seule et même personne, mais la jeune femme glamour qu'on voyait au bras de Jonathan Alkaitis sur d'anciennes photos publiées sur Internet n'offrait qu'une ressemblance lointaine avec la femme d'âge moyen, l'air grave, les cheveux courts, de la photo d'identité. Il semblait incongru qu'elle ait pu passer du statut d'épouse d'Alkaitis à celui de cuisinière sur un porte-conteneurs ; d'un autre côté, s'il s'agissait bien de la même personne, l'incongruité était peut-être le but recherché. S'il avait été la conjointe d'Alkaitis, se surprit-il à penser, il aurait probablement voulu prendre la mer lui aussi. Il aurait voulu quitter cette planète. Lorsqu'il eut fini de relire le dossier, il se plongea dans les magazines qu'il avait achetés à l'aéroport, choisis parce qu'il les trouvait réellement intéressants mais aussi parce qu'il voulait offrir à Saparelli l'image d'un homme sérieux qui lisait *The Economist* et *Foreign Policy*. On pourrait appeler ça de la comédie, ou on pourrait appeler ça se présenter sous son meilleur jour – comme de mettre un costume et de bien se coiffer. Saparelli passa toute la durée du vol à pianoter sur son portable et à lire Nietzsche.

*

Une voiture noire accueillit Leon et Saparelli à l'aéroport de Brême et les conduisit vers le nord sous un ciel gris et bas, traversant les jolis quartiers en brique rouge de Bremerhaven jusqu'au lieu auquel tout le monde pensait, dans l'industrie du transport maritime, quand était prononcé le nom de cette ville : un terminal imposant entre la cité et la mer, pas tout à fait en Allemagne mais pas tout à fait ailleurs non plus, un de ces espaces interstitiels qui ont proliféré sur cette terre. Lorsqu'il était plus jeune, Leon avait passé beaucoup de temps dans ce genre d'endroits ; à présent, tandis qu'il marchait avec Saparelli et leur escorte vers le *Neptune Cumberland*, il eut l'étrange sensation de hanter une version antérieure de sa vie. Ici, il se faisait l'effet d'un imposteur.

Ce fut un choc de voir le navire là, devant eux, après avoir lu et entendu son nom pendant une semaine. Tout là-haut, les grues faisaient leur travail, soulevant des conteneurs – de la taille d'un studio – entreposés sur les portiques de manutention ou dans les cales. Le bateau, peint du même rouge terne que tous les vaisseaux de Neptune-Avramidis, flottait haut maintenant que la moitié de sa cargaison était déchargée. Deux matelots à l'air malheureux accueillirent Leon et Saparelli à terre et les escortèrent jusqu'au pont.

Le moral était bas, confirma le capitaine, un Australien d'une soixantaine d'années profondément secoué par l'incident. Il partageait l'opinion, communément admise, que Geoffrey Bell avait joué un rôle dans la disparition de Vincent.

« Vous a-t-il jamais causé des ennuis ? » s'enquit Saparelli. Les trois hommes, assis autour d'une table dans la luxueuse cabine du capitaine, observaient à travers les hublots le mouvement des grues et des conteneurs et établissaient une marche à suivre pour chacun des entretiens : Saparelli parlerait avec l'interviewé pendant que Leon prendrait des notes rapides et se sentirait totalement exclu.

« Non, il n'a jamais causé d'ennuis à proprement parler. Disons que c'était un drôle d'oiseau. Un peu asocial. Pas très chaleureux avec les autres. Il faisait correctement son boulot mais restait très réservé. Je n'ai pas eu le sentiment qu'il était apprécié de ses pairs.

– Je vois. Vous avez eu un gros temps, je crois, la nuit de la disparition.

– Une mauvaise tempête, dit le capitaine. Personne n'était censé se trouver sur le pont. »

Autres entretiens :

« Je les ai vus se tenir par la main sur le pont, un jour, déclara le second. Mais ils ne prenaient pas leurs congés à terre ensemble. Smith aimait bien partir toute seule pendant trois mois. J'avais l'impression qu'ils étaient parfois un couple, parfois non. »

« Ils étaient discrets, dit le chef mécanicien. J'entends par là que tout le monde savait qu'ils se voyaient, parce que tout se sait quand on vit ensemble sur un bateau, mais ils ne s'exhibaient pas. »

« Vous saviez que c'était une artiste ? demanda l'autre troisième lieutenant, celui qui n'était pas Geoffrey Bell. Je ne sais pas si c'est le mot juste. Elle faisait des vidéos artistiques que je trouvais plutôt cool. »

« Elle était compétente », dit le chef cuisinier, l'ancien patron de Vincent. Il s'appelait Mendoza. « Plus que compétente, même. Elle adorait son boulot. J'aimais bien travailler avec elle. Jamais une plainte, efficace dans le travail, elle s'entendait avec tout le monde. Un peu excentrique, peut-être. Elle aimait tourner des vidéos de rien.

– De rien ? » répéta Saparelli, stylo en suspens au-dessus du calepin.

Mendoza acquiesça.

« Un exemple ?

– Elle restait littéralement plantée sur le pont à filmer ce putain d'océan, dit le chef cuisinier. Excusez mon langage. J'avais jamais vu ça de ma vie. Je l'ai surprise un jour et je lui ai demandé ce qu'elle faisait, mais…

– Mais ?

– Elle a juste haussé les épaules sans s'arrêter de filmer. » Il resta silencieux un moment, les yeux au sol. « J'ai apprécié sa réaction, je dois dire. Elle faisait un truc bizarre mais considérait qu'elle ne me devait aucune explication.

– Vous a-t-elle jamais paru déprimée ? » demanda Saparelli. Cette question, Leon l'avait entendue à chacun des entretiens de la journée et il savait déjà quelle serait la réponse. « Il est difficile de savoir comment une personne réagira au stress, mais si on vous disait qu'elle a sauté, de son propre chef, cette idée vous semblerait-elle plausible, compte tenu de ce que vous avez observé de son caractère ?

– Non, c'était une jeune femme heureuse, répondit Mendoza. Elle travaillait neuf mois d'affilée, puis prenait trois mois de congé, et quand elle revenait elle avait toujours des histoires super à raconter. Nous autres, pour la plupart, on rentrait juste à la maison en espérant que les gosses se souviendraient de nous, mais elle n'avait pas de famille, alors elle voyageait. À son retour, je lui demandais où elle était allée, et tantôt elle avait fait de la randonnée en Islande, tantôt du kayak en Thaïlande, ou alors elle avait pris des cours de poterie en Italie… On en plaisantait. Je lui disais : quand est-ce que tu vas te marier, t'installer ? Et elle répondait en riant : peut-être dans l'au-delà. » Suivit un silence. Mendoza s'essuya les yeux. « J'aimais bien travailler avec elle, je vous l'ai dit ? J'adorais ça. Je la considérais comme une amie. Vous savez à quel point c'est rare de travailler avec une personne qui aime la vie qu'elle mène ?

– Ouais, dit posément Saparelli. Je le sais. »

La cabine de Vincent était telle qu'elle l'avait laissée. Le lit était défait. Elle avait peu d'affaires personnelles : des accessoires de toilette, des vêtements, un ordinateur portable, quelques livres. Ceux-ci se rapportaient essentiellement à un navire appelé le *Columbia* (*Salut à toi, Columbia* ; *Voyages du Columbia jusqu'au Nord-Ouest Pacifique* ; etc.). Saparelli entassa rapidement le tout dans une valise et dans un sac marin tandis que Leon feuilletait les livres et les secouait audessus du lit. Rien n'en tomba. Leon ne savait pas exactement ce qu'il cherchait. Des lettres compromettantes de Bell ? Des notes menaçantes dans la marge ?

« Si vous voulez bien prendre le sac marin, dit Saparelli, je me charge de la valise. »

Leon prit le sac et ils sortirent sur le pont supérieur. Les grues déposaient de nouveaux conteneurs sur les portiques de manutention. À la réflexion, il crut se rappeler avoir lu des choses sur le *Columbia.* Un navire construit à Boston, au dix-huitième ou dix-neuvième siècle. Il vérifierait plus tard. L'après-midi tirait à sa fin, les grues projetaient un entrelacs d'ombres sur le pont. Dans sa mémoire, ces dernières minutes à bord prirent une importance et une clarté injustifiées, parce qu'elles furent également les dernières minutes avant la réapparition de Mendoza. Dans le vacarme ambiant, entre le grincement des grues, le fracas des conteneurs et la vibration constante du moteur, Leon remarqua le chef cuisinier seulement quand il fut tout près. « Je vais vous raccompagner », dit-il. Ils étaient en haut de l'escalier menant à la passerelle.

« Inutile », dit Saparelli, mais Mendoza les regardait avec une telle insistance que Leon hocha la tête et le laissa passer devant. Saparelli décocha à Leon un regard irrité.

Tandis qu'ils descendaient, Mendoza parla à mi-voix pardessus son épaule : « Je l'ai vu frapper une femme, un jour. »

Saparelli tiqua visiblement. « Qui ça ? Bell ?

– Ça s'est passé il y a quelques années, alors que nous étions en rotation ensemble sur un autre navire. Il y avait une femme à bord, une mécanicienne, et Bell avait une liaison avec elle. Un soir, il y avait un barbecue sur le pont et je les ai entendus se disputer ; moi, j'ai tourné le dos pour leur laisser un peu d'intimité…

– Attendez, l'interrompit Leon, vous étiez tous ensemble sur le pont ?

– Oui, c'était avant que l'alcool soit interdit sur les bateaux. Il était encore possible à l'époque de boire un verre avec ses collègues après le travail, le soir, comme des adultes normaux. Bref, je me détourne, je fais semblant de m'intéresser à l'horizon, et soudain j'entends le claquement d'une gifle.

– Mais vous n'avez pas vu la scène, dit Saparelli.

– Je sais à quoi ressemble le bruit d'une gifle. Je me retourne d'un bloc, et c'est évident qu'il vient de la frapper. Elle est là, une main sur la joue, pleurant un peu, et ils se fixent sans bouger, comme s'ils étaient sous le choc ou je ne sais quoi. Moi, je dis : "Qu'est-ce qui se passe, c'est quoi ce bordel ?", elle me regarde et répond : "Rien. Ça va." Je demande à Bell : “Tu viens de la frapper ?” et elle me sort : “Non, il ne m’a pas frappée.” Elle a pratiquement l’empreinte d’une main sur le côté du visage, une marque rouge qui apparaît.

– OK. » Saparelli exhala. « Et qu’a dit Bell ?

– De m’occuper de mes affaires. Je reste là à me demander quoi faire, mais si elle affirme qu’il ne s’est rien passé, qui suis-je pour dire le contraire ? Je n’ai pas réellement vu la scène. » Mendoza descendait l’escalier très lentement, donc Leon et Saparelli aussi, l’oreille tendue pour l’entendre. « Elle me regarde, reprit Mendoza par-dessus son épaule, et elle dit : “Personne ne me frappe. Tu crois que je laisserais un homme me gifler ?” Moi, je suis un peu exaspéré, c’est tellement *évident*, quoi, mais qu’est-ce que je peux dire ? Alors je les laisse et je m’éloigne un peu, et j’entends la fille murmurer à Bell : “Tu me refais ce coup-là, je te balance par-dessus bord.”

– Et puis. Qu’est-ce qu’il a dit. » La voix de Saparelli était dénuée de toute intonation.

« Il a dit : “Pas si je te balance par-dessus bord la première.” »

Ils étaient arrivés au pied des marches. Le cœur de Leon battait trop fort et Saparelli paraissait avoir envie de vomir. Leon imaginait le rapport : *Après enquête, il est apparu que Geoffrey Bell avait précédemment menacé une femme de la jeter d’un bateau.*

« Et ça remonte à quand ?

– Huit ans ? Neuf ?

– Pas d’incidents du même genre depuis lors ?

– Non, dit Mendoza, mais vous ne pensez pas qu’un seul, c’est déjà grave ?

– L’avez-vous signalé au capitaine ?

– Je lui en ai parlé le lendemain. Il m’a dit qu’il tiendrait Bell à l’œil, mais que si la femme persistait à nier, on ne pouvait rien faire. Ce serait ma parole contre la leur, sauf que je n'avais même pas vu la gifle.

– Exact, dit Saparelli. Où est cette femme, à présent ? La mécanicienne avec qui il sortait ?

– Aux dernières nouvelles, elle élève ses gosses aux Philippines. » Mendoza détourna les yeux. « Ne mentionnez pas mon nom, voulez-vous ? Quand vous mettrez ça dans votre rapport.

– C'est faisable, mais pourquoi ne m'en avez-vous pas parlé lors de notre entretien ?

– Parce que j'aimais bien Geoffrey. Ce que je viens de vous raconter, ça ne prouve pas qu'il ait quelque chose à voir avec la disparition de Vincent. Mais après vous avoir parlé, tout à l'heure, je n'ai pas arrêté d'y penser. Je me suis dit qu'il fallait vous mettre au courant.

– Merci. Je vous sais gré de l'avoir fait. »

Dans la voiture, Leon et Saparelli évitèrent de se regarder, mais chacun écrivit dans son carnet. Leon retraçait la conversation telle qu'il s'en souvenait, le plus près possible du mot à mot, et il supposa que Saparelli faisait de même. Ils prirent des chambres à l'hôtel qui se trouvait près de l'aéroport et Saparelli le délesta du sac marin de Vincent. « Bonsoir », dit-il dès qu'ils eurent leurs clefs. C'était le premier mot qu'il adressait à Leon depuis le port.

« Bonsoir. » Au lieu de monter, Leon se rendit au bar, parce qu'il avait dans les soixante-dix ans, qu'il n'avait pas les moyens de voyager et que c'était probablement la dernière fois de sa vie qu'il aurait l'occasion de boire un verre dans un bar en Allemagne. Malheureusement, la proximité de l'aéroport uniformisait les échanges, de sorte que tout le monde conversait en anglais. Il se prit à regretter que Marie ne soit pas là. Il termina son verre et gagna sa chambre, où il repassa son autre chemise à col boutonné et regarda un moment la télévision. Essayant d'imaginer ce que donnerait cette dernière conversation dans le rapport : *Un interviewé a signalé que Geoffrey Bell avait un jour menacé de jeter une collègue par-dessus bord. Lui et cette collègue avaient une liaison à l'époque. L'interviewé a signalé l'incident au capitaine, mais il n'en est fait aucune mention dans le dossier personnel de Bell, ce qui amène à la conclusion que la compagnie n'a pris aucune mesure à ce sujet.* Il resta éveillé toute la nuit, se leva à quatre heures et demie du matin et but quatre tasses de café avant de descendre retrouver Saparelli, puis leur voiture les conduisit à l'aéroport.

*

« Ce costume, c'est celui que vous portiez hier ? » s'enquit Saparelli. Ils étaient assis côte à côte dans la cabine classe affaires, une heure après le décollage. Devant la mine épouvantable de l'ex-policier, Leon fut tenté de lui demander s'il avait passé une nuit blanche, lui aussi, mais la question semblait indiscrète.

« Bref séjour, répondit Leon. Il m'a paru inutile d'en emporter deux.

– Vous savez à quoi je pensais ? » Saparelli fixait un point droit devant lui. « Je me disais qu'un mauvais message jette une ombre sur le messager.

– C'est de Nietzsche ?

– Non, de moi. Puis-je voir votre carnet, s'il vous plaît ?

– Mon carnet ?

– Celui dans lequel vous avez écrit hier, dans la voiture. »

Leon l'extirpa de la poche de devant de son sac de voyage et regarda Saparelli le feuilleter jusqu'à la dernière page, lire rapidement les notes, puis arracher les deux dernières pages et les plier dans la poche intérieure de sa veste.

« Qu'est-ce que vous faites ?

– Nous avons des intérêts similaires, au fond, dit Saparelli. J'y réfléchissais cette nuit.

– À quoi ça peut bien vous avancer de déchirer des pages de mon carnet ? » Leon aurait dû être furieux, mais il était si fatigué qu'il ressentait seulement une crainte diffuse.

« Je sais que vous n'êtes pas retraité, dit Saparelli.

– Je vous demande pardon ?

– Je sais que vous vivez dans des campings et que vous travaillez dans des entrepôts d'emballage à Noël. Je sais que, l'été dernier, vous avez travaillé dans un parc d'attractions appelé Adventureland… Où était-ce, déjà ? Dans l'Indiana ? » Il regardait toujours droit devant lui.

Leon resta silencieux quelques instants. « Dans l'Iowa, murmura-t-il.

– Et je sais que l'été précédent, vous et votre femme étiez saisonniers dans un camping de Californie du Nord. Je sais que vous avez été récemment employé à des tâches subalternes dans un hôtel Marriott du Colorado. Je sais que vous n'avez pas d'autre costume que celui que vous portez. » Il se tourna vers Leon. « Je ne dis pas que c'est votre faute. Je me suis renseigné sur le Ponzi quand je suis tombé sur votre "déclaration d'impact". À l'évidence, beaucoup de gens intelligents n'ont rien vu venir, là.

– Alors que voulez-vous dire, au juste ? Je ne vois pas ce que mon CV vient faire…

– Je dis que vous voulez décrocher d'autres contrats de consultant, et moi je veux pouvoir marcher dans le couloir sans que tout le monde pense : *Ah, c'est le type qui a écrit cet affreux rapport qui a fuité dans la presse et entraîné des licenciements.* Et ça, d'ailleurs, vous le voulez aussi : marcher dans les couloirs sans être regardé comme si vous étiez une sorte d'avatar de je ne sais quelle calamité.

– Vous n'avez pas l'intention d'inclure cette dernière conversation dans votre rapport.

– Tout ce qui ne relève pas des entretiens officiels, ma foi… à la base, c'est juste une question de mémoire, pas vrai ? J'ai enregistré les entretiens, mais strictement rien en dehors de ça. »

Leon se massa le front.

« Nous avons peut-être, ou peut-être pas, entendu une anecdote troublante, reprit Saparelli. Une anecdote troublante qui ne prouve rien. Les éléments de l'affaire restent inchangés. Le fait demeure que nous ne saurons jamais ce qui s'est passé, parce que personne d'autre n'était là.

– Geoffrey Bell était là.

– Geoffrey Bell a disparu à Rotterdam. Geoffrey Bell est hors circuit.

– Vous ne trouvez pas louche qu'il ait quitté le navire dès la première escale après la… ?

– Je n'ai aucun moyen de savoir pourquoi il a quitté le navire, Leon, et nous savons vous et moi que la police n'ira jamais l'interroger là-dessus. Regardez les choses sous cet angle : quoi que j'écrive dans mon rapport, Vincent restera morte. Mentionner cette dernière conversation n'apporterait absolument rien de positif. Ça ne ferait qu'entraîner des dégâts.

– Mais vous voulez un rapport exact, non ? » Tout allait de travers. Le soleil à travers les hublots était trop éclatant, l'air trop chaud, Saparelli trop près. Leon avait mal aux yeux par manque de sommeil.

« Disons que, théoriquement, le rapport devrait inclure toutes les conversations que nous avons eues sur ce bateau. Est-ce que cela ramènera la petite amie de Jonathan Alkaitis ? »

Leon l'observa. De près, il eut la certitude que Saparelli n'avait pas dormi, lui non plus. Ses yeux étaient injectés de sang.

« Je n'étais sûr de rien, dit-il. Je n'étais pas sûr qu'il s'agisse de la même femme.

– Combien connaissez-vous de femmes prénommées Vincent ? dit Saparelli. Écoutez, j'ai été flic. Je me renseigne sur tout et sur tout le monde, par déformation professionnelle. Et je vois là comme un conflit d'intérêts, non ? Que vous acceptiez un contrat de consultant concernant l'ex-compagne d'un homme qui a causé votre ruine ? Miranda est-elle au courant ?

– Je n'ai jamais caché quoi que ce soit, dit Leon. Tout est accessible au public…

– Ce n'est pas la même chose que de vous récuser. Vous ne lui avez rien dit, n'est-ce pas ?

– Elle pouvait regarder sur Internet. Si elle avait juste tapé mon nom dans Google…

– Pourquoi l'aurait-elle fait ? Vous êtes son ancien collègue, un homme de confiance. Ça vous arrive souvent d'aller sur Google vous renseigner sur une personne en qui vous avez confiance ? »

L'hôtesse leur demanda : « Messieurs, puis-je vous proposer quelque chose à boire ?

– Un café, dit Leon. Avec du lait et du sucre, s'il vous plaît.

– La même chose pour moi, merci. » Saparelli s'adossa à son siège. « Si vous y réfléchissez, vous verrez que j'ai raison. »

Leon était assis côté hublot ; il contempla, bouleversé, l'Atlantique dans la lumière matinale. Il n'y avait pas de navires, mais il vit un autre avion dans le lointain. Le café arriva. Après un long silence, Saparelli reprit la parole.

« Je vais dire à Miranda que vous m'avez été d'une aide précieuse et que j'ai apprécié de vous avoir avec moi. Et je recommanderai qu'on vous embarque à bord pour de futures missions de consulting.

– Merci », dit Leon.

Aussi facile que ça.

4

Après l'Allemagne, Leon commença à revoir le pays de l'ombre, pour la première fois depuis un moment. Ces dernières années, il ne l'avait pas remarqué ; passé le choc initial des premiers mois sur la route, ce territoire s'était fondu à l'arrière-plan de ses pensées. Cependant, quelques jours après son retour d'Allemagne, dans un relais routier de Géorgie, Leon regarda distraitement par la vitre à l'instant où une fille descendait d'un semi-remorque garé à proximité. Elle était en tenue décontractée, jean et T-shirt, mais il comprit ce qu'elle était en même temps qu'il se rendait compte qu'elle était très jeune. Elle disparut entre deux poids lourds.

Ce soir-là, à une station d'essence, il vit une autre fille descendre d'un autre camion, une auto-stoppeuse cette fois, équipée d'un sac à dos. Quel âge ? Dix-sept ans. Seize. Ou vingt ans, mais l'air plus jeune. Il n'aurait su dire. Des cernes sombres sous ses yeux dans la lumière crue, bleutée. Voyant qu'il l'observait, elle le jaugea d'un œil vide. Vous fixez la route et la route vous fixe en retour. Leon était conscient que Marie et lui avaient plus de chance que la plupart des citoyens du pays de l'ombre : ils avaient leur couple, un camping-car et suffisamment d'argent (tout juste) pour survivre. Néanmoins, la caractéristique essentielle de ces citoyens particuliers était la même pour tous : ils étaient livrés à eux-mêmes, ils avaient glissé sous la surface des États-Unis, ils étaient à la dérive.

*

On passe toute sa vie à aller d'un pays à l'autre, du moins était-ce l'impression de Leon. Depuis l'effondrement du Ponzi, il avait souvent pensé à un essai qu'il avait lu autrefois, écrit par un homme atteint d'une maladie incurable, un homme qui, un matin, s'était réveillé trop souffrant pour bouger et qui parlait avec gratitude des urgentistes qui étaient venus chez lui, des personnes bienveillantes qui l'avaient transporté avec ménagement dans le pays des malades. L'idée était restée dans l'esprit de Leon et, après l'Allemagne, pendant les longues heures silencieuses au volant du camping-car, il avait entrepris de mettre en forme une philosophie de pays composés de strates – des pays qui se chevauchaient. De même qu'un malheur d'ordre médical vous expédie dans le pays des malades – avec ses rites, ses usages, ses traditions et ses règles –, de même un Alkaitis vous expédie dans un territoire instable, le pays des dupés. Les choses qui devenaient impossibles après Alkaitis : la retraite, une maison sans roues, faire confiance à d'autres personnes que Marie. Les choses qui devenaient impossibles après son séjour en Allemagne avec Michael Saparelli : ne pas mettre en doute sa propre moralité, préserver sa conviction antérieure d'être intrinsèquement incorruptible, appeler Miranda pour s'enquérir d'autres opportunités de consulting.

Une semaine après son retour, il reçut un mail de Saparelli avec un lien vers une vidéo protégée par un mot de passe. Le message disait : « Nous avons examiné l'ordinateur portable de Mlle Smith et visionné des heures de vidéo. Plusieurs vidéos comme celle-ci, certaines tournées par très mauvais temps. Je pense que vous devriez la regarder ; elle vient étayer notre conclusion que la mort de la victime était très probablement accidentelle. Rappelez-vous, il y avait une tempête la nuit où elle a disparu. »

C'était un bref clip d'environ cinq minutes, filmé d'un pont arrière, la nuit. Vincent avait d'abord enregistré l'océan, le sillage du navire illuminé par le clair de lune ; ensuite, l'angle de prise de vue changeait : elle s'avançait et regardait pardessus le garde-corps, qui, sur ce pont particulier, n'était pas spécialement haut. Elle se penchait dangereusement, au point que le plan était à la verticale de l'océan.

Leon visionna la vidéo encore deux fois, puis éteignit son ordinateur. Il comprit que Saparelli lui faisait une faveur en lui envoyant une preuve susceptible d'apaiser sa conscience et de confirmer la version du rapport. Leon et Marie se trouvaient ce soir-là dans l'État de Washington, dans un camping privé qui était presque désert hors saison. La nuit tombait, les branches des cèdres et des sapins se découpaient en noir sur le ciel aux tons pastel. La vidéo ne prouvait rien, à part une certaine témérité, mais elle permettait de combler facilement les trous d'un récit : mer démontée, vent violent, une femme distraite sur un pont glissant, un garde-corps trop bas. Peut-être Bell avait-il quitté le bateau parce qu'il avait tué sa petite amie, mais peut-être aussi était-il parti parce que la femme qu'il aimait avait disparu.

*

« Cet endroit est tellement beau », dit Marie un soir, un an après que Leon fut rentré d'Allemagne. Il n'avait pas eu d'autres contrats de consultant. Ils avaient passé la saison d'avant Noël dans un entrepôt en Arizona – des journées de dix heures à marcher rapidement sur des sols en béton, munis d'un scanner à main, à se pencher et à soulever – et avaient battu en retraite dans un camping des environs de Santa Fe pour récupérer. Travail difficile, et qui l'était encore plus chaque année, mais ils avaient gagné suffisamment d'argent pour faire réparer le moteur et alimenter leur fonds d'urgence, et à présent ils se reposaient dans le désert. De l'autre côté de la route, un tout petit cimetière de croix en bois et en ciment, entouré d'une palissade blanche affaissée.

« Ça pourrait être bien pire », dit Leon. Ils étaient assis sur un banc de pique-nique, près du camping-car, à contempler au loin des montagnes qui viraient au violet dans le soleil couchant, et il eut en cet instant le sentiment que tout allait pour le mieux.

« Nous traversons ce monde si légèrement », dit Marie, citant de travers l'une des chansons favorites de Leon. L'espace d'un instant, il crut qu'elle parlait d'une manière générale, pour toute l'humanité, toutes ces vies individuelles qui passaient à la surface du monde en laissant si peu de traces, mais il comprit ensuite qu'elle parlait spécifiquement pour eux deux, Leon et Marie, et il ne put imputer à la nuit tombante le frisson qui le parcourut. Vers l'âge de trente-cinq ans, ils avaient décidé de ne pas avoir d'enfants ; à l'époque, ça leur avait paru une manière raisonnable d'éviter les chagrins et les complications inutiles, et cette décision avait conféré à leur vie une certaine aisance qu'il avait toujours appréciée, une bienheureuse absence de contrainte. Mais on pouvait aussi considérer une contrainte comme une ancre, et Leon s'était pris à penser, ces derniers temps, qu'il aurait bien aimé être davantage ancré à cette terre.

Ils observèrent le soleil disparaître derrière les montagnes et restèrent sur leur banc bien après la nuit tombée, jusqu'à ce que le ciel s'embrase d'étoiles, mais ils durent finalement se résoudre à rentrer. Ils se levèrent, les membres ankylosés, et regagnèrent la chaleur du camping-car, où ils accomplirent les diverses tâches précédant le coucher, puis, d'un baiser, ils se souhaitèrent une bonne nuit. Marie éteignit la lumière et s'endormit en quelques minutes. Leon resta éveillé dans l'obscurité.

XIV

LE CHŒUR DES EMPLOYÉS

Décembre 2029

« Mon job le plus mémorable ? » s'entend dire Simone lors d'un cocktail à Atlanta, où elle vit avec son mari et leurs trois enfants et travaille pour une entreprise qui vend des vêtements en ligne. « Ça, c'est une question facile. » Elle tient salon au milieu d'un cercle de collègues. « Vous vous souvenez de Jonathan Alkaitis ? L'arnaque de Ponzi, il y a bien longtemps, en 2008 ?

– Non », dit son assistante, prénommée Keisha. Elle avait trois ans quand Alkaitis a été envoyé en prison.

« *Le* Jonathan Alkaitis ? » Un collègue plus âgé. « Il a volé l'épargne-retraite de mon grand-père.

– Mon Dieu, mais c'est affreux, dit Keisha. Qu'est-ce qu'il a fait ?

– Mon grand-père ? Il a passé les dix dernières années de sa vie dans la chambre d'amis de ma mère. On n'a jamais vu un homme plus aigri. Simone, tu avais des liens avec Alkaitis ?

– J'ai été sa dernière secrétaire avant qu'il soit arrêté.

– Non ?

– Oh mon *Dieu* », dit Keisha en regardant Simone comme le font les assistantes administratives quand elles prennent subitement conscience que leur patronne est une ancienne assistante administrative.

« Je venais de m'installer à New York, dit Simone, je devais donc avoir vingt-deux ans, et la ville avait quelque chose d'éblouissant. J'ai décroché un job très rapidement dans un établissement financier, à Midtown ; un poste de réceptionniste avec quelques tâches de secrétariat. Au bout de trois semaines, j'étais sur le point de mourir d'ennui, et voilà qu'un jour j'entre dans une salle de conférences avec un plateau de café, pendant une réunion…

– Vous deviez apporter le café ? » Keisha doit en faire autant deux fois par jour.

« Ce n'était pas ce que j'avais de plus ennuyeux à faire, dit Simone, préférant ignorer le ton de Keisha. Bref, Alkaitis est en réunion avec son personnel, il réclame du café, donc je l'apporte sur un plateau. Quand j'entre dans la pièce, il y a une atmosphère très tendue. Comme s'ils avaient tous la frousse. Je ne peux pas vraiment l'expliquer, c'était comme… aidez-moi, là, Keisha, vous qui avez étudié la poésie.

– Une atmosphère d'effroi ?

– Merci, oui, exactement. Une atmosphère d'effroi, comme si quelqu'un venait de dire quelque chose de terrible. Je ressors avec le plateau, et tandis que je ferme la porte, j'entends Alkaitis dire : “Écoutez, nous connaissons tous ici la nature de notre activité.”

– Waouh ! Et c'était juste avant son arrestation ?

– La veille, littéralement. Et une heure plus tard, il vient me voir pour me demander d'aller acheter des déchiqueteuses de documents. » Elle a affûté son histoire au fil des années, l'a rendue plus aiguisée et plus distrayante ; et maintenant, comme toujours, elle doit soigneusement refouler l'image de Claire à l'arrière du SUV noir qui l'a ramenée chez elle le lendemain soir. Qu'est-il advenu de Claire ? Elle ne veut pas le savoir.

« Qu'est-ce que vous étiez, en fait ? demande Keisha quand l'histoire approche de sa fin. Sa secrétaire ou sa réceptionniste ?

– Un peu des deux, répond Simone. Plutôt réceptionniste. Est-ce que ça a de l'importance ?

– Eh bien… uniquement d'un point de vue étymologique, je suppose », dit Keisha avec l'hésitation de celle qui sait que les autres sont loin de s'intéresser autant qu'elle au sujet. La conversation se poursuit et Simone oublie de lui demander ce qu'elle entend par là ; mais plus tard, elle cherche le mot sur Internet dans sa chambre silencieuse, à côté de son mari endormi. Elle n'a jamais été la secrétaire d'Alkaitis, elle s'en rend compte maintenant, quand elle vérifie le sens du mot. *Secrétaire : une personne à qui on confie ses secrets.*

*

À cette époque-là, quand Simone a une quarantaine d'années, nous avons déjà purgé nos peines de prison – quatre ans, huit ans, dix ans – et avons été libérés, sauf Oskar qui a été relâché et ensuite réincarcéré pour un délit différent. Nous sortons d'établissements pénitentiaires différents, à des périodes différentes. Nous nous retrouvons, à divers stades de désarroi, dans un monde transformé, les mains crispées sur notre baluchon. Harvey est le premier d'entre nous à sortir car, compte tenu de son inestimable collaboration avec l'accusation, sa peine a été réduite du temps déjà passé en prison – soit quatre ans à faire la navette entre l'enfer organisé du Centre correctionnel métropolitain de Manhattan et les opulents bureaux de l'administrateur nommé par le tribunal, dans le nord de la ville, quatre ans à faire dans la journée la visite guidée du Ponzi et à rester allongé dans sa cellule, seul, le soir et le week-end –, et après l'exécution de la sentence, il a obtenu de son agent de probation l'autorisation de quitter l'État pour s'installer dans le New Jersey, où sa sœur est marchande de glaces. Il sert des cornets près de la plage et habite au sous-sol de la maison.

Ron a évité la condamnation mais pas le divorce. Il vit chez ses parents à Rochester, dans le nord de l'État de New York, et a trouvé un emploi d'ouvreur de cinéma.

Oskar et Joelle ont été déposés à une gare routière, mais pas la même année ni dans le même État : Joelle voyage de la Floride à Charlotte, en Caroline du Nord, où elle reste longtemps assise dans la salle d'attente du Greyhound, à observer des mères avec leurs enfants, jusqu'à ce qu'arrive enfin sa sœur, en retard comme toujours, jacassant sur la circulation et la météo et la chambre d'amis où Joelle sera la bienvenue en attendant qu'elle retombe sur ses pieds, quoi que puisse signifier cette expression. Oskar, lui, reste planté devant un panneau d'information de la gare routière d'Indianapolis et finit par monter dans un bus pour Lexington, destination qu'il a choisie parce que le bus part bientôt et qu'il peut s'offrir le billet. Il s'endort au bout d'un moment et se réveille dans les montagnes sous un ciel nuageux, avec des pins qui se dressent dans la brume sur les versants escarpés, et la pure beauté du monde lui fait monter les larmes aux yeux. C'est un paysage auquel il se cramponne quand il est arrêté pour détention de drogue, un an plus tard, menotté sur le trottoir à deux heures du matin et poussé sans ménagement dans une voiture de patrouille ; il ferme les paupières durant le trajet jusqu'au poste de police et se reporte par la pensée à ce moment dans le bus qui roulait vers le Kentucky : une vision de pentes raides, de pins, de brume.

Enrico a deux petites filles et une épouse qui croit qu'il s'appelle José. Leur mariage n'est pas particulièrement heureux, mais ils ont une jolie maison près de la plage. Nous autres, nous sommes obsédés par Enrico, c'est un lien entre nous. Dans notre imagination, il est devenu un personnage mythique, menant une vie excitante et mystérieuse au-delà de la frontière sud. Mais dans la vraie vie, il observe ses filles et sa femme qui se courent après sur la plage, au crépuscule, et il se demande comment elles s'en sortiront si – pas si, *quand*, sûrement quand – il sera finalement appréhendé et extradé. Il ne peut pas se soustraire à la peur. Autrefois, il était fier d'avoir échappé à son destin, mais de plus en plus il le sent venir vers lui, s'approcher de loin. Il est perpétuellement à l'affût d'une voiture aux vitres teintées roulant lentement, d'une tape sur son épaule, d'un coup à la porte.

XV

L'HÔTEL

1

Par une soirée de printemps à l'hôtel Caiette, en 2005, l'agent d'entretien balayait le hall quand une cliente lui adressa la parole. « Vous avez oublié une tache, là », lui dit-elle. Paul eut un semblant de sourire forcé et détesta sa vie.

« Je plaisante, enchaîna la cliente. Excusez-moi, c'était une blague exécrable. Plus sérieusement, pouvez-vous venir une minute ? » Elle se tenait près de la baie vitrée, un whisky à la main. Elle était âgée, du moins fut-ce l'impression de Paul sur le moment – avec le recul, elle n'avait probablement guère plus de quarante ans –, mais il y avait chez elle quelque chose de frappant. Elle donnait l'impression de maîtriser sa vie, et c'était là un état auquel Paul pouvait seulement aspirer. Il transporta maladroitement son balai à franges et se campa près d'elle.

« Puis-je faire quelque chose pour vous ? » Il fut content de sa formule. Ça faisait très "majordome", or c'était plus ou moins le modèle qu'il visait. De temps à autre, il avait un aperçu, sinon des plaisirs de l'industrie hôtelière à proprement parler, au moins du plaisir que procurait la compétence professionnelle. Il voyait comment on pouvait trouver une certaine satisfaction dans le fait d'être doué pour un travail, comme Vincent était douée pour le sien. Il avait toujours été un employé indifférent. À l'autre bout du hall, Vincent riait de concert avec un client qui lui racontait une partie de pêche qui s'était soldée par un désastre hilarant.

« Je voudrais savoir si je peux vous parler en confidence », dit la femme. Paul jeta un coup d'œil par-dessus son épaule vers la réception, où Walter exerçait ses considérables facultés d'apaisement sur un couple américain, furieux que la chambre avec jacuzzi pour laquelle ils avaient payé ne soit, en réalité, qu'une chambre avec jacuzzi et non une suite avec un spa grandeur nature. « Je m'appelle Ella Kaspersky, reprit-elle. Et vous ?

– Paul. Enchanté.

– Depuis combien de temps travaillez-vous ici, Paul ?

– Pas longtemps. Quelques mois.

– Pensez-vous rester encore un certain temps ?

– Non. » Il n'avait pas vraiment réfléchi aussi loin à la question avant de se prononcer, mais la réponse sonnait vrai. Bien sûr que non, Paul n'allait pas rester dans cet hôtel. Il était venu ici, de Vancouver, afin de fuir des mauvaises fréquentations, et parce que Vincent y travaillait déjà et lui avait dit que c'était un endroit agréable, mais il avait compris son erreur dès la fin de la première semaine. Il détestait être de retour à Caiette. Il détestait vivre dans le même pavillon que ses collègues, ça le rendait claustrophobe. Le serveur qui occupait la chambre voisine de la sienne baisait tous les soirs avec un sous-chef, et Paul, qui était extrêmement célibataire, entendait tous les bruits qu'ils faisaient. Il n'aimait pas son patron, Walter, ni le patron de Walter, Raphael. Son père lui manquait ; celui-ci était mort plusieurs mois auparavant, mais Paul s'attendait encore à le voir chaque fois qu'il se rendait à pied au village. « En fait, dit-il, j'envisage de partir bientôt. Très bientôt, peut-être.

– Que voulez-vous faire à la place ?

– Je suis compositeur. » Il avait pensé que le dire à haute voix rendrait la chose plus réelle, mais ça lui donna seulement l'impression d'être un imposteur. Il composait de la musique qu'il ne faisait écouter à personne. Il était tombé dans un territoire à mi-chemin entre le classique et l'électronique et n'avait aucune confiance en son travail.

« Difficile de percer dans ce domaine, j'imagine.

– Extrêmement, oui. Je vais continuer à travailler dans des hôtels tout en composant ma musique, mais je voudrais retourner en ville.

– C'est une chose de se reposer et de recharger ses batteries en pleine nature, dit Ella, mais c'est autre chose d'y vivre à plein temps.

– Ouais, c'est ça, exactement. Je déteste cet endroit. » Il lui vint à l'esprit qu'il ne devrait sans doute pas tenir ce langage avec une cliente – Walter serait furieux –, mais qu'est-ce que ça pouvait faire, de toute façon, s'il partait ?

« Je voudrais vous raconter une histoire, dit Ella, qui se terminera par une proposition d'affaires. Il y aurait de l'argent à gagner pour vous. Est-ce que ça vous intéresse ?

– Oui.

– Restez où vous êtes et regardons ensemble par la baie vitrée. Si votre patron coincé vous interroge plus tard, vous direz que je vous posais des questions sur la pêche et sur la géographie locale. OK ?

– OK. » La conspiration était merveilleuse et fortifiait son désir de partir car, même si la femme cessait maintenant de parler et ne disait plus rien, cet épisode resterait la chose la plus intéressante qui lui soit arrivée depuis des semaines.

« Il y a un homme, un certain Jonathan Alkaitis, qui vit à New York, commença-t-elle. Nous avons très exactement une seule chose en commun : nous sommes tous les deux des habitués de cet hôtel. Il sera là dans deux jours.

– Vous êtes une sorte de détective, c'est ça ?

– Non, je donne simplement des pourboires exorbitants à des réceptionnistes éreintés. Bref. Quand il arrivera ici, j'aimerais lui transmettre un message.

– Et vous voulez que je le lui remette ?

– Oui, mais en l'occurrence il ne s'agit pas de glisser une enveloppe sous une porte. Je voudrais que le message lui soit délivré d'une manière inoubliable. Je veux que ça lui fasse un choc. » Ses yeux brillaient. Il s'aperçut alors qu'elle était bel et bien ivre.

« J'ai connu une fille qui avait écrit un graffiti au marqueur indélébile sur la fenêtre d'une école, dit-il. Quelque chose dans ce genre-là ?

– Vous êtes parfait », dit-elle.

*

Lorsque Paul écrivit le message, ce fut comme si des étoiles explosaient dans sa poitrine. Comme s'il piquait un sprint sous une pluie d'été. La nuit prévue, il sortit pour sa pause-dîner et se glissa furtivement sur le côté du bâtiment, où il avait caché un sweat à capuche trop grand avec, dans la poche, un marqueur à acide ; puis, toujours furtivement, il prit position près de la terrasse de devant, juste à l'extérieur de la flaque de lumière projetée par l'hôtel. Il y avait du vent cette nuit-là, ce qui rendait plus facile de se déplacer sans être entendu : ses pas étaient camouflés par tous les petits bruits de la forêt, le craquement des branches et le bruissement des feuilles. Le portier de nuit resta un long moment à côté de la porte, trop près, et Paul commençait à désespérer de pouvoir accomplir sa mission quand, soudain, Larry consulta sa montre, s'écarta et s'éloigna dans le hall, se dirigeant vers la pièce réservée au personnel. Pause-café. Un nuage occulta la lune et il y vit comme un signe, la nuit qui conspirait pour le camoufler. Il ôta le capuchon du marqueur et grimpa rapidement sur la terrasse, tête baissée, le cœur battant à grands coups. *Et si vous avaliez du verre brisé ?* Il écrivit la phrase à l'envers, comme il s'était exercé à le faire dans sa chambre, puis regagna en tapinois la forêt. À cet instant, comme dans une chorégraphie, le nuage dévoila la lune et le message se trouva éclairé en plein. À pas de loup, Paul contourna l'hôtel et se dirigea vers les quartiers du personnel, à l'arrière. Il était impossible de se déplacer dans un silence total mais, de toute façon, la forêt était envahie de bruits nocturnes. Dans le pavillon, lumière et musique se déversaient d'une suite du premier étage : le personnel de jour picolait pour atténuer le supplice à venir du service à la clientèle.

Il se débarrassa du sweat et des gants, les roula en boule et les fourra dans les buissons, au pied d'une souche ; puis il emprunta le sentier reliant le pavillon à l'hôtel et sortit des bois dans l'éclatante flaque de lumière, afin de donner l'impression – si jamais quelqu'un observait du hall – qu'il avait simplement regagné sa chambre un petit moment. Il jeta un coup d'œil à sa montre et opta pour une marche lente jusqu'à la porte latérale, rien à voir ici, juste profiter de l'air frais, enivré par le double plaisir de l'action et du secret, et son exaltation dura jusqu'à l'instant où il franchit le seuil et vit le tableau : le client assis au milieu du hall, l'air effaré ; le manager de nuit qui sortait de derrière le bureau de la réception ; sa sœur qui levait les yeux du verre qu'elle essuyait derrière le bar ; tous trois regardaient fixement les mots tracés sur la baie vitrée, et l'expression du visage de Vincent était insupportable, une expression de tristesse et d'horreur sans fard. Le client se retourna et Vincent baissa la tête tandis que Walter s'avançait majestueusement, porté par une vague d'efficacité et d'apaisement – « Pouvons-nous vous offrir un autre whisky, aux frais de la maison bien sûr, je suis navré que vous ayez été contraint de voir ce graffiti », etc. Vincent ne quittait pas des yeux le verre qu'elle essuyait cependant que Paul, inaperçu, demeurait sur le seuil. Curieusement, il ne lui était pas venu à l'idée que d'autres personnes verraient le message. Il recula discrètement dans l'air froid de la nuit et resta un moment immobile, les yeux clos, essayant de se ressaisir, avant de faire une nouvelle entrée plus ostensible. Il ferma bruyamment la porte derrière lui, tenta de se comporter avec naturel mais remarqua d'emblée le philodendron que quelqu'un – sans doute Larry – avait poussé devant la vitre.

Walter l'observait de derrière le bureau.

« Un problème avec la baie vitrée ? » demanda Paul. À ses propres oreilles, sa voix sonnait faux, haut perchée et hésitante.

« J'en ai peur, répondit Walter. Un graffiti extrêmement déplaisant. » *Il croit que c'est moi*, pensa Paul, qui se sentit inexplicablement offensé.

« Est-ce que M. Alkaitis l'a vu ?

– Qui ça ?

– Vous savez… » De la tête, Paul indiqua le client d'une cinquantaine d'années qui fixait le fond de son verre.

« Ce n'est pas Alkaitis », dit Walter.

Oh Seigneur. Paul inventa une excuse pour s'éclipser et se dirigea vers le bar, où Vincent, ayant fini de briquer les verres, essuyait maintenant de la poussière imaginaire sur les bouteilles. « Salut », dit-il. Quand elle leva la tête, il fut choqué de voir qu'elle avait les larmes aux yeux. « Tu te sens bien ?

– Ce message sur la vitre », dit-elle dans un murmure.

Il eut envie de partir sur-le-champ, de laisser toutes ses affaires sur place, d'appeler un bateau-taxi depuis le hall et de marcher jusqu'à l'embarcadère et de se faire conduire à Grace Harbour et de continuer d'avancer. « C'est sans doute un gamin bourré. »

Elle se tamponnait discrètement les yeux avec une serviette à cocktail. « Excuse-moi, dit-elle, je suis trop émue pour parler maintenant.

– Bien sûr », dit-il, plongé à des kilomètres de profondeur dans le dégoût de soi, celui-là même contre lequel on l'avait mis en garde au centre de désintoxication. Il perçut une soudaine agitation dans le hall ; Walter sortait de derrière le bureau de la réception et Larry sortait un chariot à bagages d'un placard discrètement aménagé près du piano. Vincent buvait un rapide expresso. Dans la paroi vitrée de l'hôtel, le hall se reflétait presque aussi fidèlement que dans un miroir, mais le reflet était maintenant percé par une lumière blanche sur l'eau, un bateau qui approchait. Alkaitis arrivait.

2

Trois ans plus tard, en décembre 2008, alors qu'il tenait la réception, Walter lut la nouvelle de l'arrestation d'Alkaitis et le sang se retira de sa tête. Khalil, le barman de service ce soir-là, le vit s'effondrer derrière le bureau et le rejoignit en quelques secondes avec un verre d'eau froide. « Tenez, Walter, respirez bien à fond… » et Walter essaya de respirer, essaya de boire, essaya de ne pas s'évanouir, malgré les étoiles qui tourbillonnaient dans son champ de vision. Ses collègues étaient agenouillés autour de lui, demandant ce qui n'allait pas et proposant d'appeler le bateau-taxi pour l'emmener à l'hôpital, et puis Larry aperçut l'article du *New York Times* sur l'écran de l'ordinateur et fit : « Oh ! »

« J'étais un investisseur, balbutia Walter, essayant d'expliquer.

– Chez Alkaitis ? s'enquit Larry.

– Il est venu ici l'été dernier, vous vous rappelez ? » Walter sentait monter la nausée. « Avec Vincent. J'ai eu une conversation avec lui, un soir, et nous en sommes venus à parler investissements. Je lui ai dit que j'avais quelques économies…

– Bon Dieu, dit Larry. Je suis désolé, Walter.

– À l'entendre, on aurait cru qu'il me faisait une faveur, dit Walter. En me laissant investir dans son fonds. »

Larry lui posa une main sur l'épaule.

« Cet argent ne peut pas avoir *disparu*, reprit Walter. Ce n'est pas possible. Les économies de toute une vie… »

Ici, trou de mémoire : comment Walter avait-il regagné son appartement ? Pas clair, avec le recul. Toujours est-il qu'un peu plus tard il était sur son lit, tout habillé mais en chaussettes, à regarder fixement le plafond, un verre d'eau sur la table de chevet.

Comme il était presque huit heures du matin, il alla trouver Raphael dans son bureau. « Je ne sais rien », dit Raphael en faisant tourner un stylo sur les jointures de sa main gauche, mouvement nerveux et rapide dont la mécanique échappait à Walter. Comment se faisait-il que le stylo ne tombe pas ? « Nous devons attendre des nouvelles des U.S.

– Des nouvelles de quoi ? » Walter fixait le stylo.

« Eh bien, de notre destin, au risque de paraître mélodramatique. Je viens de raccrocher avec le siège social, et il y a apparemment à New York un administrateur des actifs, un avocat missionné par un juge pour démêler l'embrouille Alkaitis. Je suppose donc que l'avenir de l'hôtel dépendra de sa décision. »

Le suspense se révéla de courte durée. Vers la fin de la semaine suivante, la rumeur se propagea à Caiette que l'administrateur avait décidé de vendre l'hôtel afin de récupérer un maximum d'argent pour les investisseurs dans le minimum de temps. Le bruit courut que la société de gestion de l'hôtel pourrait bien acheter la propriété, mais Raphael était sceptique.

« Laissez-moi vous confier un secret, dit-il à Walter. Cet endroit n'a fait aucun bénéfice en quatre ans. Si un acquéreur se présente, ce ne sera probablement pas un professionnel de l'hôtellerie.

– Qui d'autre serait intéressé ?

– Précisément », dit Raphael.

Lorsque leur destin devint limpide – la propriété à vendre n'ayant aucun acheteur immédiat à l'horizon, l'hôtel devait fermer trois semaines plus tard –, Walter fut saisi par une étrange idée. Tout le monde partait, mais cela entraînait-il nécessairement qu'il doive partir lui aussi ? Au cours d'une de ses paisibles matinées à la réception, juste avant le changement de service, il tenta pour la quatrième fois de joindre au téléphone l'administrateur des actifs et parvint finalement à franchir l'obstacle de la secrétaire d'Alfred Selwyn.

« Ici Selwyn.

– Monsieur Selwyn, c'est Walter Lee à l'appareil. J'espère que vous pardonnerez mon insistance, mais j'espérais vous parler d'une affaire assez pressante, du moins pour moi…

– Que puis-je pour vous, monsieur Lee ? »

Walter ne savait pas très bien à quoi il s'était attendu. À un personnage de drame judiciaire, supposait-il, une sorte de requin perfide à l'accent américain épouvantable. Alfred Selwyn était un homme courtois, à la voix douce, qui donna l'impression d'écouter attentivement Walter pendant que celui-ci déroulait son argumentaire.

« De ce que j'en sais, dit Selwyn, la propriété n'est-elle pas très isolée ?

– Pas au point d'en être inaccessible, répondit Walter. Je peux me rendre à Grace Harbour en moins d'une heure si j'appelle un bateau-taxi.

– Et Grace Harbour, est-ce une agglomération importante ? Pardonnez-moi une seconde… » Léger frôlement tandis que Selwyn mettait sa main en coupe sur le combiné. Walter l'entendit murmurer d'une voix étouffée : « Monsieur Alexander, si vous voulez bien vous asseoir, je suis à vous tout de suite. Lorraine, puis-je avoir du café, je vous prie, pour moi et pour Harvey. » Nouveau bruissement, puis la voix de Selwyn retrouva son volume normal. « Veuillez m'excuser. Ce que je tente de déterminer, au risque de me montrer excessivement direct, c'est si vous ne perdrez pas la tête à force de vivre tout seul dans un hôtel désert perdu dans la forêt.

– Je comprends votre préoccupation, dit Walter, mais la vérité c'est que je me plais énormément ici. » Il s'entendit disserter sur le plaisir de vivre dans un endroit paisible, au milieu d'une incroyable beauté naturelle, avec l'amitié des gens du village proche de Caiette – exagération : la plupart d'entre eux détestaient les étrangers –, et il n'avait qu'une seule pensée à l'esprit : *Je vous en prie, je vous en prie, laissez-moi rester.* Son monologue terminé, il y eut un silence.

« Ma foi, déclara Selwyn, vous défendez bien votre cause. Pourriez-vous m'envoyer quelques références d'ici la fin de la semaine ? Y compris de votre supérieur actuel, si possible.

– Certainement, dit Walter. Merci de prendre en considération ma requête. » Après avoir raccroché, il se sentit plus léger que ça ne lui était arrivé depuis quelque temps, depuis la nuit où il avait lu la nouvelle de l'arrestation. Il parcourut le hall du regard et l'imagina désert.

*

« Vous voulez faire *quoi* ? » demanda Raphael quand Walter vint le voir. Un classeur était ouvert sur son bureau. Walter vit un graphique étiqueté *RevPCD 2007-2008,* s'étalant sur deux pages. Revenu par chambre disponible. Raphael était muté dans un hôtel d'Edmonton et passait ses journées à se documenter sur son nouvel établissement.

« L'hôtel a besoin d'un gardien, expliqua Walter. Selwyn a été d'accord pour estimer que personne n'avait intérêt à le laisser tomber en ruine.

– Écoutez, Walter, ce serait avec plaisir que je vous donnerais d'éblouissantes références, mais je ne peux pas croire que vous désiriez rester ici tout seul. Avez-vous une date limite en tête ?

– Oh, je ne resterai pas ici *éternellement*, bien sûr », dit Walter afin de rassurer son patron. Ce ne serait pourtant pas la pire des choses, songea-t-il en regagnant le pavillon du personnel. Caiette était le premier endroit qu'il aimait véritablement. Il ne voulait aller nulle part ailleurs. *Donnez-moi du calme, donnez-moi des forêts, l'océan et pas de routes. Donnez-moi les promenades à pied à travers bois jusqu'au village en été, donnez-moi le bruissement du vent dans les branches de cèdre, donnez-moi la brume se levant sur l'eau, donnez-moi la vue sur les branches feuillues, le matin, de ma baignoire. Donnez-moi un endroit où il n'y ait personne, parce que jamais plus je ne ferai totalement confiance à quelqu'un.*

3

Une décennie plus tard, à Édimbourg, Paul prit le verre de vin que lui tendait le barman et tourna les talons pour se glisser à nouveau dans la foule. Et elle était là, devant lui.

« Vous, dit-il, parce qu'il ne se rappelait pas son nom.

– Bonsoir, Paul. » Elle était exactement comme dans son souvenir – une femme menue, belle silhouette, à la coupe de cheveux très précise, vêtue ce soir-là d'un élégant tailleur, portant un collier qui semblait orné d'un moustique emprisonné dans un morceau d'ambre de la taille d'une noix –, mais qui était-ce donc ? Il était abruti par le décalage horaire et légèrement ivre, sans compter qu'en temps normal il avait déjà beaucoup de difficulté à se souvenir des noms et des visages, au point qu'il se demandait depuis quelque temps s'il ne s'agissait pas d'une espèce d'*anomalie* : soit il était limite sociopathe – *Suis-je égocentrique au point de ne même pas voir les autres ?* –, soit il souffrait d'une forme bénigne de cécité faciale, cet état neurologique qui vous empêche de reconnaître votre épouse si elle sort de chez le coiffeur, sauf que lui n'était pas marié. Ces pensées défilèrent dans son esprit pendant que la femme mystérieuse attendait patiemment, un whisky à la main.

« Sans vouloir vous bousculer, dit-elle enfin, je me disposais à aller fumer une cigarette sur la terrasse. Voulez-vous vous joindre à moi pendant que vous réfléchissez ? »

Elle parlait avec un accent américain, mais ce détail ne l'aidait guère à la situer. La soirée avait attiré un échantillon représentatif du festival d'Édimbourg, et un bon pourcentage des invités avait l'accent américain. Il marmonna quelque chose d'inintelligible et la suivit à travers la foule, mais c'est seulement lorsqu'ils furent seuls sur la terrasse et qu'elle eut allumé sa cigarette que l'identité de la femme lui revint.

« Ella, dit-il. Ella Kaspersky. Je suis vraiment désolé. Le décalage horaire… »

Elle haussa les épaules. « Vous voyez une personne hors de son contexte… » Elle ne termina pas sa phrase. « Et ça remonte à longtemps.

– Treize ans ?

– Oui. »

Il faisait froid sur la terrasse et Paul avait envie de rentrer à l'intérieur. Non : pas à l'intérieur, directement à son hôtel. Le froid n'était pas le vrai problème. Sur le plan pratique, un vol en classe économique de Toronto à Édimbourg signifiait qu'il n'avait pas dormi depuis deux jours, ce qui entrait dans la catégorie – de plus en plus vaste – des choses qu'il pouvait faire à l'âge de dix-huit ans mais moins maintenant, la quarantaine atteinte. Voir Ella Kaspersky ne faisait qu'aggraver son état. Cela devait se lire sur son visage, car Ella parut s'adoucir, rien qu'un peu, et lui effleura le bras.

« Cela fait treize ans que je voulais vous présenter mes excuses, dit-elle. J'étais en colère, à Caiette, j'avais trop bu, et je me suis laissée emporter. Je n'aurais pas dû vous demander de faire ça.

– J'aurais pu refuser.

– Vous auriez dû refuser. Mais moi, au départ, je n'aurais jamais dû vous demander ça.

– Au moins, dit-il, vous aviez raison pour Alkaitis. » Il ne s'était jamais particulièrement intéressé à l'actualité, mais il avait lu quelques années plus tôt un livre sur le Ponzi, pensant y trouver des nouvelles de sa sœur. Dans l'ouvrage, Vincent était un personnage marginal, ses déclarations limitées à des extraits d'une transcription de sa déposition. De toute évidence, l'auteur n'avait pas réussi à obtenir d'elle une interview, ce qui ne l'empêchait pas de spéculer à fond sur l'opulence matérielle de sa vie avec Alkaitis.

« Oui. J'avais raison.

– Saviez-vous qu'il vivait avec ma sœur ? » Il fumait une cigarette, bien qu'il ne se rappelle pas que Kaspersky lui en ait offert une. Dernièrement, le temps avait tendance à bégayer un peu.

« Vous parlez sérieusement ?

– Elle était la barmaid de l'hôtel Caiette, dit-il. Un homme entre dans un bar, une chose en entraîne une autre…

– Extraordinaire. J'ai vu des photos de lui en compagnie d'une jeune femme, mais je n'avais jamais fait le lien avec l'hôtel.

– Vous rappelez-vous une jolie barmaid aux longs cheveux bruns ? »

Elle fronça les sourcils. « Peut-être. Non. Non, pour être honnête, je n'ai aucun souvenir d'elle. Qu'est-elle devenue ?

– Nous ne sommes pas en contact », dit Paul. Pour lui, Vincent existait dans un état d'animation suspendue. Le premier soir de sa série de représentations à l'académie de musique de Brooklyn, en 2008, il l'a vue en entrant sur scène, assise à l'extrémité du premier rang. Son regard est tombé sur elle et son cœur s'est emballé. Il est quand même arrivé au bout de l'ouverture, et quand il a relevé les yeux, à peine dix minutes plus tard, elle était partie, siège vide bâillant dans les ombres. Ce soir-là, il a traîné pendant deux heures avant de quitter le théâtre, mais elle ne l'attendait pas devant l'entrée des artistes. Elle n'était pas là non plus le lendemain soir, ni celui d'après. Tous les soirs, quand il quittait le théâtre, il s'attendait à la voir et elle n'était jamais là, mais il imagina la confrontation tant de fois qu'il finit par penser qu'elle avait peut-être réellement eu lieu. *Écoute,* lui dirait-il, *toutes ces années tu vivais à Vancouver, tu avais laissé les vidéos dans des cartons dans ta chambre d'enfant. De toute évidence, tu ne comptais rien en faire. Tu n'as même pas remarqué qu'elles avaient disparu.* Et tu crois que ça t'autorisait à les prendre ? demanderait-elle. *Au moins, moi, j'en ai* fait *quelque chose,* répliquerait-il, et après avoir imaginé cette conversation des jours durant, il commença presque à souhaiter l'avoir pour de vrai. Car le fait de ne jamais avoir cette conversation avec Vincent signifiait qu'il était, d'une manière ou d'une autre, condamné à *toujours* avoir cette conversation avec elle. Ses spectacles à l'AMB remontaient à exactement dix ans et il continuait à parler à sa sœur, la Vincent imaginée qui jamais ne se matérialisait devant l'entrée des artistes. Vas-tu me dire, demanderait-elle, que tu as bâti toute ta carrière sur mes vidéos ? *Pas toute ma carrière, Vincent, mais le fait de composer des bandes-son pour tes vidéos a donné lieu à des collaborations avec des vidéastes, à des performances* live *dans des foires d'art à Bâle et à Miami, à la résidence à l'AMB, à ma bourse d'études, à mon poste d'enseignant – à tous les succès que j'ai connus dans cette vie.* Est-ce que ça justifie ce que tu as fait ? demanderait-elle. *Je n'en sais rien, Vincent, je n'ai jamais su ce qui est raisonnable et ce qui ne l'est pas. Mais pour ce que ça vaut, après mes représentations à l'AMB, je n'en ai plus fait d'autre en public avec tes vidéos.* Et tu crois que ça suffit à te réhabiliter ? *Non, je sais bien que non. Je sais que je suis un voleur.*

« Toujours avec moi ? dit Ella, et il s'aperçut qu'il devait regarder dans le vide depuis un moment.

– Oui, désolé. Je suis un peu crevé d'avoir voyagé toute la nuit.

– Une soirée de gala, ce n'est pas idéal dans ces conditions, dit Ella. Partons d'ici, je vous offre un verre quelque part. » Dix minutes plus tard, ils entraient dans un pub au coin de la rue, un endroit suranné avec une porte rouge vif et, sur les murs, l'équivalent en lambris d'une forêt entière.

« Voilà, dit Ella quand ils furent installés dans un box. Pardonnez-moi, mais vous avez une mine épouvantable.

– Je n'ai pas dormi depuis deux jours.

– Voilà l'explication, je suppose. » Elle le regardait d'un drôle d'air. Il avait du mal avec les noms et les visages, mais il n'en avait aucun à deviner la question qu'elle se retenait de poser. C'était une expression qu'il voyait de plus en plus souvent ces derniers temps.

« Comment vous êtes-vous retrouvée à cette soirée ? » s'enquit-il pour distraire son attention. Il avait une conscience aiguë du petit sachet en plastique enfoui dans la poche intérieure de sa veste.

« Mon mari est directeur de théâtre.

– Le monde est petit.

– La petitesse du monde ne manque jamais de me stupéfier. »

Une serveuse prit leurs commandes et Paul se rendit aux toilettes pour hommes afin de se shooter – pas une forte dose, juste de quoi évacuer un peu le chaos du monde. Il resta immobile dans la cabine, le temps de cinq longues inspirations, puis il regagna la table. Il était plus calme à présent, le tranchant du décalage horaire s'était passablement émoussé. Tout allait bien. Personne n'a besoin de dormir *toutes* les nuits. Il pourrait gagner beaucoup de temps, dorénavant, s'il ne dormait qu'une nuit sur deux.

« Donc, dit Ella, vous avez été occupé depuis notre dernière rencontre.

– Très. Ça a été extraordinaire. » Il ne s'était pas attendu au succès et le trouvait encore déconcertant. « Je suis passé de l'autre côté du miroir, dans un nouveau monde étrange où les gens écoutaient réellement ma musique. » *Je ne pouvais en aucun cas imaginer ce qui allait arriver,* dit-il mentalement à Vincent, *j'ai juste saisi les occasions qui se présentaient, je tapinais comme tout le monde*... Les occasions qui se présentaient, comme si tu n'avais pas le choix en la matière ? *Je ne pouvais pas prévoir cette vie-là,* lui dit-il, mais au fond, pourquoi n'avait-il jamais essayé d'entrer en contact avec sa demi-sœur après qu'ils eurent tous deux quitté l'hôtel Caiette ? Parce qu'il se sentait coupable de l'avoir bouleversée avec le graffiti et d'avoir volé ses vidéos, évidemment, mais peut-être devrait-il maintenant tenter de la retrouver ? Peut-être que suffisamment de temps s'était écoulé ? Le fait d'avoir atterri dans une vie auparavant inconcevable était une expérience qui était sans doute familière à Vincent.

« C'est un angle extrêmement intéressant que vous avez trouvé là », disait Ella. Il l'avait écoutée d'une oreille distraite lui expliquer combien elle aimait ce qu'il faisait. « On voit tellement de vidéos d'art, mais cette collaboration que vous avez mise au point, la console de son programmable, c'était une merveilleuse innovation. » Pour deux travaux d'art vidéo séparés, Paul avait composé l'équivalent de vingt-quatre heures de musique, arrangées sous forme d'une collection de morceaux de trente minutes qui pouvaient être programmés pour jouer dans l'ordre que désirait l'acheteur : un couche-tard pourra préférer un morceau rapide et entraînant à trois heures du matin, par exemple, avant un retour au calme vers cinq heures, au moment du coucher, tandis que les lève-tôt préféreront marcher dans leur salon et entendre quelque chose de vivifiant pendant que le soleil se lève.

« Certaines de ces vidéos artistiques ont besoin d'une bande-son pour être un tant soit peu intéressantes, si on veut être honnête », dit Paul. La bière posée devant lui était une idée désastreuse. S'il la buvait, il n'aurait plus qu'à poser sa tête sur la table et s'endormir.

« Je suis curieuse de connaître vos influences musicales, dit Ella.

– Baltica. Tout ce que je fais est inspiré d'un groupe d'électronique appelé Baltica, qui se produisait à Toronto à la fin des années quatre-vingt-dix.

– Oh, j'ignorais que vous aviez fait partie d'un groupe.

– J'essaie de composer des trucs qui ont un son différent, dit-il. J'entends par là que je me concentre vraiment là-dessus, et puis quand j'arrive à la fin, je rejoue le morceau, et curieusement ça sonne toujours comme... » Il s'interrompit et regarda par-dessus son épaule pour dissimuler son malaise. « Vous croyez qu'ils ont du café, ici ? » Il était profondément ébranlé. Il n'avait jamais parlé à personne de Baltica, et voilà qu'il venait de tout lui sortir sans hésitation.

« Sans doute, oui. » Elle fit signe à une serveuse qui vint à leur table.

« Un café, s'il vous plaît.

– Notre café est imbuvable, dit la serveuse. Vous voilà prévenu.

– Je vais quand même en prendre un.

– Si seulement je pouvais vous en dissuader, dit-elle. Enfin bon, si vous insistez. Mais je parie que vous le renverrez.

– Vous avez du thé noir ?

– Vous êtes en Écosse.

– Un thé extra-fort, dit Paul. Le plus fort que vous ayez. Et en quantité. Plus il y aura de caféine, mieux ce sera.

– Je vais vous apporter une théière, alors, et vous pourrez le laisser infuser aussi longtemps que vous voudrez. » Comme souvent quand il était au Royaume-Uni, Paul eut l'impression d'avoir été subtilement insulté, d'une manière obscure qui exigerait trop d'énergie pour la décrypter ; et, comme toujours, il n'aurait su dire si l'insulte était réelle ou s'il s'agissait d'un cas typiquement canadien d'insécurité postcoloniale. *Bon sang, je sais comment se prépare le thé !* voulut-il répliquer, mais il était trop tard, la serveuse était déjà repartie et il se retrouva seul avec Ella, qui le regardait de nouveau avec ce drôle d'air.

« Jouez-vous encore de la musique avec ce groupe ? Baltica, c'est ça ? » Elle avait mal compris, mais il ne pouvait pas décemment s'expliquer.

« Nos chemins se sont séparés, dit-il. Aujourd'hui, je ne les vois plus que sur Facebook. Annika est toujours en tournée avec, genre, cinq groupes différents. Theo se consacre à sa famille. L'hôtel existe-t-il toujours ? » s'entendit-il demander, cherchant désespérément à changer de sujet.

« Il a fermé après l'arrestation d'Alkaitis. »

4

Huit fuseaux horaires à l'ouest, Walter était posté à la fenêtre de sa chambre, dans les anciens quartiers du personnel de l'ex-hôtel Caiette. Il n'y avait toujours pas de réseau de téléphonie mobile mais, quelques années auparavant, Walter avait investi dans un téléphone sans fil afin de pouvoir déambuler dans son appartement pendant qu'il communiquait avec le monde extérieur.

« Je n'arrive pas à croire que ça fasse presque dix ans, dit sa sœur. Seigneur. Et tu ne te sens toujours pas seul ?

– Je ne suis pas sûr que ce soit le mot qui convienne. Non, je ne dirais pas *seul*. »

*

Le dernier client quitta l'hôtel Caiette début 2009, deux mois après l'arrestation de Jonathan Alkaitis, et les autres membres du personnel s'en allèrent peu après. Un hôtel reste-t-il encore un hôtel quand il n'y a plus de clients ? Walter était sur l'embarcadère lorsque Raphael partit à son tour. « Restons en contact », dit-il à Walter, et les deux hommes se serrèrent la main en sachant l'un et l'autre qu'ils ne se parleraient plus jamais. Raphael monta à bord de la navette avec son sac de voyage – ses bagages l'avaient précédé à Edmonton – et la pilote, Melissa, lança le moteur. Elle était payée jusqu'à la fin de la journée mais n'avait pas pris la peine d'endosser son uniforme. Elle laisserait la navette à Grace Harbour et rentrerait chez elle en bateau-taxi. « Je passerai la semaine prochaine, dit-elle à Walter. Pour voir comment vous allez.

– Merci », dit-il, ému et un peu surpris par cette attention. Elle s'éloigna de la jetée, le bateau décrivit un arc autour de la péninsule et fut bientôt hors de vue. C'était une journée en demi-teinte, la mer reflétait un ciel gris pâle et la forêt assombrie dégoulinait de la pluie du matin. Walter resta sur l'embarcadère jusqu'à ce qu'il n'entende plus le grondement du moteur, puis il se retourna pour faire face à l'hôtel désert. Il remonta l'allée et déverrouilla les portes vitrées du hall, qu'il referma à clef derrière lui. Raphael avait cérémonieusement éteint les lumières en partant, mais Walter les ralluma. Le bois sombre du bar luisait doucement. Ses pas résonnaient. Tous les meubles avaient été vendus à l'exception du piano à queue, trop coûteux à déménager. Walter joua quelques notes, anormalement sonores dans le silence – un vrai silence, se dit-il, pas du tout comme dans la forêt, qui, même aux moments les plus calmes, était animée de divers petits bruits. Il passa devant la réception, puis le bar, et s'engagea dans l'escalier.

La suite la plus spacieuse, la Coast Royal, était celle où séjournait toujours Jonathan Alkaitis. Walter avait envisagé de s'y installer – elle possédait une splendeur qui faisait défaut au pavillon du personnel, et le gardien de l'hôtel ne se devait-il pas d'habiter dans l'hôtel proprement dit ? –, mais l'idée de dormir dans le lit où avait dormi Alkaitis lui faisait horreur, et puis il aimait bien son appartement privé. Il se promena dans toutes les chambres, laissant les portes ouvertes derrière lui.

Le plus étrange, c'est qu'il ne se sentait pas seul dans cet espace si vaste, tous ces couloirs et ces pièces vides. Comme si l'hôtel était hanté, mais au sens le plus bienfaisant du terme : les chambres dégageaient encore une sensation de présence, un air habité, à croire que la navette allait d'un moment à l'autre amener de nouveaux clients et que Raphael allait sortir de son bureau en se plaignant du tout dernier problème avec le personnel, Khalil et Larry arrivant pour le service de nuit. Walter sortit sur la terrasse, qui offrait une vue sur la jetée déserte, gagnée par les ombres du crépuscule hivernal. Il resta là un moment avant de se rendre compte qu'il attendait, par habitude mais désormais sans aucune logique, la venue d'un bateau.

*

« Je n'arrive pas tout à fait à y croire moi-même, répondit-il à sa sœur au téléphone, en 2018, mais ce matin, en me réveillant, j'ai réalisé que ça fera dix ans en février que je suis ici en tant que gardien. » Difficile à croire, mais les faits étaient là : dix ans à vivre seul dans le pavillon du personnel, à jouer les guides pour les acheteurs potentiels, peu fréquents, qui arrivaient par bateau-taxi, à faire des virées hebdomadaires à Port Hardy pour s'approvisionner ; une décennie d'activités variées : nettoyer l'hôtel, tondre la pelouse, rencontrer des ouvriers quand c'était nécessaire, lire l'après-midi, apprendre tout seul à jouer du piano sur le Steinway abandonné dans le hall, aller à pied au village de Caiette pour boire un café avec Melissa ; dix années de déambulations en solitaire dans la forêt, à observer les premières fleurs sortir de la terre noirâtre au printemps, à nager près de la jetée au plus chaud de l'été et à lire sur un balcon, enveloppé dans des couvertures, à la lumière limpide de l'automne, à rester assis seul dans le hall, toutes lumières éteintes, pour savourer le frisson des orages d'hiver.

« Mais apparemment, dit-elle, ça te plaît encore.

– Oui. Beaucoup.

– Solitaire, mais pas seul ?

– C'est une bonne manière de décrire la situation. Je ne l'aurais pas cru, après avoir travaillé dans des hôtels toute ma vie d'adulte, mais il s'avère que je suis plus heureux à l'écart des autres. »

Après avoir raccroché, il quitta le pavillon du personnel et suivit le court chemin forestier menant à l'arrière de l'hôtel, envahi d'herbes hautes. Il entra par la porte de service, notant mentalement de balayer et de passer la serpillière dans le hall. Celui-ci, dépouillé de ses meubles, faisait penser à une salle de bal ombreuse, un immense espace vide avec, au-delà de la baie vitrée, une vue panoramique de la nature sauvage : eaux intérieures, rivages verdoyants, une jetée sans bateaux.

5

Au pub d'Édimbourg, le thé de Paul ne faisait pas beaucoup d'effet. Il s'entendit déclarer : « J'ai toujours été ambitieux, mais je n'ai jamais cru qu'il en sortirait quoi que ce soit. » Ella acquiesça, l'observant avec attention. Depuis combien de temps parlait-il ainsi de lui ? S'était-il juste endormi quelques secondes ? Il n'aurait su le dire. C'était difficile de rester éveillé. « Toutes les vidéos sont soit belles, soit intéressantes, mais elles ne le sont pas *suffisamment* si on n'y ajoute pas de la musique. » Cela, l'avait-il déjà dit ?

« Vous semblez fatigué, dit Ella. On va se coucher ? »

Il jeta un coup d'œil sur sa montre et découvrit avec stupeur qu'il était presque une heure du matin. Ella réglait l'addition à la serveuse.

« Bonne nuit, alors, Paul, dit-elle, et bonne chance.

– Ai-je l'air d'en avoir besoin ? » demanda-t-il, sincèrement intéressé, mais elle se borna à sourire et lui souhaita de nouveau une bonne nuit. En cet instant, il la détesta. Il se leva et la laissa seule dans le bar – l'insupportable condescendance des non-drogués –, mais bien sûr elle n'avait pas tort, il savait qu'il aurait besoin de chance, il avait fait une overdose un mois plus tôt et s'était réveillé aux urgences. (« Bon retour parmi nous, Lazare », lui avait dit le médecin.) Il avait eu une activité parfaitement normale pendant presque une décennie d'addiction à l'héroïne, non seulement normale mais miraculeusement productive, il fallait juste connaître ses limites et ne pas faire l'imbécile – mais le problème, aujourd'hui, c'était que parfois l'héroïne n'était plus de l'héroïne mais du fentanyl, une drogue cinquante fois plus puissante que l'héroïne et moins chère à produire, qui s'infiltrait dans le marché par bateau et par courrier. Ces derniers temps, il avait entendu des rumeurs sur la présence de carfentanil dans la filière d'approvisionnement, ce qui le terrifiait : un opioïde cent fois plus fort que le fentanyl, approuvé dans l'unique but d'« assommer » des éléphants. L'autre soir, après avoir lu un article sur un nouveau centre de désintoxication dans l'Utah, il avait passé un moment sur leur site web à regarder des photos de bâtiments bas, blancs, sous le ciel du désert. D'une manière logique, lointaine, il se rendait compte que retourner en cure ne serait pas la pire idée. Décide-toi, termines-en. Dans la rue, la pluie avait cette qualité diffuse que Paul associait à la fois au Royaume-Uni et à la Colombie-Britannique, une certaine douceur, une bruine qui venait de toutes les directions en même temps.

Il était presque certain que son hôtel se trouvait dans la direction du Royal Mile – lequel, il en était presque certain, était à gauche au bout de la prochaine rue. Il repensait à l'hôtel Caiette, ce qui ramena Vincent au cœur de ses pensées. La rue dans laquelle il s'engageait maintenant lui parut vaguement familière, mais il n'aurait su dire si c'était parce qu'il était tout près de son hôtel ou simplement parce qu'il tournait en rond. Il s'arrêta et s'assit sur un pas de porte, parce qu'il était fatigué et que, dans son état actuel, la pluie ne constituait pas un problème ; il s'assit sur la marche et posa la tête sur ses bras. Devait-il tenter de retrouver Vincent, la contacter d'une manière ou d'une autre, lui proposer de partager une partie de sa bonne fortune ? Non, il avait besoin de cet argent. De tout. *Je n'ai jamais été capable de comprendre quelles sont mes responsabilités,* lui dit-il. Parfois, quand il s'adressait à Vincent, il était le seul à parler, pendant qu'elle l'écoutait en l'observant. L'embrasure de porte était étonnamment confortable. Il allait juste faire un petit somme, décida-t-il, se reposer cinq minutes, puis trouver son hôtel et dormir convenablement.

Mais il n'était pas seul. Il sentit que quelqu'un l'observait. Levant la tête, il vit une femme de l'autre côté de la ruelle. Elle portait une espèce d'uniforme, avec un long tablier blanc et un mouchoir noué sur les cheveux. Sans doute la cuisinière d'un restaurant local qui venait juste de sortir pour prendre une pause tardive ; mais si c'était le cas, elle utilisait sa pause de façon bien étrange : elle restait là à le regarder fixement au lieu d'aller manger un morceau ou de fumer une cigarette. Elle avait quelque chose de familier, ça ne pouvait pas être Vincent mais…

« Vincent ? » dit-il. Peut-être l'avait-il imaginée, en tout cas elle avait disparu, mais jusqu'à la fin de ses jours il raconterait la scène comme si elle avait vraiment été là, il tirerait cette histoire de son chapeau comme un prestidigitateur chaque fois que le sujet des fantômes serait abordé – « J'étais assis sur un pas de porte, à Édimbourg, et j'ai vu ma demi-sœur de l'autre côté de la rue, et puis elle a disparu d'un seul coup, comme ça ! J'ai entrepris de la rechercher, et j'ai découvert des semaines plus tard qu'elle était bel et bien morte cette nuit-là, peut-être même à cette minute précise, à des milliers de kilomètres de là… » – et il présenterait toujours l'histoire comme une réalité, comme s'il ne s'agissait pas d'une hallucination mais que la femme qu'il avait vue était réellement Vincent et que Vincent était réellement un fantôme et que le fantôme était réellement là, dans la rue, quoi que ça puisse signifier – qu'est-ce que ça signifie d'être un fantôme, sans parler d'être *ici*, ou *là* ? Il y a tant de manières de hanter une personne ou une vie –, mais il serait toujours tiraillé par l'incertitude et ne pourrait jamais être vraiment sûr ; plus tard, il se demanderait s'il l'avait bien vue avec un tablier ou s'il avait ajouté le tablier après coup, en apprenant qu'elle avait été cuisinière ; et toujours la question qui le tracassait, même à cet instant, assis sous la pluie dans une embrasure de porte, dérivant à la lisière du sommeil : avait-il vraiment vu Vincent, debout là dans la rue ? Ou bien était-il seulement ivre et défoncé, perdu dans une ville étrangère, loin de chez lui, délirant d'épuisement et imaginant des choses dans l'obscurité ?

XVI

VINCENT DANS L'OCÉAN

1

Commençons par la fin :

Je dégringole du pont du navire

L'horizon bascule une fois, deux fois, la caméra s'envole de ma main

J'ai l'impression de plonger dans des fragments de glace.

2

Non, commençons vingt minutes plus tôt :

« Où étais-tu la nuit dernière ? me demande Geoffrey. Je t'ai cherchée après mon service. » Nous sommes en décembre 2018 et nous vivons ensemble depuis maintenant des années, par intermittence, tantôt réunis, tantôt séparés d'un commun accord. Cela ne va pas sans certaines frictions : il a voulu m'épouser naguère, mais j'ai décidé depuis longtemps de ne pas me marier et de ne plus jamais être dépendante de quelqu'un ; il parle de quitter l'océan pour qu'on s'installe tous les deux quelque part, mais je n'ai aucun désir de retourner à terre. Ce soir nous sommes ensemble, bien que nous nous soyons disputés un peu plus tôt, et il est allongé à côté de moi sur mon lit. Nous avons regardé ma valise tanguer d'un côté à l'autre de la cabine. C'est la troisième nuit de gros temps.

« Je suis allée me promener.

– Où ça ? Dans la salle des machines ?

– Sur le pont.

– Ça nous est interdit, tu le sais. Nous sommes confinés à l'intérieur jusqu'à ce que le temps se calme.

– Vas-tu me dénoncer au capitaine ? » Je souris, mais je m'aperçois alors qu'il est en colère.

« C'est dangereux, dit-il. Ne recommence pas, s'il te plaît.

– Je voulais juste filmer l'océan.

– Quoi ? Vincent, ne me dis pas que tu étais suspendue au bastingage pour filmer les éléments déchaînés ?

– Pourrais-tu parler moins fort, Geoff ? Les cloisons sont minces. Écoute, je sais que c'était discutable de sortir sur le pont, mais ça en valait la peine. C'était de toute beauté. » Je m'étais sentie immortelle, là-haut. Il y avait tant de puissance et de magnificence dans la tempête. Seule la convergence d'une tempête et de l'océan pouvait donner l'impression qu'un navire comme le *Neptune Cumberland* était petit.

Il se redresse sur le lit, enfile ses vêtements, parle toujours aussi fort. « *Discutable* n'est pas exactement le mot que j'emploierais, Vincent. Pour l'amour du ciel, ne recommence pas. »

Ce que j'ai le plus détesté dans ma vie, parmi une longue liste de choses, c'est qu'on me dise ce que je dois faire. Je peux le tolérer dans une cuisine mais pas dans ma chambre, et j'en fais part à Geoff.

« Je ne te dis pas ce que tu dois faire pour le simple plaisir de te commander. Je te dis de ne pas sortir par gros temps parce que je ne veux pas que tu meures.

– Je ne vais pas *mourir*. Tu verses dans le mélodrame, là.

– Non, je suis sain d'esprit, et j'aimerais foutrement que tu me rendes le même service ! » Et il sort de ma cabine en claquant la porte.

Je reste un long moment allongée sur le lit, furieuse, à observer ma valise glisser de-ci, de-là au gré du roulis. L'ennui, avec le gros temps, c'est qu'il est impossible de dormir, du moins pour moi, parce qu'il est impossible de rester immobile dans le lit. Quand le bateau tangue, je tangue avec lui, et ça donne une nuit nébuleuse et sans sommeil. Finalement je me lève et m'habille, je prends ma caméra et me faufile dans le couloir, puis je sors sur le pont C pour affronter la tempête.

*

L'air frais est un baume, même la pluie est merveilleuse après une journée entière dans des locaux industriels qui sentent le renfermé. Un éclair déchire le ciel, illuminant le navire. Marcher n'est pas facile – je trébuche contre le bastingage –, mais je ressens la montée d'adrénaline familière qui m'envahit quand une belle prise de vues est là, tout près. Je décide de filmer juste quelques minutes puis de rentrer. Je me dirige vers le coin arrière du pont C, où les chaînes du barbecue font un bruit de ferraille. J'entends le tonnerre à l'instant où j'allume la caméra et j'enregistre le plus beau spectacle que j'aie jamais vu : un éclair au-dessus de l'océan en furie. Dans une tempête, les vagues ressemblent à des montagnes. Pluie froide sur mon visage et aussi sur l'objectif, sans aucun doute, mais ça aussi ce sera beau, le flou et les gouttes de pluie. Je me cramponne d'une main au bastingage mais, dans cette position, je ne peux pas stabiliser la caméra, alors je lâche prise – juste un instant – et, profitant d'une accalmie entre deux vagues gigantesques, je me penche en avant afin que la prise décrive un arc, du ciel vers les flots, pour se terminer à la verticale de l'océan.

La lumière sur le mur, derrière moi, se met à vaciller. Quand je regarde par-dessus mon épaule, je m'aperçois qu'il y a quelqu'un dehors, à l'autre bout du pont.

« Hello ! » Mon appel ne reçoit aucune réponse.

Non, je me suis trompée. Je suis toute seule. Je suis forcément seule, parce que j'ai cru voir une femme, or je suis la seule femme à bord.

Si, elle est bien là. Je peux la voir – presque. La lumière tremblote toujours, éclairant le pont par intermittence. L'horreur, c'est que l'autre personne est intermittente, elle aussi ; on dirait moins une forme humaine qu'une perturbation dans l'air, une ombre qui apparaît puis s'estompe, une présence qui approche. Elle est maintenant tout près. J'ai l'impression de voir une main sur le bastingage, une silhouette, puis Olivia Collins se tient à côté de moi, à la proue du navire, et regarde l'océan. Elle paraît beaucoup plus jeune que la dernière fois que je l'ai vue, moins substantielle aussi. La pluie passe à travers elle. Je tiens toujours ma caméra par-dessus le garde-corps. Je n'arrive pas à respirer. Elle se tourne comme pour m'adresser la parole, et la caméra m'échappe ; sans réfléchir, je tends la main pour la rattraper, je me penche trop, le navire fait une embardée

Je passe par-dessus bord

Je ne pèse rien

la caméra s'envole sous la pluie,

le rectangle bleu du viseur bascule dans les ténèbres…

3

Le froid est paralysant…

4

Je tiens la main de ma mère. Je suis toute petite. Nous cueillons des champignons dans les bois, à Caiette. Un souvenir, mais il est tellement vivace que j'ai l'impression de voyager dans le temps, de revivre l'instant. Quel plaisir d'être à nouveau ici ! « Oh regarde, mon poussin, dit-elle en se penchant pour prendre dans la terre noire une sorte de petite coupe orange, celui-là, c'est une chanterelle. »

5

C'est comme le moment qui précède juste le sommeil, quand vous n'êtes pas encore inconscient – vous êtes suffisamment éveillé pour réaliser que vous vous endormez –, mais vos pensées et vos souvenirs commencent à se dérober en récit et vous vous apercevez que vous avez déjà commencé à rêver : je m'étouffe dans l'eau de mer, je refais surface un instant dans une vallée entre deux vagues, plus d'air, plus de temps, la silhouette indistincte du navire, masse d'ombre et de lumières, et puis Olivia me prend à part pour s'excuser. Elle pensait à moi, dit-elle, comme cela lui arrive souvent, et elle pensait à l'océan, à cette croisière sur le yacht de Jonathan, alors elle est partie à ma recherche et m'a trouvée là, sur le bateau, en train de filmer la tempête. Elle ne croyait pas que je la verrais. Elle m'a entraînée à l'écart pour me raconter ça, mais à l'écart d'où ? Nous sommes dans une espèce d'entre-deux, du moins est-ce mon impression, entre l'océan et un endroit auquel je ne veux pas penser…

6

Envolez-moi : des mots gribouillés sur la fenêtre de l'école quand j'avais treize ans, les lettres pâles sur la vitre…

7

Un souvenir que j'aimerais pouvoir garder avec moi plus longtemps : un baiser échangé avec Geoffrey sur le pont C, près d'un mur de conteneurs à la poupe du navire. Sa main sur le côté de mon visage.

« Je t'aime », murmurait-il, et je le lui murmurais en retour. Je les avais déjà prononcés, ces mots-là, mais il me semblait que je n'avais jamais su ce qu'ils signifiaient jusqu'à cet instant…

8

Mais maintenant, Geoffrey Bell et Felix Mendoza sont ensemble près des marches de la passerelle, sous une pluie légère, avec au-dessus d'eux les grues orange du port de Rotterdam. Geoffrey n'est pas rasé et il a des cernes sombres sous les yeux. Ça, ce n'est pas un souvenir.

« Tu sais que ça te donne l'air d'un coupable, dit Felix.

– Je te jure que j'ignore ce qui est arrivé à Vincent. » La voix de Geoffrey se brise ; il déglutit péniblement et ferme les yeux un instant. Felix le dévisage. « Mais j'ai peur, si je reste, d'être accusé de meurtre. » Felix hoche la tête, ils se serrent la main, puis Geoffrey se détourne et descend l'escalier, les épaules voûtées sous la pluie. Il a l'air si seul, si éploré, que je voudrais pouvoir lui toucher l'épaule et lui dire que je vais bien, que je suis en sécurité et qu'il ne peut rien m'arriver de mal, mais il y a une certaine confusion, une certaine distance, déjà il s'éloigne…

9

Je suis dans un hôtel que je reconnais. Je crois que c'est à Dubaï, mais ce lieu n'est pas comme les autres lieux et souvenirs que j'ai visités. Il a quelque chose d'irréel. Je me tiens près d'une fontaine, au centre du hall.

J'entends des pas et, levant les yeux, je vois Jonathan. Nous sommes dans un non-endroit, un endroit rêvé, un endroit dont les détails ne cessent de changer. Personne d'autre que nous deux. Je me sens plus consistante ici qu'ailleurs ; Jonathan peut me voir, je le devine à son expression étonnée, et il m'est possible de parler.

« Bonjour, Jonathan.

– Vincent ? Je ne t'avais pas reconnue. Que fais-tu ici ?

– Je suis en visite.

– Tu viens d'où ? »

De l'océan, suis-je prête à répondre, mais j'ai un instant de distraction parce qu'il me semble avoir vu Fayçal marcher près de la fenêtre avec une femme qui paraît vaguement familière – est-ce Yvette Bertolli ? – et, de toute façon, l'océan n'est pas exactement l'endroit où je me trouve, ou si c'est le cas je me trouve également ailleurs…

10

Du temps a passé. J'ai déambulé parmi les souvenirs. Je visite à présent une rue, dans quelque ville distante, où mon frère est assis sur un pas de porte ; je l'ai entendu me parler, mais quand il lève la tête et me voit, il n'a rien à dire. Je circule un moment dans Vancouver, marchant dans le quartier où j'ai habité à l'âge de dix-sept ans, quoique *marchant* ne soit pas le mot adéquat pour décrire la façon dont je me déplace maintenant ; je cherche Mirella et la trouve assise, seule et pensive, dans un magnifique intérieur, une sorte de loft, le regard rivé sur son téléphone, elle lève les yeux, fronce les sourcils, mais ne semble pas me voir…

11

De mémoire, je suis de retour au restaurant Le Veau d'Or, dans la salle rouge et or, à écouter l'un des investisseurs de Jonathan – pas mon préféré, loin de là – parler d'une chanteuse. Non, pas d'une chanteuse, d'un Ponzi. « Incapable de voir une opportunité, disait Lenny Xavier en parlant de la chanteuse. Tandis que moi, quand j'ai rencontré votre mari ? Quand j'ai compris comment fonctionnait son fonds ? J'ai tout de suite vu là une opportunité, et je l'ai saisie. »

J'observai l'air alarmé de Jonathan, sa façon de se pencher en avant, visiblement anxieux d'empêcher Lenny de parler – « N'ennuyons pas nos charmantes épouses avec des histoires d'investissements » – et le petit sourire narquois de Lenny tandis qu'il levait son verre : « Tout ce que je dis, c'est que mon investissement s'est révélé bien plus rentable que j'aurais pu l'imaginer. » Il savait, mais moi aussi évidemment je savais, non pas tant les détails de l'escroquerie que le fait qu'il y avait bel et bien escroquerie, parce que ça faisait des mois que je faisais semblant d'être la femme de Jonathan, seulement j'avais choisi de ne pas comprendre…

12

Je cherche à nouveau Paul et le trouve dans le désert, devant un bâtiment blanc et bas qui semble briller dans le crépuscule. Il vient d'en sortir et il allume une cigarette, les mains tremblantes. Il lève la tête et me voit, laisse tomber sa cigarette puis la ramasse.

« Toi, dit-il. C'est bien toi, n'est-ce pas ? Tu es vraiment là ?

– Je ne sais pas comment répondre à ces deux questions, lui dis-je.

– Je parlais justement de toi à l'instant, pendant ma séance. Je racontais à mon psy toutes les choses que je n'ai jamais racontées à personne. » Dans la lumière déclinante, je ne vois pas distinctement son visage mais, à sa voix, on dirait qu'il a pleuré. « Vincent, avant que tu repartes, est-ce que je peux juste te dire.

– Me dire quoi ?

– Je regrette, dit-il. Je suis désolé pour tout.

– J'étais une voleuse, moi aussi. Tous les deux, nous sommes devenus corrompus. » Je vois bien qu'il ne comprend pas, mais je ne veux pas rester là à lui expliquer ; il y a un autre endroit où je préfère être. Je m'éloigne du désert, et de Paul, pour me retrouver à Caiette.

Je suis sur la plage, non loin de la jetée où le bateau du courrier accoste, et ma mère est là. Elle est assise à une certaine distance, sur un rondin de bois flotté, les mains croisées sur les genoux, l'air d'attendre calmement un rendez-vous. Elle a encore les cheveux tressés, elle a encore trente-six ans, porte encore le cardigan rouge qu'elle portait le jour où elle a disparu. C'était un accident, bien sûr, jamais elle ne m'aurait délibérément abandonnée. Elle m'a attendue si longtemps. Elle a toujours été ici. Ça a toujours été chez moi. Elle contemple l'océan, les vagues qui lèchent le rivage, et elle lève la tête, stupéfaite, quand je prononce son nom.

pcacmb
édition pré-presse
livres numériques
44400 Rezé

Achevé d'imprimer en février 2021
sur les presses de Normandie Roto Impression s.a.s.
à Lonrai (Orne)
pour le compte des Éditions Payot & Rivages
60/62, avenue de Saxe -75015 Paris
N° d'impression : 2100472
Dépôt légal : février 2021

Imprimé en France

IMPRIM'VERT